KB177540

DONGSUH MYSTERY BOOKS 9

PHANTOM LADY

환상의 여자

윌리엄 아이리시/양병탁 옮김

동서문화사

옮긴이 양병탁(梁炳鐸)

일본 동경고사를 거쳐 인디애나대 대학원을 졸업하다. 경희대사범대학장을 지내다. 평론 〈영문학상에서 본 자연정신〉〈태서작가의 서한문학〉〈헤밍웨이론〉 등을 발표하다. 지은책 《미국문학사》 등이 있고 옮긴책 멜빌 《백경》 호오돈 《주홍글씨》 트웨인 《허클베리 핀의 모험》 등이 있다.

DONGSUH MYSTERY BOOKS 9

환상의 여자

아이리시 지음/양병탁 옮김

1판 1쇄 발행/1977년 12월 1일

2판 1쇄 발행/2003년 1월 1일

2판 8쇄 발행/2015년 11월 20일

발행인 고정일/발행처 동서문화사

창업 1956. 12. 12. 등록 16-3799

서울 중구 다산로 12길 6(신당동, 4층)

☎ 546-0331~6 (FAX) 545-0331

www.dongsuhbook.com

*

이 책의 출판권은 동서문화사가 소유합니다.

의장권 제호권 편집권은 저작권 법에 의해 보호를 받는 출판물이므로
무단전재와 무단복제를 금합니다.

사업자등록번호 211-87-75330

ISBN 978-89-497-0090-8 04840

ISBN 978-89-497-0081-6 (세트)

환상의 여자

차례

"나는 대답하지 않을 것이며,
두 번 다시 돌아오지도 않는다. "
존 잉걸스

M——호텔 605호실에 진심으로 감사를 드린다.
(이젠 그 방에서 살지 않아도 좋게 되었으니까.)

등장인물

스콧 헨더슨 아내를 죽인 혐의로 사형 선고를 받은 남자.

마셀라 스콧의 아내.

캐럴 리치먼 스콧의 연인.

잭 론버드 스콧의 친구.

바제스 형사.

클립 밀반 드러머.

에스텔라 멘도사 스페인의 인기 연예인.

케릿셔 패션 디자이너.

매지 페이튼 모자 디자인을 도용하여 판 여자.

알 앨프 택시 운전사.

피엘레트 더글러스 오렌지빛 모자의 본디 주인.

환상의 여인   ?

사형집행 전 150일

오후 6시

밤은 젊고 그도 젊었다.

그러나 밤의 공기가 감미로운 데도 그의 기분은 씁쓸했다. 징그러운 벌레라도 씹은 듯한 그의 표정은 꽤 멀리 떨어진 곳에서도 알아볼 수 있었다. 가슴 속이 응어리져 아무래도 풀 길 없는 그런 울분이었다. 그것은 또 주위 모든 것과 완전히 동떨어져 있어 아주 볼썽사나운 느낌이었다. 부근 일대의 정경 속에서 그것만이 다른 음향을 내고 있었다.

5월의 어느 저녁, 슬슬 데이트할 시간이 되어 가고 있었다. 머리를 단정히 빗어넘긴 30살 전의 젊은이들이 지갑을 불룩하게 부풀려 가지고서 약속에 늦지 않으려는 듯 거리의 절반을 차지하고 발걸음도 가볍게 걸어가는 시간. 그리고 역시 30살 전의 여자들이 콧잔등에 분을 두드려 바르고 아껴 두었던 나들이옷을 차려입고서 같은 약속을 어길세라 들뜬 기분이 되어 거리의 반쯤을 차지하고 쏟아져나오는 시간이었다. 어디를 보나 이 거리의 절반은 만남을 향하여 가는 사람들로 넘쳤다. 거리 모퉁이, 레스토랑, 술집, 약국 앞, 호텔의 로비, 보석가게의 시계 아래, 어디를 가나 누가 누구를 기다리고 있지 않은 곳은 없다고 해도 좋을 정도였다. 산처럼 유구하고도 신선한 예부터의 일이 조금도 변함없이 되풀이되는 것이었다.

"미안해요, 오래 기다렸지요?"

"오늘 저녁엔 굉장히 예쁘군. 어디로 갈까?"

이런 인사를 나누는 어스름 저녁이었다. 서녘 하늘은 연지를 바른 듯이 붉었다. 이것 역시 데이트를 위해 차려입은 모양인지 두 개의 별을 다이아몬드 핀으로 꽂아 이브닝드레스를 장식하고 있었다.

거리를 따라 네온이 깜박이기 시작한다. 오늘 저녁의 모두가 그런 것같이 길 가는 사람들에게 윙크를 보낸다. 택시의 클랙슨이 화려하게 울려 대고 모두들 일제히 어디론가 떠나려 하고 있다. 공기도 그냥 여느 공기가 아니라 코티 향수를 담뿍 머금은 샴페인을 흩뿌린 것 같았다. 멍하니 서 있으려니까 그것은 가슴 속과 머릿속까지 스며들어 왔다.

그는 떨떠름한 얼굴로 주위의 분위기를 마구 깨뜨리면서 걸어가고 있었다. 대체 왜 저토록 불쾌한 얼굴일까. 사람들은 이상한 듯이 그를 흘끔흘끔 쳐다보며 지나갔다. 몸이 불편하기 때문은 아니다. 그 정도의 속도로 걸을 수 있는 자라면 틀림없이 건강한 몸일 것이다. 호주머니 사정 때문도 아니다. 값진 옷을 아무렇게나 걸치고 있는 모습은 하룻밤에 다듬어진 것으로는 생각되지 않았다. 나이 탓도 아니다. 30살은 넘었다 해도 겨우 몇 달이지 몇 년이라고 할 정도는 아니었다. 얼굴 생김새도 이렇게 찌푸린 얼굴을 하고 있을 때가 아니라면 아마 잘생겼을지도 모른다. 덜 찌푸려진 부분을 보면 그것을 알 수 있었다.

걸어오는 싸움이라면 마다하지 않겠다는 듯한 눈초리, 아래로 휘어진 입매, 말굽을 코 밑에 매달아 놓은 것 같은 표정으로 그는 성큼성큼 걸어가고 있었다. 아무렇게나 팔에 걸친 코트가 걸을 때마다 아래위로 흔들거렸다. 깊게 눌러쓴 모자는 나중에 고쳐 매만질 생각도 없이 마구 움켜잡은 모양인지 엉뚱한 곳이 형편없이 찌그러져 있었다. 포석(鋪石)을 밟는 구두 밑에서 불꽃이 튀지 않는 것은 바닥이 고무창이기 때문이라고 생각할 수밖에 없었다.

이윽고 그는 어느 바로 들어갔다. 그러나 처음부터 거기를 목적으로 하고 걸은 것은 아니었다. 바 앞에 이르러 갑자기 발길을 멈춘 것이 그 좋은 증거였다. 그가 걸음을 멈춘 모양은 글쎄, 뭐라고 하면 좋을까——마치 한쪽 양말이 느닷없이 흘러내려 갑자기 발을 옮겨 놓지 못하게 된 것 같은 그런 느낌이었다.

머리 위에서 깜빡이는 네온사인이 마침 그가 그곳에 이르렀을 때 켜지지 않았으면 그런 바가 거기 있는 줄도 몰랐을 것이다. 제라늄 꽃잎처럼 새빨간 네온은 '안셀모'라는 글자를 그려 내며, 마치 토마토 케첩 병을 엎은 것처럼 보도를 끈적끈적하니 붉게 물들이고 있었다.

갑자기 걸음을 멈추느라고 몸을 휘청거린 그는 그대로 바 안으로 들어섰다. 길바닥보다 서너 단 낮은 바 안은 기다랗고 좁으며 천장이 낮았다.

게다가 그때는 손님도 그다지 많지 않았다. 눈이 편안한 장소였다. 호박색의 차분한 조명이 천장을 향하고 있었다. 양쪽 벽에 조금씩 사이를 두고 안쪽을 향하여 테이블이 줄지어 놓여져 있었다.

그런 것들은 거들떠보지도 않고 그는 안쪽의 카운터로 곧장 갔다. 벽을 등지고 반달 모양으로 자리잡은 카운터가 입구 쪽을 흘겨보고 있었다. 카운터에 어떤 사람이 있는지, 아니 사람이 있는지 없는지조차 도무지 그는 눈에 들어오지 않았다. 높직한 의자 하나에 코트를 내던지고 그 위에 모자를 올려놓은 다음 옆자리에 앉았다. 오늘 저녁은 여기로 정했다는 듯한 태도였다.

희미한 빛 속에서 하얀 윗옷을 입은 사람이 고개를 숙이고 있는 그의 시야 안으로 다가오면서 "어서 오십시오" 하고 말을 걸었다.

"스카치. 그리고 물을 조금" 하고 그는 말했다. "물은 아주 조금이면 돼."

위스키 잔을 비우고 그는 물에는 손도 대지 않았다.

처음 앉을 때 오른쪽에 무언가 마른 안주 그릇이 놓여 있는 것을 무의식 중에 보았던 것이 틀림없다. 그는 앞을 향해 앉은 채 그쪽으로 손을 뻗쳤다. 그런데 그의 손에 닿은 것은 말리거나 구워서 모양이 구부러진 것이 아니라 매끈하고 부드러운 것이었다. 그것은 살며시 움직였다.

그는 그쪽으로 고개를 돌리고는 뻗쳤던 손을 끌어들였다. 다른 손이 조금 먼저 그릇 안에 들어와 있었던 것이다.

"실례" 하고 그는 중얼거리듯이 말했다. "먼저 드십시오."

그는 다시 얼굴을 앞쪽으로 돌리고 자기 자신의 생각 속으로 빠져들었다. 그러고는 다시 한번 고개를 돌려 새삼스럽게 여자를 쳐다보았다. 그대로 줄곧 쳐다보았다. 여전히 음울하고 무언가 평가라도 내려는 듯한 눈길로.

색다른 것은 그녀의 모자였다. 그것은 호박 비슷하였다. 모양이나 크기뿐만 아니라 빛깔까지도 호박 같았다. 불타는 듯한 오렌지 빛깔이었나. 그 빛이 너무 강렬해서 눈이 아플 지경이었다. 그것은 니지막하게 매단 원유회의 램프처럼 카운터를 밝게 비춰 주고 있었다. 모자 한복판에 가느다란 수탉의 깃털 한 개가 곤충의 더듬이처럼 빳빳하게 꽂혀 있었다. 이런 이상스러운 모자를 쓰고도 태연하게 앉아 있을 수 있는 여자는 아마도 천 명 중 하나도 없으리라.

그런데 그녀는 그것을 태연하게 쓰고 있을 뿐 아니라 몹시 다소곳했다. 한순간 사람을 놀라게 하기는 하지만 그렇다고 우스꽝스러운 느낌은 아니었다. 그녀는 흔히 볼 수 있는 평범한 여자로서 모자 외의 복장은 가라앉은 검은 빛깔뿐으로 등대 같은 모자에 비하면 정말 너무나 어두웠다. 그 모자는 그녀에게 있어서 무슨 자유의 상징 같은 것인지도 모른다.

'이것을 쓰고 있을 땐 날 조심해야 해요! 일을 저지를지 모르니까 말예요!'

그런 분위기를 풍기고 있었다.

그러는 동안 내내 여자는 안주를 씹으면서 그의 눈길을 굳이 무시하려고 애쓰고 있었다. 이윽고 입놀림을 그쳤는데, 그것은 그가 바라보고 있다는 것을 알아차렸다는 걸 나타내는 표시였다. 그는 의자에서 내려와 여자 곁으로 다가섰다.

그녀는 귀를 기울이려는 것처럼 조금 고개를 숙였다. 이렇게 말하는 것 같았다. '하실 이야기가 있으면 어서 망설이지 말고 하시지요, 하지만 대답하고 안 하고는 이야기의 종류에 따를 거에요.'

그가 말하려는 내용은 실로 간단하고 솔직한 것으로 "무슨 볼일이라도 있습니까?" 하는 것이었다.

"있는 것도 같고 없는 것도 같고……."

그녀는 조심스럽게 대답했으나 상대방에게 친근감을 일으키게 하는 말투는 아니었다. 미소도 짓지 않았고, 또 어떤 의미에서든지 상대방에게 약점을 잡힐 만한 태도도 보이지 않았다. 품위 있는 몸가짐으로 보아 어쨌든 값싸게 행동하는 여자가 아닌 것만은 확실했다.

그의 태도에 끈적한 것은 조금도 없었다. 아주 솔직 담박한 말투로 물었다.

"약속이 있으시면 그렇다고 말씀하십시오, 폐는 끼치지 않겠습니다."

"그렇다고는 생각하지 않아요, 지금 당장은."

그녀는 자기 마음을 조금도 숨김없이 그대로 표현했다. '내 마음은 아직 아무런 결정도 짓지 못했어'라고.

그의 눈길은 카운터 위쪽에서 똑딱거리고 있는 벽시계로 향했다.

"6시 10분이군요."

그녀도 시계를 보며 "그렇군요" 하고 시큰둥하게 대답했다.

그러는 동안에 그는 지갑을 꺼내어 그 속에서 조그마한 사각형 봉투를 끄집어 냈다. 그러고는 그 봉투를 열더니 연어 빛깔의 무슨 표 같은 것을 두 장 꺼내면서 말했다.

"여기 카지노 극장 쇼의 특별석 입장권이 두 장 있습니다. AA열의 통로 쪽 자리지요. 어떻습니까, 동행해 주시겠어요?"

"퍽 성급하시군요."

여자는 표에서 그의 얼굴로 눈길을 옮겼다.

"좀 서둘러야 합니다."

그는 다시 무뚝뚝한 얼굴이 되었다. 여자는 이에 개의치 않고 노여운 듯한 얼굴로 표를 바라보고 있었다.

"약속이 있으시다면 말씀하십시오. 달리 상대를 구해야 하니까요."

여자의 눈에 언뜻 흥미로운 빛이 떠돌았다.

"그 표, 꼭 써야 하나요?"

"이치상으로는 그렇습니다."

"공연히 무례한 짓을 해서 오해라도 받으면 난처하잖아요. 이렇게 아직 초면인데." 여자는 말을 이었다. "하지만 당신이 엉큼한 마음을 품고 있지 않다는 건 알고 있어요. 꾸밈이 없고 무뚝뚝한 말투로 미루어 보아 별다른 뜻은 없는 줄 알아요."

"없습니다."

그의 얼굴 근육은 여전히 딱딱하게 굳어 있었다.

여자는 이미 그가 있는 쪽으로 조금 몸을 돌리고 있었다. 그리고 이런 식으로 그의 신청을 받아들였다.

"나는 오래 전부터 이런 짓을 해보고 싶다고 생각했었거든요. 그런데 지금이 바로 그 기회인 것 같아요. 이걸 놓치면 순수한 의미에서의 이런 기회가 두 번 다시 오지 않겠지요."

여자의 경계심을 풀어 주기 위해서 그는 말했다.

"그럼, 먼저 우리 서로 약속을 할까요. 나중에 번거로움이 없게 말입니다."

"어떤 약속인지…… 약속 나름이지요, 뭐."

"당신과 나는 오늘 저녁만 친구일 것. 두 사람이 함께 식사를 하고 함께 쇼를 보지만, 이름이나 주소나 그밖의 개인적인 일이며 자질구레한 사정에 대해 서로 일체 건드리지 않는다. 다만……."

뒷말은 그녀가 보충했다.

"두 사람이 오직 하룻밤만의 친구로 같이 쇼를 구경한다──분명히 이치에 닿고 타당하며, 또 당연히 필요한 결정이에요. 그렇게 하세요. 서로 체면을 차리려 하거나 거짓말을 하지 않아도 될 테니까요."

여자가 손을 내밀어 두 사람은 간단하게 악수를 나누었다. 여자는 처음으로 미소를 지었다. 차분한 미소였다. 헤프지 않은 온화한 미소였다.

그는 바텐더에게 손짓하여 두 사람 몫의 계산을 치르려고 했다.

"내 건 당신이 오시기 전에 이미 계산했어요. 그리고 시간을 보내고 있었던 거에요." 하고 여자가 말했다.

바텐더는 윗옷 주머니에서 작은 전표 묶음을 꺼내더니 그 한 장에 '스카치 1~60'이라고 연필로 쓴 다음 그것을 뜯어 그에게 건네 주었다.

전표에는 번호가 매겨져 있었는데, 그가 받은 것에는 한 귀퉁이에 바텐더의 필적으로 꺼멓고 커다랗게 '13'이라고 씌어진 것이 눈에 띄었다. 그는 쓰게 웃으면서 전표에 대금을 포개어 내고 여자의 뒤를 쫓았다.

그녀는 한 발 먼저 출구로 나가고 있었다. 벽 가의 좌석에 동행자와 함께 앉아 있던 젊은 여자가, 조금 몸을 내미는 듯이 하며 지나쳐 가는 묘하게 화려한 모자를 쳐다보았다.

바 밖으로 나오자 여자는 그를 돌아다보면서 "자아, 이제 모든 것을 맡기겠어요" 하고 재촉하듯이 말했다.

그는 둘째손가락을 세워 저쪽에서 손님을 기다리고 있는 두어 대의 택시를 향해 신호를 보냈다. 그때 지나가던 빈 택시가 부르지도 않았는데 뱃심좋게 새치기를 하려고 했다. 처음에 신호를 보냈던 택시가 빙 돌아와서 차를 갖다 대었으므로 새치기 차의 욕심은 그만 꺾였지만, 차체가 조금 긁히고 그래서 지저분한 욕지거리가 오갔다. 이윽고 입씨름이 끝나고, 처음의 운전수가 성질을 삭이고서 손님 쪽으로 주의를 돌렸을 때 벌써 여자는 차 안에 들어앉아 있었다.

여자의 동반자가 된 그는 운전석 옆에서 기다리고 서 있다가 '메종 블랑슈(하얀 집)' 하고 행선지를 말하고 여자 옆에 올라탔다.

차 안에 등불이 켜져 있었으나 두 사람은 그대로 내버려 두었다. 등불을 끄면 공연한 오해를 받을 것 같았다. 두 사람 다 조명을 어둡게 하는 편이 좋겠다고는 생각하지 않았다.

이윽고 그녀가 자못 우습다는 듯이 조그만 소리로 유쾌하게 웃었다. 그녀의 눈길을 쫓던 그도 그만 싱긋 웃었다. 운전 면허증에 붙은 사진이 미남자인 경우는 아주 드문 일이지만 이것은 아무리 보아도 만화 같은 얼굴이었다. 주전자 손잡이 같은 귀, 저만큼 뒤로 물러난 턱, 튀어나온 눈망울. 이름도 기억하기 쉬운——알 앨프,

그는 그것을 머리속에 새겨 놓았으나 더 길게 생각하지 않았다.

메종 블랑슈는 그다지 으리으리하지 않은 레스토랑이었지만 요리가 고급이어서 널리 알려져 있었다. 아무리 혼잡할 때라도 손님끼리 서로 이해하고 있어서 조용한 분위기가 유지되는 레스토랑이었다. 단골 손님을 번거롭게 하는 음악 같은 것은 일체 금지되어 있었다.

안으로 들어서자 여자는 그에게서 떨어졌다.

"잠깐만 실례하겠어요. 화장을 고치고 올게요. 당신이 먼저 좌석을 잡고 계시지 않겠어요? 내가 찾아갈 테니까요."

화장실 문이 열렸을 때 그는 여자가 모자를 벗으려고 하는지 한 손을 위로 올리는 것을 보았다. 그리고 곧 문이 닫혔으므로 모자를 벗었는지 어쨌는지는 알 수 없었다.

그는 언뜻 생각했다. 그녀는 별안간 주눅이 들어서 그런 태도를 취한 것이 아닐. 그녀가 모자를 벗고 나중에 혼자서 식당으로 들어온다면 그다지 사람의 눈에 띄지 않을 터인데…….

식당 입구에서 지배인이 마중했다.

"혼자십니까?"

"아니, 좌석 둘을 예약해 놓았어" 하고 그는 자기 이름을 대었다. 스콧 헨더슨. 지배인은 리스트에서 그의 이름을 찾아 내었다.

"아아, 있습니다."

이어서 지배인은 손님의 어깨 너머를 살피면서 "혼자 오셨습니까, 헨더슨 씨?" 하고 물었다.

"아니" 하고 헨더슨은 어물어물 대답했다.

둘러보니 빈 테이블은 그의 것 하나뿐이었다. 그 테이블은 벽쪽의 우묵하게 들어간 곳에 동떨어져서 마련되어 있었다. 삼면이 벽으로 되어 있어서, 그 좌석의 손님은 정면으로밖에 볼 수 없었다.

얼마 뒤 여자가 식당 입구에 나타났다. 모자는 쓰고 있지 않았다.

그녀를 보고 그는 그 모자가 그녀에게 얼마나 큰 역할을 하고 있었는 가를 깨닫고 깜짝 놀랐다. 그녀는 그저 평범한 여자가 되어 있었다. 광채는 어디론가 사라지고 충격적인 그 개성도 사그라져 매력을 잃고 있었다.

요컨대 검은 드레스를 입은 진한 갈색 머리의 흔한 여자, 다만 거 기에 공간을 차지하고 있는 데 지나지 않는 물체, 그 밖의 아무것도 아니었다. 밉게 생기지는 않았으나 그렇다고 아름답지도 않았다. 아 무렇지도 않은 도무지 평범하다고밖에 할 수 없는, 어디서나 흔히 볼 수 있는 여성의 공통분모와 같았다. 하나의 부호, 하나의 합성물, 여 론 조사에서의 한 표라고 할 수 있었다.

한순간 손님들의 머리가 일제히 그녀한테로 돌려졌으나 그대로 한 침 동안 바라보고 있는 머리도, 혹은 본 것을 기억에 간직하고 제자 리로 돌아간 머리도 전혀 없었다.

지배인은 마침 샐러드를 버무리는 중이어서 그녀를 안내할 겨를이 없었다. 헨더슨이 일어나 자기가 있는 곳을 알렸다. 그런데 그녀는 똑바로 안으로 걸어오지 않고 벽을 따라 조심스레 돌아왔다. 돌기는 하지만 어쨌든 그러는 편이 훨씬 사람들의 눈에 띄지 않았다.

모자는 옆구리에 끼듯이 가지고 있었다. 자리에 앉자 세 번째 의자 위에 모자를 올려놓고 행여나 더럽힐세라 테이블보 자락으로 살그머 니 덮었다.

"여기 자주 오시나요?"

그녀가 물었으나 그는 일부러 못 들은 체 했다.

"미안해요" 하고 여자는 목소리를 낮추어 말했다. "이런 질문은 신상 조사라고 할 수 있겠지요."

테이블을 담당한 웨이터는 턱 끝에 흉측한 점이 있었다. 보지 않으 려고 해도 자꾸만 눈에 띄었다.

그는 여자에게 의논하지도 않고 요리를 주문했다. 여자는 가만히 듣고 있다가 주문이 끝나자 믿음직스럽다는 듯이 그를 쳐다보았다.

마침내 힘든 시간이 시작되었다. 그녀로서는 화제를 선택하는 데도 엄한 제약을 받고 그의 음울한 기분과도 싸우지 않으면 안 되었다. 그는 일반적으로 모든 남자가 그렇듯이, 그러한 노력을 거의 모두 그녀에게 맡겨 버리고 도와 주려는 의사는 조금도 비치지 않았다. 귀를 기울이는 체하고 있긴 했으나 처음부터 죽 무슨 다른 일에 마음을 빼앗기고 있는 듯한 느낌이었다. 어쩌다 거의 육체적인 아픔이라고 생각될 정도의 노력을 기울여 마음을 현실로 이끌어 봤지만, 그 지나친 방심 상태가 상대방에게 싫은 감정을 일으키게 되는 경우도 있었다.

그는 갑자기 물었다.

"장갑을 벗는 것이 싫습니까?"

모자를 빼고는 그녀가 몸에 지니고 있는 것 모두 검은 빛인 것과 마찬가지로 그것도 검었다. 칵테일이나 수프를 핥을 때는 그다지 기이한 느낌이 들지 않았으나, 생선에 딸려나온 레몬 조각을 포크로 집으려 할 때에는 한 마디 하지 않을 수 없었다.

여자는 곧 오른쪽 장갑을 벗었다. 왼쪽은 약간 뜸을 들이는 품이, 될 수 있으면 벗고 싶지 않은 눈치였다. 그러나 결국 반항적인 손놀림으로 그것도 벗어 버렸다.

그 왼손에 낀 결혼 반지를 애써 보지 않으려고 그는 일부러 시선을 이리저리로 굴렸다. 하지만 반지를 그가 보았다는 것을 여자가 알아차린 사실은 그도 알고 있었다.

여자는 이야기 솜씨가 좋았다. 힘들이지 않는 가벼운 말투였다. 재치가 있다고 할까, 무미건조하고 알고도 남는 진부한 화제는 교묘하게 피했다. 날씨 이야기, 신문의 이야깃거리, 지금 먹고 있는 요리 이야기 따위는 한 마디도 꺼내지 않았다.

"이 멘도사라는, 이따가 보러 갈 쇼에 나오는 조금 머리가 이상하다는 남미인 말이에요. 1년쯤 전에 내가 봤을 때는 거의 사투리를 쓰지 않았어요. 그런데 지금은 글쎄 자꾸만 영어를 잊어 버리고 남미 사투리가 심하다지 뭐예요. 이렇게 나가다간 앞으로 한 시즌만 지나면 그녀의 말은 완전히 순수한 스페인어로 돌아갈지도 모른다나요."

여자는 3분의 1쯤 웃어 보였다. 이야기하는 투로 보아 '교양 있는 여자로구나' 하고 생각했다. 다만 교양 있는 여자라면 오늘 밤, 앞으로 하려고 하는 모험 같은 것은 무슨 구실을 붙여서라도 애당초 거절함으로써 뒤에 화를 남기지 않게끔 행동했을 터이다. 그녀는 지나치게 얌전을 빼지도 않고 덤벙대지도 않고 그 중간적인 태도를 취하고 있었다. 그런 점으로 말하더라도 조금 어느 쪽으론가 치우쳤더라면 아마도 훨씬 뚜렷한 인상을 주었을 것이 틀림없다. 좀더 천한 태생이었으면 천박한 언동을 보여 근본이 드러나고 말았을 것이다. 거꾸로 좀더 교육이 있었더라면 총명한 면을 보여 그런 점에서 인상적이었을 것이 틀림없다. 그런데 그녀는 그 중간에 속하고 있어 이차원적 존재보다 약간 나을 듯싶은 정도였다.

식사가 끝날 무렵쯤 되어 그는 그녀가 자기 넥타이를 물끄러미 바라보고 있다는 것을 알았다.

"왜, 이상합니까?"

그는 넥타이를 보면서 되물었다. 그것은 무늬가 없는 흰 가지 색깔의 넥타이였다.

"아니오, 그것만 따로 보면 아주 좋아요." 여자는 허둥지둥 변명했다. "하지만 어쩐지 전체적으로 어울리지 않는 느낌이에요. 당신이 몸에 지니고 있는 것 중에서 그것 하나만이 동떨어져 있는 듯한 느낌이 드는군요. 아, 미안해요. 무슨 생각이 있어서 한 말은 아녜요."

그리고 그녀는 입을 다물어 버렸다.

그는 제3자적인 호기심으로 다시 한 번 넥타이를 내려다보았다. 그러는 그의 모습은 자신이 어떤 넥타이를 매고 있는지 모르고 있었던 것처럼 보였다. 이제야 그것을 알아차리고 깜짝 놀라는 것 같았다. 그리고 여자에게 지적당한 색채의 부조화를 얼마쯤 만회하려는 듯 포켓에서 내밀어져 있는 장식용 손수건을 쑥 밀어넣었다.

그들은 함께 담배에 불을 붙여 물고, 한동안 코냑을 마셨다. 그리고 식당을 나왔다.

다시 그녀가 모자를 쓴 것은 커다란 거울이 놓여 있는 현관 방에서였다. 그러자 눈 깜박할 사이에 그녀는 생기를 되찾았다. 어엿한 실체가 있는 훌륭한 존재가 되었다. 저 모자는 정말 이상한 마력을 지니고 있다고 그는 생각했다. 마치 유리로 된 샹들리에에 전류가 통한 것 같았다.

넉넉히 6피트 4인치는 될 듯싶은 몸집이 커다란 극장의 도어맨이 택시 문을 열어 주었는데, 그 모자가 바로 코 앞을 스쳐 지나가자 우스꽝스러울 정도로 눈을 동그랗게 떴다. 그는 코 밑에 새하얀 해룡(海龍) 수염을 달고 있어서 〈뉴요커〉지(誌)에 나오는 선화(線畫)의 극장 도어맨 그대로였다. 툭 튀어나올 듯한 그의 눈망울은 모자의 주인이 택시에서 내려 자기 앞을 지나가는 것을 고개가 비뚤어지도록 돌아다보았다. 헨더슨은 이 우스꽝스러운 눈망울에 몹시 마음이 끌렸으나 또 한순간 뒤에는 완전히 잊어 버리고 말았다.

극장 로비는 쥐죽은 듯이 고요하고 사람의 그림자 하나 보이지 않았다. 그것으로, 그들이 얼마나 늦게 도착했는지 판단할 수 있었다. 입구의 검표원조차 이미 자리를 떠나 보이지 않았다. 안쪽의 문을 밀고 들어서자 어두컴컴한 무대의 불빛을 등지고 서 있던 누구인지 모를 한 그림자 ——아마 안내원이겠지만—— 가 두 사람에게로 다가

오더니 손전등으로 표를 확인한 다음 달걀 모양의 불빛을 뒷손질로 마룻바닥에 던져 두 사람의 발 밑을 밝혀 주면서 통로를 안내하였다.

그들의 좌석은 맨 앞줄이어서 무대가 너무 가까웠다. 무대는 처음에 약간 오렌지 빛깔로 조금 어슴푸레하였으나, 잠시 뒤 두 사람의 눈은 원근감 있게 그려진 배경에 익숙해졌다.

두 사람은 영화의 페이드아웃(fade-out)처럼 한 장면에서 다음 장면으로 녹아들 듯이 바뀌는 리뷰 몽타주를 열심히 바라보고 있었다. 그녀는 웃음을 지어 보이고 때로는 커다란 소리를 내어 웃기도 하였다. 그는 마지못하여 억지 웃음을 띠는 것이 고작이었다. 소란스러운 음악, 눈이 어지러운 현란한 색채, 그리고 눈부신 조명이 최고조에 이르자 막이 스르르 내려지고 제1막이 끝났다.

장내에 불이 켜지고 자리에서 일어나 밖으로 나가는 사람들의 술렁거림이 일었다.

"담배 피우러 나가시겠습니까?" 그가 물었다.

"이대로 여기 있죠, 뭐. 우린 이제 금방 왔으니까요."

여자는 윗옷 깃을 여미면서 말했다. 장내는 숨이 막힐 정도였으므로 그 동작은 되도록 옆얼굴을 남의 눈으로부터 감추려는 것이라고밖에 생각되지 않았다.

한참 뒤 그녀가 미소를 지으면서 물었다.

"당신이 알고 있는 이름이 있어요?"

그는 프로그램을 더듬었는데, 그의 손가락은 분주하게 움직여 프로그램의 오른쪽 윗귀퉁이를 한 장 한 장 안쪽으로 접고 있었다. 어느 사이에 귀퉁이는 모두 없어지고 오른쪽 윗귀퉁이에는 단정하게 접은 조그만 세모꼴이 포개져 있었다.

"늘 이렇게 합니다. 옛날부터 해 오는 나쁜 손버릇인데, 말하자면 낙서 비슷한 거겠지요. 그것은 나 자신은 전혀 모르는 사이에 하거든요."

무대 아래쪽에서는 오케스트라 단원들이 제2막의 반주를 위해 우르르 좌석으로 돌아왔다. 두 사람의 좌석에서 가장 가까운 칸막이 난간 바로 옆에 드러머가 있었다. 이 드러머는 지난 10년 동안 한 번도 바깥 공기를 쐰 적이 없는 쥐같이 생긴 사나이였다. 그는 뺨의 피부가 광대뼈를 팽팽하게 감싸고 머리칼은 너무 찰싹 갈라붙였기 때문에 마치 흰 줄무늬가 든 해수욕 모자라도 쓰고 있는 것처럼 보였다. 그리고 코 밑에는 엉성한 콧수염이 코딱지처럼 붙어 있었다.

그는 처음에 객석 쪽으로는 눈도 돌리지 않고 분주하게 의자 위치를 바로잡고 악기를 조절했다. 이윽고 조절이 끝나자 멀거니 객석으로 고개를 돌린 그의 눈에 갑자기 그녀와 그녀의 모자가 뛰어들었다.

그는 뭔가를 느낀 듯했다. 얼빠진 바보처럼 그 얼굴이 최면술에라도 걸린 것같이 얼어 붙었다. 물고기 입처럼 헤벌어진 입이 도로 닫혀질 줄을 몰랐다. 어떻게든지 그녀 쪽을 보지 않으려고 애쓰는 것 같았으나 그녀의 모습이 머리에 붙어서 떨어지지 않는지 그의 눈길은 금방 또 그녀 쪽으로 돌아갔다.

처음 얼마 동안은 헨더슨도 재미있게 되어 가는구나 하고 강 건너 불구경하듯이 바라보고 있었다. 이윽고 그것이 그녀에게 심한 불쾌감을 주고 있다는 것을 깨닫게 되자 곧 매서운 눈초리로 드러머를 쏘아보았다. 예리한 눈초리를 받자 드러머는 허둥지둥 악보대로 얼굴을 돌리고 다시는 고개를 되돌리지 않았다. 하지만 저쪽을 향하고 있기는 하면서도 그녀의 모습이 머리에서 떨어지지 않는다는 것을 뻣뻣해져 있는 그의 목줄기로 보아 알 수 있었다.

"내가 저 드러머에게 강한 인상을 준 모양이에요."

그녀가 낮은 목소리로 키득키득 웃었다.

그는 대답했다.

"드럼의 명수도 오늘 저녁엔 형편없군."

서서히 그 두 사람 뒤의 좌석은 관객들로 메워지기 시작하였다. 장내에 불이 꺼져 어두워지고 풋라이트가 들어왔다. 제2막의 전주곡이 시작되었다. 그는 시무룩한 표정으로 프로그램의 윗귀퉁이를 자꾸만 꺾어 접고 있었다.

제2막 중간쯤에서 하나의 커다란 클라이맥스가 있었다. 극장 전속 아메리카 인 오케스트라는 거기서 악기를 내려놓았다. 그것과 교대로 무대 위에서는 이국적인 정서가 물씬 풍기는 탐탐(동양에서 시작된 타악기로 징의 한 가지)이 둔탁한 소리를 내고 길로가 딸랑거리는 연주를 시작했다. 그리고 오늘 저녁 쇼의 주인공인 남미의 인기 연예인 에스텔라 멘도사가 등장했다.

그가 무대의 변화를 미처 알아차릴 겨를도 없이 옆사리의 여자가 팔꿈치로 툭툭 쳤다. 그는 멍하니 여자 쪽을 보고 다시 무대로 눈을 돌렸다.

이미 두 여자는 어떤 중대한 사실을 서로 알아차리고 있었다. 그러나 둔한 그는 아직 그 의미를 알지 못하고 있었다. 그녀는 조용히 그의 귀에다 속삭였다.

"저 여자의 얼굴 좀 보세요. 중간에 풋라이트가 있어서 잘 보여요. 날 죽이고 싶은 듯한 눈초리예요!"

무대 위에 서 있는 여자의 검은 눈동자 속에 역력히 증오의 빛이 번뜩이고 있었다. 애교가 흐르는 표정을 짓고 있기는 했으나, 자기가 머리에 쓰고 있는 것과 똑같은 물건을 객석에서 발견하자 그 눈동자는 불꽃처럼 타올랐다. 자기의 것과 똑같은 모자가 객석의 맨 앞줄에 보라는 듯이 버티고 있었으므로 싫어도 보지 않을 수 없었던 것이다.

"이제 알았어요. 저의 특별 주문품이 어디서 힌트를 얻은 것인지"

그녀는 암담하게 중얼거렸다.

"그런데 왜 저렇게 화를 내는 거지? 오히려 저 여자로선 뽐낼 만한 일일 텐데."

"이런 경우의 여자 마음을 남자분들은 알 수 없을 거예요. 여자란 보석을 도둑맞거나 이빨에 씌운 금을 빼 가는 건 참을 수가 있어도 모자만은 절대로 참지 못해요. 더구나 이 경우는 그녀의 두드러진 연기의 특징, 등록 상표라고 해도 좋을 거거든요. 틀림없이 도둑맞았다고 생각할 거예요. 저 여자가 허락할 리가 없어요."

"일종의 표절 행위란 말인가?"

완전히 자신을 잊고 흥분 상태가 되었다고 할 정도는 아니지만 그의 호기심은 상당히 자극되었다.

그녀의 연기는 단순한 것이었다. 진정한 예술이란 대개 그런 것이다. 하긴 엉터리 연기도 더러 그런 수가 있기는 하지만…… 그녀는 스페인 어로 노래를 부르고 있었는데, 가사에 어떤 의미가 깃든 것은 아니고 쉽게 말하자면 이런 투의 것이었다.

딩가 딩가 붕붕
딩가 딩가 붕붕

이것을 몇 번이고 되풀이했다. 그러는 한편 그녀는 눈을 양옆으로 두리번거리면서 스텝을 하나 밟을 때마다 커다란 엉덩이를 내둘렀다. 그리고 옆구리에 붙잡아매고 있는 납작한 바구니에서 조그만 꽃다발을 집어 내어 객석의 부인 손님을 향해 던지는 것이었다.

두 코러스가 끝날 무렵에는 앞의 둘째, 셋째 열에 앉아 있는 부인 손님 모두의 손에 꽃다발이 안겨져 있었다. 그런데 헨더슨과 함께 온 여자만은 분명히 제외되었다.

"모자에 대한 앙갚음으로 일부러 나를 제쳐놓은 거예요."

그녀는 납득할 수 있다는 듯이 속삭였다.

　실제로 엉덩이를 흔들고 발꿈치를 쿵쾅쿵쾅 울리면서 춤추는 무대 위의 여자는, 달리 두 사람 앞을 지나칠 때마다 야릇하게 눈을 번뜩이는 것이었다. 그 특정한 장소에 이르면 퓨즈 같은 여자의 눈동자에서 번갯불처럼 섬광이 일어났다.

　"보세요, 이쪽을 주목하게 할 테니."

　헨더슨에게만 들리도록 그녀는 낮은 목소리로 속삭였다. 그리고 두 주먹을 힘주어 불끈 쥐고 그것으로 얼굴을 떠받쳤다. 그러나 그 동작은 깨끗이 무시되었다. 그녀는 다시 움켜잡은 두 주먹을 이번에는 앞으로 쑥 내밀어 보았다.

　무대 위 여자의 눈이 순간 가늘어졌으나 금방 아무렇지도 않은 표정으로 돌아가는 동시에 다른 방향으로 눈을 돌렸다. 갑자기 헨더슨 옆에 앉은 여자의 손가락이 '딱' 하고 커다란 소리를 냈다. 음악 소리도 무색하리만큼 강한 음향이었다. 무대 위 여자의 눈동자가 광적으로 빛나면서 이 무례한 여자 쪽으로 쏠리는 것 같았다. 또 꽃다발을 꺼내어 던졌으나 역시 헨더슨과 함께 온 여자의 손에는 오지 않았다.

　"내가 질 줄 알고! 절대로……."

　집요하게 중얼거리는 여자의 목소리가 들렸다. 무슨 뜻인지 몰라 그가 의아하게 생각하고 있는데, 그녀는 자리에서 벌떡 일어서더니 얼굴에 가득 웃음을 띠고 당연히 받아야 할 것을 청하는 태도로 손을 내밀었다.

　한순간 두 여자 사이에 숨막힐 듯한 긴박감이 감돌았다. 그러나 승부는 처음부터 뻔한 것이었다. 무슨 일이 있어도 연기인의 입장으로서는 이 오만무례한 한 사람의 관객을 끝내 거스를 수가 없었던 것이다. 다른 손님들이 보는 앞에서 장사 밑천인 아름다움과 매혹의 인상을 지워 버릴 수는 없었기 때문이다.

헨더슨과 함께 온 여자가 서 있는 위치를 바꾸었기 때문에 또 다른 면에서 뜻밖의 효과를 가져왔다. 무대의 여자가 엉덩이를 흔들면서 정면으로 되돌아옴에 따라, 충실하게 그것을 뒤쫓고 있던 스포트라이트가 아래로 방향을 바꾸었다. 그러자 동시에 라이트는 맨 앞좌석에 혼자 우뚝 서 있는 장애물의 머리에서부터 어깨 부분을 환히 비추었다. 그러자 똑같은 두 개의 모자에 관객의 시선이 쏠리었다. 먼저 가까운 곳에서부터 일어난 술렁거림의 파문이 고요한 수면에 돌을 던진 것처럼 널리 퍼져 나갔다.

무대의 여자는 완전히 두 손을 들고 이 뻔뻔스러운 비교에 종지부를 찍으려고 했다. 협박을 이겨 내지 못한 꽃다발이 우아한 포물선을 그리면서 풋라이트를 넘어 날았다. 의식적으로 상대를 무시하려 했던 무대 위의 여자는 분한 듯 얼굴을 찡그리면서 꽃다발을 던졌던 것이다. 그 표정은 이렇게 말하고 있는 것 같았다.

'당신을 그만 빠뜨렸군요, 죄송해요, 그럴 생각은 아니었는데.'

그러나 그 표정 아래에 남국 여인 특유의 거칠고 사나운 분노가 깔려 있었다. 헨더슨과 함께 온 여자는 던져진 꽃다발을 솜씨있게 받아 들고 곱게 입술을 움직이면서 자리에 다시 앉았다. 그 입술에서 새어 나온 말을 알아들은 사람은 헨더슨뿐이었다.

"고마워, 이 벼룩 같은 스페인 여자야!"

그는 목구멍이 막히는 것 같은 느낌이 들었다.

비참한 패배를 맛본 무대 위의 여자는 파들파들 몸을 떨면서 천천히 무대 끝으로 움직여 갔다. 그에 따라 오케스트라의 반주도 기차 소리가 멀어지듯 사라져 갔다.

극장 안이 아직 갈채 소리로 뒤흔들리고 있을 때 무대 끝 쪽에 있던 관객들은 아주 짧은 순간이지만 어떤 상황을 똑똑히 보았다. 와이셔츠를 입은 두 개의 팔이 ──무대 주임의 팔로 단정해도 좋으리라

—— 되돌아 무대로 나가려는 남국의 여인을 껴안듯이 하였던 것이다. 그 여자에게는 관객의 갈채에 답례하려는 것 이상의 다른 의도가 있었던 듯이 짐작되었다. 두 손은 곰에게 껴안긴 것처럼 옆구리에 눌려져 있었지만 굳게 주먹을 만들어 쥐고 조금 전의 일을 앙갚음하겠다는 듯 부르르 떨고 있었다. 그때 무대는 불이 꺼졌다가 다음 장면으로 바뀌었다.

마지막 막이 내리고 좌석에서 일어났을 때, 그는 이제까지 자기가 앉아 있던 빈 의자에 훌쩍 프로그램을 던졌다.

그러자 놀랍게도 함께 온 여자가 그것을 집어 자기의 프로그램과 포개면서 "오늘 저녁의 기념이에요"라고 말하는 것이었다.

"당신에게 그런 소녀적인 취미가 있다니 모를 일이로군."

그는 여자의 뒤에서 사람이 꽉 찬 통로로 천천히 걸음을 옮기기 시작했다.

"소녀적인 취미와는 달라요. 가끔 나 자신의 충동적인 행동을 생각해 내고 즐기는 버릇이 있거든요. 그럴 때 이것이 사용되지요."

충동적인 행동? 그래서 그녀는 단호한 결단으로 처음 보는 헨더슨과 하루 저녁을 지내기로 했다는 것인가. 그는 어깨를 으쓱했다. 단지 마음 속으로 그랬을 뿐 동작으로 나타내지는 않았지만.

두 사람이 극장에서 나와 인파를 헤치면서 택시를 잡아타려고 할때 뜻하지 않은 묘한 재난을 만났다. 택시를 올라타려고 하자 거지가 그녀에게로 다가와서 동냥 그릇을 코 앞에 바싹 들이대고 떼를 쓰기 시작했다. 때마침 그녀는 불을 붙인 담배를 손에 들고 있었다. 그런데 그 거지인지 아니면 곁에 섰던 누군가와 서로 부딪치는 바람에 담배가 그녀의 손가락에서 빠져나가 거지의 동냥 그릇 속으로 떨어져 들어갔다.

헨더슨은 그것을 보았으나 그녀는 알지 못했다. 그는 아무것도 모

르는 거지를 만류하려고 했으나 그럴 겨를도 없이 불운한 거지는 그
릇에 손가락을 넣고 더듬다가 담뱃불에 닿은 듯 후다닥 손을 꺼냈다.

헨더슨은 급히 불붙은 담배를 집어 내고 사과하는 뜻으로 1달러짜
리 지폐를 거지의 손에 쥐어 주었다. "미안해요, 할아버지. 일부러
그런 건 아니에요." 그는 작은 소리로 말했다.

그리고 상대가 사뭇 아픈 듯이 불에 덴 손가락을 후후 부는 것을
보자 또 한 장의 지폐를 내밀었다. 그것은 악의 없는 장난으로 오해
받기 쉬운 일이었다. 그러나 그녀의 표정으로 미루어 보아 일부러 그
렇게 하지 않았다는 것은 단언할 수 있었다.

그녀를 뒤따라 그가 올라타자 택시는 달리기 시작했다.

"정말 안됐어요." 라고 그녀는 말했을 뿐이었다.

그는 운전수에게 아직 행선지를 말하지 않고 있었다.

이윽고 그녀가 물었다.

"몇 시지요?"

"아아, 12시 15분 전."

"그럼, 우리가 처음 만난 '안셀모'로 돌아가지 않으시겠어요? 거기
서 이별의 잔을 들고 헤어져요. 당신은 당신의 길, 나는 나의 길로
가는 거에요. 나는 무슨 일이든 분명하게 마무리짓지 않으면 직성
이 풀리지 않거든요."

마무리지을 무엇이 있었느냐고 그는 불쑥 말하려다가, 이런 경우
그런 말을 하지 않는 편이 나을 것 같아서 아무 대꾸도 하지 않았다.

바 안은 두 사람이 처음 만났던 6시쯤에 비하면 꽤 혼잡했다. 그는
카운터 맨 끝의 벽가에서 의자를 하나 발견하자 그녀를 거기에 올라
앉게 하고 자기는 여자 옆에 섰다.

"그럼."

여자는 술잔을 카운터에서 1인치 정도 들어올리고 감개 깊은 듯이

그를 쳐다보았다.

"이제 이별이군요. 정말 오늘 저녁엔 즐거웠어요."

"그렇게 말해 주니 나도 기쁘군요."

두 사람은 건배했다. 그는 단숨에 잔을 비우고 그녀는 입술을 조금 대었을 뿐이었다.

"난, 좀더 여기 남아 있겠어요." 그녀는 손을 내밀었다. "안녕. 늘 건강하세요."

두 사람은 하루 저녁의 친구답게 홀가분한 마음으로 악수했다. 그가 등을 돌리고 나가려 하자 여자는 무슨 충고라도 잊어 버렸다는 듯 눈가에 주름을 잡으며 말했다.

"이제 기분도 그만 가라앉았을 테니 댁으로 돌아가 부인과 화해하세요."

그는 조금 놀란 듯한 얼굴이 되었다.

"밤이 어떤 것인지 난 잘 알았어요."

그녀는 조용히 말했다. 그리고 두 사람은 헤어졌다. 그는 출구 쪽으로, 그녀는 술잔 쪽으로. 하나의 삽화는 막을 내렸다.

출구 앞에 이르러 그는 뒤돌아보았다. 활처럼 굽은 카운터 끝의 벽가에 앉아 있는 그녀의 모습이 보였다. 생각에 잠긴 듯 눈을 내리깔고 있다. 아마도 술잔의 손잡이를 만지작거리고 있는 모양이다. 카운터 한쪽에 걸터앉아 있는 두 사나이의 어깨가 V자 모양의 공간을 이루고 있는 사이로 연연한 오렌지빛 모자가 또렷이 보이고 있었다.

눈부신 오렌지 빛깔의 모자, 그것이 마지막으로 눈에 들어온 것이었다. 그에게서 멀리 떨어진 저쪽, 담배 연기와 그림자들 저쪽의 마치 꿈처럼 현실의 것도 과거의 것도 아닌 정경 속에 그것은 아련히 떠올라 있었다.

사형집행 전 150일

심야

그로부터 10분 뒤, 직선 거리로 약 여덟 구역──직선이라고 하지만 그것은 두 줄의 직선이었다. 한 줄은 똑바로 일곱 구역, 그리고 왼쪽으로 꺾이어 다시 한 구역을 달린 뒤에 그는 모퉁이의 아파트 앞에서 택시를 내렸다.

거스름돈을 주머니에 넣고 나서 열쇠로 현관문을 열고 안으로 들어갔다.

로비에서는 사나이 하나가 왔다갔다하면서 누군가를 기다리고 있었다. 로비에서 사람을 기다릴 때면 누구나 그렇게 하듯이 이리 갔다 저리 갔다 서성대는 것이었다. 사나이는 이 아파트에 사는 사람이 아니었다. 헨더슨이 본 적이 없는 얼굴이었다. 엘리베이터를 기다리고 있는 것도 아니었다. 엘리베이터는 위의 어느 층에 멎어 있는 모양인지 표지판에 불이 켜져 있지도 않았다.

헨더슨은 사나이 쪽으로는 다시 눈길을 주지도 않고 그 곁을 지나쳐 엘리베이터의 하강 버튼을 눌렀다.

사나이는 벽에 그림틀이 걸려 있는 것을 발견하고 그다지 값어치도 없을 성싶은 그 그림을 물끄러미 바라보기 시작했다. 그는 헨더슨을 등지고 서 있었다. 자기 이외의 다른 사람이 로비에 있다는 것을 깨닫지 못한 척하고 있지만 그 연극은 약간 지나친 것처럼 느껴졌다.

'무슨 떳떳지 못한 사정이 있구나' 하고 헨더슨은 생각했다. 그림은 그토록 열심히 감상할 만한 값어치가 있는 듯싶지 않았다. 아마도 누군가가 로비로 내려오기를 기다리는 모양이었다. 그로서는 데리고 나갈 만한 자격이 없는 그런 누군가를.

헨더슨은 생각했다. '도대체 무엇 때문에 저런 사나이에게 관심을 갖는단 말이냐? 나하고 무슨 관계가 있단 말인가?'

엘리베이터가 내려오자 그는 안으로 들어갔다. 무거운 청동 문이 저절로 닫혔다. 그는 벽 제일 위쪽에 있는 6층 버튼을 눌렀다. 로비가 밑으로 떨어져 가는 것이 바깥문에 끼운 작은 마름모꼴 유리창 너머로 보였다. 그 바로 전에 그림을 감상하고 있던 사나이가 데이트도 좋지만 더 이상 기다릴 수 없다는 듯이 그림 앞을 떠나 교환대 쪽으로 한 걸음 내디디는 것이 보였다. 이것도 헨더슨으로서는 자기와는 아무 상관 없는 한 장면일 뿐이었다.

그는 6층에서 엘리베이터를 내려 방의 열쇠를 꺼내려고 주머니를 더듬었다. 복도는 조용하여 그의 주머니 속의 잔돈이 짤랑거릴 뿐, 주위에서는 아무 소리도 들리지 않았다.

열쇠를 꺼내 그는 자기 방의 문을 열었다. 방은 엘리베이터에서 오른쪽에 있었다. 방 안은 깜깜했다. 그것에 대해서 그는 아무런 까닭도 없이 목구멍 안쪽에서 불만스러운 듯한 웃음을 토해 냈다.

스위치를 누르자 말쑥한 현관이 나타났다. 그러나 전등은 이 작은 공간밖에 비추지 않았다. 정면 아치 안쪽의 방은 여전히 깜깜했다.

그는 손을 뒤로 하여 문을 닫고 옆의 의자 위에 모자와 윗옷을 내동댕이쳤다. 정적과 불이 밝혀져 있지 않다는 것이 그를 짜증나게 한 모양이었다. 그는 다시 찌푸린 얼굴이 되었다. 저녁 6시, 거리에서 두드러지게 눈에 띄던 그 음울한 얼굴이.

그는 어떤 이름을 불렀다. 아치 저쪽으로 펼쳐진 공간을 향하여 소리쳤다.

"마셀라!"

명령적이고 친근감 없는 말투였다.

어둠은 대답하지 않았다.

그는 날카롭게 힐문하는 듯한 투로 말하면서 어둠 속으로 거칠게 들어섰다.

"이거 봐, 그만해 두라구! 눈뜨고 있는 거지. 누구 놀리는 거야? 방금 침실 창문에 불이 켜져 있는 것이 한길에서 보였단 말이야. 자, 자꾸 이러고 있으면 어쩌겠다는 거야?"

침묵은 대답하지 않았다.

그는 어둠 속을 비스듬히 가로질러 이미 머릿속에 환히 그려져 있는 벽의 어느 한 점을 향해 다가갔다. 그는 이제 아까 같은 새된 목소리가 아니라 낮게 중얼거리고 있었다.

"내가 돌아오기 전까지 당신은 일어나 있었어! 그런데 내가 돌아온 것을 눈치채자 그만 곯아떨어져 버렸어! 문제를 어물쩍 넘겨보려는 속셈인 모양이지!"

그는 팔을 앞으로 뻗쳤다. 그 손이 아직 아무것에도 닿지 않았는데 짤각 하는 소리가 났다. 갑자기 온통 빛을 뒤집어쓰고 그는 흠칫했다. 뜻밖에 너무나 빨리 전등이 켜졌기 때문이었다.

자기가 뻗친 손 끝을 보니 스위치는 아직 3인치나 떨어져 있었다. 낯선 손 하나가 마침 스위치에서 떨어져 벽을 따라 움직이고 있었다. 그의 눈길은 그 손을 따라 옷소매로 옮겨가 드디어 한 사나이의 얼굴과 마주쳤다.

그는 흠칫 놀라며 반쯤 몸을 비틀어 돌렸다. 거기에 또 다른 얼굴이 그를 응시하고 있었다. 그는 다시 몸을 뒤틀어 거의 뒤로 돌아섰다. 그러자 거기에도 또 제3의 얼굴이 기다리고 있었다. 세 사나이의 얼굴은 그의 둘레에 반원을 그리며 마치 조각상처럼 꼼짝도 하지 않고 무감각하게 우뚝 서 있었다.

이 세 개의 말없는 유령에 에워싸여 거의 넋이 나간 헨더슨은 가까스로 정신을 차려 주위를 둘러보았다. 설마 그럴 리가 없겠지만 혹시 잘못 들어온 것은 아닐까, 여기가 과연 내 아파트인가 하고.

그의 눈길은 벽가의 테이블 위에 올라앉은 전기 스탠드의 코발트빛 받침대에 이르렀다. 그의 것이었다. 한쪽 구석에 놓인 나지막한 의자, 이것도 그의 것이었다. 책상 위에 놓인 둘로 접는 사진틀, 한쪽에는 숱 많은 머리를 굽슬굽슬 빗어넘긴 토끼 같은 눈망울의 아리따운 여인이 입을 뾰죽하게 오므린 표정으로 찍혀 있다. 다른 한쪽에는 그 자신의 얼굴이 있었다.

두 개의 얼굴은 저마다 반대 방향을 쳐다보고 있다.

역시 자기의 아파트임에 틀림없었다.

먼저 입을 연 것은 그였다. 세 사나이 쪽에서 말을 걸어 올 기색이 전혀 없었기 때문이었다. 그대로 밤새도록 그를 바라보고 서 있을 듯싶은 느낌이었다.

그는 격한 어조로 말했다.

"당신들은 도대체 내 아파트에서 뭘 하는 거요?"

그들은 대꾸하지 않았다.

"당신들은 뭐요?"

역시 대답이 없었다.

"여기 무슨 볼일이 있어서 왔소? 대체 당신들은 어떻게 여기에 들어왔소?"

그는 다시 한 번 그녀의 이름을 불렀다. 이번에는 아까와 달리 이들이 왜 여기 있는지 그녀에게서 설명을 듣기 위해서였다. 그가 쳐다보고 있는 문은 지금 지나온 아치를 제외하면 유일한 문인데, 웬일인지 닫혀 있는 것 같았다. 호젓하게 수수께끼처럼 잠겨 있었다.

그들이 무어라고 말하고 있었다. 그는 급히 돌아다보았다.

"당신이 스콧 헨더슨이오?"

그를 에워싼 반원이 조금 좁혀졌다.

"아아, 그것은 내 이름인데." 그는 다시 열려 있지 않은 문 쪽으로 눈길을 돌렸다. "뭐요? 대체 무슨 일이 있었소?"

상대는 그의 물음에는 대답하지 않고 얄미울 정도로 점잔을 빼면서 질문을 퍼부었다.

"당신은 분명히 여기서 살고 있소? 틀림없겠지요?"

"틀림없이 여기 살고 있소."

"그리고 당신은 마셀라 헨더슨의 남편이지요? 그렇소?"

"그렇소! 그런데 대체 무슨 일이 있었는지 가르쳐 주지 않겠소?"

그들 중 하나가 손바닥을 놀렸다. 어떤 시늉을 해보였으나 그는 그것을 놓치고 말았다. 그가 보려고 했을 때에 그 동작은 끝나고 있었다.

헨더슨은 문 쪽으로 가려고 하자 무슨 까닭인지 사나이들 중의 하나가 앞을 가로막아 섰다.

"그 사람 어디 있지요? 여기에 없습니까?"

한 사람이 온화하게 대답했다.

"있긴 있어요, 헨더슨 씨."

"있다면 왜 나오지 않는 거야?" 그는 흥분해서 언성을 높였다. "가르쳐 줘, 뭐라고 말해 보란 말야."

"그녀는 나올 수 없습니다, 헨더슨 씨."

"아참, 아까 당신이 보여 준 게 뭐더라. 경찰 배지 아니었나요?"

"아니, 좀 침착하시오, 헨더슨 씨."

이리하여 네 사람은 아주 기묘한 스퀘어 댄스를 추듯 움직였다. 그가 조금 한쪽으로 움직이면 그들도 같은 방향으로 움직였다. 그가 다시 그전 위치로 돌아오면 그들도 다같이 제자리로 돌아왔다.

"침착하라고? 아니, 나는 먼저 그전에 무슨 일이 있었는지 알아야 하겠소! 강도인가요? 사고요? 아내가 자동차에 치기라도 했나요? 이 손 봐요. 날 저리로 들어가게 해 줘요!"

그러나 그의 두 손에 대하여 그들은 여섯 개의 손을 가지고 있었다. 두 개를 뿌리치면 그때마다 다른 네 개의 손이 그를 가로막았다. 그는 극도로 흥분했다. 한 발자국만 더 움직이면 폭발해 버릴 것 같았다. 네 사람의 거친 숨소리가 방 안을 가득 채웠다.

"난 여기 사는 사람이야, 여긴 내 집이라구! 이런 법이 어디 있어! 도대체 당신들은 무슨 권리로 날 아내의 방에 못 들어가게 하는 거요."

별안간 그들은 손을 놓았다. 가운데 있던 사나이가 문에서 가장 가까이 있는 사나이에게 눈짓을 하며 내뱉듯이 말했다.

"좋아. 가게 해, 조우."

붙잡고 있던 손이 갑자기 치워졌기 때문에 그는 중심을 잃고 비틀거리면서 문을 열기는 했으나 고꾸라지려는 몸을 간신히 지탱했다.

거기는 아름답고 연약한 사랑의 보금자리였다. 장식은 푸른 색과 은색으로 통일되고 코에 익은 향기가 방 안에 자욱했다. 화장대 위의 푸른 공단 스커트를 부풀려 입고 있는 인형이 커다란 눈에 공포를 가득 담고 그를 쳐다보는 것같이 생각되었다. 푸른 비단으로 된 전기 스탠드의 갓을 떠받치고 있는 크리스탈 기둥 하나가 인형의 무릎에 비스듬히 쓰러져 있었다.

두 개의 침대에는 푸른 공단 커버가 덮여 있었다. 한쪽은 판판하고 얼음판처럼 매끄러웠으나 다른 한쪽은 누군가를 그 속에 숨겨 둔 듯 불룩하였다. 잠들어 있는지 아픈 것인지 머리에서부터 발 끝까지 커버를 뒤집어 쓰고 있는데, 그 끝에서 느슨하게 말린 머리카락이 한두 가닥 내밀어져 있었다.

그는 언뜻 발을 멈추었다. 창백한 경악의 빛이 얼굴에 가득했다.

"아내는 일을 저질렀군요! 바보 같으니!"

그는 떨리는 눈을 들어 두 침대 사이에 있는 작은 테이블을 보았다. 거기에는 아무것도 없었다. 유리컵도 병도 약 상자도.

그는 비틀비틀 침대로 다가갔다. 엉거주춤 구부리면서 커버 위로 그녀에게 손을 댔다. 동그란 어깨가 만져지자 조심조심 흔들었다.

"마셀라, 괜찮은 거야?"

세 사나이는 그의 뒤를 따라 방 안에 들어와 있었다. 어렴풋이 그는 자신의 행동이 모두 그들에게 감시당하고 있다는 것을 느꼈다. 그러나 지금의 그는 그녀 말고는 아무것에도 마음을 쓸 수가 없었다.

문 근처에서 세 쌍의 눈이 지켜보고 있었다. 그가 푸른 공단 커버를 어루만지는 것을 보고 있었다. 그의 손은 커버 한끝을 길쭉한 삼각형으로 활짝 젖혔다.

순간, 자신의 눈을 의심하지 않을 수 없는 참담한 광경——평생토록 머리에 달라붙어 떨어지지 않을 장면이 거기에 나타났다. 그녀는 이를 드러내고 음산하게 웃고 있었다. 죽은 사람 특유의 그 얼어붙은 듯한 미소를 머금고 무섭게 웃고 있는 것이다. 머리는 부챗살처럼 퍼져 베개 위에서 물결치고 있었다.

몇 개의 손이 그를 잡았다. 비틀비틀 한 걸음씩 그는 뒤로 물러섰다. 푸른 공단 커버와 그녀는 보이지 않게 되었다. 그 뒤로 영원히.

"이런 사태는 피하고 싶었는데" 하고 그는 띄엄띄엄 말했다. "이런 사태가 되리라고는 꿈에도 생각지 못했어."

　세 쌍의 눈이 서로 마주보고, 지금의 그 말이 그들 머릿속의 노트에 기록되었다.

　그들은 헨더슨을 아까 그 방으로 데리고 가서 소파에 앉혔다. 그는 걸터앉았다. 세 사람 중의 하나가 되돌아가서 그 방의 문을 닫았다.

　헨더슨은 조용히 소파에 앉아 방 안 조명이 너무 강렬하기라도 한 듯이 한쪽 손으로 눈을 가렸다. 세 사나이는 그를 보고 있지 않았다. 한 사람은 창가에 서서 멍한 시선을 창 밖으로 던지고 있었다. 또 한 사람은 조그만 테이블 곁에 서서 잡지를 뒤적이고 있었다. 그리고 세 번째 사나이는 그와 마주앉아 있었으나, 그를 보고 있지는 않았다. 무엇인가로 손톱 소제를 하고 있다. 지금의 그로서는 그것이 가장 중요한 일이라는 듯이 몰두하고 있었다.

　이윽고 헨더슨은 눈을 가리고 있던 손을 떼었다. 문득 정신을 차려 보니 그는 사진틀의 그녀 사진을 바라보고 있었다. 그것은 그의 쪽으로 기울어져 있었다. 그는 팔을 뻗쳐 사진틀을 탁 접었다.

　세 쌍의 눈이 한 차례 말없는 눈짓을 서로 주고받았다.

　납덩이 같은 침묵의 천장이 무겁게 내리눌렀다. 이윽고 그의 앞에 앉아 있던 사나이가 입을 열었다.

　"잠깐, 당신에게 좀 물어 볼 말이 있는데……."

　"잠깐만 기다려 주시오." 그는 힘없이 말했다. "뭐기 뭔지 정신을 차릴 수가 없군요."

　의자에 앉은 사나이는 납득이 간다는 듯 고개를 끄덕였다. 창가의 사나이는 여전히 창밖을 내다보고 테이블 곁의 사나이도 여전히 부인 잡지를 뒤적이고 있었다.

　얼마 뒤 헨더슨은 눈을 잘 보이게 하려는 듯 눈꼬리를 손가락으로 누르면서 선선히 말했다.

"이젠 됐어요, 시작합시다."

세상살이 이야기처럼 지극히 자연스럽게 시작되었으므로 심문을 받고 있다는 느낌은 들지 않았다.

어쩌면 그것은 일반적인 사실에서 결여된 바를 알아 내기 위한 그들의 화술에 불과했을지도 모르지만, 그런 눈치조차 알아챌 수가 없었다.

"그런데…… 헨더슨 씨, 당신의 나이는?"

"32살."

"부인은?"

"29살."

"결혼한 지 얼마나 되지요?"

"5년."

"당신의 직업은?"

"주식 중개를 하고 있소."

"오늘 저녁에 당신이 집을 나간 건 몇 시쯤이었지요?"

"5시 반에서 6시 사이였습니다."

"그걸 좀더 정확하게 말할 수 없을까요?"

"물론이지요. 하긴 문을 닫은 것이 정확하게 몇 시 몇 분이라고는 말할 수 없지만. 그래요, 6시 15분 전에서 5분 전 사이일 겁니다. 한길 모퉁이까지 갔을 때 6시 종이 울린 것을 기억하고 있으니까. 다음 구역에 작은 교회가 있습니다."

"흐음, 그래서 저녁은 이미 먹고 난 뒤란 말이지요?"

"아니," 아주 짧게 사이를 두었다가 "먹지 않았습니다" 하고 그는 대답했다.

"그렇다면 저녁 식사는 밖에서 했단 말이오?"

"네, 밖에서 했습니다."

"혼자서?"

"네, 혼자서요. 아내하고 같이 외출하지 않았기 때문에."

테이블의 사나이는 잡지의 마지막 페이지를 넘겼다. 창가의 사나이도 밖을 바라보는 일에 싫증을 느끼고 있었다. 의자에 앉은 사나이는 헨더슨을 화나지 않게 하기 위해서인지 일부러 익살스러운 말투로 말을 계속했다.

"하하아, 그렇다면 뭐라고 할까, 여느 때의 습관과는 달랐다는 말씀이로군요. 부인을 두고 혼자 나가 밖에서 저녁 식사를 한 것은?"

"네, 달랐습니다."

"흐음, 그러면 오늘 저녁에 무슨 일이 있었던가요?"

형사는 헨더슨을 보지 않고 옆의 재떨이에 떨어뜨린 담뱃재를 물끄러미 바라보고 있었다.

"오늘 저녁에는 아내와 함께 밖에서 식사를 하려고 했습니다. 그런데 나갈 시간이 다 되자 아내는 기분이 안 좋고 머리도 아프다고 하더군요. 그래서 나 혼자 나갔지요."

"말다툼이라든가 그런 건?"

이번에는 아주 목소리를 낮추어서 물었으므로 알아듣기 힘들 정도였다.

헨더슨도 똑같이 목소리를 낮추어 대답했다.

"두서너 마디 주고받긴 했어요. 늘 하는 그런 식의……."

"흐음, 과연."

형사는 가정에서의 사소한 실랑이가 어떤 것인지 잘 알고 있다는 듯한 태도로 물었다.

"하지만 대단한 일은 없었겠지요?"

"물으시는 관점이 어디 있는지 모르지만, 아내의 신상에 이런 끔찍한 일이 일어날 만한 것은 아니었지요." 순간 그는 재빠른 말투가 되면서 물었다. "그런데 이건 뭡니까. 그쪽에선 아직 아무것도 밝히지 않았잖소. 대체 무슨 이유로……."

바깥쪽 문이 열리는 것을 보고 그는 문득 입을 다물었다. 최면술에라도 걸린 것같이 멍한 눈초리로 쳐다보고 있으려니까 이윽고 침실문이 닫혔다. 그는 일어서려고 했다.

"저 사나이들은 무슨 볼일로 왔소? 도대체 뭐요? 침실에서 뭘 하려는 겁니까?"

의자에 앉아 있던 사나이가 다가와서 그를 앉히려고 어깨에 손을 얹었다. 강제로 눌러 앉히려는 것은 아니고, 어쩌면 애도의 뜻을 담은 동작이라고 받아들일 수도 있었다.

창가의 사나이가 고개를 돌리면서 말했다.

"좀 흥분하지 않았소, 헨더슨 씨?"

모든 인간이 갖추고 있는 타고난 자연의 위엄이라고나 할까, 그런 것이 헨더슨의 편을 들었다.

"나더러 어, 어떻게 흥분하지 말라는 겁니까?" 하고 그는 비난조로 날카롭게 쏘아붙였다. "집에 돌아와 보니 아내가 죽어 있는데."

그는 유리한 입장에 섰다. 창가의 사나이도 그 말에 대해서는 더이상 할 말을 찾지 못하는 듯했다.

침실 문이 다시 열리고 있었다. 방 안에는 어수선한 움직임이 있었다. 헨더슨은 눈을 크게 뜨고 천천히 문에서 아치를 지나 현관 쪽으로 눈길을 옮겨갔다. 이번에는 그도 온몸에 경련을 일으키며 벌떡 일어섰다.

"저런 법이 어디 있어! 보시오, 저걸! 마치 감자 자루를 굴리는 꼴이 아니오. 저 아름다운 머리를 방바닥에 질질 끌고. 아내가 그토록 소중히 여기던 머리를!"

손이 뻗쳐 와서 그를 그 자리에 못 내리눌러 놓았다. 바깥쪽 문은 소리도 없이 닫혔다. 아련한 향내가 텅 빈 침실에서 풍겨 왔다. 그것은 이렇게 속삭이는 듯했다.

'잊지 마세요, 네. 당신과 연인이었던 시절의 나를 잊지 마세요, 네.'

그는 털썩 소파에 주저앉아 겹쳐 모은 두 팔에 얼굴을 묻었다. 거친 숨소리가 들렸다. 이제까지의 템포가 일시에 무너져 버렸다. 그는 얼굴을 쳐들더니 멍한 모습으로 말했다.

"사나이는 눈물을 보이는 게 아닌데…… 나는 울고 말았어."

앞에 앉은 사나이가 담배를 권하고 불을 붙여 주었다. 불꽃이 헨더슨의 눈에서 번뜩이는 것을 비추었나. 이것이 계기가 되었는지 아니면 더 캐어 낼 것이 없어서인지 아무튼 심문은 더 이상 계속되지 않았다.

다시 그들이 이야기하기 시작했을 때는 시간을 보내기 위해서 무슨 이야기라도 지껄이지 않으면 안 되겠다는 듯한 맥빠진 대화였다.

의자의 사나이가 무심히 말을 걸었다.

"헨더슨 씨, 당신은 옷에 여간 신경을 쓰지 않는군요."

헨더슨은 무뚝뚝한 얼굴을 돌렸을 뿐 대답은 하지 않았다.

"입은 옷이 모두 썩 잘 어울려. 보통 안목이 아냐."

"멋부리는 것도 하나의 예술이니까" 하고 잡지를 읽던 사나이가 참견을 했다. "양말, 셔츠, 그리고 윗주머니의 장식용 손수건……."

"다만 넥타이만은" 하고 창가의 사나이가 달리 말했다.

헨더슨이 힘없이 항의했다.

"이런 상황에서 당신들은 그 따위의 이야기를 잘도 하시는군요."

"그건 푸른 빛깔이 아니면 안 되지. 안 그렇소?" 하고 창가의 사나이는 악의 없이 계속했다. "다른 건 모두 푸른색이야. 그것 하나 때문에 전체의 조화가 깨어져 버렸거든. 나야 유행에 어둡지만, 누가 보든 좀 이상하지 않아요? 다른 면에서는 조금의 빈틈없이 치장하고 있으면서 가장 중요한 넥타이를 그런 걸 매고 있다니 어찌 된 일인지. 당신은 푸른 넥타이를 갖고 있지 않소?"

"대체 날 어쩌자는 겁니까? 지금의 내게 그런 시시한 것을 생각할 여유가 없다는 것쯤은" 하고 헨더슨은 애원조로 대답했다.

사나이는 아까와 같이 억양 없는 목소리로 다시 한번 물었다.

"푸른 넥타이는 갖고 있지 않소, 헨더슨 씨?"

헨더슨은 머리를 손가락으로 긁으면서 "당신들은 날 미치광이로 만들려는 건가요?" 하고 되물었다. 그리고 그런 진부한 이야기는 더 이상 참을 수 없다는 듯이 가라앉은 목소리로 대답했다.

"푸른 넥타이는 갖고 있어요. 가운데 옷장의 넥타이걸이에 걸려 있을 겁니다."

"그렇다면 왜 그걸 매지 않았었지요? 당신의 옷 전체가 넥타이는 푸른 색으로 해 달라고 요구하고 있는데." 형사는 상대의 마음을 달래려는 듯한 태도로 말했다. "하긴 처음 푸른 넥타이를 맸다가 막상 나가려는 순간에 마음이 변해서 지금 맨 것과 바꿨다면 이야기가 달라지지만."

"그것이 어쨌다는 겁니까. 왜 자꾸 그런 일을 가지고 말하는 거지요?" 헨더슨은 언성을 조금 높여 말했다. "내 아내는 죽어 버렸소, 내 머릿속은 거의 미칠 지경이오. 내가 어떤 넥타이를 매었든 그게 어쨌다는 거요?"

그러나 질문은 가차없이 계속됐다. 마치 물방울이 똑똑 머리 위로 떨어지는 것 같았다.

"분명히 말할 수 있소? 처음부터 그걸 매지 않았었다고……?"

그는 공허한 목소리로 말했다.

"네, 그건 침실의 넥타이걸이에 걸려 있을 겁니다."

형사는 아무렇지도 않은 듯이 말을 이었다.

"그런데 넥타이걸이에는 없소. 그래서 이렇게 물어 보는 거요. 그 넥타이걸이에는 물고기 등뼈처럼 자잘한 칸이 세로로 죽 새겨져 있지요. 우리가 조사한 바로는 당신이 여느 때 그 넥타이를 걸어 두는 그 자리 거기만 비어 있었소. 더구나 거기가 맨 아래인데, 다시 말해서 다른 넥타이는 모두 그 위에 포개듯이 걸려 있었소. 그러니까 잘 들어요. 그 한 개의 넥타이를 다른 넥타이 밑에서 뽑아 냈다 그 말이오. 그러므로 당신이 침실에 가서 처음부터 그것을 선택했을 것이 틀림없다는 것을 증명하고 있소. 그런데 알 수 없는 일은 일껏 당신이 밑에 걸린 그 넥타이를 집어 냈으면서 왜 마음을 바꾸어 낮에 죽 매고 있던 것하고 바꿔 맸는가 하는 거요. 더구나 저녁 외출복에는 전혀 어울리지 않는 그 넥타이하고 말이오."

헨더슨은 손바닥으로 이마를 탁 때리더니 기세좋게 일어섰다.

"그만 좀 해 두십시오! 이제 더 이상 나로서는 견딜 수 없소. 자아, 뭘 노리고 그러는지 그 까닭을 들려 주어야겠소! 넥타이걸이에 그게 없다면 대체 어디에 있단 말입니까? 나는 매고 있지 않소! 어디 있지요? 아신다면 좀 가르쳐 주시지. 어디 있든 그게 무슨 문제란 말인가요?"

"그게 큰 문제요, 헨디슨 씨."

그 뒤로 오랜 침묵이 계속되었다. 너무 오래 침묵이 계속되었으므로 상대가 입을 열기 전에 벌써 그의 얼굴이 창백해졌다.

"그건 당신 부인의 목에 단단히 감겨져 있었소. 너무 세게 감겨져서 부인의 숨이 끊어질 정도였지. 얼마나 단단히 죄었는지 나이프로 끊어 내지 않으면 안 되었소."

사형집행 전 149일

새벽녘

천 번도 더 넘는 심문 끝에 이른 새벽의 밝음이 창으로 스며들어왔다. 사람을 포함하여 방 안의 모든 것이 이제까지와 변함이 없는데 어쩐지 묘하게 달라진 듯한 느낌이 들었다. 마치 밤새도록 흥청대던 파티가 끝난 뒤 같았다.

재떨이는 물론이고 그릇이라는 그릇은 모두 담배 꽁초로 가득차 있었다. 코발트빛의 전기 스탠드는 여전히 켜져 있어, 흐리멍덩하게 바랜 불빛이 어스름 속에서 기이한 느낌을 주었다. 사진틀도 어제 저녁 때와 마찬가지로 그 자리에 놓여 있었다. 그러나 그녀는 이미 이 세상에 존재하지 않으며 허물에 지나지 않는 것이었다.

사나이들의 모습이나 동작은 숙취로 곯아떨어졌다 깨어난 사람들 같았다. 윗저고리도 조끼도 벗어던지고 칼라의 단추도 끄르고 있었다. 한 사람은 욕실에 들어가 찬물로 생기를 되찾으려 하고 있었다. 활짝 열어젖힌 문으로 사나이의 코 푸는 소리가 들려왔다. 다른 두 사람은 여전히 담배를 피우면서 방 안을 서성거리고 있었다.

헨더슨만이 조용히 앉아 있었다. 그는 밤새도록 앉아 있던 소파에 역시 가만히 파묻혀 있었다. 이제까지의 생애를 죽 이 소파 위에서 지내 온 것 같은, 이 방에서 한 발짝도 밖으로 나간 일이 없는 것 같은 느낌이었다.

욕실의 사나이는 이름이 바제스라고 했다. 바제스가 이윽고 문간에 모습을 나타냈다. 머리를 통째로 세면대에 처넣었던 모양인지 머리에서 물방울이 뚝뚝 떨어졌다.

"타월은 어디 있지?"

여느 때 같으면 평범한 질문이지만 그것은 헨더슨에게 야릇한 느낌을 주었다.

"나는 내 손으로 타월걸이에서 타월을 집은 적이 없습니다" 하고 그는 비통한 목소리로 대답했다. "필요할 때 언제나 아내가 내게 건네 주었지요. 그래서 이제껏 난 타월이 어디 걸려 있는지 모릅니다."

형사는 방바닥에 후드득 물방울을 떨어뜨리면서 난처한 듯한 얼굴로 물었다.

"목욕실의 커튼 자락을 써도 괜찮겠소?"

"네, 그러시지요."

헨더슨의 대답은 애처로웠으며 무엇엔가 의지하고 싶어하는 듯했다.

또 심문이 시작되었다. 그것은 언제나 '이제 이것으로 끝나는구나' 하고 생각할 무렵이면 다시 시작되는 것이었다.

"문제는 그냥 극장표가 두 장 있었다는 것뿐만이 아니잖아. 그런데도 당신은 왜 우리에게 그렇게 생각하게 하려는 거지?"

그는 천천히 다른 사나이 쪽으로 시선을 돌렸다. 이제까지는 줄곧 앞에 앉은 사나이가 말을 걸어 왔었다. 그런데 지금 그 말을 한 것은 그와 마주앉은 사나이가 아니었기 때문이다.

"그러니까 그렇다고 하는 겁니다. 사실 그대로를 말하는 게 안 되는 일입니까? 대체 당신들은 두 사람이 두 장의 극장표를 갖고 옥신각신했다는 말을 들은 일이 없다는 건가요? 별로 이상한 일도 아니지 않습니까?"

다른 한 사나이가 말했다.

"이봐요, 헨더슨 씨. 능청떨지 말아. 그 여자는 누구야?"

"네, 누구 말입니까?"

"어이구, 지겨워. 또 되풀인가" 하고 질문을 한 사나이는 내뱉듯이 말했다. "이 이야길 시작한 게 한 시간 반, 아니 두 시간 전이었지, 아마. 아무튼 새벽 4시쯤이었어. 자, 그래 그 여잔 누구지?"

헨더슨은 지친 손가락으로 머리칼을 쓸어올리며 이제는 어쩔 수 없다는 듯이 고개를 떨어뜨렸다.

바제스가 바지 속에 셔츠 자락을 쑤셔넣으며 욕실에서 나왔다. 그리고 주머니에서 시계를 꺼내어 손목에 찼다. 그는 막연히 그것을 들여다보면서, 어슬렁어슬렁 옆방 쪽으로 걸어갔다. 아마도 전화기를 집어든 모양이다. 목소리가 들려 왔다.

"걱정없어, 타니."

아무도 그쪽에 주의를 기울이지 않았다. 헨더슨은 반쯤 눈을 뜬 채 멀거니 양탄자를 바라보고 있었다.

전화를 끊고 바제스는 다시 방 안으로 들어왔으나 무료한 듯 건들건들 돌아다닐 뿐이었다. 이윽고 그는 창가에 자리잡고 앉아 창문의 햇빛 가리개를 들어올려 좀더 볕이 들어오도록 했다. 바깥쪽 창문턱에 새 한 마리가 앉아 있었다. 새는 다 알고 있다는 듯이 그를 쳐다보며 머리를 갸웃거렸다.

"잠깐 이리 와 봐요, 헨더슨 씨. 이 새는 무슨 종류지?"

헨더슨이 냉큼 일어서려고 하지 않자 바제스는 "여봐요, 얼른 이리와 봐. 그렇지 않으면 도망치잖아" 하고 마치 그것이 세상에서 가장 중요한 일이기라도 한 것처럼 거듭 물었다.

헨더슨은 일어나 그쪽으로 가서 그의 곁에 나란히 섰다. 그래서 방 안에 등을 돌리고 서게 되었다.

"참새죠."

헨더슨은 간단하게 말했다. 그러나 사나이 쪽으로 돌린 표정은 '당신이 알고 싶은 것은 그런 것이 아니잖아'라고 말하는 것 같았다.

"그렇다고는 생각했지만" 하고 바제스는 헨더슨의 시선을 바깥으로 이끌어 낸 다음 말했다. "여기서 내다보는 경치도 아주 몹쓸 것은 아닌데."

헨더슨은 내뱉듯이 말했다.

"바라신다면 참새랑 모두 드리죠."

그 뒤는 공공연한 침묵이 계속되었다. 모든 질문은 중지되고 있었다.

문득 헨더슨은 뒤를 돌아다보았다. 동시에 그 자리에서 얼어붙었다. 바로 조금 전까지 그가 앉아 있던 소파에 어떤 젊은 여자가 앉아 있었던 것이다. 그녀가 방에 들어온 기척은 전혀 없었다. 문의 돌쩌귀가 삐그덕거리는 소리, 옷자락 스치는 소리도 들리지 않았다.

찌르는 듯이 그에게 쏠리고 있는 세 사나이의 시선은 그의 얼굴 피부를 벗겨 버릴 것 같은 기세였다. 그는 얼굴 안쪽에서 죽을 힘을 다하여 그것을 잡아당겼다. 피부는 두꺼운 종이처럼 딴딴한 느낌이 들었으나 그것을 동요시키지 않으려고 안간힘을 썼다.

그녀는 그를 쳐다보고 그도 그녀를 바라보았다. 귀여운 여자였다. 이미 요즘은 앵글로색슨의 특징 같은 건 거의 실재하지 않는 것이나 다름없었는데, 그녀는 그 앵글로색슨 족인 것을 모두 갖추고 있었다. 눈은 푸르고 곱슬거리지 않는 엷은 갈색 머리를 이맛전에 곱게 빗어

붙여 남자처럼 또렷하게 가리마를 타고 있었다. 엷은 다갈색 낙타 코트를 어깨에 걸치고 있었다. 모자는 쓰지 않았으며, 핸드백을 꽉 움켜쥐고 있었다.

아직 어려서 애정이나 사나이 같은 것을 믿을 수 있는 단계에 있는 것 같았다. 아니, 어쩌면 영원히 그것을 믿을 수 있는 여자, 이상주의적인 기질을 가진 여자인지도 모른다. 헨더슨을 바라보는 눈초리로 그것을 짐작할 수가 있었다. 실제로 그녀의 눈 속에서는 향나무가 불타고 있는 듯한 느낌이 들었다.

핸더슨은 입술을 조금 축이면서 알아차릴 수 없을 만큼 가볍게 고개를 끄덕였다. 이름도 떠오르지 않고 어디서 만났던 기억도 없지만 그렇다고 묵살할 수도 없는 아주 먼 잘 알고 지내던 사람에 대한 인사라고나 할까, 그런 것이었다.

헨더슨은 이제 더 이상 그녀에게 관심이 없다는 듯한 얼굴이었다.

바제스가 은근히 무슨 신호를 보낸 것이 틀림없었다. 별안간 사나이들은 자취를 감추고 헨더슨과 여자만이 방 안에 남겨졌다.

그가 손으로 제지하는 듯한 동작을 하였으나 조금 늦었다. 낙타 코트는 내용물 없는 빈 껍데기인 채 소파 구석에 서 있었고 그녀의 몸뚱이는 이미 그 안에 없었다. 코트는 서서히 형체가 구겨지더니 풀썩 주저앉아 버렸다. 그리고 그녀는 마치 총알처럼 그에게로 달려들었다.

그는 몸을 피하려고 하였다.

"이러지 마. 조심해야 해. 놈들이 노리고 있어. 놈들은 한 마디라도 놓칠세라……."

"나는 아무것도 무섭지 않아요." 그녀는 그의 팔을 잡아 흔들면서 말을 이었다. "당신은? 당신은? 대답해 주세요!"

"여섯 시간 동안 나는 절대로 당신 이름을 입 밖에 내지 않으려고 애썼어. 놈들은 어떻게 당신을 끌어 냈지? 어떻게 당신을 알아 냈을까?"

그는 자기 어깨를 탁 치면서 외쳤다.

"에이, 빌어먹을! 당신을 끌어넣지 않을 수 있다면 팔뚝 하나쯤 줘 버릴 수도 있었는데!"

"하지만 당신이 궁지에 몰리는 일이라면 나도 같이 당하고 싶어요, 당신은 내 마음을 알지 못하는군요."

키스가 그의 대꾸를 막았다.

그런 뒤에 그가 말했다.

"내가 아직 흰색인지 검은 색인지도 모르면서 당신은 키스를 하는군."

"아녜요, 그건 틀려요" 하고 주장하는 그녀의 입김이 그의 얼굴에 끼얹어졌다. "그렇게까지 잘못된 짓은 안 했어요, 아니, 잘못될 까닭도 없는 일예요, 만약 당신이 그런 일을 했다고 믿는다면 내 마음에 결함이 있는 거니까 입원해서 치료하지 않으면 안 되겠지요, 하지만 내 마음은 이래봬도 단단하거든요."

"그럼, 당신 마음에 문제없다고 전해 줘" 하고 그는 안타까운 듯이 말했다. "나는 마셀라를 미워한 건 아냐. 그저 이대로의 생활을 계속해 갈 수 있을 만큼 사랑하지 않았어. 그것뿐이야. 그러니까 그녀를 죽일 필요까지는 없었어. 그녀가 아니더라도 도대체 내가 사람을 죽이다니……."

그녀는 말로 표현할 수 없는 기쁨 때문에 이마를 그의 가슴에 묻었다.

"굳이 내게 그런 말 하시지 않아도 돼요…… 둘이서 거리를 걷다가, 주인 없는 개가 달려들었을 때 내가 당신의 얼굴을 안 본 줄 아세요? 짐마차의 말이 한길 옆에 서 있을 때도——어머나, 이런 이야기를 하고 있을 때가 아니에요. 하지만 왜 내가 당신을 사랑한다고 생각하시죠? 당신이 미남이니까? 아니면 머리가 좋으니까? 용감하니까? 설마 그렇게는 생각하지 않으시겠죠, 네?"

그는 미소를 지으며 여자의 머리를 쓰다듬고 있었다. 그리고 가끔씩 손을 내리고 가만히 입술에 갖다대었다.

"내가 사랑하고 있는 건 모두 당신의 가슴 속에 있어요. 그것은 아무에게도 보이지 않고 오직 나 혼자만 볼 수 있는 거에요. 당신 속에는 아주 좋은 것이 많이 있어요. 당신이라는 사람은 정말 멋있는 분이에요. 하지만 그것은 당신 깊숙이에 숨어 있어서 나밖에는 볼 수 없으며, 나 혼자만의 것이에요."

이윽고 얼굴을 쳐든 그녀의 눈에는 눈물이 가득 괴어 있었다.

"이제 그만" 하고 그는 온화한 어조로 말했다. "내게는 그런 정도의 가치가 없어."

"값은 제가 스스로 붙인 거에요. 깎아내리지 말아 주세요."

그녀가 나무랬다. 그리고 한순간 잊어 버리고 있었던 문 쪽을 바라보더니 빛나던 표정이 조금 흐려졌다.

"저 사람들은 어때요? 어떻게 보고 있어요?"

"이제까지는 글쎄, 반신반의랄까. 진상을 알아 냈으면 이렇게 언제까지나 날 물고늘어지지는 않겠지. 그런데 어떻게 당신을 알아 냈을까?"

"어제 저녁 집에 돌아가니까 당신이 6시에 보낸 전언(傳言)이 있었어요. 그래, 어떻게 해야 할지를 몰라서 여기다 전화를 걸었었지요. 11시쯤이었어요. 저 사람들은 벌써 이 집에 와 있었는데, 할 이야기가 있다면서 곧 내게로 사람을 보냈어요. 그 뒤로 죽 저들이 따라붙어 있는 거에요."

그는 화를 내었다.

"지독하군, 밤새도록 당신을 못 자게 하다니!"

"당신이 시달리고 있다고 생각하니까 잠 같은 건 도무지 오지 않았어요." 그녀는 손가락으로 그의 얼굴 윤곽을 더듬으면서 말을 이었다. "한 가지 중요한 일이 있어요. 그 밖의 일은 모두 문제 밖이에요. 그것은 당연히 곧 밝혀질 일이지만. 저 사람들은 범인을 찾아 내기 위해서 온갖 수단을 다 쓸 것이 틀림없어요. 그런데 당신은 저 사람들에게 어디까지 이야기하셨지요?"

"우리 둘의 이야기 말야? 한 마디도 안 했어. 당신이 말려들까봐 얼마나 애썼는데."

"그래서 거기다가 눈독을 들였군요. 저 사람들은 당신이 뭘 숨기고 있구나, 하고 짚은 거에요. 이제 이미 나는 말려들어 버렸으니까 알고 싶어하는 걸 모두 말해 주면 어떨까요. 우리는 부끄러워할 일도 두려워할 일도 없어요. 빠르면 그만큼 빨리 결말이 나지 않겠어요? 더구나 저 사람들은 내 행동으로 미루어서 우리가 보통 사이가 아니라는 걸 이미 알아차리고 있을 거에요."

그녀는 문득 입을 다물었다. 바제스가 방으로 들어왔던 것이다. 그러면 그렇지, 하는 듯한 만족스러운 빛이 그 얼굴에 떠오르고 있었다. 이어서 다른 두 사람이 들어오자 바제스가 그 중 하나에게 눈짓하는 것을 헨더슨은 보았다.

"아래에 차가 있소. 댁까지 바래다 드리지요, 리치먼 양."

헨더슨은 그 사나이에게 다가가서 물었다.

"그녀를 어떻게 할 셈입니까? 그녀는 정말 아무것도."

"모두가 당신 생각 하나에 달렸어" 하고 바제스는 말했다. "그녀를 여기 데려온 것도 오직 당신의 기억을 되살리기 위해서였지."

"내가 알고 있는 일, 내가 말할 수 있는 일은 모두 털어놓겠어요" 하고 헨더슨은 열띤 어조로 말했다. "하지만 그녀가 신문기자들에게 질문 공세를 당하거나 그녀의 이름이 신문에 실리지 않도록 당신들이 손을 써 주셔야 합니다."

"진실을 말해 준다면야."

바제스도 조건을 붙였다.

"말하겠습니다."

헨더슨은 여자 쪽을 보며 목소리를 부드럽게 하여 말했다.

"그만 돌아가요, 캐릴. 걱정하지 말고 푹 자도록 해요, 곧 해결이 될 테니까."

그녀는 사람들이 보는 앞에서 그에게 키스를 했다. 그렇게 하는 자신이 자랑스러운 듯했다.

"상황을 알려 주세요, 네. 되도록 빨리요, 오늘 중에라도."

바제스는 그녀와 함께 문까지 가더니 밖에서 감시하고 있는 경찰관에게 말했다.

"타니에게 전해 줘. 이 사람 곁에 아무도 접근시키지 말라고, 이 사람에 대해서는 이름도 가르쳐 주어서는 안 되며, 어떤 질문이든 대답하지 말고, 어떤 정보든지 일체 새어나가게 해서는 안 된다고."

그가 되돌아오자 헨더슨은 깊은 감사의 말을 했다.

"고맙습니다, 정말. 당신은 신사요."

형사는 흘끗 그를 보았으나 아주 냉담한 얼굴이었다. 그리고 자리에 앉아서 수첩을 꺼내더니 무엇인가 까맣게 써넣은 두어 페이지를 아무렇게나 줄을 그어 지우고 새 페이지를 펼쳤다.

"자, 시작할까."

"시작하시지요." 헨더슨도 응했다.

"당신은 말다툼을 했었다고 그랬지. 그건 틀림없나?"

"네, 틀림없습니다."

"두 장의 극장표 때문이었지, 그렇지?"

"극장표 두 장하고 이혼 이야깁니다. 틀림없습니다."

"그 문젠데. 그렇다면 당신들 부부는 감정적으로 융화되지 못했었나?"

"융화고 뭐고 도무지 감정 따위는 없었습니다. 마비 상태라고나 할까요. 얼마 전부터 나는 이혼 얘기를 꺼내고 있었습니다. 캐럴 리치먼의 일은 아내도 알고 있었지요. 내가 이야기했었거든요. 무엇하나도 숨길 생각은 없었습니다. 정정당당하게 이야기를 끝고 나갈 마음이었죠. 그런데 아내는 이혼을 거절했어요. 그러나 리치먼과 밖으로 나돌아다니는 것도 우습고, 또 그런 짓은 하고 싶지 않았지요. 나는 리치먼을 아내로 맞아들이고 싶었어요. 그래서 우리는 되도록 떨어져 지냈습니다. 하지만 실상 몸이 마를 것 같은…… 도저히 견딜 수가 없었습니다. 이런 말도 필요합니까?"

"물론."

"그저께 밤에 나는 리치먼과 오래 이야기를 했습니다. 내가 애태우는 것을 보고 그녀는 '내가 할게요. 내가 이야기해 보겠어요' 라고 하지 않겠습니까. 그건 안 된다고 내가 말하자 '그렇다면 다시 한 번 당신이 설득해 보세요. 이번에는 수법을 바꿔서 이치를 따져 타이르고, 그래요, 내 편인 것처럼 다루면' 하고 그녀는 말하는 거였어요. 그런 방법은 내가 즐겨하는 바가 아니었습니다만 힘껏 해보기로 했습니다. 먼저 직장에서 전화를 걸어 늘 가는 음식점에 테이블을 예약했지요. 다음에 쇼 프로 두 장을 얻어 놓았습니다. 통로쪽의 앞자리 좌석으로요. 그리고 마지막으로 둘도 없는 친구의 송별연 초대까지 거절했던 것입니다. 잭 론버드라는 사나이인데 남미에 가면 2,3년은 돌아오지 않을 예정이었습니다. 그러니까 이것이 출항 전에 그의 얼굴을 볼 수 있는 마지막 기회였던 셈이지요. 그러나 나는 처음의 의도를 그대로 밀고 나갔습니다. 만일 죽음을 당한다 하더라도 예정대로 아내와 데이트를 가질 셈이었으니까요.

그래서 나는 집으로 돌아왔는데 사정은 조금도 달라져 있지 않았습니다. 차분한 마음으로 서로 이야기할 마음 같은 건 아내에게 도무지 없었던 것입니다. 이제까지의 상태 그대로 죽 계속해 간다는 거지요. 내가 흥분했다는 건 인정합니다. 마침내 버럭 성을 냈습니다. 그녀는 끝끝내 입을 다물고 있었습니다. 내가 샤워를 하고 옷을 갈아 입을 때까지 아무 말도 않고 있었습니다. 준비가 끝났는데도 그녀는 의자에서 일어나려 하지 않고 커다랗게 웃으면서 '나 대신 그 아가씨를 데리고 가면 어때요?' 라고 빈정대는 것이었습니다. '쇼쯤 보여 줘도 좋아요' 그래서 나는 아내가 보는 앞에서 리치먼에게 전화를 걸었습니다. 그러나 내 마음의 불만은 가라앉을 길이 없었습니다. 그녀는 마침 집에 없었습니다. 마셀라는 허리를 잡고 깔깔대었습니다. 고소하다는 뜻이겠지요.

그런 식으로 놀림을 당했을 때의 기분은 당신도 아실 겁니다. 눈에 아무것도 보이지 않았습니다. 나는 정신없이 소리쳐 댔습니다. '누구라도 좋아. 이제부터 거리로 나가 맨 처음에 만난 여자를 당신 대신 데리고 가겠어! 나긋하고 하이힐을 신은 물건이면 돼!' 하고 나는 와락 모자를 움켜 머리에 눌러쓰고 문을 쾅 닫고 밖으로 나갔던 것입니다."

목소리가 차츰 태엽 풀린 시계처럼 기운이 없어져 갔다.

"이야기는 이것이 전붑니다. 더 이상은 아무것도 없습니다. 왜냐하면 이것이 진실이고, 진실이라는 것은 변경시킬 수가 없으니까요."

"거리로 나간 뒤의 행동의 시간표는 아까도 들었지만, 그것은 틀림없겠지?" 바제스가 물었다.

"네, 틀림없습니다. 하지만 나는 혼자가 아니라 어떤 사람과 같이 있었습니다. 나는 아내에게 말한 대로 했던 거지요. 다시 말해서 처음에 만난 여자에게 오늘 저녁의 초대를 받아 달라고 말했습니다. 여자는 승낙하고 그때부터 여기 돌아오기 10분 전까지 죽 함께 있었습니다."

"그 여자를 만난 건 몇 시쯤이었나?"

"여기서 나간 지 2,3분 뒤입니다. 어떤 바에서 그녀를 만났습니다." 헨더슨은 손가락을 조금씩 움직이며 말을 이었다. "잠깐만, 지금 생각났습니다, 여자와 만난 정확한 시간이. 내가 극장표를 보여 주었을 때 둘이 같이 벽시계를 쳐다보았었지요. 그것은 정확하게 6시 10분이었습니다."

바제스는 손톱을 아랫입술께로 가져가면서 말했다.

"그 바의 이름은?"

"확실하게 기억하지는 못하겠습니다. 위에 붉은 빛깔의 네온사인이 깜박이고 있었습니다. 지금 생각해 낼 수 있는 것은 그것뿐입니다."

"당신이 6시 10분에 거기 있었다는 걸 증명할 수 있나?"

"있었다고 말하지 않습니까. 왜 그러죠? 그런 일이 뭐 그리 문제가 됩니까?"

"당신을 좀더 애태울 수도 있지만 난 좀 성미가 이상해서. 가르쳐 주지. 부인은 정확히 6시 8분에 죽었소. 쓰러지는 바람에 부인이 차고 있던 손목시계가 화장대 모서리에 부딪쳐서 망가졌지. 그것이 꼭……"

바제스는 무슨 메모 같은 것을 소리내어 읽었다.

"6——8——15."

그리고 다시 그것을 집어넣으며 말했다.

"두 발 짐승이, 아니 날개가 돋쳤다고 해도 그 시각에 여기 있다가

1분 45초 뒤에 50번 거리까지 갈 수는 없겠지. 그러니까 당신이 6시 10분에 거기 있었다는 것을 증명하기만 하면 혐의는 풀리는 거요."

"지금 이야기하지 않았습니까! 난 벽시계를 보았습니다."

"그것은 증거가 되지 않아요. 뒷받침 없는 진술이 될 뿐이야."

"그럼, 어떻게 해야 증명이 됩니까?"

"그것이 확인돼야지."

"이상하군요. 왜 바 쪽을 확인해야 합니까? 여기에서의 시간이 맞으면 되지 않나요?"

"그런데 여기서는 당신 이외의 사람이 죽였다는 증거가 아무것도 없어. 우리가 어젯밤부터 내내 당신에게 붙어 있었던 게 대체 무슨 까닭인 줄 아오?"

헨더슨은 양쪽 손목을 무릎 위에서 건들건들 흔들다가 이윽고 "과연" 하고 들리지도 않을 듯한 목소리로 말했다.

"흐음, 과연."

그 뒤 한참 동안 방 안에 침묵이 흘렀다.

이윽고 바제스가 입을 열었다.

"당신이 바에서 만났다는 그 여잔 시간을 확인할 수 있을까?"

"네, 그녀는 나와 같이 벽시계를 보았어요. 틀림없이 기억하고 있을 겁니다. 확인해 줄 수 있을 겁니다."

"좋아, 그러면 그것으로 문제는 해결이오. 그 여자의 증언이 당신의 교사를 받는 일 없이 성의를 가지고 이루어진다면, 그리고 그것이 우리를 만족시킬 만한 것이라면 말이지. 그 여자의 주소는?"

"모릅니다. 처음에 만난 바로 되돌아가서 거기서 헤어졌습니다."

"흐음. 그럼, 이름은?"

"그것도 모릅니다. 묻지도 않았지만 그녀 쪽에서도 가르쳐 주지 않았습니다. ”

“이름도 주소도 모른다고 ? 여섯 시간이나 같이 있었다면서, 그녀를 뭐라고 불렀지 ? ”

그는 어두운 표정으로 대답했다.

“당신. ”

바제스는 다시 수첩을 꺼내들었다.

“좋아, 그 여자의 인상 특징을 말해 봐요. 어차피 이쪽에서 찾아내어 데려와야 할 테니까. ”

오랜 침묵이 흘렀다.

“어때 ? ” 다시 바제스가 말했다.

헨더슨의 얼굴이 차츰 창백해지더니 침을 삼키고 나서 말했다.

“제기랄, 소용없어 ! ” 그는 내뱉듯이 말했다. “그 여자의 일은 말짱하게 잊어 버렸어. 까맣게 머리에서 사라져 버리고 말았어. ”

그는 어쩔 도리가 없다는 듯이 한 손으로 눈앞에 동그라미를 그리면서 말했다.

“어제 저녁에 여기 돌아온 바로 뒤였다면 말할 수 있었을지 모릅니다. 그런데 지금은 말할 수 없어요. 그 뒤로 너무 많은 일이 일어났소. 마셀라를 본 충격 그리고 하룻밤 내내 당신들에게 시달렸소. 그 여자의 일은 강렬한 빛을 받은 필름처럼 지워져 버렸어요. 같이 있는 동안에도 자세히 그녀를 관찰한 것은 아니오. 어쨌든 내 자신의 일로 머리가 가득차 있었으니까요. ”

그는 구원을 청하듯이 모두의 얼굴을 차례차례로 둘러보면서 말을 이었다.

“그 여자는 아주 평범한 얼굴이었소. 그런 얼굴이었어요 ! ”

바제스가 도우려는 듯 말했다.

“마음을 가라앉히고 잘 생각해 봐요. 자, 그래, 눈빛은 ? ”

헨더슨은 불끈 쥐었던 두 손을 펼치면서 항복했다는 뜻을 보였다.

"안 되나? 좋아, 그럼 머리 빛깔은? 어땠지? 빛깔 말이오."

그는 두 손을 눈자위에 꽉 눌러붙였다.

"그것도 잊어 버렸습니다. 어떤 빛깔을 말하려고 하면 번번이 다른 빛깔인 것처럼 생각되는군요. 그래서 그 빛깔을 말하려고 하면 다시 아까의 빛깔인 것처럼 생각됩니다. 모르겠소. 아마도 중간 색이었겠죠. 갈색도 아니고 검은 색도 아닙니다. 대개는 모자 속에 들어가 가려져 있었으니까."

순간 그는 문득 얼굴을 쳐들었다.

"모자만은 무엇보다도 잘 기억하고 있습니다. 오렌지빛 모자, 이건 아무 소용도 없습니까? 그래, 오렌지빛이었어."

"하지만 만약 그녀가 어제 저녁 그것을 벗어 버리고 앞으로 반년 동안 모자를 쓰지 않고 다닌다면 무슨 수로 알겠나? 좀더 그녀에 대해서 생각나는 일은 없소?"

헨더슨은 괴로움을 이기지 못하는 듯이 관자놀이를 손가락으로 비벼 댔다.

"그 여자는 뚱뚱한가, 아니면 마른 편이었나? 키는 큰가, 작은가?"

바제스는 마구 질문을 퍼부었다.

헨더슨은 양옆으로 몸을 비틀었다. 날아오는 질문의 화살을 피하기라도 하려는 것처럼.

"생각이 안 납니다, 전혀."

"이거 아무래도 우리가 당하고 있는 것 같군" 하고 다른 한 사람이 냉랭하게 말했다. "바로 어제 저녁 일이란 말이야. 일주일이나 일년 전의 일이 아니야."

"나는 본래부터 남의 얼굴을 기억하지 못합니다. 어느 때, 아무 문제가 없을 때도 그렇습니다. 그러고 보니 그 여자는 확실히 얼굴이 있긴 있었는데……."

"아니, 제 정신이 아니군." 스스로 어릿광대를 자처하고 있는 사나이가 코웃음을 쳤다. 헨더슨은 머릿속에서 생각해야 할 것을 입 밖에 내어 실수를 거듭한 셈이 되었다.

"그녀는 여느 여자들과 같은 몸집이었습니다. 내가 말할 수 있는 건 그뿐입니다."

이것이 결정타였다. 바제스의 얼굴은 조금 전부터 날카로워지기 시작했으나 달리 험악한 빛이 나타나지는 않았다. 참을성 있는 편인 것 같았다. 끄적거리던 연필을 주머니에 집어넣는 대신 차츰 높아지는 노여움으로 과녁을 맞히듯이 맞은편 벽을 향해서 냅다 던졌다. 뒤이어 의자에서 일어나자 그것을 주우러 갔다. 이미 얼굴은 평상시의 좋은 혈색을 되찾고 있었다. 그는 이제까지 죽 내동댕이쳐 두었던 윗옷을 부시럭부시럭 걸쳐 입고 넥타이를 바로잡았다.

"자, 모두들" 하고 그는 불쑥 말했다. "가자구. 꽤 늦어졌어."

그는 옆방으로 통하는 아치께에서 발을 멈추고 싸늘한 눈초리를 헨더슨에게 보내며 으르렁대듯이 말했다.

"그런데 당신, 대체 우릴 어떻게 생각하는 거지? 우습게 보았다간 큰코다쳐. 당신은 그 여자와 넉넉히 여섯 시간은 같이 있었어. 그것도 바로 어제 저녁 일이야. 그런데도 당신은 그 여자의 인상을 하나두 기억하지 못하고 있어! 바에서는 어깨를 마주대고 앉아 있었겠지. 레스토랑에서는 셀러리로 시작되어 커피로 끝나는 식사 시간 동안 한 테이블에 앉아 마주 쳐다보고 있었을 거야. 또 쇼에서는 세 시간이나 바로 옆자리에서 구경했잖아. 거기다 갈 때 올 때 같이 택시를 타고 있었어. 그런데도 여자가 오렌지빛 모자를 썼느니 평범한 얼굴이니 하고 얼버무리려고 하는군. 우리들더러 그것으로 납득하라 그 말인가? 당신은 이름도 키도 몸집도 눈도 머리칼도 특징이라곤 무엇 하나 갖고 있지 않는 가공의 허깨비 비슷한 것을 우리에게 떠맡기려고 하고 있어. 그리고 우리들더러 당신이 그 환상의 여인과 죽 같이 있었으므로 아내가 살해당했을 때는 집에 있지 않았다는 이야기를 그냥 그대로 받아들여서 믿으라고 하고 있잖나. 썩 칭찬할 만한 수법은 못되는 것 같군. 그런 책략이라면 10살 난 어린아이라도 환히 꿰뚫어볼 수 있어. 생각할 수 있는 건 두 가지 중 하나야. 하나는 실제로 그런 인물과 같이 있었던 게 아니라 당신 자신이 공상으로 빚어 낸 것에 지나지 않는다는 것. 또 하나는 좀더 그럴듯한 이야기로, 같이 있지 않은 점은 마찬가지지만 초저녁의 인파 속에서 우연히 마주친 여자를 멋대로 빌려다가 저녁 내내 그 여자하고 같이 돌아다녔다고 우리에게 믿게 하려는 것. 그래서 당신은 일부러 그녀의 인상이나 특징을 흐리멍덩하게 만들어 우리가 그녀의 윤곽을 확실하게 파악해서 진상을 밝혀 내는 것을 훼방하려는 것이 아닌가!"

"자, 어서 일어나!"

다른 한 사람이 헨더슨에게 명령했다. 회전톱이 옹이 박힌 소나무를 켜는 것 같은 목소리였다. 그리고 농담 비슷하게 덧붙였다.

"바제스는 좀처럼 흥분하지 않는 사나이지만 일단 화가 나면 철저하게 한다구."

"난 구속되는 겁니까?" 스콧 헨더슨은 다른 형사에게 붙잡혀 문쪽으로 향하면서 바제스에게 물었다.

바제스는 직접 헨더슨에게 대답하지 않았다. 그 대답은 나가면서 어깨 너머로 세 번째 사나이에게 지시한 말 속에 포함되어 있었다.

"조우, 전기 스탠드는 꺼 두게. 당분간 여기서 그걸 쓸 사람은 없을 테니까."

사형집행 전 149일

오후 6시

자동차가 거리 모퉁이에서 기다리고 있노라니 가까이 있는 종루에서 시간을 알리는 종소리가 들려 왔다.

"자, 울렸다." 바제스가 말했다.

그들은 10분쯤 전부터 엔진을 건 채 이때를 기다리고 있었던 것이다.

헨더슨은 아직 석방된 것도 아니고 기소된 것도 아닌 어중간한 상태로 바제스와 다른 한 사나이의 사이에 끼어 자동차 뒷좌석에 앉아 있었다. 그 사나이는 어젯밤부터 아침에 걸쳐 그의 아파트에서 했던 심문에 참가하고 있던 본서 형사 둘 중의 하나였다.

'더치'라고 불리는 세 번째 사나이는 멀거니 바깥 보도에 서 있었다.

그는 종이 울리기 직전까지 보도 한가운데에 쭈그리고 앉아서 구두끈을 매고 있었던 것이다.

어젯밤과 비슷한 밤이었다. 사람들이 붐비기 시작할 무렵, 서녘 하늘이 노을에 아름답게 물들고 사람들은 일제히 어딘가를 향하여 가는 시각이었다.

헨더슨은 꼼짝도 않고 두 사나이 사이에 깊숙이 끼어 앉아 있었다. 그의 가슴 속은 불과 몇 시간 동안에 어떻게 이토록 큰 변화가 일어날 수 있을까 하는 생각으로 가득차 있을 것이 틀림없었다.

그의 집은 바로 두서너 채 뒤의 다음 거리 모퉁이에 있었다. 그러나 이미 그는 거기 머물 수가 없었다. 그가 지금 머물고 있는 곳은 경찰본부 울 안에 있는 유치장이었다.

그는 힘없는 목소리로 바제스에게 말했다.

"아니, 한 집 더 이쪽입니다. 내가 마침 저 부인용품 가게 앞의 윈도우에 이르렀을 때 처음의 종이 울리기 시작했지요. 이렇게 다시 한 번 저기를 보고 같은 종소리를 들으니 기억이 되살아나는군요."

바제스는 보도의 사나이에게 그 말을 전했다.

"여어, 더치. 한 집 더 뒤로 처져 거기서부터 시작해. 그래, 그럼 걷기 시작해!"

6시의 두 번째 종이 울려퍼졌다. 바제스는 손에 든 스톱 워치를 조작했다.

보도에 있는 키가 크고 팔다리가 긴 붉은 머리의 사나이가 성큼성큼 걷기 시작했다. 동시에 차도 슬슬 움직이기 시작하여 사나이와 나란히 보도 바깥쪽으로 나아갔다.

더치는 처음엔 약간 쑥스러운 모양인지 다리의 움직임이 뻣뻣했으나 곧 자연스러운 걸음걸이가 되었다.

이윽고 바제스가 물었다.

"속도는 어떤가?"

"좀더 빨랐다고 생각합니다." 헨더슨은 대답했다. "나는 속이 상하면 빨리 걷는 버릇이 있습니다. 그래서 어제 저녁에는 꽤 빨리 걷고 있었습니다."

"조금 걸음을 빠르게 해, 더치!"

바제스가 지시했다.

키 큰 사나이는 걸음을 약간 빠르게 했다.

다섯 번째 종소리——이어서 마지막 종이 울렸다.

"이번에는 어떤가?" 하고 바제스가 물었다.

헨더슨은 작은 소리로 말했다.

"저 정도겠죠."

교차로에 닿더랐다. 신호기 차를 새웠다. 보행자는 그대로 걸어갔다. 어제 저녁에 헨더슨은 신호를 무시했었다. 다음 구역 중간쯤에서 차는 더치를 따라잡았다.

아직 50번 거리다. 한 구역을 지났다. 이어서 두 번째 구역.

"아직 없나?"

"네, 아직. 어쩌면 벌써 지나갔는지도 모르지만 어쩐지 딱 들어맞질 않습니다. 저런 정도가 아니라 아주 칙칙하게 빨간 빛이었어요. 보도 가득히 붉은 페인트를 뿌려 놓은 것 같은 느낌이었지요."

세 번째 구역. 그리고 네 번째.

"있나?"

"아직 눈에 들어오지 않습니다."

"당신은 지금 자신이 뭘 하고 있는지 잘 생각해야 돼" 하고 바제스가 경고했다. "질질 시간이나 끌 심산이라면 당신이 만들어 낸 알리바이는 불리하게 돼. 진술대로라면 이미 지금쯤 당신은 바에 들어가 있을 때야, 6시 반이 넘었으니까."

"어차피 당신은 날 믿지 않잖습니까" 하고 헨더슨은 냉정하게 말했다. "그렇다면 아무려면 어때요."

한쪽 옆의 사나이가 참견했다.

"그런데 두 지점 사이의 정확한 보행 시간을 계산해도 나쁠 건 없겠지. 당신이 실제로 거기 도착한 것이 언제인지 알 수 있을지도 모르니까. 나머지는 빼기를 하면 돼."

"9분 지났네!" 하고 바제스가 노래하듯이 말했다.

어떤 이름이 지나쳐 갔다. 네온사인에는 아직 불이 켜지지 않았다. 그는 재빨리 뒤돌아보았다.

"있다! 불은 켜져 있지 않지만 저 집이었던 것 같아요, '안셀모'라는 이름의 바입니다. 틀림없어요, 무슨 외국어 같은."

"타게, 더치!"

바제스는 외치고 스톱 워치의 꼭지를 눌러 줬다.

"9분 10초 반. 이런 인파에다가 교차로의 신호도 저녁마다 같다고는 단정할 수 없으니까 10초 반의 오차는 어쩔 수 없지. 봐 줘야 할 게야. 꼭 9분, 그것이 당신 아파트의 거리 모퉁이에서 이 바까지 걸어온 시간이야. 거기다 당신이 방을 나와서 첫번째 종이 울린 처음의 모퉁이까지 1분을 더해 줘도 좋아. 그 시간은 이쪽에서 이미 다 조사를 했으니까. 다시 말해서……."

그는 헨더슨 쪽으로 돌아앉으며 덧붙였다.

"당신이 이 바에 늦어도 6시 17분——그 이후는 안 돼——까지 들어갔다는 것이 어떻게든 증명만 되면 당신은 자동적으로 결백한 셈이 돼. 아직도 늦지는 않았어."

"그 여자만 찾아 낸다면," 하고 헨더슨은 대답했다. "내가 6시 10분에 여기 있었다는 걸 증명할 수 있을 텐데."

바제스는 차의 문을 열었다.

"어디, 들어가 볼까."

"이 사람을 본 일이 있소?" 하고 바제스는 물었다.

바텐더는 자기의 턱을 꽉 옴켜잡으면서 말했다.

"본 것같기도 한데…… 하지만 보시는 바와 같이 우리네 장사는 손님의 얼굴, 얼굴, 얼굴하고, 얼굴만 보기 때문에……."

그는 조금 더 시간을 얻어 헨더슨을 여러 각도에서, 또 반대쪽으로 돌아가 다른 각도에서 바라보고 나더니 망설이는 듯하면서 말했다.

"모르겠는데요."

그러자 바제스가 말했다.

"때로는 액자가 그림 그 자체만큼 중요한 경우도 있소. 방법을 바꿔 보지. 당신은 키오디 저쪽에 가서 서 봐요."

모두들 카운터 쪽으로 향했다.

"헨더슨, 당신은 어느 의자에 앉았었지?"

"이쯤입니다. 벽시계가 똑바로 위에 걸리고 안주 그릇이 두 자리 저쪽 앞에 놓여 있었습니다."

"좋아, 어디 앉아 보게. 자아, 바텐더. 우리는 생각에 넣지 말고 이 사나이의 얼굴을 잘 봐요."

헨더슨은 어제 저녁과 같이 찌푸린 얼굴로 기웃하고 카운터 쪽을 바라보았다.

효과가 있었다. 바텐더는 손가락을 딱딱 꺾으면서 외쳤다.

"알았다! 그 무뚝뚝한 손님이시군! 생각났어요. 바로 어제 저녁이었지요. 눌러붙어 앉아서 취하지도 않고 딱 한 잔 마시고 돌아가셨어요."

"그 시간을 알고 싶은데."

"내가 여기 나와서 한 시간도 채 되지 않았을 때죠. 카운터는 아직 붐비지 않았습니다. 어제 저녁에는 손님들이 어찌나 늦으시는지…… 간혹 있는 일이긴 하지만요."

"당신이 바에 나와 한 시간 이내라고 하면, 그게 언제지?"

"6시에서 7시 사이입니다."

"과연! 하지만 우리가 알고 싶은 것은 6시 몇 분이냐는 거요."

바텐더는 머리를 가로저었다.

"유감이지만, 나리. 우리들이 시계를 보는 건 자기 시간이 끝날 무렵이지요. 처음부터 누가 시계를 보나요. 꼭 6시일지도 모르고 6시 반, 아니 6시 45분일지도 모릅니다. 그런 거 알고 있어 봐야 뭐 한 푼 이익될 일도 없을 텐데요."

바제스는 헨더슨의 얼굴을 보며 약간 눈썹을 치켜올리고 다시 바텐더 쪽을 향했다.

"그때 여기 있던 여자에 대해 이야길 해줬으면 좋겠는데."

바텐더는 무섭도록 간단하게 내뱉었다.

"여자요?"

헨더슨의 얼굴빛은 자연색에서 창백함으로, 창백함에서 순백색으로 차츰 바뀌어 갔다. 그가 뭐라고 말하려는 것을 바제스가 한 손으로 가로막으며 물었다.

"이 사람이 의자에서 내려와 여자 곁으로 다가가서 말을 거는 건 보지 못했어요. 단언할 수는 없지만, 내 기억으로는 그 시간에 여기엔 말을 걸 만한 상대가 하나도 없었어요."

"그럼, 당신은 여자가 혼자 여기 앉아 있는 건 보았지만 이 사람이 곁에 다가가서 말을 거는 것은 못 보았단 말이지?"

헨더슨은 짜증스럽게 두 개의 건너의 의자를 가리키며 "오렌지빛 모자야!" 하고 말했다. 바제스가 말릴 겨를도 없었다.

"그런 말 하면 안 돼" 하고 형사가 주의를 주었다.

바텐더가 무슨 까닭인지 갑자기 조급한 듯한 말투로 지껄였다.

"이봐요, 난 이 장사가 37년째납니다요. 손님의 얼굴이라면 보기만 해도 질려요. 밤이면 밤마다 입들을 뻐끔뻐끔 벌리고 술을 들이부을 뿐이지요. 그런 손님이 어떤 모자를 썼는지, 누구하고 누가 배짱이 맞았는지 외어 둘 까닭이 없습죠. 나로선 손님이란 주문, 그겁니다. 주문, 다시 말해 술, 알아들으시겠어요? 손님은 단순히 술에 불과합니다. 그 여자가 뭘 마셨는지 그것 말해 주면 여자가 여기 있었는지 없었는지 가르쳐 드릴 수가 있습지요. 전표는 전부 모아 두니까요. 가서 가져오겠습니다."

시선이 모두 헨더슨에게 쏠렸다.

"나는 스카치를 타서 마셨습니다." 그는 말했다. "언제나 그것밖에 마시지 않습니다. 잠깐만 기다려 보세요. 여자가 마시고 있던 건 이미 바닥에 조금밖에 남아 있지 않았는데……."

바텐더는 커다란 함석 상자를 들고 들어왔다.

헨더슨은 얼굴을 문지르면서 말했다.

"술잔 밑바닥에 버찌가 남아 있었소."

"그거라면 여섯 종류가 있습니다. 내가 도와 드리죠. 술잔은 발이 달려 있었나요, 그냥 편편한 것이었나요? 술잔 바닥에 남은 술은 어떤 빛깔이었지요? 맨해턴이라면 발이 달린 칵테일 잔에다 술은 갈색이지요."

"그녀가 만지작거린 잔은 발 달린 잔이었소." 헨더슨은 말했다. "하지만 바닥에 남은 술은 갈색이 아니었는데…… 그래, 핑크빛이었소."

"잭 로즈로군" 하고 바텐더는 기세좋게 말했다. "그거라면 쉽게 알 수 있습니다."

그는 전표를 뒤적이기 시작했다. 조금 시간이 걸렸다. 한 장 한 장 전표를 뒤집어 보지 않으면 안 되었다. 처음 것이 맨 밑에 깔렸기 때문이다.

"보세요, 이렇게 번호대로 깔축없이 정리해 두거든요." 바텐더는 설명하였다. 헨더슨은 문득 몸을 내밀면서 목소리를 낮추었다.

"아, 잠깐만! 지금 생각났소. 내 전표 맨 위에 적혀 있던 번호가 13, 재수 없는 번호였지요. 받았을 때 한참 들여다보았기 때문에 기억하고 있소. 그런 숫자라면 아무도 잊어 버리지 않을 겁니다."

바텐더는 두 장의 전표를 사람들 앞에 펴놓았다.

"네, 말씀대로입니다. 이것이 손님 것. 그런데 전표는 두 장으로 나누어져 있군요. 13번이 스카치 한 잔. 그리고 이쪽 것은 잭 로즈 석 잔. 번호는 74번입니다. 이건 내 앞의 오후 당번 토미가 취급한 거로군요. 글씨로 보아 알 수 있지요. 뿐만 아니라 그 여자에게는 달리 남자 동행이 있었습니다. 잭 로즈 석 잔에 럼이 한 잔인데, 이걸 혼자서 다 마시는 바보는 없을 테니까요."

"그렇다면?" 바제스가 목을 울렸다.

"그런데 혹시 그 여자가 내 당번 때까지 눌어붙어 있었대도 역시 본 기억은 없는데요. 어쨌든 주문을 받은 건 오후 당번인 토미이고, 나는 아니니까요. 혹시 여자가 정말로 늘어붙어 있었다고 칩시다. 물장수 37년의 경험으로 보아 이 손님이 이 여자에게 다가가서 말을 걸었다고는 생각되지 않습니다, 네. 먼저 사나이가 같이 있었으니 말입니다. 또 37년의 경험으로 미루어 사나이는 끝까지 같이 있었을 겁니다. 한 잔에 80센트나 하는 잭 로즈를 석 잔이나 값을 내고서도 그 투자의 이익을 나중에 오는 손님에게 남겨 주고 돌아갈 호인은 세상 어디를 찾아보아도 없을 겁니다."

말을 마치자 그는 이제 이것으로 결정이 났다는 듯이 행주로 카운터를 쓰윽 훔쳤다.

헨더슨은 떨리는 목소리로 말했다.

"하지만 당신은 내가 여기 있었다는 걸 생각해 내지 않았소! 날 기억하면서 왜 여자는 기억하지 못하지요? 더 눈에 띄었을 텐데."

바텐더는 심술궂게 따지고 들었다.

"하긴 당신은 생각해 냈죠. 지금 이렇게 두 번이나 대면했으니까요. 그 여자도 마찬가지로 한 번 더 데리고 오면 생각해 낼지도 모릅니다. 그렇지 않고서는 무리한 부탁이라, 이 말씀이오."

헨더슨은 다리가 휘청거리는 주정꾼처럼 두 손으로 카운터 가장자리를 붙잡고 늘어졌다. 바제스가 그 한 손을 잡아떼며 낮은 목소리로 말했다.

"자, 갑시다. 헨더슨."

그러나 그는 다른 한쪽 손으로 카운터에 달라붙으며 바텐더에게 대들었다.

"이런 법이 어디 있어!" 그는 목소리를 가라앉히면서 말했다. "내가 무슨 혐의로 삽혔는지 알아? 살인죄야!"

바제스가 황망하게 그의 입을 막으며 "쓸데없는 소리!" 하고 윽박질렀다.

헨더슨은 돌려세워져 형사들에게 끌려나갔다. 그는 악착같이 카운터에서 떨어지지 않으려고 버둥거렸다.

"13번을 뽑았다는 건 확실한 모양이군."

형사 하나가 빈정대듯이 작은 소리로 중얼거렸다. 헨더슨은 형사들에게 에워싸여서 큰길로 나왔다.

"이제는 어젯밤 당신이 말한 장소에서 여자를 만났다는 것이 판명된다 히더리도 시간적으로 늦으니끼 이무 소용이 없소." 하고 바제스가 경고하였다. "여자는 6시 17분까지 그 바에 모습을 나타냈어야 했어. 하지만 나는 좀더 늦은 시각에 그녀가 나타났는지 어떤지, 또 나타났다고 하면 얼마나 늦은 뒤인지 그 점에 대단한 흥미를 갖고 있어. 그래서 이렇게 한 발짝 한 발짝 처음부터 끝까지 당신의 어젯밤의 발자취를 더듬으려고 하는 거야."

"그녀의 일이라면 꼭 알게 될 겁니다. 모를 까닭이 없어요!" 하고 헨더슨은 주장했다. "어젯밤에 우리가 간 장소의 어딘가에서 누군 가가 그녀를 기억하고 있을 게 틀림없어요. 그래서 만약 그녀를 찾아 낼 수 있다면 그녀 자신의 입을 통해 언제 어디서 우리가 처음으로 만났는지 알아 낼 수 있을 것입니다."

바제스의 명령으로 택시 운전수를 찾으러 갔던 사나이가 돌아와서 보고하였다.

"'일출택시'의 운전수 둘이 '안셀모' 밖에 차를 세우고 있었습니다. 둘 다 데리고 왔습니다. 이름은 버드 비키와 알 앨프입니다."

"앨프다!" 하고 헨더슨은 외쳤다. "내가 생각해 내려고 애쓰던 괴상한 이름이란 바로 그것입니다. 전에 말했죠, 이름이 너무나 묘해 서 우리가 막 웃었다고."

"앨프를 불러와. 다른 한 운전수는 가도 좋다고 해."

실물도 면허증 사진과 똑같이 우스꽝스러웠다. 아니, 실물은 총천 연색이어서 더욱 우스꽝스럽다고 할 수 있었다.

바제스가 질문했다.

"자네는 어제 저녁에 택시 스톱에서 '메종 블랑슈'라는 레스토랑까 지 손님을 태우지 않았나?"

"메종 블랑슈, 메종 블랑슈라……"

처음에는 도무지 시원치 못했다.

"하루 저녁이면 꽤 많은 손님을 태우고 내리고 하니까요……"

이어서 운전수 특유의 기억법이 적용되었든지 "메종 블랑슈라면 날씨가 좋은 밤이면 65센트 거리이지" 하고 중얼중얼하더니 다시 정 상적인 목소리로 돌아와서 말했다. "아아, 태웠습니다! 30센트짜리 두 번 사이에 65센트짜리가 하나가 있었습니다."

"여길 둘러봐. 이 중에 자네가 태운 손님이 있나?"

그의 눈은 헨더슨의 얼굴을 그냥 지나쳐 갔다. 그리고 다시 되돌아왔다.

"이분이죠, 틀립니까?"

"이봐, 이쪽이 묻고 있는 거야."

운전수는 의문부를 떼어 버렸다.

"이분입니다."

"혼자였던가, 아니면 동행이 있었나?"

그는 조금 사이를 두었다가 천천히 고개를 저었다.

"동행이 있었던 것 같지 않은데요. 혼자였습니다."

헨더슨은 갑자기 발목이라도 삔 것처럼 휘청대며 앞으로 비틀거렸다.

"당신은 그 여잘 보았을 텐데! 어느 여자나 다 그렇지만 나보다 먼저 오르고 또 먼저 내렸으니까"

"가만 있으라니까" 하고 바제스가 가로막았다.

"여자라고요?" 하고 운전수는 기분이 상한 듯이 말했다. "당신이라면 기억하고 있지요. 네에, 잘 알고 있지요. 당신을 태우려다가 덕분에 펜더를 망가뜨렸으니까."

"그래, 그래. 맞았어" 하고 헨더슨은 기운이 나서 맞장구쳤다. "그래서 그녀가 타는 걸 못 보았군그래. 당신은 딴 데를 보고 있었으니까. 하지만 저쪽에 닿았을 때는……"

"저쪽에 닿았을 땐" 하고 운전수는 고집스러운 말투로 말했다.

"난 딴 데를 보고 있지 않았습니다. 택시 운전수란 요금을 받을 때는 한눈을 팔지 않는 법이지요. 그래도 부인 손님이 내리는 것은 보지 못했습니다요. 자아, 이제 됐습니까?"

"내내 차 안의 등불을 켜 두지 않았소." 헨더슨은 애원하듯이 다그쳤다. "그런데 당신 뒤에 앉아 있는 여자를 못 보았다니, 그럴 수가 있소! 백미러에, 아니 앞유리창에도 비쳤을 텐데."

"이제 알았습니다" 하고 운전수는 말했다. "이제 틀림이 없습니다. 나는 8년 동안 운전수 노릇을 하고 있지만, 차 안의 등불을 켰다고 하는 것은 당신이 혼자였다는 증거예요. 부인 손님과 같이 타고서 차 안의 등불을 켠 채 두었다는 말은 아직 들어 본 적이 없습니다. 차 안의 등불이 켜진 채였다면 손님은 혼자였던 게 틀림없어요."

헨더슨은 벌린 입이 다물어지지 않았다.

"내 얼굴을 기억하고 있으면서 여자의 얼굴을 기억하지 못하다니……."

운전수가 대꾸하기 전에 바제스가 앞질러 말했다.

"당신 역시 여자의 얼굴을 기억하고 있지 못하잖소. 당신은 여자하고 여섯 시간이나 같이 있었어, 당신 말대로라면. 그런데 이 사람은 30분 동안, 그것도 여자를 등지고 있었잖나."

바제스는 그것으로 면접을 끝마쳤다.

"괜찮은가, 앨프, 이것을 자네 진술로 간주해도……?"

"이것이 내 의견입니다. 어제 저녁 이 손님을 택시로 모셨을 때는 동행이라곤 아무도 없었습니다."

그들이 '메종 블랑슈'를 들이닥쳤을 때 그곳은 때마침 무장 해제중이었다. 테이블보 같은 것은 모두 벗겨지고 마지막까지 눌어붙어 있던 식도락 손님들도 돌아간 뒤였다. 주방 쪽에서 접시며 은그릇 소리가 나는 것으로 미루어 보아 종업원들이 밤참을 먹고 있는 것이 분명했다.

그들은 벌거숭이 테이블 하나에 의자를 끌어다 놓고 앉아 있었다. 그 광경은 마치 도깨비들이 보이지 않는 요리와 식기를 앞에 놓고 이제부터 연회라도 시작하려는 것같이 보였다.

손님이 나타났다 하면 허리를 굽히는 것이 버릇이 되어 있는 지배인은 근무 시간이 끝났는데도 그들 앞에 나와서 인사를 했다. 그러나 그 인사는 그다지 훌륭하다고 할 수 있는 것은 아니었다. 칼라도 넥타이도 떼어 버린 채로 입 안에 든 음식물 때문에 한쪽 뺨이 혹처럼 뛰어나와 있었으니까.

"당신이 이 사람을 본 일 있소?"

바제스가 먼저 말을 꺼냈다.

지배인의 거무스름하게 꺼진 눈이 헨더슨을 응시했다. 그리고 손가락 마디를 딱딱 꺾는 것 같은 투의 확답이 그 자리에서 튀어나왔다.

"네, 있습니다."

"가장 최근은 언제지?"

"어젯밤입니다."

"어느 좌석이었나?"

"저깁니다." 그는 서슴지 않고 벽가의 테이블을 가리켰다.

"흐음." 바제스는 수긍했다.

"그래서?"

"그래서 어떻다는 겁니까?"

"누구하고 같이였지?"

"동행은 없었습니다."

헨더슨의 이마에는 땀방울이 송글송글 돋아났다.

"나보다 조금 늦게 여자가 자리에 앉은 건 당신은 보지 못했소? 그리고 식사가 끝날 때까지 죽 같이 있는 것도 보았으면서. "뭐 마음에 안 드시는 점은 없으십니까, 무슈" 하고 묻기까지 하지 않았소."

"네에, 그거야 우리네가 하는 일이죠. 어느 테이블의 손님에게나 적어도 한 번은 말을 겁니다. 당신의 경우는 분명히 기억하고 있습니다. 뭐랄까, 약간 불쾌한 듯한 얼굴이었으니까요. 그리고 당신의 양쪽 좌석이 둘 다 비어 있었던 것도 분명히 기억하고 있습니다. 아마 그 의자 하나의 위치를 조금 고쳤을걸요. 당신 자신이 지금 내가 한 말을 그대로 흉내내셨습니다. 만일 내가 "무슈"라고 했다면──사실 그렇게 말했지만──그거야말로 당신이 혼자였다는 어김없는 증거입니다. 부인 손님이 계실 경우에는 아주 정확하게 "무슈 에 담므"라고 말씀드립니다. 이것이 습관이지요."

그의 검은 눈동자는 얼굴 깊숙이 박힌 사슴 사냥용 산탄이 아직 거기에 박혀 있기라도 한 것처럼 꼼짝도 하지 않았다. 이어서 바제스 쪽을 보면서 말했다.

"미심쩍으시다면 어제 저녁의 예약 리스트가 있습니다. 마음대로 조사하여도 좋습니다."

"좋아."

바제스는 거드름피우는 듯한 말투로 대답했는데, 그것은 그 착상을 대단히 만족스럽게 생각하고 있음을 나타내는 것이었다.

지배인은 식당을 가로질러 가서 식기장 서랍을 열고 장부를 한 권 꺼내 가지고 돌아왔다. 방에서 나가지도 않았고 내내 사람들의 시야 속에 있었다. 또한 꺼낸 장부를 그대로 펼치지도 않은 채 그들에게 건네 주면서 "날짜는 맨 위에 적혀 있습니다" 하고 말했을 뿐이었다.

헨더슨을 뺀 다른 사람들은 장부 위로 이마를 모았다. 헨더슨만이 제외되었다. 장부는 연필로 그적거려져 있었으나 목적을 달성하기에는 부족함이 없었다. 펼쳐진 페이지 위쪽에 '5──20 화요일'이라고 날짜가 적혀 있었고, 페이지 전체에 커다랗게 X가 그려져 이미 사용이 끝났다는 것을 말해 주고 있었다. 그러나 그 사선은 씌어진 글자를 읽는 데 방해가 되지 않았다.

열 사람 정도의 이름이 씌어 있었다. 그것은 다음과 같이 기록되어 있었다.

18번 테이블——로저 애슐리.

네 분. (취소)

5번 테이블——미시즈 레이번.

여섯 분. (취소)

24번 테이블——스콧 헨더슨.

두 분.

세 번째 이름 곁에는 (1)이라는 부호가 붙어 있었다.

지배인이 설명했다.

"이것을 보면 모두 알게 되어 있습니다. 줄을 그어 지은 것은 예약하신 손님이 약속대로 오셨다는 것, 줄을 긋지 않은 건 오시지 않았다는 표시입니다. 또 줄을 긋지 않고 옆에 숫자를 써 놓은 것은 손님의 일부만 오시고 나머지 분은 아직 오시지 않았다는 뜻입니다. 이 작은 괄호 안의 숫자는 나만의 메모인데, 이렇게 해 두면 나머지 손님이 오셨을 때 이것저것 여쭙지 않아도 어느 테이블로 안내해야 할 지 곧 알 수 있지요. 디저트가 나올 무렵에 오셨더라도 아무튼 오셨으면 줄을 그어 지우기로 하고 있습니다. 그러니까 이 장부를 보면 이분은 두 사람 몫의 좌석을 예약하셨습니다만 오신 건 이분 혼자이고 다른 분은 오시지 않았다는 말이 됩니다."

바제스는 예민한 손가락 끝으로 지운 흔적이라도 없는지 페이지의 그 부분을 어루만져 보았으나 "만진 흔적은 없는데"라고 말했다.

헨더슨은 한쪽 팔꿈치를 테이블에 괴고 앞으로 기울어지려는 머리를 손으로 떠받쳤다. 지배인은 두 손으로 장부를 들어올렸다.

"내가 믿는 건 이 장부뿐입니다. 이것에 따르면 헨더슨 씨는 어제 저녁에는 혼자 오셨다고밖에 생각할 수 없습니다."

"그렇다면 우리도 그렇게 생각할 수밖에 없겠군요. 이 사람의 이름과 주소를 적어 두게. 늘 그렇지만 앞으로 사정 청취 때문에 불러 낼는지도 모르니까. 자아, 다음은 미트리 말로프, 테이블 담당 웨이터로군."

헨더슨의 눈앞에 차례차례 다른 얼굴이 나타났다. 단순히 그것뿐이었다. 꿈인지 생시인지 모를 이 놀이는 끝없이 계속되었다.

이것은 단막의 희극과도 같았다. 웨이터 자신으로서는 농담은커녕 심각한 문제였겠지만 다른 사람들로서는 우스꽝스러운 한 장면임에 틀림없었다. 형사 중의 하나가 메모하고 있는 것을 웨이터는 알아차렸다. 그러자 그는 헤어 토닉의 낡은 광고를 흉내내어 손가락 하나로 엄지손가락을 감듯이 하면서 곧 항의를 했다.

"아, 아, 잠깐만요, 나리. 내 이름에는 쓸데없는 D자가 하나 더 붙어 있어요. 그건 소리로 내지 않는, 읽지 않는 글자입니다."

"그런 건 문제가 아냐" 하고 바제스가 말했다. "우리가 알고 싶은 건…… 자네는 24번 테이블 담당인가?"

"네, 저기 10번에서 28번까지가 내 담당이지요."

"어제 저녁에 자네는 24번 테이블에서 이 손님을 모셨지?"

그는 정식 소개를 받은 것으로 착각한 모양으로 "네에, 그거야 물론입니다. 틀림없습니다!" 하고 대답하더니 반색을 하면서 말했다. "어서 오십시오! 안녕하셨습니까. 자주 들러 주십시오. 기다리고 있겠습니다."

아무래도 그들이 경찰 관계 인물이라는 걸 모르는 모양이었다.

"아니, 이 손님은 이제 안 와."

바제스는 난폭한 말투로 장사꾼의 인사치레를 가로막았다.

"자네가 모실 때 테이블에는 손님이 몇 분 있었나?"

웨이터는 어리둥절한 표정을 지었다. 성심껏 서비스하고 싶은데 자기가 어떤 역할을 맡았는지 전혀 짐작이 가지 않는 듯한 얼굴이었다.

"이 손님뿐이었지요. 달리 아무도 안 계셨습니다. 혼자 오셨습니다."

"부인 손님은?"

"아니, 오시지 않았습니다. 대체 어떤 부인이지요?" 이어서 그는 그야말로 천진난만한 말투로 덧붙였다. "어떻게 됐습니까? 이분은 그 부인과 길이 어긋났나요?"

그 말이 끝남과 동시에 수군거림이 일었다.

헨더슨은 더 견디지 못하겠다는 듯이 다물었던 입을 벌리고 한 번 심호흡을 했다.

형사 하나가 빈정거렸다.

"아아, 하룻밤 내내 어긋나기만 했구먼."

웨이터는 자기가 한 말이 과녁을 맞혔음을 알고 수줍은 듯이 눈을 깜박거렸으나, 여전히 자기가 어느 정도의 점수를 올렸는지 잘 짐작이 가지 않는 모양이었다.

헨더슨은 낙담하여 꺼지는 듯한 목소리로 말했다.

"자넨 그녀의 의자를 끌어 주었지. 메뉴를 펼쳐서 그녀에게 주었잖아." 그는 머리꼭대기를 두어 번 두들기고 나서 말을 이었다. "나는 자네가 그렇게 하는 걸 보았어. 그런데 자네는 그녀를 보지 못했다니......."

웨이터가 동부 유럽인 특유의 인심좋고 풍부한 제스처를 곁들인 말로 변명하기 시작했다. 그러나 다소 음근한 무례가 섞인 것 같기도 했다.

"네, 부인 손님이 오셨을 때는 분명히 의자를 끌어 드립니다. 하지만 부인 손님이 오시지 않았는데, 무엇 때문에 의자를 끌어 드리겠습니까. 그 자리가 비어 있었는데 내가 의자를 끌었다고 손님은 말씀하시는 겁니까? 아무도 오시지 않았는데 내가 메뉴를 펼쳐 보여

드렸다니, 그런 일이 있겠습니까?"

바제스가 중간에 가로막고 나섰다.

"이 사람이 아니라 설명은 나한테 해요, 이 사람은 구속중이니까."

웨이터는 목만 빙글 돌린 채 웅변을 늘어놓았다.

"이분은 한 분 반 몫의 팁을 주셨었지요, 그런데도 부인 손님을 동반하셨다는 말입니까? 만약 어젯밤에 부인 손님과 같이 오셔서 팁을 한 분 반 몫만 주셨다면 오늘 이렇게 공손하게 맞아 드리지 않습니다."

그의 눈은 슬라브 인 특유의 빛을 뿜었다. 비록 가정된 이야기라 하더라고 화가 나는 모양이었다.

"쉽사리 잊어 버리고 말 내가 아닙니다. 그렇죠, 두 주일 동안은 기억하고 있습니다! 흠, 어림도 없지. 아까처럼 '어서 오십쇼' 하고 맞이할 줄 압니까? 어림도 없어요."

그는 도전하듯이 코웃음을 쳤다.

"한 분 반 몫의 팁이라니, 뭔가?" 하고 바제스가 물었다.

"한 분 몫이 50센트, 두 분이면 1달러. 이 손님이 주신 팁은 75센트, 즉 한 분 반 몫의 팁이란 말씀이죠."

"두 분 손님에게서 75센트의 팁을 받은 적은 없는가?"

"농담 마십쇼, 나리!" 하고 웨이터는 숨결이 거칠어지면서 분연히 말했다. "만일 그런 일이 있으면 이렇게 해줍니다."

그는 테이블에서 그릇을 가져가는 시늉을 했다. 마치 더러운 물건을 만지는 듯한, 멸시하는 듯한 손놀림이었다. 그리고 손님——이 경우에는 헨더슨——쪽을 저주스러운 눈초리로 흘겨보았다. 상대가 몸이 오그라들 만큼 계속 시선을 못박고 있었다. 그러더니 두툼한 입술을 일그러뜨리고 조롱의 빛이 담긴 곁눈질로 상대방을 보면서 입을 열었다.

"고맙습니다, 나리. 정말 고맙습니다. 정말로, 정말로 고맙습니다. 이렇게 받아도 되겠는지요?라고, 부인 손님을 동반한 손님이라면 대개 부끄러워져서 약간 다시 생각하지 않을 수 없게 되지요."

"나라도 그렇게 하겠는걸"하고 바제스는 끄덕거리더니 고개를 돌리면서 말했다. "그런데 헨더슨, 당신은 팁을 얼마 줬지?"

헨더슨은 기운이 없는 낮은 목소리로 말했다.

"저 사람이 말한 대로 75센트입니다."

"한 가지만 더 부탁하겠네." 바제스가 말했다. "그의 테이블의 식사 전표를 보여주게. 물론 있겠지?"

"지배인이 갖고 있습니다. 가서 가져오죠."

웨이터는 진지한 표정으로 물러갔다. 자기가 틀리지 않았다는 것이 곧 증명되리라는 것을 조금도 의심하고 있지 않는 듯했다.

지배인 자신이 전표를 가지고 나타났다. 전표는 하루 치를 묶어 길쭉한 종이 집게에 끼워 두었는데, 월말에 집계하기에 편리하도록 되어 있었다. 문제의 전표는 즉시 발견되었다.

테이블――24번. 웨이터――3번.

정식 1인분――4.25.

그리고 '지불 끝남――5월 20일'이라고 보랏빛 달걀 모양의 스탬프가 찍혀 있었다.

그 날짜의 24번 테이블 전표는 달리 두 장이 있을 뿐이었다. 한 장은 '홍차 1――0.75'로서 이것은 초저녁 시간 지전의 것이었고, 다른 한 장은 식사 4인분으로 밤늦게 폐점 무렵의 것이었다.

헨더슨을 차에 태우기 위해 여럿이 힘을 합하지 않으면 안 되었다. 그는 맥이 빠져 몸을 가누지 못했다. 다리가 마비되어 움직여지지가 않았다.

이윽고 다시 꿈에서라도 보는 듯 현실감각이 없는 빌딩이며 거리가 거울에 비친 그림자처럼 차례차례 뒤쪽으로 사라져 갔다.

그는 별안간 외치기 시작했다.

"놈들은 거짓말을 하고 있어. 모두 한패거리가 돼서 날 죽이려고 해! 도대체 내가 놈들에게 무얼 했다는 거야!"

"이 상황을 보고 뭘 연상하게 되지?" 형사 하나가 혼잣말로 중얼 거렸다. "토퍼영화의 화면이야. 눈앞의 스크린에서 온갖 것이 사라졌다가 다시 나타난다, 본 일 있어요, 바제스?"

헨더슨은 부르르 몸을 떨고 푹 고개를 떨어뜨렸다.

무대에서는 쇼가 진행되고 있었다. 음악, 웃음소리, 그리고 가끔 박수 소리가 어수선한 작은 사무실 안으로 흘러들어왔다가는 다시 사라져 갔다.

지배인은 전화기 앞에 앉아 있었다. 손님이 많아서 기분이 좋은지 지배인은 회전의자에 버티고 앉아 잎담배를 음미하면서 사뭇 호인다운 얼굴을 하고 있었다.

"표가 두 장 팔린 것은 확실합니다."

지배인은 정중한 어조로 대답했다.

"다만 내가 말할 수 있는 건 그분에겐 동행이 없었다는 것뿐입니다." 그리고 갑자기 걱정스러운 듯이 말을 끊더니 다시 이었다. "아니, 기분이 안 좋은 모양이네요. 죄송하지만 어서 저분을 데리고 나가 주십시오, 쇼가 한창인 때 사고가 나면 곤란하니까요."

그들은 문을 열고 거의 떠메듯이 하며 헨더슨을 끌어 냈다. 등이 휘어서 머리가 마룻바닥에 닿을 지경이었다.

난데없는 돌풍처럼 무대 쪽에서 노랫소리가 불어닥쳤다.

딩가 딩가 붕붕

딩가 딩가 붕붕

"아아, 그만둬 줘." 헨더슨은 애원하듯이 목쉰 소리로 말했다.
"이젠 더 이상 견딜 수가 없어!"

그는 경찰차의 뒷좌석에 뒹굴어져 들어가자 두 손을 마주잡고는 미칠 듯한 마음을 억누르기라도 하는 듯 아랫입술을 마구 깨물었다.

"이제 그만 손들고 여자 같은 건 없었다고 순순히 말하는 게 어때?" 하고 바제스가 설득하려 들었다. "그렇게만 해주면 문제는 간단한데."

헨더슨은 냉정하게 대답하려고 노력했으나 아무래도 감정을 억누를 수가 없었다.

"만일 당신이 요구한 대로 인정한다, 아니, 인정할 수가 있다고 한다면 그 뒤는 어떻게 되리라고 생각합니까? 차츰 미쳐 버리고 말 겁니다. 그 뒤의 인생이라는 것을 전혀 믿지 못하게 될 겁니다. 정말이라고 알고 있는 일, 이를테면 내 이름이 스콧 헨더슨이라는 것조차도 믿지 못하게 될 겁니다."

그리고 그는 자신의 넓적다리를 두드리면서 말했다.

"이것이 내 넓적다리라는 것도 믿지 못하게 될 겁니다. 그리고 정신의 밸런스가 뒤틀릴 정도는 아니더라도 사실을 의심하고 거부하게 될 것입니다. 그 여자는 여섯 시간 동안 내 곁에 있었습니다. 나는 그녀의 팔을 만졌어요. 이 팔에 그녀의 팔이 걸쳤었어요."

그는 손을 뻗쳐 바제스의 억센 두 팔을 움켜잡았다.

"그녀의 드레스가 사각거리던 소리, 중얼거리던 말, 향수의 아련한 냄새, 콘소메 접시에 그녀의 스푼이 닿았을 때 딸그락거리던 소리, 의자를 뒤로 밀었을 때의 작게 들리던 삐그덕 소리, 그녀가 택시를 내릴 때의 차체의 희미한 흔들림, 그녀가 술잔을 집어들었을 때 내 눈에 비친 그 리큐어(혼성주의 하나)는 대체 어디로 사라졌단 말인가. 내려놓은 술잔은 비어 있었는데."

그는 주먹으로 무릎을 쳤다. 두 번, 세 번, 네 번, 다섯 번.

"그녀는 있었어. 틀림없이 있었어!"

그는 금방이라도 울음을 떠뜨릴 것 같았다. 아니, 이미 우는 듯한 주름이 잡혀 있었다.

"그런데도 모두들 그 여자는 없었다고 하는 거야!"

차는 하룻밤 내내 여행한 꿈의 나라를 어디까지나 달려가고 있는 듯했다.

그는 어떤 용의자도 입에 담지 않았던 대사를 주워섬겼다. 마음 밑바닥에서 진정으로 외치고 있었다.

"난 무서워. 날 유치장에 데려가 주십시오. 제발 부탁이니 데리고 돌아가 주십시오. 나는 날 에워싸는 벽이 필요해. 이 손으로 만질 수 있는 두껍고 끄떡없는 벽이!"

형사 하나가 남의 말을 하듯이 한 마디했다.

"떨고 있군요!"

"뭘 좀 마시게 해야겠군." 바제스가 말했다. "잠깐 차를 세워요. 누구든 가서 라이를 더블로 사 와. 이런 고통을 잠자코 보고 있을 수는 없지."

헨더슨은 목이 막히기라도 할 것처럼 꿀꺽꿀꺽 라이를 들이켰다. 그리고 다시 좌석에 축 늘어졌다.

"어서 가십시다. 어서 데려가 주십시오."

"이 작자, 악마가 붙은 거 아냐." 한 사나이가 키득키득 웃으며 말했다.

"악마가 다 뭐야. 모두 자기가 만들어 내는 거지."

그런 뒤로 아무도 입을 열지 않았다. 이윽고 차는 경찰본부에 닿았고 모두들은 헨더슨을 에워싸듯이 하고서 돌층계를 올라갔다. 헨더슨이 계단에 걸려 비틀거리자 바제스가 그 팔을 부축해 주었다.

"한잠 푹 자요, 헨더슨 씨." 그는 충고했다. "그리고 좋은 변호사를 내세워야 해요. 그게 지금의 당신에게는 무엇보다도 필요한 것 같구려."

사형집행 전 91일

"……이미 들으신 바와 같이 변호인측 피고가 살인이 행해진 날 밤, 6시 10분이 지난 시각에 바 '안셀모'에서 어떤 여자와 만나고 있었다고 주장하려 합니다. 그 시각은 다시 말해서 경찰 당국이 수사한 바에 의하면 피해자가 사망한 시각에서 1분 45초 뒤입니다. 참으로 교묘하다고 하지 않을 수 없습니다. 배심원이신 신사 숙녀 여러분께서는 이미 이해하셨으리라고 생각합니다만, 만약 피고가 6시 10분에 50번 거리의 바 안셀모에 있었다고 가정한다면 그 1분 45초 전에 피고가 자기 아파트에 있었을 수는 없다는 말이 됩니다. 두 발을 가진 자로서 그 시간 안에 그만한 거리를 간다는 일은 전혀 불가능합니다. 아니, 네 바퀴를 가진 것, 날개를 가진 짐승, 프로펠러가 달린 것이라 할지라도 우선은 불가능하다고 보지 않을 수 없습니다. 되풀이합니다만, 실로 교묘한 설정입니다. 그러나 그런 중에도 한 가지 의문점이 없지 않습니다.

어떻습니까. 일년 내내 다른 날 밤에는 그런 일이 없었는데, 어떤 특정한 날 밤에 한해 그가 우연히 그녀를 만났다는 것은 좀 이상하다고 생각되지 않습니까? 마치 그날 밤에 한해서 그녀가 필요하리라는 것을 그가 예감하고 있기라도 했었던 것처럼 생각할 수 있습니다. 그런 예감이 들었다면 그야말로 기묘하다고 하겠습니다. 나의 심문에 대답하여 피고는 그날 밤 말고는 혼자 외출해서 낯선 여자에게 말을 거는 것 같은 일은 한 적이 없다고 인정했습니다. 여러분께서도 들으신 바와 같습니다. 결혼한 뒤로는 절대로 그런 일이 없었다고 합니다. 단 한 번도 없었다는 것입니다. 이것은 내 말이 아니라 피고 자신이 직접 한 말입니다. 배심원 여러분께서 직접 귀로 들으신 바대로입니다. 그러한 생각은 그때까지 그의 염두에는 전혀 없었다고, 그러한 일은 그의 습관 속에 존재하지 않았으며, 그의 성격으로서는 기이한 일이었던 것입니다. 그런데도 변호인은 하필이면 그날 밤에 일어난 일을 우리더러 믿으라는 겁니다. 실로 편리한 우연이 아닙니까? 그런데……."

그는 어깨를 으쓱하고 오래 사이를 두었다가 말을 이었다.

"그 여자는 대체 어디 있는 것일까요. 우리는 모두 그녀의 출현을 기다리고 있습니다. 변호인은 왜 그녀를 데리고 오지 않을까요, 무엇을 주저하고 있습니까? 이제까지 그러한 여자를 변호인측이 이 법정에 출두시킨 일이 있었던가요?"

그는 아무렇게나 손가락을 쳐들어 배심원 중 한 사람을 가리켰다.

"당신은 그녀를 보았습니까?"

다시 한 사람을 골라 물었다.

"그럼, 당신은?"

셋째 줄에 앉아 있는 세 번째 배심원에게도 물었다.

"당신은 어떻습니까?"

그리고 아무것도 얻지 못한다는 듯한 절망적인 몸짓을 했다.

"왜냐하면 그러한 여자는 존재하지 않기 때문입니다. 처음부터 있지 않았던 것입니다. 존재하지 않은 인간을 데려온다는 일은 변호인측으로서는 도저히 할 수 없는 일일 것입니다. 만들어 낸 말에, 환상에, 있지도 않은 것에다 생명을 불어넣는 일은 불가능합니다. 말도 하고, 키도 크며, 숨도 쉬고 풍만한 육체를 가진 여인을 창조할 수 있는 것은 하늘에 계신 하느님뿐이십니다. 더욱이 그 하느님께서도 하나의 어엿한 여신을 창조하기 위해서는 두 주일이 아니라 18년이라는 오랜 세월을 필요로 하는 것입니다. "

법정 안의 여기저기에서 웃음 소리가 일어났다. 그도 그것에 답하듯이 희미하게 미소를 지어 보였다.

"이 사나이는 지금 사느냐 죽느냐에 관한 재판을 받고 있습니다. 만약 그러한 여자가 실제로 존재한다면 변호인측은 어떻게 해서라도 그녀를 여기 출두시켜야 할 것입니다. 이 증언대에 세우고 적절한 증언을 할 수 있도록 노력을 아끼지 말아야 할 것입니다. 결단코 그렇게 해야 하는 것입니다! 만약…… "

신중을 기하는 듯이 오래 사이를 두었다가 그는 말했다.

"그러한 여자가 실재한다고 가정하고 하는 이야기입니다만, 그러나 그 문제는 일단 괄호에 넣어 두기로 합시다. 우리가 지금 있는 이 법정은 그가 그날 밤 여자와 함께 있었다고 주장하는 장소에서 몇 마일이나 떨어져 있으며 또한 그날 밤부터 몇 달이나 지나 있습니다. 그러면 이번에는 그가 그 여자와 같이 있었다고 주장하는 같은 장소, 같은 시각에 때마침 함께 있었던 사람들의 증언을 들어 보기로 합시다. 예를 들어 그녀를 본 사람이 있었다고 한다면 틀림없이 그 사람들 중의 누구일 것입니다. 그렇다면 그 사람들은 정말로 그녀를 보았을까요? 여러분 자신이 들으신 대로입니다. 과연 그들은 그를 보았습니다. 비록 어렴풋하게나마 그날 밤의 그, 스콧 헨더슨을 본 건 모두 다 기억하고 있습니다. 그런데 배심원 여러분, 이것은 조금 묘하게 생각되지 않으십니까? 나로선 이상스럽기만 한 일입니다. 보통 두 사람이 한 쌍이 되어 행동했을 경우 생각할 수 있는 건 다음 두 가지 중의 하나입니다. 즉 뒷날 둘 다 누구의 기억에도 남아 있지 않든가, 한 사람이 기억에 남아 있다면 다른 한 사람도 마찬가지로 기억되고 있든가, 그 어느 쪽일 거라고 말할 수 있겠습니다. 두 사람이 동시에 그 자리에 있었는데 한쪽은 보았으나 동행은 보지 못했다는 일이 과연 인간의 육안으로써 가능한 일일까요? 이것은 물리학상의 법칙에 위반되는 일입니다. 나로서는 납득할 수가 없습니다. 머리가 혼란해질 뿐입니다."

그는 약간 어깨를 으쓱했다.

"이에 대해 어떠한 해석이 있는지 나는 허심탄회하게 귀를 기울일 용의가 있습니다. 또 나 자신 이런저런 생각을 해보았습니다. 그것에 의하면 그녀의 살갗은 광선을 통과시키는 무슨 특별한 투명성을 지닌 것으로 되어 있어, 그래서 증인들의 눈에는 띄지 않았던 것이나 아닌지……"

'와아' 웃음 소리가 일어났다.

"……아니면 그녀는 전혀 그와 같이 있지 않았을 것입니다. 그녀가 존재하지 않았다면 증인들의 눈에 비치지 않았을 것은 당연한 일입니다. 이것은 조금도 이상하다고는 할 수 없습니다."

여기서 그는 태도와 목소리를 가다듬었다. 법정 안도 긴장했다.

"이것은 지극히 중요한 점이므로 좀더 검토를 해보려고 합니다. 지금 한 사나이가 사느냐 죽느냐에 관련된 심리를 받고 있습니다. 나는 이것을 어릿광대 놀이로 끝내고 싶지는 않습니다. 그런데 변호인측은 짐작컨대 그러한 의사가 없는 모양입니다. 우리는 여기서 가정이나 추측을 떠나서 사실로 돌아가려고 생각합니다. 환상이나 도깨비 놀이나 신기루와 같은 꿈과 흡사한 문제는 잠시 접어 두고 아무것도 그 존재를 의심하지 않았던 한 여자에 대해서 이야기를 진행시키려 하는 바입니다. 마셀라 헨더슨의 모습은 생전에 있어서나 죽은 후에 있어서나 누구나가 뚜렷이 확인하고 있습니다. 그녀는 환영이 아니었습니다. 그녀는 살해되었습니다. 경찰의 현장 사진이 그것을 보여 주고 있습니다. 이것이 첫번째 사실입니다. 그런데 우리는 지금 저 피고석에 앉아 있는 한 사나이의 모습을 봅니다. 아까부터 쭉 고개를 떨어뜨리고, 아니, 지금 그는 얼굴을 쳐들었습니다. 그리고 나에게 도전하는 듯한 눈길을 보내고 있습니다. 그는 법정에 있으며, 사느냐 죽느냐에 관련되어 심리를 받고 있습니다. 이것이 두 번째 사실입니다."

이어서 그는 목소리를 낮추어 연극의 독백처럼 중얼거렸다.

"나는 공상보다는 사실 쪽을 좋아합니다. 그렇지 않습니까, 신사 숙녀 여러분. 사실 쪽이 훨씬 다루기 쉬우니까요."

그는 다시 목청을 돋구더니 말을 이었다.

"그렇다면 세 번째 사실은 즉 그가 그녀를 살해했다는 것입니다. 이것도 앞의 두 가지 사실과 마찬가지로 부정할 수 없는 구체적인 일입니다. 온갖 상세한 점에 이르기까지 이미 이 법정에서 입증되었듯이, 이 또한 하나의 사실입니다. 나는 변호인측과는 달리 환영이며 망령을 여러분께 믿으라고 주장할 생각은 조금도 없습니다."

그는 더욱 소리를 높였다.

"우리 손에는 공적 기록이 있고 선서 진술서가 있고 증거가 있습니다. 나의 변론 하나 하나, 심리 과정의 단계 하나 하나에 따라서 그러한 것을 모두 갖고 있는 것입니다!"

그는 배심석 앞의 난간을 주먹으로 꽝 쳤다.

무거운 정적이 계속되었다. 잠시 뒤 그는 어조를 누그러뜨리고 말했다.

"배심원 여러분은 살인이 일어나기 직전의 상황과 가정적인 배경에 대해서 이미 알고 계십니다. 이 사실의 정확성에 대해서는 피고 자신도 부인하고 있지 않습니다. 그가 그것을 인정하는 것은 여러분께서 들으신 대로입니다. 압력을 받아 본의 아니게 인정했을지도 모릅니다만, 아무튼 그는 인정했습니다. 즉 사건에 관계되는 여러 상황에 대해서 거짓 진술은 이뤄지고 있지 않았다고 할 수 있는 것입니다. 이 점에 대해서는 나보다도 피고를 믿어 주시기 바랍니다. 나는 어제 증언대의 그를 심문했습니다. 그때 그의 답변은 여러분도 들으셨을 줄 압니다. 그러나 다시 한 번 정확을 기하기 위하여 간추려서 되풀이하겠습니다.

스콧 헨더슨은 가정 밖에서 한 여성과 사랑에 빠졌습니다. 그러나 그가 본법정에 선 것은 그 때문이 아닙니다. 그러므로 연애 상대자인 젊은 여자는 본법정에서 심리를 받을 몸이 아닌 것입니다. 여자의 이름이 법정에서 입에 오르지 않았다는 사실은 여러분도 알아차리셨을 것입니다. 이 잔학무도하고 천인공노할 살인과 관련되어 그 여자가 끌려나와 증언을 강요당한 일도 없다는 것을 마찬가지로 여러분은 알고 계실 겁니다. 그것은 왜일까요? 그녀는 본사건과는 아무런 관련도 갖고 있지 않기 때문입니다. 죄없는 사람을 벌주고 나아가 그 뒤의 인생을 굴욕적인 오명으로 더럽히는 것 같은 일은 본법정의 목적이 아닙니다. 그 범죄는 저기 보이는 사나이의 짓, 그 혼자의 짓으로써, 그 여자와는 아무런 관계가 없는 것입니다. 그녀에게는 비난받을 만한 점이 없습니다. 그녀는 경찰 및 검찰 당국에 의한 취조를 받았습니다만 범죄에 관계했다든가 교사했다든가 하는 의혹은 모두 풀렸습니다. 그런 사건이 일어난 것도 나중에야 알았을 정도였습니다. 그녀 자신은 지금 아무런 죄도 없으면서 고뇌에 빠져 있습니다. 그리고 우리는 변호인측이나 검찰측을 불문하고 다음과 같은 사실을 서로 양해했습니다. 즉 그녀의 이름도 신원도 알고 있지만, 이 재판에서는 처음부터 끝까지 그녀를 단순히 '젊은 여자'라고만 부르도록 하기로 결정한 것입니다.

그런데 그가 이 '젊은 여자'에게 이미 결혼한 몸이라는 것을 고백해야 했을 때는 두 사람의 사이는 이미 위험한 상태까지 진전돼 있었습니다. 위험이라고 했습니다만 이것은 물론 그의 아내의 입장에서 보아 하는 말입니다. 이 '젊은 여자'는 그가 아내 있는 몸이라는 것을 알았다면 어쩔 수 없는 관계로까지 나아가지는 않았을 것입니다. 그녀는 실로 정숙하고 훌륭한 여성입니다. 우리는 모두 그녀와 대화를 나누어 보고 그것을 강하게 느꼈습니다. 나 또한 그녀가 우연히 아내 있는 남자를 사랑하게 된 불행에 빠지기는 했습니다만 훌륭한 여성이라고 느꼈습니다. 다시 강조합니다만 사실을 알고서도 불륜한 관계를 맺을 그러한 여성은 아닙니다. 그녀는 그 누구에게도 상처입히기를 바라지 않았습니다. 그래서 그는 마침내 두 손에 계속 꽃을 쥐고 있을 수는 없다고 깨달았던 것입니다.

그래서 그는 아내에게 이혼을 요구했습니다. 냉혈 인간이 아니고 무엇입니까. 그녀는 이혼을 거절했습니다. 왜냐하면 그녀에게 있어서 결혼은 신성한 것이었기 때문입니다. 함부로 그만둘 수 있는 일시적인 정사가 아니었기 때문입니다. 요즘 보기 드문 가정부인이라고 할 수 있지 않겠습니까?

그가 이 말을 전하자 '젊은 여자'는 그러면 단념하고 우리 두 사람은 헤어지자고 제의했습니다. 그러나 남자는 그렇게 할 수가 없었습니다. 그는 양자택일이라는 딜레마에 빠졌습니다. 아내는 그를 놓아 주지 않고, 그로서는 또 '젊은 여자'를 단념할 수 없었습니다.

그는 시기를 기다려 다시 한 번 말을 꺼내려고 했습니다. 처음의 방법을 냉혈적이라고 한다면 두 번째 수법은 뭐라고 형용해야 좋을까요. 그는 아내의 환심을 사려고 했던 것입니다. 그것은 마치 거래를 유리하게 하기 위해 다른 곳에서 온 구매자를 접대하는 것과 같은 수법입니다. 신사 숙녀 여러분, 이것으로써 그라는 사나이의 성격을 잘 아셨으리라 믿습니다. 휴지조각이 되어 버린 결혼 생활, 파탄에 이른 가정, 버림받은 아내, 이런 것이야말로 그에게 어울리는 전부였던 것입니다. 이리하여 그는 하루 저녁의 회식을 계획하였습니다.

먼저 쇼 표를 두 장 마련하고 레스토랑의 좌석을 예약했습니다. 그리고 집에 돌아온 그는 아내에게 오늘 저녁엔 함께 나가자고 말했습니다. 그녀는 이 갑작스러운 남편의 초대를 이해할 수가 없었습니다. 순간 그녀는 의미를 잘못 받아들여 화해할 마음이 되었는지도 모릅니다. 그녀는 거울 앞에 앉아서 들뜬 기분으로 화장하기 시작했습니다. 한참 뒤 방으로 돌아온 그는 아내가 아직도 화장대에 앉은 채 준비를 하고 있는 것을 보았습니다.

그때쯤에는 그녀도 어쩐지 남편의 저의를 알 수 있을 것만 같았습니다. 그녀는 그에게 헤어지지 않겠다고 말했습니다. 극장 특등석보다, 호화로운 만찬보다 가정이 훨씬 더 귀중한 것이라고 말했습니다. 다시 말해서 그에게 이혼에 대한 말을 꺼낼 틈을 주지 않고 자기 쪽에서 거듭 거절하는 태도를 보였던 것입니다. 이것이 파국을 불렀습니다.

그때 그는 이미 마지막 준비를 하고 있었습니다. 두 손에 넥타이를 들고 길이를 조절하여 칼라 속으로 넣으려 하였던 것입니다. 그는 자기의 속셈이 드러나고 앞질러 거절당하자 눈이 뒤집히고 격렬한 증오를 억누르지 못하게 되었습니다.

그래서 손에 들고 있던 넥타이를 거울 앞에 앉아 있는 아내의 목에 걸자마자 상상조차 못할 잔인성으로 힘껏 아내의 목을 죄었던 것입니다. 경찰관의 증언으로 이미 아시는 바와 같이 넥타이는 그녀의 보드라운 목줄기 깊숙이 파고들어 잘라 내지 않으면 안 될 정도였습니다.

배심원 여러분께 묻겠습니다만, 여러분께서는 본견 능직 넥타이를 두 손으로 잡아당겨 끊으려고 해본 적이 있으십니까? 그건 절대로 끊어지지 않습니다. 그 가장자리에 손가락이 잘려지게 되더라도 넥타이는 끊어지지 않습니다.

그녀는 죽었습니다. 처음에 한두 번 팔을 내둘러 보았겠지만 이윽고 남편의 두 손아귀 속에서 숨이 끊어진 것입니다. 지난날 그녀를 사랑하고 그녀를 지키겠노라고 맹세한 사나이의 손에 의해 저세상으로 보내진 것입니다. 이 점을 충분히 마음에 새겨 두시기 바라는 바입니다.

그는 그렇게 하여 거울을 마주본 채 그녀의 몸뚱이를 껴안고 있었습니다. 그녀는 말하자면 단말마의 형상, 처참한 자신의 모습을 보아야만 했던 것입니다. 한참 동안 그는 그렇게 하고 있었습니다. 그러니까 서 있는 자세에서 그녀가 쓰러지기까지는 긴 시간이 걸렸던 것입니다. 그리하여 그는 아내가 죽은 것을 확인했습니다. 완전히 숨이 끊어져 불러도 돌아오지 않는 곳으로 가 버렸다는 것, 영원히 자기 앞에서 사라졌다는 것을 확인했던 것입니다. 다음에 그는 무슨 일을 했을까요?

아내를 되살려 내려고 애를 썼을까요? 회환의 눈물을 흘렸을까요? 아니, 결코 그렇지는 않았습니다. 그 뒤의 일은 지금부터 이야기하겠습니다. 그는 아내의 시체가 누워 있는 방에서 태연하게 외출 준비를 계속했던 것입니다. 그는 다른 넥타이를 꺼내어 아내를 교살하는 데 쓴 넥타이 대신 그것을 매었습니다. 모자를 쓰고 윗옷을 입고 집을 나서려고 하면서 그는 '젊은 여자'에게 전화를 걸었습니다. 그런데 다행하게도, 이것은 그 젊은 여자의 생애에 있어서 가장 큰 행운이었다고 말해도 좋겠습니다만, 그때 그녀는 집에 있지 않았습니다. 따라서 그녀는 그 뒤 몇 시간 동안 아무것도 몰랐던 것입니다. 그런데 그는 무엇 때문에 전화를 걸었을까요? 아직도 땀이 축축하게 내배고 살인의 악취가 완전히 가시지 않은 그 손으로 무엇 때문에 그녀에게 전화를 걸었던 것일까요? 회한에 쫓겨 자기의 행위를 고백하고 그녀의 도움이나 충고를 구하려고 그랬을까요? 아니, 아니, 단순히 그녀를 방편으로 쓰려는 목적 때문이었던 것입니다. 그녀에게는 그 일을 알리지 않은 채 알리바이를 만들려는 생각에 지나지 않았지요, 예의 쇼 표와 레스토랑의 예약을 미끼 삼아 죽인 아내 대신 그녀를 끌어 내리려는 의도였습니다. 만약 전화가 통했더라면 그녀와 만나기 직전에 손목시계의 바늘을 고쳐 놓았을지도 모릅니다. 그리고 그녀와 만나면 곧 시간에 대해 말하여 그녀가 뒤에 정확한 시간을 생각해 낼 수 있도록 만들어서, 그녀가 자진하여 법정에 출두해서 꾸밈없는 증언을 함으로써 그의 알리바이를 지키게 하려고 하였던 것입니다.

여러분, 이것이 바로 살인범의 수법이라고 생각됩니다만, 어떻습니까?

그러나 이것은 보기 좋게 실패로 돌아갔습니다. 그녀와 연락이 닿지 않았기 때문입니다. 그리하여 그는 다른 방법으로 바꿨습니다. 그는 혼자 외출하여 태연한 얼굴로 자신과 아내를 위해 마련한 코스를 하나도 빠뜨리지 않고 6시부터 한밤중까지 해치웠던 것입니다. 그때는 아직 그가 스스로 했다고 주장하는 일, 즉 거리를 지나가던 여자를 꾀어 알리바이 조작에 써 먹으려고 한 생각은 조금도 그의 속셈에 없었다고 말할 수 있겠습니다. 그 시각에 그는 흥분할 대로 흥분해서 어떻게 해야 할 바를 모르게 되어 있었습니다.

아니, 그러한 생각이 은연중 마음 한구석에 깃들어 있었는지도 모르지만 그럴 만한 배짱은 없었던 것입니다.

공연히 남을 믿었다가 자기의 행동에서 범죄의 진상을 상대방에게 들키지나 않을까 하는 불안이 컸던 것입니다. 혹은 이제 새삼스레 잔재주를 부려 봐야 이미 늦었으므로 아무 소득도 없다고 판단했는지도 모릅니다. 그가 집에서 나온 뒤로 시간이 너무 많이 흘렀기 때문입니다. 범행 후 이삼 분이라면 알리바이쯤 손쉽게 준비할 수 있었겠지요. 다만 그것이 그에게 유리할지 불리할는지는 문제 밖입니다. 얼마쯤 교활한 심문을 당하면 알리바이 용의 여자와 만났다고 믿어 주기를 바라는 시각이 아니라, 그가 진짜 여자를 만난 시간을 문제없이 밝혀 낼 수 있을 것이기 때문입니다. 그런 가능성을 그는 모두 생각하고 있었습니다.

자, 그럼 좀더 좋은 방법이 있었다면 대체 어떤 것일까요? 말할 것도 없이 그것은 가공의 인물을 만드는 일입니다. 그로서는 있지도 않은 환상에 지나지 않습니다만, 그 실재를 일부러 흐릿하게 만들어 막연한 채로 남겨 놓으면 나중에 나타나 둘이 만난 시간에 대한 그의 진술을 뒤엎어 버릴 걱정은 전혀 없게 되는 것입니다. 바꿔 말하면 그에게 있어서 뒷받침이 없는 알리바이와 논파될 수 있는 알리바이 중 그 어느 쪽이 바람직했을까 하는 문제가 되겠지요. 배심원이신 신사 숙녀 여러분, 그 판단은 여러분의 생각에 맡기기로 합니다. 뒷받침이 없는 알리바이는 완전히 입증될 수가 없으며 따라서 언제까지나 논리상의 의혹을 남기는 것입니다. 반면 논파될 우려가 있는 알리바이는 자동적으로 피고에게로 되던져지고, 따라서 그 이상 반박할 여지를 남기지 않습니다. 그러므로 그로서는 전자가 스스로 취할 수 있는, 손에 넣을 수 있는 최선의 방법이었으며, 그것에 따라 그는 태도를 결정했던 것입니다.

즉 그는 그날 밤의 행적 속에 가공의 신화를 삽입했습니다. 그로서는 그런 여자가 실재하지 않는다는 것, 결코 발견되지 않는다는 걸 잘 알고 있습니다. 그리고 여자가 끝내 발견되지 않는 데 아주 만족하고 있는 것입니다. 왜냐하면 여자가 발견되지 않고 있는 한 그가 말한 단편적인 알리바이가 얼마쯤은 소용되기 때문입니다.

마지막으로 나는 여러분에게 아주 간단한 질문을 하나 하려 합니다. 여기 한 사나이가 있는데, 그 사나이의 죽느냐 사느냐가 어떤 인물의 용모를 자세하게 기억하고 있는가 아닌가에 걸려 있을 경우, 그가 그 얼굴을 조금도 기억하고 있지 못한다는 건 대체 자연스러운 일일까요? 알겠습니까, 단 한 가지도 기억하고 있지 못합니다. 머리 빛깔도 기억하지 못합니다. 얼굴 윤곽도, 키도, 몸집도, 무릇 그녀의 특징에 대해서는 아무것도 기억하고 있지 않은 것입니다. 여러분 자신이 그의 입장이 되었다고 생각해 주십시오. 적어도 여러분, 생사가 걸려 있을 경우, 이토록 완전하고 철저하게 잊어 버리는 일이 가능할까요? 자위 본능은 기억력에 대하여 무상의 박차를 가한다고 합니다. 만약 그가 진실로 그녀의 출현을 기다리고 있다면 이토록 완전하게 그녀의 일을 잊고 있는 것이 과연 납득할 만한 일이겠습니까? 만약 그녀가 실재하고 발견될 수 있는 것이라고 한다면? ……그것은 여러분의 현명하신 판단에 맡기는 바입니다. 배심원이신 신사 숙녀 여러분, 이제 내가 할 말은 더 이상 없습니다. 사건은 실로 간단합니다. 논점은 명료하여 아무 혼란도 남기지 않으리라고 생각합니다."

이어서 연극 대사처럼 말꼬리를 길게 끌면서 그는 말했다.

"나는 여러분 앞에 있는 인물, 스콧 헨더슨을 아내를 죽인 혐의로 기소합니다. 나는 그 대가로써 그의 생명을 요구합니다. 나의 논고는 이것으로 끝맺겠습니다."

사형집행 전 90일

"피고는 일어서서 배심석 쪽을 향하십시오. 배심원장도 기립해 주
시기 바랍니다. 배심원이신 신사 숙녀 여러분, 평결을 끝냈습니
까?"

"끝났습니다, 재판장 각하."

"이 피고는 기소 사실에 관하여 유죄입니까, 아니면 무죄입니까?"

"유죄입니다, 각하."

피고석 쪽으로부터 목에서 짜내는 듯한 목소리가 들려 왔다.

"아아, 이게 무슨 일인가…… 난 절대로……."

사형집행 전 87일

"피고는 본법정이 판결을 내리기 전에 무슨 할 말이 있는가?"

"내가 아무리 살인은 하지 않았다고 해도 모두들 입을 모아 '네가 했다'고 하는데, 무슨 할 말이 있겠습니까? 혹 내 주장을 듣고 나를 믿어 줄 만한 사람는 어디에 있단 말인가요?

당신은 지금 나더러 죽지 않으면 안 된다고 말하려고 합니다. 당신이 그렇게 말하면 나는 죽어야 합니다. 나는 별로 죽음을 두려워하지는 않습니다. 하지만 또 마찬가지로 죽음을 두려워하는 마음도 그 못지않게 갖고 있습니다. 죽는 일은 결코 쉽지 않습니다. 게다가 오심으로 해서 죽는다는 건 더욱 괴로운 일입니다. 나는 내가 저지른 죄 때문이 아니라 그릇된 재판 때문에 죽게 되는 것입니다. 무릇 죽음이라고 이름하는 것 중에서 이토록 가혹한 죽음은 없을 것입니다. 하지만 최후의 때가 오면 나는 어엿이 그것을 받아들일 작정입니다. 어쨌든 나로서 할 수 있는 일이라곤 그것뿐이니까요.

그러나 이제 나는 내 말에 전혀 귀를 기울이지 않고, 또 내 말을 믿어 주지도 않는 모든 분들에게 분명히 말해 둡니다. 그것은 내가 한 짓이 아닙니다. 나는 하지 않았습니다. 어떤 배심에 의한 어떠한 평결도, 어느 법정에 있어서의 어떠한 심리도, 어느 전기의자 위의 어떠한 처형도——온 세계의 어디에서라도——하지 않은 것을 했다고 할 수는 없는 겁니다.

그런데 재판장 각하, 나는 이미 판결을 받을 준비가 되어 있습니다. 아무런 미련도 없습니다. "

판사석에서 목소리가 났다. 그 소리는 동정 어린 독백처럼 울려 왔다.

"안됐군요, 헨더슨 씨. 나는 이제까지 판결을 받기 위해 내 앞에 섰던 누구에게서도 지금 당신이 말한 것같이 감동적이고 품위에 넘치며 소탈한 변설을 들은 적이 없었소. 그러나 본사건에 대해 배심의 평결은 나로서도 이미 움직이기 힘듭니다. "

같은 목소리가 약간 높아지면서 계속했다.

"제1급 살인죄로 심리되어 유죄로 확정된 스콧 헨더슨에 대하여 본관은 여기서 전기의자에 의한 사형을 선고한다. 위의 형은 ××주 형무소 소장에 의하여 10월 2일 이후 1주일 이내에 집행되는 것으로 한다. 하느님, 이 사람의 영혼에 자비를 베푸시옵소서. "

사형집행 전 21일

양쪽으로 사형수 감방이 늘어선 복도에서, 그의 독방 바로 밖에서 낮은 목소리가 말했다.

"이 안에 있습니다."

그리고 열쇠 뭉치가 절그덕거리는 소리에 섞여 조금 큰 목소리가 불렀다.

"면회다, 헨더슨."

헨더슨은 대답하려고도 움직이려고도 하지 않았다.

문이 열리더니 다시 닫혔다. 길고 어색한 침묵을 사이에 두고 두 사람은 서로 마주 쳐다보았다.

"벌써 나를 잊었나?"

"나를 죽음으로 몰아넣은 사람을 잊을 리가 있소?"

"나는 아무도 죽이지 않아, 헨더슨. 다만 죄를 범한 자를 재판에 회부할 뿐이야."

"그렇다면 당신은 자신이 다룬 자들을 몰아넣은 장소에서 도망치지 않고 얌전하게 있는가 확인하려고 이렇게 돌아다니는군요. 하루 하루, 1분 1분, 피를 말리고 있는 모습을 보고 만족하려는 겁니까?
수고하시는군요. 자아, 잘 보십시오. 나는 여기 있소. 아무 일 없
이 독방에 들어앉아 있소. 이제 마음놓고 돌아가시지요."

"이거 여간 신랄하지 않은데, 헨더슨."

"32살의 생때같은 목숨을 팽개칠 사나이의 입에서 달콤한 말이 나
오겠습니까?"

바제스는 대답하지 않았다. 아무도 그 말에 대해 적절한 대답을 하
지 못하리라. 그는 아픈 곳을 찔리기라도 한 것처럼 두어 번 눈을 껌
벅거렸다. 그리고 가늘게 나 있는 틈바구니 쪽으로 가서 밖을 내다보
았다.

"좁지요?" 하고 헨더슨은 돌아다보지도 않고 말했다.

그 말을 듣자 바제스는 자기도 갇히는 것이나 아닌가 하고 겁내듯
이 얼른 등을 돌려 그곳을 떠났다. 그리고 주머니에서 무엇인가를 꺼
내더니 헨더슨이 앉아 있는 침대 앞에서 발을 멈추었다.

"담배는?"

헨더슨은 빈정대듯이 얼굴을 쳐들었다.

"그게 어쨌다는 건가요?"

"뭐, 그렇게 말할 필요는 없잖나."

형사는 목쉰 소리로 말하고 그대로 손을 내밀고 있었다.

헨더슨은 마지못해 한 개비를 뽑았다. 담배 같은 것은 필요도 없지
만 그렇게 함으로써 바제스가 비켜서 주지나 않을까 여기는 것 같았
다. 눈초리는 여전히 싸늘했다. 그는 담배를 소맷부리에 문지른 다음
입에 물었다.

바제스가 불을 붙여 주었다. 헨더슨은 여전히 경멸하는 듯한 표정
을 띠고 작은 불꽃 너머로 물끄러미 상대방의 얼굴을 노려보았다.

"뭔가요? 드디어 사형집행일인가요?"

"당신의 기분은 잘 알지만," 하고 바제스는 타이르는 듯한 어조로 차분하게 말하려고 했다.

그러자 헨더슨은 벌떡 일어나더니 "내 기분을 당신이 안다고!" 하고 씹어뱉듯이 말했다. 그리고 담뱃재를 떨어뜨리면서 상대방의 발을 가리키며 "당신은 그 발로 어디든지 원하는 곳에 갈 수 있소!" 하고 소리쳤다. 그리고는 엄지손가락으로 자기의 발을 가리키며 "하지만 이 발은 그렇게 안 돼!" 하고 소리치더니 입술을 일그러뜨렸다. "썩 나가요! 여기서 나가 줘! 그리고 사람을 더 많이 죽여요. 되도록 신선한 것을 찾아서 말이야. 나 같은 건 중고품이야. 이미 한번 써먹지 않았나!"

헨더슨은 다시 침대에 드러눕자 벽에다 담배 연기를 뿜어올렸다. 연기는 침대 머리에 부딪쳐 우산처럼 펼쳐지면서 다시 그에게로 돌아왔다.

두 사람은 이제 얼굴을 마주보고 있지 않았다. 그러나 바제스는 아직도 거기에 서서 돌아갈 기색이 아니었다. 이윽고 바제스는 입을 열었다.

"공소는 각하되었네."

"아아, 각하야. 그러니 이제 화장식을 훼방놓을 사람은 하나도 없다는 말이로군. 누구 하나 가로막는 이 없이 지옥으로 떨어져 가는 거야. 식인종도 배곯지 않게 되겠지. 깨끗이 홀가분하게 끝장내 주겠지."

그는 홱 돌아앉아 상대의 얼굴을 들여다보았다.

"왜 그렇게 뜨악한 얼굴을 하고 있지요? 내 고통이 길지 않아서 애석합니까? 날 두 번 죽이지 못해서 실망하고 있는 건가요?"

바제스는 썩은 담배를 피우는 듯이 얼굴을 찡그리더니 담배를 내던지고 발로 짓밟았다.

"혁대 밑을 때려서는 안 돼, 헨더슨. 아직 이쪽은 주먹을 쳐들지도 않았는데."

헨더슨은 잠시 동안 상대의 얼굴을 뚫어지게 바라보고 있었다. 이제까지 그의 눈앞을 가로막고 있던 것은 새빨간 분노의 불꽃이었는데, 그 저쪽에서 문득 상대의 태도의 변화를 발견한 듯한 얼굴이었다.

"뭘 생각하고 있습니까? 몇 달이나 지난 지금, 이런 곳에 대체 무슨 볼일로 왔지요?"

바제스는 목을 어루만지면서 말했다.

"글쎄, 나도 잘 모르겠어. 형사로서는 확실히 이상한 행동이야. 나로서는 당신이 대배심에서 기소되어 심리를 받기로 되었을 때, 이제 내 일은 끝났다고 생각했었거든. 꼭 집어서 설명할 수는 없지만."

그는 서투르게 말을 끊었다.

"뭐 그다지 힘들 것 없잖아요, 나는 독방에 갇힌 한낱 사형수에 지나지 않으니까."

"그렇기 때문에 더욱 말하기가 힘들군. 내가 여기 온 건 즉 내가 말하고 싶은 것은……"

바제스가 잠시 망설이더니 단호하게 덧붙였다.

"나는 당신이 결백하다고 믿어. 그걸 말하고 싶었네. 아무튼 사태가 예까지 이르렀는데, 이제 새삼스럽게 뭐라고 해봐야 당신이나 나나 어떻게 할 수 있는 건 아니지만…… 그러나 헨더슨, 나는 당신이 범인이라고는 생각하지 않네."

긴 침묵이 계속되었다.

"자, 뭐라고 말 좀 해봐. 잠자코 앉아서 얼굴만 쳐다보지 말고."

"어떻게 말하면 되나요? 솔선해서 시체를 파묻은 사나이가 다시 그것을 파내어 가지고 '미안해. 아무래도 내가 잘못한 것 같아' 하고 말한다면 시체가 할 말이 뭐겠소? 어디 좀 가르쳐 주시지."

"분명히 당신 말이 맞아. 대답할 말이 없다는 건 당연한 일이지. 나 역시 입수한 증거에 의해 맡은 일을 충실하게 했다고 말할 수는 있어. 다만 그것을 다시 한 번 확인하고 싶네. 다시 한 번 해볼 보람이 있는 일이라면 내일부터라도 같은 순서로 되풀이할 수 있네. 나 개인의 감정 같은 건 아무래도 좋아. 구체적인 사항에 의해서 조사를 해나가는 것이 내 직분이니까."

다분히 조롱조로 헨더슨이 물었다.

"그건 그렇고, 당신의 확신을 거기까지 회전시킨 건 대체 무엇입니까?"

"잘은 설명할 수 없어. 다른 여러 가지 실마리와 마찬가지로 막연한 거야. 그것은 아주 완만하게 몇 주일 몇 달이나 걸려서 내 마음에 파고들었어. 마치 물이 한무더기의 압지에 배어들 듯이 말이야. 처음 시작은 법정에서의 심리 때라고 생각되네. 일종의 반작용처럼 작용하기 시작했지. 당신에게 절대 불리한 증거로 제시된 것이 나중에 머릿속에서 되새겨 보니 모두 반대 방향을 가리키고 있는 것처럼 생각되는 것이었네.

내가 말하려고 하는 바를 모두 이해해 주기를 바라지는 않아. 대체적으로 알리바이란 꾸며 낸 것일수록 교묘하고 조금도 빈틈이 없으며 세부적인 것끼지 납득이 갈 만한 형체를 갖추고 있지. 그런데 당신의 알리바이는 엉망진창이고 어처구니없는 것 투성이거든. 문제의 여자에 대해서 하나도 기억하고 있는 것이 없어. 10살짜리 아이라도 그보다는 잘 알아볼 걸세. 법정 뒤에서 잠자코 듣는 동안에 조금씩 이런 생각이 들기 시작했네. 아, 저 사나이가 하는 말은 진실이구나. 조금이라도 거짓이 있다면 좀더 군살이 붙었을 것이다.

자네의 말은 뼈다귀뿐이었어. 결백한 자가 아니라면 그토록 철저하게 자신의 찬스를 망가뜨릴 리가 없네. 켕기는 데가 있는 사람은 좀더 교활하게 돌아가는 법이야. 당신은 자신의 목숨이 풍전등화인데도 몸을 지키기 위해 내놓은 것이라고는 두 개의 명사와 형용사 하나뿐이었네. '여자'와 '모자', 그리고 '야릇한'이라는 형용사. 나는 생각했지, '저것은 정말이 아닐까'라고. 집에서 부부 싸움을 하고 울적해진 사나이가 처음에 들어간 바에서 별로 흥미도 없는 여자와 알게 된다, 뿐만 아니라 집에 돌아와보니 아내가 살해되고 자신은 범인으로 몰려 있었다, 그래서 정신이 모두 빠졌다. "

그는 손짓을 하면서 말을 이었다.

"그런 경우에 사나이는 어떤 상태가 될까. 오다가다 만난 상대의 일을 하나에서 열까지 또렷하게 기억할 수 있을까? 처음에는 조금쯤 머리에 남아 있었던 인상도 소동 때문에 깨끗이 지워져 버리고 오직 공백만 남지 않을까? 대체 어느 쪽이 있을 법한 일일까?

그런 의문이 죽 내 머리에 달라붙어서 떠나지 않았네. 생각하면 생각할수록 그것이 내 머리를 세게 압박해 오더군. 얼마 전에도 한 번 이곳을 찾아오다가 도중에 되돌아간 일이 있네. 그런 뒤에 나는 리치먼 양과 이야기를 했지! "

헨더슨은 목을 길게 빼며 말했다.

"알 것도 같군요. "

형사는 그의 말을 가로막았다.

"아니, 아니, 당신은 아무것도 알고 있지 않아! 아마 당신은 이렇게 생각하겠지. '그녀가 나를 만나서 끝내 설득시켰다'라고. 전혀 반대야. 내가 먼저 그녀를 찾아갔었네 오늘 당신에게 한 이야기를 했지. 그 뒤로 그녀 쪽에서 몇 번인가 찾아왔었던 것은 사실이네. 경찰본부가 아니라 우리 집으로 말이야. 그래서 몇 번 이야기를 주고받았지. 하지만 그게 문제가 아닐세. 리치먼 양이든 누구든 이쪽 마음이 텅 비어 있으면 아무것도 주입할 수는 없는 법이야. 내 심경에 변화가 있었다면 그것은 내부에서 자연히 일어난 것이지 밖에서 강제된 것은 아니네. 오늘 내가 여기 이렇게 찾아온 것도 나 자신의 의사에 의해서이지 그녀가 권했기 때문은 아니야. 그녀는 내가 여기 온 줄도 모를걸. 나도 이렇게 지금 여기 와 있을 줄은 생각도 못했어."

그는 감옥 안을 왔다갔다했다.

"이제 무거운 짐을 벗은 것 같군. 그러나 나는 굳이 이제까지의 수사법이 글렀다고 말하고 싶진 않아. 증거가 이끄는 대로 가장 최선이라고 생각되는 순서에 따라 일을 진행시켜 왔으니까. 그러므로 그 이상의 것을 아무도 요구할 수는 없다고 생각하시만."

헨더슨은 아무 말도 하지 않았다. 다만 바닥에 시선을 못박은 채 깊은 생각에 잠겨 있었다. 처음의 저돌적인 태도는 사라졌다. 서성거리는 바제스의 그림자가 그의 몸 위를 왔다갔다하고 있었다. 그러나 헨더슨은 그 그림자의 주인 쪽을 쳐다보려고 하지는 않았다.

이윽고 그림자가 멈춰서고 주머니 속에서 동전이 짤랑거리는 공허한 소리가 들렸다.

바제스의 목소리가 말을 시작했다.

"당신은 누군가 당신을 도울 사람을 붙잡지 않으면 안 돼. 자신의 시간을 몽땅 당신을 위해서 비칠 사람을……"

그는 다시 주머니 속의 동전을 짤랑거리고 있었다.

"나는 안 돼네, 내 일이 있으니까. 아니, 그리고 보니 영화 같은 데는 개인적인 활동을 위해서 공사를 전혀 돌보지 않는 훌륭한 형사들이 나온다더군. 하지만 나는 처자가 있는 몸이야. 직장을 잃을 수는 없지. 그리고 결국 나와 당신은 남이니까."

헨더슨은 머리를 움직이지 않고 "그것도 당신에게 부탁한 기억은 없는데요" 하고 낮게 중얼거렸다.

동전 만지기를 그치고 바제스는 좀더 헨더슨에게로 다가섰다.

"누구든 친한 사람을 고를 것, 내가 할 수 있는 말은 그것뿐이네." 그는 주먹을 꽉 쥐어 약속한다는 듯이 높이 쳐들었다. "그러면 나도 힘껏 응원할 테니까."

여기서 처음으로 헨더슨은 얼굴을 들었으나 곧 다시 숙였다. 그리고 힘없이 단 한 마디 했을 뿐이었다.

"누가 좋을까요?"

"누구라도 좋지만 정열을 가지고 싸울 수 있는 사람이 필요해. 신념과 정력이 있는, 돈이나 명예로 움직이지 않는 사람, 당신이 스콧 헨더슨이라는 이유만으로 싸워 줄 사람, 당신이 좋아서, 당신이 죽는다면 차라리 자기가 대신 죽는 편이 낫다고 생각할 만한 사람, 어떤 궁지에 몰리더라고 결코 손들지 않을 사람, 비록 뒤늦기는 했지만 그것을 생각지 않을 사람. 필요한 것은 그러한 열의, 그러한 정력이야. 그런 사람이 아니면 아무 소용도 없을 거야."

바제스는 한 손을 헨더슨의 어깨에 올려놓았다. 끈덕지다고 생각 말고 좀 들어 달라는 듯한 몸짓이었다.

"당신에 대해 그런 마음을 갖고 있는 여자가 있긴 하지. 하지만 그녀는 너무 젊어. 아니, 어려요. 정열은 있지만 경험이 없어. 열심이긴 하지만 그것만으로는 충분하지 못해."

비로소 헨더슨은 험악한 얼굴이 조금 누그러졌다. 흘끗 감사하는 눈치까지 보였다. 그 젊은 여자에게 바치고 싶은 감사의 마음을 대신 형사에게 돌렸던 것이다.

"나도 생각했지만," 하고 바제스는 중얼거렸다. "이건 남자가 아니면 안 돼. 어엿한 대장부로서 그녀 못지않게 당신을 생각해 주는 인물이라야 하지. 반드시 있을 거야. 누구에게나 그런 친구가 하나쯤은 있는 법이니까."

"네, 특히 젊었을 때는요. 나도 다른 사람들처럼 그런 친구가 있었죠. 하지만 나이가 들어 가니 하나 둘씩 사라져 가더군요. 더욱이 결혼을 하고 나면."

"그렇지만 내가 말한 것 같은 인물이라면 떨어져나가지 않지." 바제스는 주장했다. "계속 교제가 없었다는 것쯤은 문제가 아니야. 일단 친구가 되면 변하지 않는 거라네."

"전에 그런 친구가 있었지요" 하고 헨더슨은 인정했다. "그 녀석과는 진짜 형제처럼 친했었는데. 이미 지나간 일입니다만."

"친구는 시간 제약이 없다니까."

"아무튼 그는 지금 여기 있지 않아요. 지난 번에 만났을 때 그 다음달에 남아메리카로 떠난다고 했었으니까. 어느 석유 회사와 5년 동안 계약을 맺었다고 하더군요."

그는 형사 쪽으로 번쩍 얼굴을 쳐들었다.

"당신은 그런 직업을 가지고 있으면서도 뜻밖에 아직도 꿈을 갖고 있었군요. 그래선 안 되지 않을까요. 3천 마일이나 떨어진 곳에 있는 사나이에게 이제부터 시작되려 하는 새로운 장래를 물거품으로 돌리게 하고 잡아끌어다가, 불쑥 나 대신 핀치 히터로 써 달라고 요구하는 건 너무 이기적이 아닙니까. 더구나 지금 친구로서 교제하고 있는 시이도 아닙니다. 사람은 나이를 먹을수록 점점 뻔뻔스러워지는 것 같습니다. 이상도 빛이 바래 버리지요. 32살짜리 사나이는 25살 때의 친구와는 다른 인간입니다. 그뿐만이 아니라 이쪽도 마찬가지지요."

바제스는 그 반론을 가로막았다.

"한 가지만 대답해 주기 바라네. 그 사나이는 그때였다면 당신을 위해서 불에 뛰어들었을까?"

"그랬겠죠."

"그렇다면 지금도 해줄 것이 틀림없어. 끈덕진 것 같지만, 우정에는 나이가 문제되지 않으니까 옛날에 갖고 있던 우정이라면 지금도 갖고 있을 거야. 그렇지 않다면 옛날에도 친구가 아니었을 테지."

"그런데 이 테스트는 너무나 불공평하군요. 허들이 너무 높아요."

"그 사나이가 당신의 생명보다 5년 계약을 더 소중하게 여긴다면 어차피 쓸모가 없어" 하고 바제스는 설득했다. "하지만 그 반대라면 그 사나이야말로 당신에게 필요한 사람이야. 덮어놓고 안 된다고만 하지 말고 우선 기회를 주어 보면 어떨까?"

헨더슨은 주머니에서 수첩을 꺼내더니 한 장을 찢어 내고 한쪽 다리를 침대에 올려놓은 다음 넓적다리로 받침판을 만들었다.

베네수엘라 카라카스 시
남미 석유회사 본사
잭 론버드 앞

자네가 출발한 뒤 마셀라를 살해한 혐의로 사형을 선고받았네. 어느 주요 증인을 찾아 내면 혐의가 밝혀질 것 같지만 변호사는 포기해 버렸네. 희망은 오직 자네뿐일세. 달리 구제될 길이 없어. 사형 집행은 10월 제3주 예정. 도움을 바라네.

9월 20일 스콧 헨더슨

사형집행 전 18일

그의 살갗에는 너운 나라에서 온 사람답게 볕에 탄 자국이 아직 남아 있었다. 요즘 여행자는 모두 그렇지만 그도 빠른 여행을 해 온 것이었다. 오늘날에는 비행기를 이용하므로 눈 깜짝할 사이에 서해안에서 동해안으로 날아와 있기도 하고, 리오를 떠나 먼길을 날아 뉴욕의 리 가디아 공항에 닿았어도 사흘 전에 난 목덜미의 여드름이 아직 없어지지 않을 정도로 빠르다.

그는 지난날의 스콧 헨더슨과 같은 나이로 보였다. 감방 안에서 몸부림치며 일년을 1시간으로 셈하고 있는 생기없는 데스 마스크 같은 지금의 헨더슨이 아니라, 대여섯 달 전의 스콧 헨더슨 말이다.

그는 남미에서 입고 있던 옷을 그대로 입고 있었다. 여기서는 철이 지난 새하얀 파나마 모자. 색깔도 무게도 아메리카의 가을에는 지나치게 경쾌한 회색 플란넬 양복. 이것들에는 역시 베네수엘라의 작열하는 일광이 필요할 것이다.

키는 크지도 않고 작지도 않으며 몸놀림은 부드러웠다. 아무런 무리 없이 마음껏 움직일 수가 있는 것이었다. 모르는 사람이 그를 보면 사시사철 전차를 뒤쫓고 있는 사나이라고 생각할지도 모른다. 왜냐하면 이미 한 구역 앞을 달리고 있는 전차를 따라붙는 일쯤은 아주 쉽사리 할 수 있는 사나이였기 때문이다. 옷이 새것이었는 데도 불구하고 그는 도저히 깔끔하다고는 말할 수 없었다. 작은 콧수염은 면도질을 해야만 하겠고 넥타이도 증기 다리미로 다릴 필요가 있었다. 그것은 비비꼬인 채 엿가락처럼 매달려 있었다.

그 인상을 한 마디로 말하면 귀부인을 상대로 하여 무도장을 미끄러져 나가기보다는 뱃사람의 우두머리나 제도판과 눈싸움을 하는 토목 기사인 편이 더욱 어울릴 것 같았다. 겉모습은 그처럼 썩 내세울 만하지 못했지만, 그래도 그의 몸에서는 일종의 중후함 같은 것이 풍기고 있었다. 옛날식 형용사를 쓴다면 사나이 중의 사나이라고나 할까.

"그 사람은 어떤 형편인가?" 간수 뒤로 층계를 올라가면서 그는 낮은 목소리로 물었다.

간수가 대답했다.

"뭐 그저 그렇죠."

그 이상의 어떤 상태를 기대할 수 있겠느냐고 말하고 싶은 투였다.

"그저 그렇다고?" 그는 머리를 내저으며 굳이 목소리를 내려고도 하지 않고 중얼거렸다. "가엾게시리."

간수는 이미 목적지에 이르러 문을 열고 있었다.

그는 순간 멈칫 뒤로 물러나서 목소리를 가다듬으려는 것처럼 꿀꺽침을 삼켰다. 그리고 감방의 창살 끝이 잘 보이도록 문을 움직였다. 이어서 쓴웃음을 띠고 한 손을 내민 모습으로 성큼성큼 방 안으로 들어갔다. 마치 호텔 로비에서 기다리게 한 상대방에게 달려가는 듯한 느낌이었다.

그는 느릿한 어조로 말했다.

"여어, 이게 얼마 만인가, 헨디. 이거 도대체 어떻게 된 일이야. 설마 날 놀리는 건 아니겠지?"

헨더슨의 표정에는 전에 형사가 찾아왔을 때와 같은 불쾌한 빛은 조금도 없었다. 아무튼 이 사나이는 옛 친구인 것이다. 그는 얼굴을 활짝 펴고 상대방과 같은 투로 대꾸하였다.

"나는 지금 여기서 살고 있어. 어때, 감상이?"

두 사람은 언제까지고 놓지 않겠다는 듯이 마주잡은 손을 흔들어 댔다. 그리고 간수가 문을 잠그고 가 버린 뒤에도 쥔 손을 놓지 않았다.

마주잡은 손에 두 사람의 마음이 통하고 있는 것이었다. 입 밖에 내지 않아도 완전히 서로 이해할 수 있었다.

'와 주었구나. 역시 돌아와 주었다. 결국 진정한 친구란 있는 법이야.'

한편 론버드의 것은 정열에 넘치는 격려의 말이었다.

'나는 자네 편일세. 내가 있는 한, 아무도 자넬 건드리지는 못할 걸.'

그 뒤 한참 동안 서로 당면한 문제를 건드리지 않으려고 마음을 썼다. 두 사람은 정말로 말하고 싶은 것만을 빼고 다른 모든 일을 화제에 올렸다. 그것은 어떤 특정한 문제가 너무나 심각하고 피가 맺힐 정도로 생생한 것일 경우 곧잘 빚어지는 쑥스러움이나 위구감인 듯했다.

론버드가 "아냐, 손들었어. 여기 기차는 도무지…… 덕분에 먼지 투성이야"라고 말하면 헨더슨도 "원기왕성해 보이는군, 잭. 그쪽 생활이 자네에게 맞는 모양이지?" 하고 말했다.

"농담 말아 줘! 깨끗하지도 못한 데다가 굉장히 쓸쓸하다구! 게다가 음식은 형편없고 늘 모기한테 뜯긴다네. 5년 계약에 서명하다니, 나도 참 바보 짓을 했어."

"하지만 돈은 벌었겠지."

"음, 그렇지만 그런 고장에서 돈이 있어 봐야 뭘해? 쓸 데가 있어야지. 맥주에서는 석유 냄새가 나는 것 같고."

"그래도 정말 안됐네. 이렇게 폐를 끼쳐서" 하고 헨더슨은 말을 잇지 못하였다.

"고마운 건 오히려 나야." 론버드는 사나이답게 대답했다. "어차피 아직 계약은 계속중일세. 잠깐 휴가를 이용해서 왔을 뿐이니까."

그는 잠시 입을 다물고 있었다. 하지만 마침내 문제에 돌입하였다. 그 문제는 죽 두 사람의 마음 속에 자리잡고 있었던 것이다. 그는 친구의 얼굴에 던지고 있던 시선을 다른 방향으로 돌리며 말했다.

"그런데 이게 어떻게 된 일이야, 헨디?"

헨더슨은 억지로 웃으려고 하면서 말했다.

"즉 오늘부터 두 주일 반이 지나면 우리 동창생 하나가 어떤 전기 실험에 참가하게 되는 거야. 동창회 연보에는 내게 대해 뭐라고 써 놨더라. '머잖아 그의 이름은 신문지상을 장식할 것이다' 였던가. 굉장한 예언이군. 내 이름은 그 날짜의 어느 신문에고 다 실릴 테니까."

론버드는 엄한 시선을 그에게 돌렸다.

"누가 그걸 내버려 둔대. 쓸데없는 이야기는 집어치우게. 우리가 사귄 것은 어제 오늘의 일이 아니야. 체면치레 따위는 내던져 버리고 다 털어놓게."

"알았어." 헨더슨은 처참한 말투로 대답했다. "정말 인생이란 짧은 것일세."

헨더슨은 그 감회가 지금의 자기 처지와 얼마나 어울리는가를 느끼고 열없이 웃었다.

론버드는 구석의 세면대 가장자리에 걸터앉아서 자유로워진 한쪽 발목을 두 손으로 붙잡아 올리며 "부인은 꼭 한번 뵈었나" 하고 돌이켜보듯이 말했다.

"두 번일세" 하고 헨더슨이 바로잡아 주었다. "거리에서 우리하고 우연히 만난 일이 있잖아, 잊어 버렸나?"

"아아, 생각나네. 그녀는 뒤에서 자네의 팔을 마구 잡아당기고 있었지."

"옷을 사러 가던 참이었지. 그런 때의 여자들의 마음이란 자네도 알 테지만……."

헨더슨은 이미 이 세상에 있지 않은 여자를 위하여 집요하게 변명하였다. 지금으로서는 아무런 의미도 없다는 사실을 깨닫지 못하는 듯했다.

"우린 늘 자네를 저녁 식사에 초대하려고 했었는데——그런데 그게——자네라면 이런 건 이해하겠지?"

"알아" 하고 론버드는 쾌히 맞장구를 쳤다. "아무튼 부인들이란 대부분 결혼 전의 남편의 친구를 경원하는 법이니까."

그는 남미산의 강한 담배를 꺼내어 헨더슨에게 던져 주었다.

"혀가 부어오르고 입술에 물주머니가 생길지도 모르지만, 어디 괜찮겠거든 피워 보게. 남미산인데 화약과 살충제를 섞어 놓은 것 같다네. 여기 담배를 살 겨를이 없었어."

론버드는 담배를 깊이 빨아들이면서 말했다.

"슬슬 자네의 이야기를 자세하게 들어 보세."

헨더슨은 한숨을 내쉬었다.

"좋아, 시작하지. 이젠 몇 번이나 이야기했기 때문에 거꾸로 서서도, 잠꼬대로도 할 수 있을 것 같네."

"나는 아무것도 씌어 있지 않은 칠판일세. 그러니 마음놓고 빠뜨리지 말고 차근차근 이야기해 보게. ”

“나와 마셀라의 결혼은 그야말로 소꿉장난 같은 것으로서 가정 생활이라고 할 만큼 확고한 기반은 아무것도 없었네. 보통 이러한 일은 친구 사이라 하더라도 말하기 거북스러운 법이지. 하지만 사형수 감옥에 갇혀서까지 체면 차릴 건 없을 거야. 그런데 1년쯤 전에 뜻밖에도 나는 진짜 남녀 관계라는 것을 알게 되었다네. 발을 빼려고 했을 때는 이미 늦어 있었지. 그 여자는 자네가 만난 적이 없는 모르는 여자이니까 여기서 굳이 이름을 밝힐 필요는 없다고 생각하네. 법정에서도 그 점을 너그럽게 보아 주더군. 즉 공판중 내내 ‘젊은 여자’로 통했으니까. 그러니까 나도 나의 ‘젊은 여자’라고 부르겠네. ”

“자네의 ‘젊은 여자’라. ”

론버드는 끄덕거렸다. 팔짱을 낀 팔꿈치께에서 담배가 내밀어져 있었다. 그는 눈을 내리깔고 생각에 잠긴 듯한 모습으로 상대방의 말을 듣고 있었다.

“나의 ‘젊은 여자’, 아아, 가엾은…… 그야말로 이상의 여인, 참으로 진정한 사랑이었네. 만약 결혼하기 전에 그런 여자를 만났었다면, 그랬더라면 아무 걱정도 없었겠지. 또 결혼한 상대가 마침 그런 여자였다면 더욱 좋았을 것이고 다시 없는 행복이었을 거야. 또는 결혼은 했지만 한 번도 그러한 일에 부딪치지 않은 경우는 진정한 사랑이란 어떤 것인지를 모르고 끝날 뿐으로, 역시 손해는 없었을 거야. 그런데 결혼한 뒤에 그런 일이 일어나고, 정신을 차렸을 때는 이미 어찌할 수 없는 사태에 빠져 있었다고 한다면 이것은 문제가 아니겠는가. ”

론버드는 동정어린 말투로 중얼거렸다. “문제라, 틀림없어. ”

“일의 진행은 흔히 있는 그대로야. 나는 그 ‘젊은 여자’와 두 번째 만났을 때 마셀라에 대해서 이야기를 했었어. 우리는 다시는 만나지 않을 작정이었어. 열두 번째 만났을 때에 역시 우리는 앞으로 두 번 다시 만나지 않기로 하자고 약속했었어. 서로 상대방을 피하려고 노력했었지. 쇠붙이가 자석에 닿지 않으려고 하는 것처럼 말이야.

마셀라는 한 달도 안되어서 그녀의 일을 알아차렸어. 내가 그렇게 만들었지. 내가 스스로 그녀의 이야기를 꺼낸 거야. 그러나 그녀에겐 그 이야기가 세상에서 듣는 것 같은 갑작스러운 타격이 아니었어. 마셀라는 생글생글 웃으면서 잠자코 듣고 있었으니까. 마침 엎어 놓은 술잔 속에서 허위적거리는 파리 두 마리를 물끄러미 바라보고 있는 것 같았어.

나는 그녀에게 이혼 이야기를 꺼냈지. 시기적으로 말하면 중간 무렵이야. 그러자 느릿하고 쉬 감동을 일으키지 않는 미소가 다시금 그녀의 얼굴에 떠오르더군. 내 말 따위는 그다지 중요하지 않다는 것이 뚜렷했어. 뭐랄까, 자기가 앉은 다음 줄 좌석에 구두가 한 켤레 떨어져 내려왔다는 정도로밖에 보지 않는 것 같았어. '생각해 봐야지요' 하고 그녀는 말했어. 그리고 생각하기 시작했어. 그리고 몇 주일, 몇 달이 지났어. 그렇게 많은 시간 동안 그녀는 나를 공중에 대롱대롱 매달아 두고 있었던 걸세. 그동안 나는 예의 느긋한 조소를 뒤집어쓰고 있었을 뿐이야. 우리 셋 중에서 마셀라 혼자만이 그런 식으로 즐기고 있었던 것이지. 더분에 나는 내 마음을 분명하게 확인할 수가 있었네. 어엿한 사나이로서 나는 나의 '젊은 여자'를 어떻게든 차지하고 싶었어. 단순히 바람피우는 정도로 끝내고 싶지 않았던 거야. 나는 아내가 필요해. 그런데 내 집에 있는 여자는 아내라고 부를 수 없는 여자였던 거야."

헨더슨은 두 손으로 얼굴을 가리고 그 사이로 방바닥을 내려다보고 있었는데, 이미 상당한 시간이 흘렀음에도 불구하고 그의 손은 부들부들 떨리고 있었다.

"그러자 '젊은 여자'가 말해 주었어. '뭔가 방법이 있을 거에요. 우린 완전히 부인의 손아귀에 쥐어 있고 부인 역시 그것을 잘 알고 있어요. 당신이 침묵을 지키고 있는 것은 좋지 않은 태도가 아닐까요. 마찬가지로 부인도 찌푸린 얼굴로 당신을 대하게 될 거에요. 친구로 생각하고 가까이 해보면 어떨까요. 언젠가 두 분이 밖에 나가 허심탄회하게 백지로 돌아가서 서로 이야기해 보는 거에요. 당신들 두 분도 지난날 한때는 서로 사랑하던 사이가 아니었어요! 그렇다면 공통된 추억이라든가, 뭐 그런 것이 남아 있을 거에요. 부인의 당신에 대한 호의라든가 상냥한 감정이 추억의 형태로 조금은 남아 있을 게 틀림없어요. 그리고 그렇게 하는 것이 우리 때문이 아니라 부인 자신을 위해서 가장 좋은 일이라고 깨닫게 하는 거에요.'

그래서 나는 쇼의 입장권을 사고 또 결혼 전에 둘이서 곧잘 갔던 레스토랑에 좌석을 예약했네. 그리고 집에 가서 이렇게 말했지.

'오늘 저녁에는 우리 함께 밖에 나가지 않겠소. 옛날처럼 말야.' 그러자 그녀는 예의 느긋한 미소를 띠면서 '네, 좋아요' 하고 대답하더군.

내가 샤워를 하는 동안 마셀라는 거울 앞에 앉아서 화장을 하고 있었어. 늘 하는 식으로 나는 처음부터 하나하나 다 기억하고 있어. 난 욕실 안에서 휘파람을 불고 있었지. 그러고 있노라니까 나는 그녀가 몹시 좋아졌어. 나는 그때 우리의 결혼이 실패로 돌아간 원인을 문득 깨달았지. 그녀를 죽 좋아했었던 것은 확실하며, 나는 다만 그것을 사랑이라고 착각하고 있었던 것이다." 라고.

그는 손에 들었던 담배를 떨어뜨리더니 납작하게 짓밟았다. 그리고 물끄러미 그것을 바라보고 있었다.

"왜 마셀라는 처음부터 거절하지 않았을까? 왜 욕실에서 휘파람을 불고 있는 나를 그대로 두었을까? 머리를 단정하게 빗으려고 애쓰는 나를 거울 속에서 잠자코 보고 있었던 건 무슨 까닭일까? 내 윗옷 주머니에서 적당하게 손수건이 내다보고 있는 것을 만족스러운 눈으로 바라보고 있었던 건 왜일까? 이 반년 만에 그렇게도 즐거운 빛을 보인 것은 무슨 까닭인가? 처음부터 그럴 마음이 없었으면서도 외출할 것처럼 행동한 건 어째서일까? 틀림없이 그것은 그녀의 수단이었던 거야. 마셀라는 그런 여자였어. 나를 언제나 어중간한 상태로 놓아 두는 것이 그녀에게 있어 더할 수 없는 즐거움이었던 거야. 이혼이라는 중대 문제에 있어서나 밖으로 식사하러 나간다는 작은 문제에 있어서나 그 점엔 다름이 없었어.

나는 조금씩 알게 되었지. 거울에 비친 그녀의 미소, 외출 준비만 해도 실제로는 거의 손댄 데가 없는 그 모습. 나는 넥타이를 매려 하고 있었어. 그런데 그녀는 마침내 준비를 그만두고 그냥 앉아 있을 뿐이었어. 아무것도 하지 않고 그대로 앉아 있는 거야. 예의 미소만이 얼굴에서 떠나지 않았지. 다른 여자와 사랑에 빠져 있는 사나이에게 보내는 미소. 그러면서도 자기의 손가락 하나로 아무렇게나 움직일 수 있는 사나이.

여기서 이야기는 두 길로 갈라지네. 당국측의 것과 나 자신의 것으로 말이야. 그러나 여기까지는 양쪽이 똑같고 조금도 치이기 없다네. 그들이 조사한 것에는 조금도 거짓이 없었어. 내가 취한 행동의 어떤 작은 부분을 들어 보아도 당국은 하나도 남김 없이 다 알고 있지. 그들은 철저하게 구석구석까지 조사했던 걸세. 그렇지만 내가 넥타이를 손에 들고 그녀의 등 뒤에 서서 거울을 들여다보았을 때부터 이야기는 6시를 가리키는 시계의 시침과 분침처럼 전혀 반대 방향으로 멀어져 가 버리네. 내 이야기는 이쪽으로, 그들의 이야기는 정반대 방향으로 말이야.

먼저 내 이야기부터 하겠네. 이것이 진실이니까.

마셀라는 내가 말을 걸어 오기를 가만히 기다리고 있었네. 그렇게 잠자코 앉아 있었던 것은 그 때문이었어. 그 미소도, 시치미를 떼고 테이블 끝에 두 손을 포개고 있었던 것도 그 때문이었지. 나는 잠깐 동안 그녀를 보고 있다가 마침내 입을 열었지. '갈 생각이 없소?' 그녀는 웃기 시작했어. 깔깔대고 웃기 시작했어. 얼마나 세차고 얼마나 뱃속에서부터 울려 나오는 듯한 웃음이었던가. 나는 그때까지 웃음이 그토록 무서운 무기가 되리라고는 생각조차 못했었네. 거울에 비친 내 얼굴이 금방 창백해졌지.

그러자 그녀는 말하는 거였어. '하지만 표를 그냥 썩히실 건 없어요. 돈을 그냥 내다버리는 거나 마찬가지니까요. 나 대신 그 아가씨를 데리고 가면 어때요. 쇼쯤 보여줘도 좋아요. 식사도 하게 하죠, 뭐. 당신은 그녀 좋을 대로 하게 해주세요. 하지만 그녀가 바라고 있는 것처럼 당신을 그녀 것으로 만드는 일만은 절대 허락하지 않겠어요.'

그것이 마셀라의 대답이었네. 그 뒤에도 죽 그 대답은 변하지 않을 테지. 나는 그때 비로소 알았어. 영원히, 죽는 날까지 그런 식으로 진행될 것이 틀림없었던 거야.

이어서 일어난 사건은 이렇네. 나는 몹시 화가 나서 한쪽 팔을 치켜들었어. 바로 마셀라의 빰과 일직선이 되는 언저리였어. 손에 들고 있던 넥타이가 어떻게 되었는지는 기억에 없네. 틀림없이 방바닥에 떨어졌겠지. 다만 그것을 그녀의 목에 감지 않은 것만은 틀림없어. 나는 절대 때리지는 않았어. 아니, 못한 걸세. 난 그런 사나이가 못 되는 거야. 마셀라는 자기를 때리게 하려고 나를 부추기는 것 같았어. 왠지 그 까닭은 모르겠네. 내가 그런 우악스러운 짓을 할 수 있는 사람이 아니므로 걱정없다고 생각했는지도 모르지. 내 모습이 거울에 비치고 있어서 그녀는 돌아다볼 필요도 없었다네.

코웃음치며 그녀는 말을 시작하더군. '어서 때리세요. '케이시, 타석에 서다'로군요(마이티 케이시는 아메리카의 전설적인 강타자로 언제나 이쑤시개를 물고 타석에 섰다고 한다). 그런 짓을 해봐야 아무 소용 없지만요. 당신은 내가 정답게 하거나, 짓궂게 대하거나, 신사적이거나, 난폭하게 하거나, 이제는 별로 사정이 달라지지 않을걸요.'

그리고 우리는 세상에 흔히 있는 일이긴 하지만 입 밖에 내어서는 안 될 일을 가지고 다퉜어. 그렇다 해도 입씨름만으로 불꽃을 튀겼을 뿐, 그녀에게 손을 대지는 못했지.

'당신은 내가 필요하지 않아. 그런데 대체 왜 그토록 나에게 매달리려는 거지…….' 그러자 그녀는 '강도라도 들어오면 써먹어야죠' 하고 말하더군. '그럼, 나도 앞으로는 그런 식으로 대하지!' 하고 내가 소리치자 그녀는 '뭐, 그게 이제까지와 별다르지는 않을 거에요' 하고 비웃는 거였어. '좋아, 생각이 났어. 당신에게 줄 것이 있어.' 나는 지갑에서 1달러짜리 두 장을 꺼내어 마셀라의 등 뒤에다 던졌네. '이건 당신과 결혼하고 당신을 껴안은 값이야. 그리고 그 피아노 연주자에게는 나중에 값을 치르겠어.'

분명히 야비하고 지저분한 짓들이었어. 나는 모자와 윗옷을 움켜잡고 집에서 뛰쳐 나왔다네. 나오면서 보니까 그녀는 여전히 거울과 마주앉아 큰소리로 웃고 있더군. 웃고 있었다구, 잭, 죽지 않았어. 난 그녀에게 손가락 하나 대지 않았어. 그녀의 웃음소리는 문을 닫은 뒤에도 나를 쫓아왔어. 그 웃음 소리에 쫓기듯이 나는 엘리베이터가 올라오기를 기다리지 못하고 층계를 뛰어내려갔네. 덕분에 머리가 이상해져 버렸어. 웃음 소리는 도무지 떨쳐 버릴 수가 없었네. 다음 층계참에 이를 때까지 역시 쫓아오더군. 그곳을 지나자 겨우 들리지 않게 되었어."

그는 말을 그치고 오랫동안 침묵하고 있었다. 스스로 불빛으로 밝혀 낸 한 장면의 광경이 차츰 식어 가고 사라져 버린 것을 알고서야 비로소 다음 이야기를 계속할 수 있는 심정이었던 모양이다. 긴장된 이마의 주름 사이에서 땀이 솟고 있었다.

"그리고 내가 집으로 돌아와 보니," 하고 그는 조용히 말을 이었다. "마셀라는 죽어 있었어. 그리고 경찰에서는 내가 죽였을 거라는 거야. 그들에 따르면 범행 시간은 6시 8분 15초 직후라더군. 그녀의 시계가 충격을 받아서 그 시간에 멈춰섰다는 걸세. 내가 문을 닫고 나가고 나서 10분 이내라네. 그 일을 생각하면 아직도 등골이 오싹해. 어떤 놈인지는 모르지만 범인은 이미 건물 안의 바로 가까이에 숨어 있었던 게 틀림없어."

"하지만 자넨 층계를 뛰어내려갔다고 하잖나."

"그 층계에서 옥상으로 이어지는 끝의 층계에 숨어 있었을지도 모르지. 확실한 건 잘 모르겠지만 말이야. 그리고 틀림없이 우리의 다툼을 낱낱이 듣고 있었을 거야. 내가 나가는 것도 보았을 게 분명해. 나는 문을 내던지듯이 닫았으니까 문은 퉁겨져 제대로 닫혀지지 않았을지도 모르고, 범인은 그리로 들어갔을 테지. 그리고 마셀라가 알아차리기 전에 덤벼들었을 거야. 그녀는 자기의 웃음 소리가 너무 커서 인기척을 듣지 못했을 걸세. 놀라서 정신을 차렸을 때는 이미 어쩔 수도 없었을 테지."

"그렇다면 빈집털이나 좀도둑의 짓은 아닐까?"

"음. 그런데 그 목적이 뚜렷하지가 않아. 경찰에서도 끝내 범인이

노리는 바가 무엇인지 알아 내지 못했어. 그래서 그 문제를 중요시
할 마음이 그다지 없는 것 같아. 도둑이 아니야. 아무것도 없어지
지 않았거든. 마셀라가 앉아 있던 화장대 서랍에는 6달러의 현금이
들어 있었어. 또 강간이 목적이었던 것 같지도 않아. 그녀는 의자
에 앉은 자세로 살해되었고, 죽 그대로 내버려져 있었다네. ”
그러자 론버드가 말을 되돌리듯이 입을 열었다.
“처음에는 그 어느 쪽의 의도로 숨어들었다가 목적을 이루기도 전
에 무엇엔가 놀라 도망친 것은 아닐까. 밖에서 무슨 소리가 났다든
가, 방금 자기가 저지른 범행이 갑자기 무서워졌다든가, 아무튼 그
런 예는 수없이 많으니까. ”
“어쨌든, ” 하고 헨더슨은 기운 없는 목소리로 계속했다. “다이아
몬드 반지가 화장대에 놓여져 있었어. 그녀의 손가락에 끼어 있었던
것도 아니야. 그러므로 범인은 도망치면서 그냥 집어 가기만 했어도
되었던 거야. 아무리 놀라서 정신이 없었다 해도 그다지 시간 걸리는
일은 아니거든. 반지가 그대로 놓여 있었다네. ” 그는 고개를 내저으
면서 말을 이었다. “넥타이가 일을 저질렀네. 그 넥타이는 넥타이걸
이 밑에 걸어 두었었지. 더구나 넥타이걸이는 옷장 꽤 깊숙한 곳에
있다네. 그리고 내가 입고 있는 양복이며 그밖의 것들하고 어울리는
건 그 넥타이뿐이었어. 그건 내 자신이 직접 골라서 산 것이니까. 하
지만 마셀라의 목에 비끄러매지는 않았어. 옥신각신하는 통에 어디론
가 없어져 버렸지. 아마 방바닥에 떨어진 건 몰랐을 테지. 그래서 나
는 집에 돌아왔을 때 매고 있던 넥타이를 집어서 아무렇게나 매고 뛰
쳐나갔던 거야. 이어서 범인이 몰래 들어와 그녀에게 접근하려고 했
을 때 그것이 눈에 띄었으므로 주워서 아니, 대체 놈은 누구였을까,
왜 죽였을까. ”
“아무런 이유 없이 충동적으로 죽었을지도 몰라. ” 론버드가 말했

다. "별다른 까닭도 없이 사람을 죽이고 싶었다든가 그런…… 그런 정신병 환자 비슷한 놈이 그 언저리를 서성이고 있었지 않았을까. 그 놈이 자네 부부의 싸움을 엿듣고서 자극을 받아, 더욱이 문이 꽉 닫혀지지 않은 걸 보고는 살인을 해도 붙들릴 걱정은 없을 것 같으므로…… 그 점은 자네에게도 책임이 있어. 그래, 그런 예는 흔히 있는 법이지."

"그렇다면 절대로 붙들리지는 않겠군. 그런 종류의 살인범을 붙잡는 일이 가장 힘들 거야. 아무튼 무슨 우연에 의해 밝혀지기를 기다릴 수밖에 없네. 나중에, 전혀 다른 사건으로 그놈이 붙잡혀서 이 일까지 자백하게 될지도 모르지. 거기서 당국은 비로소 단서를 잡게 되겠지. 하지만 그때 가서 밝혀진다 해도 나야 뭐 이미 죽은 몸일 테니까."

"자네의 전보에 씌어 있는 그 중요한 증인이란 뭔가?"

"아, 말하려던 참이었어. 이번 사건 전체에서 보아 오직 그것만이 나에게 한 가닥의 광명일세. 비록 당국에서 진범인을 찾아 내지 못하더라도 내 자신의 손으로 혐의를 벗을 수 있는 방법은 그것 하나뿐이야. 이 사건에서는 두 가지의 사실이 제출되더라도 그 둘이 반드시 들어맞아야 할 필요는 없어. 전혀 동떨어진 별개의 것이어도 좋아. 그것은 그것 나름대로 모두 다 유효한 것이니까."

그는 이야기하면서 한 손으로 주먹을 쥐어 몇 번이나 다른 한 손의 손바닥을 쳤다.

"한 여자가 있어. 우리가 이렇게 감방 안에서 사건 이야기를 하고 있는 지금도 어딘가에 존재하고 있을 거야. 그리고 그 여자가 내 아파트에서 여덟 구역쯤 떨어진 어느 바에서 나와 만난 시간을 증언만 해주면 나의 결백이 증명될 걸세. 그 시각은 6시 10분이었으니까. 지금 어디에 있는지, 이름이 무엇인지는 모르지만 그 여자는 나와 만난 시각을 잘 기억하고 있을 거야. 경찰들은 내 발자취를 재현해 보고, 만약 내가 집에서 살인을 했다면 그 시각에 바까지 가는 일이 불가능하다는 것을 증명했네. 잭, 자네가 나를 위해 일해 줄 마음이라면 제발 그 여자를 찾아 내 주게. 그녀만이 이 사건을 해결해 줄 열쇠라네."

론버드는 긴 침묵 뒤에 물었다.

"이제까지 그 여자를 찾는 데 어느 정도 손을 썼나?"

"할 수 있는 일은 다 해봤지." 헨더슨은 자포자기한 듯한 말투로 대답했다. "인간이 할 수 있는 한의 수단은 모두 다……."

론버드는 침대로 다가가서 친구 곁에 털썩 걸터앉으며 "후웃" 하고 움켜잡은 두 주먹 사이에 한숨을 토하였다. "경찰과 자네의 변호사가 사건 직후에 넉넉한 시간을 들어서 조사를 했는데 실패했네. 그것을 몇 달이나 지난 지금, 그것도 앞으로 겨우 18일밖에 남지 않은 동안에 내가 도전해 본들 무슨 승산이 있겠나!"

벌써 간수가 와 있었다. 론버드는 일어나서 축 늘어진 헨더슨의 어깨를 두드려 준 다음 감방을 나서려고 하였다.

헨더슨은 손을 내밀고 더듬듯이 말하였다.

"작별의 악수를 해주지 않겠나?"

"아니야. 나는 내일 다시 올 걸세."

"그럼, 나를 위해 나서 보겠다는 건가?"

론버드는 고개를 돌려 흘기는 듯한 눈으로 상대방을 바라보면서 그런 우문은 오히려 거추장스럽다는 듯이 소리쳤다.

"내가 언제 나서지 않겠다고 말했었나?"

사형집행 전 17일 16일

론버드는 두 손을 주머니에 찌르고 감방 안을 서성거렸다. 그리고 자기 발이 움직이고 있는 것을 비로소 알아차리기라도 한 듯이 그쪽으로 눈길을 떨어뜨렸다. 이윽고 걸음을 멈추자 그는 입을 열었다.

"헨디, 좀더 어떻게 안 되겠나? 난 마술사가 아니야. 모자 속에서 여자를 꺼낼 재간은 없어."

헨더슨은 침울한 표정으로 말했다.

"나 자신도 그 일에 대해서는 이제 신물이 날 지경일세. 꿈에 볼 정도로 생각을 했지. 더 이상 아무리 비틀어 짜 봐야 아무것도 안 나와."

"자넨 여자의 얼굴을 전혀 보지 않았단 말이지?"

"몇 번 눈에 들어왔을 테지만 기억이 없어."

"다시 한 번 처음부터 되풀이해 보세. 그런 얼굴 하지 말고. 우리가 할 수 있는 일은 이것밖에 없어. 자네가 가게에 들어갔을 때 이미 여자는 카운터의 의자에 앉아 있었다고 했지? 되도록이면 그때의 첫인상을 자세히 말해 주지 않겠나. 어떻게든 생각해 보게. 인간의 기억이란 이상한 거니까. 나중에 시간을 들여서 천천히 음미하는 것보다 순간적으로 사라져 버리는 첫인상 쪽이 오히려 또렷이 눈시울에 남아 있는 일이 많지. 그런데 어떠했나, 첫인상은?"

"한쪽 손을 크래커 쪽으로 뻗치고 있었어."

론버드는 흘끔 눈알을 굴리며 말했다.

"상대를 전혀 보지도 않고 의자에서 내려와 자리를 옮기고 그 상대에게 말을 걸다니, 어떻게 그런 짓을 하지? 그 비결 좀 내게 가르쳐 주게. 자넨 상대가 젊은 여자라는 걸 알았겠지? 거울을 보고 말한 건 아니잖나? 어떻게 젊은 여자라는 걸 알았는가?"

"스커트를 입고 있었으니까 여자고, 지팡이를 끼고 있지 않았으니까 팔다리가 성하다고 생각했어. 나로서는 두 가지만으로 충분했지. 그 여자하고 같이 있는 동안 내내 나는 저쪽에 내 '젊은 여자'의 그림자를 보고 있었네. 말하자면 마음의 눈으로 말이야. 그러니 나더러 뭘 하라는 건가?"

이번에는 헨더슨이 화를 내기 시작했다.

론버드는 서로의 기분이 가라앉기를 기다려서 말했다.

"목소리는 어땠나? 뭘 연상하지는 못했나? 어디 출신이라든가, 어떤 환경의 여자라든가……."

"고등학교를 나오고, 도시에서 자랐다는…… 그런 정도일세. 말씨는 우리하고 같아. 순수한 뉴욕 사람이라고 해도 좋아. 물처럼 빛깔이 없고 사투리가 없었어."

"이렇다할 사투리를 듣지 못했다면 이 도시 사람이로군. 그렇다고 해서 어떻게 될 것도 아니지만. 택시 안에서는?"

"별로 말없이 그냥 타고 갔어."

"레스토랑에서는?"

헨더슨은 반항적으로 머리를 뒤로 젖히며 "안 돼, 잭. 아무것도 기억하고 있지 않아. 아무것도 나와 주지 않네. 무슨 짓을 해도 안 되는 건 안 되는 걸세. 먹고 이야기하고 그것뿐이었어" 하고 말했다.

"그래, 그래서 무슨 이야기를 했나?"

"생각나지 않아. 한 마디도 생각이 안 나. 도대체 기억에 남을 만한 이야기는 하지 않았으니까. 시간을 보내기 위해 적당히 드문드문 이야기했을 뿐일세. 이 집 생선은 맛있다든가, 전쟁은 싫다든가 …… 으음, 담배는 이제 그만 피우겠다든가, 그런 식이었지."

"나까지 머리가 돌아 버릴 것 같군, 자네가 그 '젊은 여자'에게 반한 건 거짓말이 아닌 모양이로군."

"아아, 사랑하고 있어. 하지만 그 이야기는 그만두세."

"극장에서는?"

"그녀가 좌석에서 일어섰다는 것뿐이야. 벌써 세 번째 자네에게 말했잖나. 자네도 그랬지, 그것만으로는 어떤 여자인지 모르겠다고, 아는 건 여자가 일어섰다는 것뿐이라네……."

론버드는 몸을 앞으로 내밀었다.

"그런데 왜 그녀는 일어섰을까? 그 점이 의문일세. 그땐 공연중이라고 했지? 아무 까닭 없이 그렇게 일어서는 사람이 있겠는가?"

"글쎄…… 그녀의 마음 속을 들여다본 것은 아니니까."

"내가 보건대, 자네는 자기 마음 속조차 모르니까. 좋아, 그 문제는 뒤로 미루세…… 결과가 나오면 어차피 원인은 더듬어 올라갈 수 있으니까."

그는 한참 동안 분주하게 서성거렸다. 틈을 두어 두 사람의 머리를 식히려고 하는 것 같았다.

"여자가 일어섰을 때는 아무리 자네라도 얼굴을 보았겠지?"

"본다는 것은 동공의 작용에 의한 물리적 행위일세. 그러나 관찰한다는 것은 뇌세포를 써서 하는 지능적 행위이지. 나는 저녁 내내 그녀를 보고는 있었지만 관찰한 일은 한 번도 없었네."

"이거야 완전히 고문이로군." 론버드는 얼굴을 찌푸리고 콧등에 주름을 모았다. "이제 자네에게서는 아무것도 알아 낼 수가 없을 것 같군. 하지만 누군가 그것을 알아 낼 만한 사람, 그날 밤 자네가 여자와 같이 있는 것을 본 자가 있을 게 틀림없어. 두 사람이 6시간 동안이나 같이 거리를 쏘다녔으면 적어도 누군가 본 사람이 있을 걸세."

헨더슨은 씁스레하게 웃었다.

"그 점은 나도 생각해 보았다네. 그리고 내 잘못이라는 걸 알아서. 아마 그날 밤에는 거리의 사람들이 모두 집단 난시에 걸렸던 모양이야. 경찰들도 걸핏하면 나에게 오금을 박았어. 당신 머리가 돈 게 아니냐, 그런 여자가 실제 있었는가, 당신의 환각이 아니냐, 열에 들떠 터무니없는 상상을 하는 게 아니냐고 말일세."

"지금도 그런 마음을 버려야 해" 하고 론버드는 단호하게 명령했다.

"시간이 됐소" 하고 밖에서 소리쳤다.

헨더슨은 일어나 방바닥에서 타다 만 성냥개비를 주워 가지고 벽가로 갔다. 거기에는 탄 성냥개비로 그린 짧은 줄이 평행선을 이루며 몇 줄이나 그어져 있었다. 위쪽은 모두 사선이 그어져 X형이 되어 있었으나, 아래쪽은 아직 세로 줄만이 몇 개 있었다. 그는 그 한줄에 사선을 그어 X를 만들었다.

"그것도 잊어 버리게!"

론버드는 손바닥에 탁 침을 빼더니 성큼성큼 그쪽으로 다가가 벽을 마구 문질렀다. X형의 것도, 세로 줄만의 것도 모두 눈 깜짝할 사이에 지워져 버렸다.

"좀더 저쪽으로 가 주게."

그는 연필과 종이를 꺼내며 말했다.

"이번에는 내가 서지." 헨더슨이 말했다. "그 가장자리는 혼자서 걸터앉기도 힘들어."

"자아, 이젠 자네도 내가 찾는 것이 뭔지 알겠지? 아직 아무도 손을 대지 않은 생생한 재료일세. 즉 제2급의 증인이야. 법정에도 불려가지 않고, 경찰도 자네의 변호인인 글레고리도 놓치고 있는 자들이지."

"기대하지 말게. 갖가지 허깨비가 법정에 불려나왔었지만 모두 쫓겨났어. 제2급 허깨비를 데려다가 이쪽이 제1급 허깨비들에게 수작하는 일을 거들게 하려는 것이 자네의 속셈일 테지. 하지만 차라리 무당을 출정시키는 게 나을 걸세."

"나로서는 그런 허깨비들이 길거리서 자네 곁을 스쳐 지나갔다고 해도 좋아. 자네들의 반대쪽 보도를 지나갔다고 해도 좋아. 다만 그것이 새것이기를 바랄 뿐이네. 다른 사람이 실컷 써먹었던 것은 싫어. 틀림없이 아직 우리가 쐐기를 박아 확대시킬 만한 여지가 어딘가에 남아 있을 거야. 자아, 시작하세. 먼저 바에서부터"

"또 바야?" 하고 헨더슨은 한숨을 내쉬었다.

"바텐더는 이제 필요없어. 자네 두 사람 이외에 가게에 있던 사람은?"

"없어."

"잘 생각해 봐. 조급하게 덤비지 말고, 억지로 생각해 내려면 부자연스럽게 되어 버리니까. 그러면 다시 뒷걸음치게 된다네."

4,5분이 지났다.

"가만 있자, 칸막이 너머 별석에 앉아있던 어떤 젊은 여자가 그 여자를 보려고 뒤돌아보았어. 가게를 나서면서 난 그걸 알아차렸지.

쓸모가 있겠나?"

론버드는 연필을 휘갈겼다.

"그런 종류의 것이 있으면 가르쳐 주게. 그런 일이야말로 내가 찾는 것일세. 그 여자에 대해 달리 뭔가 없나?"

"없어. 문제의 여자만큼이나 기억이 없네. 그저 우리 쪽으로 얼굴을 돌렸을 뿐이야."

"그럼, 다음일세."

"택시. 이것도 조사는 끝났어. 운전수가 법정에 나타났을 때 약간 숨을 돌렸지."

"다음은 레스토랑. 메종 블랑슈에는 사무 따위를 보는 계집아이가 있었나?"

"있긴 있었지만 예의 여자를 기억 못하고 있는 점에 대해 진지한 구실을 가지고 있는 몇 안 되는 증인들과 마찬가지야. 사무실이 있는 벽 쪽으로는 나 혼자 갔었으니까. 환상의 여자는 나하고 헤어져 화장실에 갔었어."

론버드는 다시 연필을 달렸다.

"화장실에는 청소부 아줌마가 있었을 텐데. 또 비록 그녀가 자네와 같이 있는 걸 보지 못했더라도 혼자 있는 장면을 보았을 기회가 전혀 없었다고는 할 수 없잖아. 그런데 레스토랑에서는 그 여자를 돌아다본 사람이 없었나?"

"여자는 나중에 들어왔기 때문에."

"그럼, 이젠 극장일세."

"낚싯바늘같이 기묘한 콧수염을 붙인 문지기가 있었어. 내가 기억하고 있는 건 그 정도일세. 그는 여자가 쓰고 있는 모자를 보고 처음에는 멍하니 있다가 갑자기 눈이 휘둥그래졌었지."

"좋아, 이건 넣어야겠군."

론버드는 무엇인가 써넣었다.

"안내하는 사람은 어때?"

"우린 늦게 도착했었지. 손전등으로 비춰 주었던 기억밖에 없네."

"그러나 그건 소용없네. 무대는 어땠나?"

"출연자 말인가? 애석하지만 쇼라는 건 눈이 어지럽게 돌아가니까."

"공연중에 그녀가 일어섰다면 누군가가 보았을 텐데. 출연자 가운데서 경찰의 조사를 받은 자는 없나?"

"없어."

"내가 조사해도 안 될 거야 없을 테지. 이 사건에서 우리는 조그만 일이라도 소홀하게 지나쳐 버릴 수는 없으니까. 안 그래? 하찮은 것이라도 말일세. 그날 밤, 자네 가까이에 있었던 사람이라면 비록 눈 먼 장님이라도 나는——아니, 왜 그러나?"

"여보게" 하고 헨더슨이 날카롭게 말했다.

"뭔가?"

"자네의 말로 어떤 일을 생각해 냈네. 장님이 있었어. 돌아오다가 앞을 못 보는 거지가 구걸을 하려고 매달렸지" 그리고 헨더슨은 론버드가 연필을 움직여 메모하고 있는 것을 보더니 "여보게, 공연히 그러는 거지?" 하고 놀란 듯한 목소리로 나무랐다.

"그렇게 보이나?" 하고 론버드는 침착한 목소리로 말했다. "곧 알게 될 걸세." 그는 다시 연필을 세우고 "여기까지일세. 더 이상 뭐 있나?" 하고 말하고는 종이를 주머니에 집어넣으면서 일어났다. "이 선에서 파헤쳐 돌파구를 만들어 내야지!"

론버드는 엄숙한 표정으로 약속하고 출구로 걸어가 쇠창살을 밀고 밖으로 나갔다. 그리고 헨더슨의 눈길을 쫓다가 그것이 X표를 지운 자리에 멍하니 꽂혀 있는 것을 보고는 "벽과 눈싸움을 하는 것 같은 짓은 이제 그만두게!" 하고 덧붙였다. "거기에 자네를 데리고 나가게 하는 건 없을 거야."

헨더슨은 엄지손가락으로 복도의 반대 방향을 가리키며 "놈들은 데리고 가려고 한다네" 하고 비웃음 섞인 목소리로 중얼거렸다.

신문 광고, 각 신문의 사람 찾는 난(欄)에 게재.

지난 5월 20일 오후 6시 15분경. 바 '안셀모'의 별석에 동행자와 동석하고 계셨던 젊은 부인에게 부탁드립니다.

당신은 그때 좌석 옆을 지나간 오렌지빛 모자를 돌아다보신 기억이 없습니까?

만약 기억하신다면 옆에 적힌 주소로 연락해 주시기 바랍니다. 당신은 가게 안쪽을 향하여 앉아 계셨습니다. 부디 기억하고 계신다면 지급으로 제게 알려 주시기 바랍니다. 한 사람의 운명이 거기에 달려 있습니다.

회답에 관해서는 절대로 비밀을 지키겠습니다.

당 신문사 전교 654번

J.L

회답은 없었다.

사형집행 전 15일

론버드

희어지기 시작한 머리칼이 눈 위까지 내려덮이고 캐비지 냄새가 풍기는 지저분한 여자가 문을 열었다.

"오바논 씨 댁이죠? 마이클 오바논 씨의……?"

그가 거기까지 말하자 누군가 갑자기 이야기를 늘어놓기 시작했다.

"아이, 시끄러워. 난 오늘 댁의 사무실까지 갔었단 말예요. 그러자 거기 있던 남자가 수요일까지 기다리래요. 나는 굳이 그런 가난뱅이 회사를 쓰러뜨리려는 생각 같은 건 없어요. 그래, 마침내 5만 달러밖에 남지 않아 도산 직전이라고 말하고 싶은 거지요?"

"아주머니, 난 수금 사원이 아닙니다. 난 지난 봄에 카지노 극장의 문지기였던 마이클 오바논 씨에게 할 이야기가 있어서 찾아온 겁니다."

"그래 참, 그 양반은 그런 일을 했었지."

여자는 가시 돋친 말투로 대답했다. 그리고 약간 고개를 기울이고 크게 목소리를 내어 소리를 질렀다. 론버드보다도 어떤 다른 사람에게 들려 주고 싶은 모양이었다.

"그 양반은 한 일자리에서 쫓겨나면 돌절구처럼 의자에 궁둥이를 올려 놓은 채 새 일자리를 찾으려 하지 않아. 가만히 있으면 일자리가 제발로 걸어올 줄 아는 모양이지……."

길들여진 바다표범같이 쉰 듯한 으르렁거림이 어딘가 안쪽에서 들려 왔다.

"당신 손님이에요, 마이크!" 여자는 크게 고함을 지르고는 론버드에게 말했다. "상관없으니까 들어가세요. 그인 벌써 구두를 벗고 있어요."

론버드는 기차 통로같이 고르지 못한 복도를 걸어갔다. 그것은 끝없이 뻗쳐 있는 것 같아서 기분이 나빴지만 그렇게 길지는 않았다. 막다른 곳에 방이 있고, 유포(油布)를 씌운 테이블이 한가운데에 놓여 있었다.

론버드가 방문한 대상은 그 테이블과 비스듬하게 가로누워 갱충맞게 뒹굴고 있었다. 등받이가 곧은 나무의자를 두 개 마주 붙여 놓고 그 위에 드러누워 있었는데, 받침이 없는 부분은 구름다리처럼 아래로 휘어져 대롱거리고 있었다. 그 옷차림은 구두를 벗고 있는 정도가 아니라 입을 것조차 변변히 입고 있지 않았다고 하는 편이 더 그럴싸했다. 실상 상반신은 팔꿈치까지밖에 없는 담황색 콤비네이션 속옷뿐으로, 바로 그 위에 바지 멜빵을 걸고 있었다. 발 쪽의 의자에서는 구멍난 양말이 두 짝 천정을 향하고 있었다.

론버드가 들어가자 그는 퀴퀴한 냄새가 나는 파이프를 내려놓았다.

"그래, 볼일이란 뭐요?" 하고 그는 낮은 목소리로 물어 왔다.

론버드는 모자를 테이블에 올려놓은 다음 허락도 받지 않고 의자에 걸터앉았다.

"실은 내 친구가 어떤 사람을 찾고 있는데……."

론버드는 은근스럽게 말을 꺼냈다. 이런 따위의 무리에게 처음부터 사형 선고니 경찰과의 협의니 하고 으름장을 놓는 것은 서투른 짓이라고 그는 판단했다. 지레 겁을 먹고 알고 있는 것도 털어놓지 않을는지 모르기 때문이다.

"친구로서는 여간 큰일이 아닙니다. 경우에 따라서는 돌이킬 수 없는 일이 될 수도 있지요. 그래서 내가 이렇게 찾아온 거요. 당신이 아직 그 극장에서 일하고 있던 5월의 어느 날 저녁에 한 쌍의 남녀가 입구에서 택시를 내린 걸 본 기억이 있소? 물론 택시문은 당신이 열었는데……."

"글쎄요……어쨌든 택시 문을 여는 게 내 일이었으니까요."

"그 두 사람은 늦게 도착했소. 어쩌면 그날 밤의 마직막 손님이었을지도 모르오. 그런데 여자는 오렌지빛의 모자를 쓰고 있었지요. 모자 꼭대기에 가느다란 것이 삐죽이 뻗쳐 있는 아주 묘한 모자였소. 여자는 바로 당신 곁을 지나갔으므로 그 모자도 당신 눈 앞을 스쳐 갔을 거요. 당신의 눈은 이렇게 왼쪽에서 오른쪽으로 천천히 모자를 뒤쫓았소. 너무 가까이 지나가면 오히려 그것이 뭔지 잘 분간되지 않을 때가 흔히 있지만."

"그거야 이 양반의 장기 중의 하나라구요" 하고 마누라가 문간에서 중얼거리듯이 끼어들었다. "예쁜 여자가 몸에 지니고 있는 거라면 무엇이든지 목이 비뚤어질 정도로 돌아다보지요. 어떤 물건인지 알려고 하지도 않고요."

두 남자는 대꾸하지 않았다.

"당신이 그런 식으로 뒤쫓는 걸 친구가 보았다고 하더군요" 하고 론버드는 말을 이었다. "우연히 그 자리에서 보고 있었다고 내게 말했지요."

론버드는 테이블을 두 손으로 꽉 눌러짚고 몸을 앞으로 내밀었다.

"기억하고 있소? 생각나오? 그 여자, 기억이 납니까?"

오바논은 느릿느릿 양옆으로 고개를 흔들었다. 그리고 윗입술을 깨물었다. 그리고 다시 머리를 흔든 다음 론버드에게 비난하는 듯한 눈길을 돌렸다.

"선생님은 내게 뭘 물어 보고 있는지 아십니까? 내 일은 밤마다 사람의 얼굴을 쳐다보는 것입니다. 그리고 대부분 남자 여자 한 쌍이랍니다!"

론버드는 그대로 계속 테이블 너머로 몸을 내민 자세를 허물어뜨리지 않았다. 자기의 격렬한 눈길이 저절로 상대방의 기억을 되살릴 것이라고 기대하고 있는 것 같았다.

"부탁하오, 오바논 씨. 생각해 봐요. 이렇게 빌겠소. 가엾은 친구의 처지는 당신의 기억만이 희망의 닻줄이오."

그 말을 듣고 마누라가 슬금슬금 다가왔으나 감히 참견하고 나서지는 못했다.

오바논은 세 번째, 그러나 이번에는 확실히 머리를 저었다.

"기억에 없어요. 내가 거기서 일하는 동안 택시 문을 열어 준 사람들 가운데 지금까지 기억하고 있는 사람은 꼭 하나밖에 없소. 어느 날 밤, 싸구려 술을 퍼마시고 곤드레가 되어 혼자 달려든 사나이였지요. 그 사람을 기억하고 있는 것은 내가 택시 문을 연 순간 그가 뒹굴어져 나왔기 때문인데, 그때 나는 그를 두 팔로 안아일으켜 주었었지요."

아무래도 이야기가 탐탁잖을 것 같아 론버드는 사나이의 말을 가로막으며 일어났다.

"그럼, 안 되겠단 말이지요? 아무래도 생각이 나지 않습니까?"

"안 되겠소, 아무래도."

오바논은 다시금 퀴퀴한 냄새가 나는 파이프와 경마의 출마표를 집어들었다.

마누라는 이미 두 사람 곁에 와 있었다. 그리고 진작부터 론버드의 안색을 읽어 내려고 흘금거리고 있었다. 그녀는 혀 끝을 날름거리면서 말했다.

"이 양반이 생각해 내면 뭔가 상금이라도 주실 건가요?"

"네, 우리가 알고 싶은 걸 가르쳐 주면 물론 거기에 알맞는 갚음을 해야겠지요."

"들었어요, 마이크?"

그녀는 거칠게 남편을 쥐어박았다. 그리고 어깨에 두 손을 없더니 밀가루 반죽이라도 하듯이, 또는 삔 데를 마사지라도 하듯이 맹렬하게 주물러 댔다.

"기억해 보라니까, 마이크. 생각해 내 보세요!"

남편은 한쪽 팔을 목 뒤로 돌려서 그녀의 공격을 막아 냈다.

"빈 보트도 아닌데 그렇게 마구 흔들면 어떡해. 머리 한구석에 기억이 들어박혀 있다 해도 쏟아져 버리겠네, 원."

"안 될 것 같군요."

론버드는 한숨을 쉰 다음 등을 돌려 좁은 복도로 나왔다.

등지고 나온 방 안에서는 마누라의 목소리가 성을 억누르지 못해 통곡으로 바뀌는 것이 들렸다. 다시금 그녀는 남편의 멍청한 어깨에 공격을 가했다.

"저것 봐, 돌아가지 않아! 응, 마이크. 뭐라고 말해 봐! 저분은 그냥 당신더러 뭔가 생각해 내라고 할 뿐이잖아요. 그걸 그래, 생각해 내지 못하다니!"

그녀는 홧김에 남편의 물건을 내동댕이치는 모양이었다. 힘겹게 항변하는 목소리가 들려 왔다.

"이봐, 내 파이프. 내 출마표를 어떻게 하려는 거야!"

두 사람이 고래고래 소리지르는 것을 들으면서 론버드는 손을 뒤로 하여 문을 닫았다. 이어서 뭔가 일을 꾸미는 듯한 수상쩍은 침묵이 찾아왔다. 론버드는 다 알았다는 듯 층계를 내려가기 시작했다. 과연 그의 뒤를 쫓는 발자국 소리가 나고, 문이 거칠게 열렸다. 그리고 오바논의 마누라 목소리가 층계 위에서 높게 울렸다.

"기다려 주세요, 나리! 올라와 보세요! 이이가 방금 생각이 났대요!"

"정말이오?"

론버드는 쌀쌀하게 말했다. 그리고 그 자리에 멈춰서서 마누라 쪽을 올려다보았으나 올라갈 기색은 없었다. 그는 지갑을 꺼내어 그 끝을 엄지손가락으로 만지면서 말했다.

"주인 양반에게 물어 봐 줄 것이 있소. 그 여자가 팔에 매고 있던 삼각끈은 검은 것이었소, 흰 것이었소?"

마누라는 이 질문을 그대로 방 안에 전했다. 그리고 대답을 받자 그것을 론버드에게 전했다. 목소리에 약간 망설임이 느껴지긴 하였지만.

"흰 것이었대요, 밤이어서."

론버드는 지갑을 열지 않은 채 주머니에 집어넣으면서 "안됐구먼" 하고 딱 잘라 말하고는 층계를 내려가기 시작했다.

사형집행 전 14일 13일 12일

젊은 여자

그가 알아차렸을 때는 그녀가 걸상에 앉은 지 5, 6분쯤 지난 뒤였다. 그것은 묘한 일이었다.

카운터에는 아직 손님의 그림자가 드문드문 있을 뿐이었으므로 그녀가 들어오면 아무래도 눈에 띄지 않을 수 없었을 것이다. 그렇다면 아주 살그머니 들어와서 자리에 앉았을 것이 틀림없다.

그가 교대한 지 얼마 되지 않았을 무렵이니까 그녀가 들어온 것은 그가 카운터 저쪽의 자기 위치에 자리를 잡은 후의 일일 것이다. 그렇다면 그가 나타나는 동시에 도착하게끔 시간을 가늠하고 왔다고밖에 생각되지 않았다.

풀기가 빳빳한 새 코트를 여며 입고 그가 탈의실에서 나와 자기의 담당 구역을 휘이 둘러보았을 때는 아직 그녀의 모습은 보이지 않았다. 그 점은 확실했다.

아무튼 끄트머리에 앉은 손님에게 술을 따라 주고 휙 돌아다보니 거기에 조용히 앉아 있는 그녀가 눈에 띄었던 것이다. 그는 곧 다가

갔다.

"무엇으로 하실까요, 아가씨 ? "

어쩐지 이상하리만큼 물끄러미 자기의 얼굴을 바라보고 있다고 그는 생각되었다. 하지만 곧 그것을 부정하였다. '그렇지 않아, 공연히 그렇게 여겨지는 거야. 손님들은 누구나 주문할 때는 이쪽 얼굴을 보는 법이거든. 뭐니 뭐니해도 음료를 만드는 건 이쪽이니까.'

하지만 그녀의 눈길은 심상치 않았다. 부정하려 했던 첫인상이 다시 되살아났다. 뚫어지게 쳐다보는 그 자체가 하나의 생명체 같았다. 쳐다보는 것이 주체이고 주문은 곁들여진 것 같았다. 그 뚫어지게 쳐다보는 것을 그에게, 그녀가 술을 주문하고 있는 상대에게, 바로 그 자신에게 쏠리고 있는 것이었다. 그녀는 이렇게 말하고 있는 것 같았다.

"날 잘 보세요. 꼭 기억해 두어야 해요."

그녀는 위스키와 물을 시켰다. 그가 그것을 가지러 갔을 때도 그녀의 눈은 마지막까지 그에게서 떨어지지 않았다. 그는 처음에는 그 기묘한 응시의 의미를 알 수가 없어 얼마쯤 당황한 느낌이 들었으나, 그런 사소한 느낌은 떠오르자마자 곧 흐려져 버렸다. 처음에는 썩 마음에 걸릴 정도가 아니었으므로 떠올랐다가는 곧 사라지고 말았다.

이리하여 막이 올려졌던 것이다.

그는 주문한 음료를 그녀에게 날라다 주고 곧 등을 돌려 다른 손님 쪽으로 갔다.

일종의 막간이 있었다. 그동안 그는 이미 그녀의 일을 잊어 버리고 있었다. 그녀로서도 그동안 얼마쯤 변화가 있었어야 좋을 터이었다. 손의 위치를 바꾼다든가, 술잔을 들어올린다든가, 가게 안을 둘러본다든가, 뭔가 변화가 있어야만 했다. 그러나 그렇지 않았다. 그녀는 꼼짝 않고 가만히 거기에 앉아 있었다. 마치 원지(原紙)에서 오려 낸 여자 인형을 카운터의 걸상에 앉혀 놓은 것 같았다. 술잔은 손을 대지 않은 채 그가 갖다 둔 자리에 그대로 놓여 있었다.

오직 하나 움직이는 것이 있었다. 그녀의 눈이었다. 그것은 그가 움직이는 대로 움직이고 있었다. 따라붙어서 떨어지지를 않는 것이었다.

그는 일에 틈이 났기 때문에 별수없이 또 그녀의 시선과 마주치지 않으면 안 되었다. 그 고집스러운 응시의 기이성을 깨닫고 난 뒤의 처음 대면이었다. 그제야 그는 상상이 아니라 그녀의 눈이 죽 자기에게 쏠리고 있었다는 것을 알아차렸다.

그는 당황했다. 어떤 의미가 있는지 도무지 알 수가 없었다. 몰래 거울을 들여다보았다. 얼굴에 뭐가 묻었든지 아니면 코트가 이상한가 보다고 생각되었던 것이다. 그러나 아무 데도 이상한 점은 없었으며 언제나와 다름없는 그였다. 그리고 그런 모습으로 언제까지나 그에게서 눈길을 떼지 않는 것은 손님 중에서 그녀뿐인 것이다. 어떻게도 설명이 되지 않았다.

그것은 의식적이었다. 그 증거로 그의 움직임에 따라 그녀의 눈길도 움직였기 때문이다. 마음 속에 무슨 걱정이 있어서 초점 없는 공허한 눈길이 우연히 그에게 와닿는 것 같지는 않았다. 그런 꿈꾸는 듯하고 공허한 눈길은 아니었던 것이다. 그 뒷면에는 의지의 작용이 있었다. 뚜렷이 그에게로 향하고 있었던 것이다.

일단 그렇게 의식하자 이제 머리에서 쫓아 낼 수가 없게 되었다. 그것은 그의 마음 속에 스며들어와 그를 괴롭혔다. 그 자신도 가끔씩 몰래 그녀 쪽을 훔쳐보게 되었다. 그럴 때마다 자기가 관찰당하고 있지 않기를 바랐다. 그러나 그가 볼 때마다 그녀의 눈길은 줄곧 그 쪽으로 돌려지고 있었다. 그리고 그가 눈길을 뗀 뒤에도 그녀 쪽의 응시는 죽 계속되었다. 난처한 마음이 강해지면서 화가 치밀었다.

그는 그렇게 꼼짝도 않고 있는 사람을 본 적이 없었다. 그녀에게 속하는 것 중에서 무엇 하나 움직이는 것은 없었다. 음료도 언제 거기 날라져 왔느냐는 듯이 묵살당한 채였다. 그녀는 젊은 여인의 불상처럼 거기에 버티고 앉아 냉엄한 눈길을 끊임없이 그에게 보내고 있었다.

화가 치밀어올라 고통스럽기까지 했다. 마침내 그는 다가서서 그녀 앞에 섰다.

"마시지 않으십니까?"

가볍게 말을 걸어, 이것을 계기로 그녀를 움직이게 하려는 것이 그의 목적이었다. 그러나 실패로 돌아갔다. 그녀가 받아들이지 않았던 것이다. 그것에 대한 대답은 억양이 없는, 아무것도 의미하지 않는 것이었다.

"그대로 놓아 두세요."

상황은 그녀에게 유리했다. 상대방은 젊은 여자이다. 남자일 경우엔 바텐더의 비위를 맞추려면 몇 잔이나 새로 주문하지 않으면 안 된다. 그러나 젊은 여성으로서는 그런 걱정은 필요없다. 더욱이 그녀의 경우는 바람 피울 상대를 찾는 것도 아니고 모르는 사나이에게 계산을 덮어씌우려는 것도 아니었다. 요컨대 비난받을 만한 거동은 찾아볼 수 없었던 것이다. 그런 그녀 앞에서 그는 완전히 무력했다.

그는 어슬렁어슬렁 그녀 앞에서 물러나 카운터 저쪽 끝에서 다시 한 번 돌아다보았다. 그녀의 눈길은 여전히 집요하게 그에게 딜라붙어 있었다.

불쾌한 마음은 이제 극도에 이르러 있었다. 그는 두 어깨를 흔들거나 칼라를 매만지는 일로 그것을 떨쳐 버리려고 하였다. 그녀가 아직도 자기를 쳐다보고 있다는 것은 알고 있었다. 하지만 고개를 돌려서 그것을 확인하는 것 같은 짓은 이제 하지 않았다. 더욱 기분을 악화

시킬 뿐인 것이다.

손님이 몰려들어서 주문이 밀리면 여느 때에는 머리가 아플 지경이었지만, 오늘 저녁만은 후욱 가슴을 쓸어내렸다. 주문이 있으니 싫어도 몸을 움직여야 하며, 그동안 저 야릇한 눈길을 잊어 버릴 수가 있기 때문이었다. 그러나 그 사이 사이에는 반드시 공간이 찾아왔다. 상대해야 할 손님이 없어지고 술잔은 모두 닦아 버렸으며 술을 따라 줄 일도 없어지자 자기에게 집중되어 있는 그녀의 시선이 아프도록 느껴져 오는 것이다. 그렇게 되면 그는 자기 손이나 냅킨을 어떻게 다루어야 할지 모르게 되는 것이었다.

그는 맥주 컵을 쓰러뜨렸으며 금전등록기의 숫자를 잘못 찍었다.

마침내 참아 내지 못하고 도대체 그녀가 무엇을 어쩌겠다는 것인지 그 의도를 캐 보려고 그는 공격을 감행했다.

"뭐 필요한 것 없으십니까?"

목소리는 분노로 쉬어 있었다.

그녀의 어조는 여전히 아무런 단서도 주지 않았다.

"뭐가 필요하다고 말했던가요?"

그는 카운터에 몸을 실리듯하며 말했다.

"그러신 것 같아서……."

"그래요?"

"실례지만 내 얼굴이 혹시 아시는 분하고 닮기라도 했습니까?"

"아니예요."

그는 어쩔 줄을 몰라했다.

"나를 줄곧 보시길래 혹시 그런가 해서요."

그는 말을 더듬거렸다. 그러나 이것으로 상대를 힐문하였으리라고 생각하였다.

이번에는 대답이 없었다. 하지만 여전히 그 눈은 그를 놓치지 않았다. 결국 두 손을 들고 물러서지 않으면 안 될 사람은 그였다.

그녀는 웃지도 않고 말을 하지도 않았으며 후회의 빛도 보이지 않았을 뿐더러, 적의를 드러내 보이는 일도 없었다. 그냥 가만히 앉아서 부엉이같이 까닭 모를 눈초리로 그의 뒤를 쫓고 있을 뿐이었다.

그녀가 발견하여 사용하고 있는 것은 실로 무서운 무기였다. 긴 시간, 이를테면 한 시간, 두 시간, 혹은 세 시간에 걸쳐서 물끄러미 응시당한다는 일이 얼마나 견디기 힘든 고통인지 아마 누구도 상상 못할 것이다. 보통은 그런 식으로 인내심을 시험당하는 일이 없기 때문이다.

그것이 지금 그의 몸에 일어나고 있었다. 그는 천천히 기력을 잃고 신경이 소모되어 갔다. 그것을 막으려 해도 그로서는 방도가 없었다. 한편으로는 반원형의 카운터에 갇혀져 도망칠 수가 없기 때문이며, 또 한편으로는 그 무기의 성질 때문이었다. 떨쳐 버리려고 벼르지만 그때마다 그것이 사람의 시선이고, 붙잡을 길이 없는 것임을 알게 되는 것이었다. 그 지배권은 그녀에게 있었다. 전파나 광선 같은 것은 몸을 피하려고 하여도 막으려고 하여도 도무지 그 방법이 없는 것이다.

그가 아직 한 번도 경험한 적이 없는 징후, 광장 공포증(廣場恐怖症)이라고 하는 병명조차 몰랐던 증상이 차츰 절박감을 더해서 엄습해 왔다. 무엇으로든지 몸을 가리고 싶었다. 탈의실로 도망쳐 가고 싶었다. 카운터 밑에라도 쪼그리고 앉아서 그녀의 시선으로부터 놓여나고 싶었다. 그는 한두 번 몰래 이마의 땀을 닦아 그 공격을 쫓으려고 하였다. 그리고 머리 위의 벽시계로 눈길을 보내는 일이 점점 잦아졌다. 지난날 한 사나이의 생사가 그것에 걸려 있노라고 들은 바 있는 그 시계였다.

그는 여자가 돌아가 주었으면 좋겠다고 생각하였다. 하느님께 그것을 빌었다. 그러나 이제까지의 거동으로 미루어 그녀에게는 자진하여 자리를 뜰 의사가 전혀 없었으며, 문을 닫을 때까지 눌어붙어 있으려는 것이 분명하였다.

술집을 찾아오는 사람들에게는 보통 여러 가지 그럴듯한 이유가 있는 법인데, 그녀의 경우에는 그러한 구실이 전혀 없었다. 그러므로 그와 같은 이유에 구원을 기대할 수는 없었다. 그녀가 여기 온 것은 누구를 만나기 위해서가 아니었다. 만약 그렇다면 벌써 상대를 만났을 것이다. 또 술을 마시고 싶어서도 아니었다. 위스키 잔은 몇 시간 전에 그가 갖다 놓은 자리에 손도 대지 않은 채 그대로 놓아 두고 있었다. 그녀가 온 목적은 오직 하나밖에 없었다. 그를 응시하는 일, 그것만이 목적이었다.

다른 방식으로 그녀를 물리치는 일에 실패한 그는 폐점 시간이 되기만을 고대하게 되었다. 도망칠 길은 그것밖에 없었다. 손님이 차츰 뜸해지고 그의 둘레에 사람 수가 줄어들자, 그것과 비례하여 그의 주의를 끌어당기려는 그녀의 마력이 세어졌다. 마침내 반원형 카운터의 이쪽저쪽에 커다란 틈이 생기자 그녀가 던지는 가차 없는 응시는 더욱더 강조되어 갔다.

그는 유리컵을 떨어뜨렸다. 전에 없던 일이었다. 그녀의 시선이 산산조각으로 그를 박살냈던 것이다. 그는 여자 쪽을 흘겨보고 유리컵의 파편을 주우면서 입 속으로 저주의 말을 지껄였다.

그는 완전히 체념하고 있었으나 마침내 분침이 12시에 다다랐다. 4시, 폐점시간이었다. 마지막 손님으로 남아 있던 두 사나이는 무엇인가 열심히 이야기하고 있었으나, 폐점 시간이 되자 벌떡 일어났다. 그리고 낮은 목소리로 사뭇 정답게 이야기를 계속하면서 출구 쪽으로 걸어나갔다. 그러나 그녀는 일어나지 않았다. 눈썹 하나 까딱하지 않았다. 김빠진 위스키를 앞에 놓고 가만히 걸상에 앉아 있었다. 그리고 눈을 깜박이지도 않고 오로지 시선을 그에게 보내고 있는 것이다.

"안녕히 가십시오."

여자에게 들으라는 듯이 그는 일부러 큰소리로 두 손님을 배웅했다.

그녀는 꼼짝도 하지 않았다.

그는 전기제어함을 열고 스위치 하나를 껐다. 밖의 조명이 꺼지고 그가 있는 카운터 뒤쪽에서 비치는 흐릿한 불빛만이 남았다. 마치 이제까지 숨어 있던 어둠이 가게 안의 거울이며 벽을 타고 살그머니 기어올라온 것 같은 느낌이었다. 그의 모습은 그것을 등에 받은 검은 실루엣이 되어 떠올랐다. 그녀의 흰 얼굴도 몸에서 떨어져나온 것처럼 주위의 어스름 속에 떠올라 있었다.

그는 여자에게로 가서 김빠진 위스키 잔을 거두었다. 내던지듯이 내용물을 쏟았기 때문에 술방울이 튀었다.

"문닫을 시간인데요" 하고 그는 거북살스러운 투로 말하였다.

그제야 그녀는 움직였다. 벌떡 의자에서 내려서더니 잠시 그 걸상에 손을 짚고 급격한 위치의 변화 때문에 가빠진 호흡을 조절하고 있었다.

그는 익숙한 솜씨로 흰 양복 단추를 끄르면서 말할 수 없이 불쾌한 말투로 물었다.

"이게 뭡니까? 무슨 장난인가요? 대체 뭘 생각하고 있는 거요?"

그녀는 듣지 못한 것처럼 대답도 않고 불이 꺼진 바에서 출구 쪽으로 조용히 움직여 갔다. 여자가 카운터에서 멀어져 갔다는 오직 그 이유만으로 이렇게 기분이 가벼워지리라고는 그는 꿈에도 생각지 못했다. 그는 더없는 안도감이 솟아오르는 것을 느꼈다. 한 손으로 카운터를 짚고 지칠 대로 지쳐 버린 몸을 여자가 나간 방향으로 기댔다.

출구에 작은 전등이 켜져 있어 거기까지 가자 다시금 그녀의 모습이 보였다. 출구 조금 못 미쳐서 그녀는 발을 멈추고 홱 돌아다보았다. 그리고 또 일부러 의미심장하게 바의 어스름을 통하여 물끄러미 그를 바라보았다. 일체의 사건은 환영이 아니었다고 말하는 것 같았다. 아니, 그것이 아니라 아직 모두 끝난 것은 아니다. 잠시 동안의 휴식일 뿐이라고 일러 주는 듯하였다.

문에 자물쇠를 채우고 뒤돌아보니 그녀는 2,3야드 앞의 보도에 조용히 서 있었다. 그가 나오기를 기다리고 있는 듯 문간 쪽을 향하고 있었다.

집으로 돌아가는 길이 그 방향이어서 싫어도 그녀가 있는 쪽으로 걸어가지 않으면 안 되었다. 두 사람은 겨우 1피트 정도의 간격으로 스쳐 지나갔다. 길이 좁은 데다 그녀가 옆으로 비켜서지 않고 보도 한가운데에 버티고 서 있었기 때문이다. 그가 지나가는 대로 그녀도 천천히 얼굴을 돌렸으나 말은 한 마디도 하지 않았다. 그러나 상대가 너무나 고집스럽게 침묵을 지키므로 그만 얼결에 그는 입을 열고 말았다. 절대로 묵살해 버릴 셈이었는데…….

"대체 무슨 볼일이지요?"

그는 달려드는 것처럼 내뱉었다.

"내가 언제 볼일이 있다고 그랬던가요?"

그는 그냥 걸어가려고 하다가 갑자기 홱 돌아서서 힐난하듯이 여자와 마주섰다.

"당신은 여태까지 바에 앉아 단 한 번도 내게서 눈길을 떼지 않았소! 밤새도록 나를 바라보고 있었단 말이오! 듣고 있는 거요?"

그는 화난 것을 강조하기 위하여 손바닥을 주먹으로 쳤다.

"게다가 밖에 나와서까지 이렇게 지키고 있다니!"

"보도에 서 있으면 안 된다는 규칙이라도 있나요?"

그는 굵은 손가락을 불쑥 들이댔다.

"조심하는 게 좋을 거요, 아가씨. 당신을 위해서 말하는 거야."

그녀는 대답하지 않았다. 입을 열지 않았다. 말다툼은 언제나 잠자코 있는 편이 이기는 법이다. 그는 스스로의 패배에 헐떡이면서 걷기 시작했다.

그는 돌아보지 않았다. 돌아보지 않아도 스무 걸음도 가기 전에 그녀가 뒤에서 따라오는 것을 알아차렸다. 그녀 자신이 별로 감추려 하는 것 같지 않아 오히려 모르는 척하기가 힘들었다. 아무리 자제하려 해도 조용한 밤거리를 두드리는 그녀의 구두 소리는 또렷한 음향으로 울려퍼졌다.

교차점이 그의 발 밑을 미끄러지듯이 지나갔다. 한 단 낮아진 아스팔트로 된 냇바닥 같은 느낌이었다. 이어서 또 하나, 또 하나. 어느 사이엔가 거리는 서쪽에서 동쪽으로 옮겨갔다. 그 동안에도 죽 저 서두르지 않는 똑똑똑 소리는 적당한 간격을 두고 그의 뒤를 쫓아왔다.

그는 고개를 돌렸다. 우선 처음에는 경고를 해줄 작정이었다. 그녀는 마치 오후 3시의 산책을 즐기는 것처럼 보는 사람을 초조하게 만들 만큼 한가롭게 걷고 있었다. 자세를 활짝 펴고 천천히 걸음을 옮기고 있는 부인을 흔히 보지만, 그녀의 경우도 느릿한 걸음걸이가 오히려 당당한 인상마저 주는 것이었다.

그는 조금 가다가 다시 돌아다보았다. 이번에는 몸 전체를 그녀 쪽으로 돌려 세웠다. 마침내 분노의 감정을 누를 길이 없게 된 것이다.

그녀는 걸음을 멈추기는 하였으나 떡 버티고 서서 한 발자국도 물러설 기색을 보이지 않았다.

그는 성큼성큼 다가가 크게 소리를 질렀다.

"돌아가라구! 이제 됐잖아, 응? 안 돌아가겠다면 내게도……."

"나도 이쪽으로 가는 거에요."

대답은 그것뿐이었다.

이번에도 정세는 그녀에게 유리했다. 만약 입장이 반대였다면 경찰관을 불러 젊은 여자가 죽 뒤를 따라와서 몹시 곤란하다고 호소한들 곧이들어 주겠는가. 어리석은 소리를 한다고 미친 사람으로 몰아 버릴 것이다. 그 수치를 견뎌낼 만한 배짱 센 사나이가 어디 있겠는가? 그녀는 욕을 하는 것도 아니었다. 옷소매를 잡아당기는 것도 아니었다. 그냥 그와 같은 방향으로 걷고 있을 뿐인 것이다. 바 안에서와 마찬가지로 그는 어쩔 수가 없었다.

그는 아주 짧은 순간이지만 그녀 앞에 버티고 섰다. 하지만 그것은 결국 체면을 세우기 위한 허세일 뿐이었으며, 되도록 꼴사납지 않게 불리한 입장에서 빠져나가기 위한 시위에 지나지 않았다. 이윽고 그는 콧방귀를 뀌고서 홱 등을 돌렸는데, 아직 교전중이라는 것을 알리기 위한 그 동작도 한낱 서투른 위협으로밖에 보이지 않았다.

그는 여자에게서 떨어져 다시 집을 향해서 걸어갔다.

10걸음, 15걸음, 20걸음, 신호를 받은 것처럼 다시 그것은 시작되었다. 빗방울이 천천히 흙탕물에 떨어지듯이. 똑, 똑, 똑, 똑. 다시 그녀는 그의 뒤를 따라오는 것이었다.

그는 언제나처럼 모퉁이를 꺾어 지붕이 달린 층계를 올라가기 시작했다. 밤마다 그곳에서 전차를 타는 것이었다. 위까지 올라가자 플랫폼으로 이어지는 널빤지를 깐 마루 안쪽에 자리를 잡고, 지금 자기가 올라온 층계 쪽을 내려다보며 그녀가 나타나기를 기다렸다.

올라오고 있는 그녀의 구두 뒤축이 층계 가장자리의 강철에 부딪쳐서 쇳소리를 냈다. 이윽고 층계 중간의 층계참에 그녀의 머리가 보였다.

회전식 개찰구로 빠져나간 그는 몰린 쥐처럼 방어 태세를 취했다.

그녀는 층계를 다 올라오자 그가 버티고 서 있는 것 따위는 눈에 보이지 않는다는 듯 태연하게 다가왔다. 손에는 동전을 쥐고 있었다. 마침내 두 사람의 거리는 회전 개찰구의 가로대 하나를 사이에 둔 정도가 되었다.

그는 팔을 번쩍 쳐들어 여차하면 손바닥으로 뺨을 후려칠 자세를 취하였다. 한 대 얻어맞으면 그녀는 그대로 주저앉아 버리고 말 것이다. 그는 이빨을 드러내고 고함을 질렀다.

"이봐, 썩 돌아가지 못해!"

그는 재빨리 팔을 뻗쳐서 그녀에게 틈을 주지 않고 엄지손가락으로 동전 넣는 구멍을 막아 버렸다.

그녀는 하는 수 없이 옆문으로 걸음을 옮겼다. 그러나 한 발 먼저 그도 그쪽으로 옮겼다. 그녀는 다시 먼저 문으로 되돌아왔다. 그도 다시 몸을 날려 방해를 하였다. 그때 갑자기 건물 전체가 진동하기 시작하였다. 객차가 몇 개 안 되는 마지막 전차가 다가온 것이다.

이제까지 마주칠 때마다 그는 손바닥으로 한 대 칠 자세를 취하여 그녀를 위협했다. 그런데 이번에는 정말로 그 팔을 휘둘렀다. 만약 맞았더라면 충분히 그녀를 쓰러뜨리고도 남을 만한 타격이었다. 그녀는 고약한 냄새라도 맡은 것처럼 재빨리 머리를 돌렸다. 그의 일격은 그녀의 코 앞을 스치고 지나갔다.

그때 갑자기 바로 옆에서 마구 유리를 두들기는 소리가 났다. 초라한 사무실 문에서 역원이 반쯤 몸을 내밀고 있었다.

"왜 그러십니까, 손님? 전차를 타려는 사람을 방해해서야 되겠습니까. 계속 그러시면 경찰을 부르겠습니다!"

그는 이 중재인에게 자기 변호를 시작했다.

"이 여자는 바보인지 뭔지 모르지만, 정신병원에 집어넣는 게 좋겠소. 밤새 내 뒤를 따라다니며 떨어지려고 하지를 않소."

그녀는 여전히 냉정한 어조로 말했다.

"3번 거리의 고가선은 당신 혼자만 타시나요?"

그는 아직도 문에 있는 역원에게 다시 한 번 호소했다.

"행선지를 물어 보시오, 어딘지 모르고 있을 거요!"

그녀는 역원에게 대답했다. 그런데 그 목소리로 미루어 보건대, 단순히 역원에게 대답한다는 것 이상으로 무엇인가 그 자체에 목적을 간직하고 있음이 틀림없었다.

"나는 27번 거리까지 가요, 2번 거리와 3번 거리 중간이지요, 그러니까 이 전차를 타도 되는 거지요?"

그녀를 방해하고 있던 사나이의 얼굴이 순간 파랗게 질렸다. 그녀가 말한 지명에 무슨 숨겨진 의미라도 있어서 충격을 받은 것 같은 느낌이었다. 그도 그럴 것이, 그것은 바로 그의 행선지였던 것이다.

그녀는 그의 행선지를 똑똑히 알고 있었던 것이다. 이렇게 되면 그녀를 뿌리치려고 해도, 따돌리려고 해도 소용없는 일이다.

역원은 짐짓 크게 손을 내저으며 결단을 내렸다.

"자, 어서 들어가십시오, 아가씨."

그녀의 동전이 확대 렌즈에 크게 비쳐졌다. 그녀는 사나이가 길을 비켜 주기를 기다리지 않고 옆의 출구로 빠져나갔다. 그때의 그로서는 길을 비켜 주는 일조차 불가능하게 보였다. 더구나 그것은 그 자신의 고집에서라기보다는 차라리 순간적으로 온몸이 마비되어 버린 것 같은 느낌이었다. 자기의 행선지를 그녀가 안다는 것을 알고는 몸을 움직일 수 없을 만큼 충격을 받은 것이 아닐까.

그러는 동안에 전차가 도착했다. 그러나 그것은 반대쪽에 닿아 있어 두 사람이 탈 차가 아니었다. 그 전차가 가 버리자 역 구내는 다시 잠잠해졌다.

그녀는 슬슬 플랫폼 끝까지 걸어가 거기서 전차를 기다렸다. 얼마 뒤 그가 나타났으나 조금 시간이 걸렸기 때문에 그녀에게서 기둥 두

개를 사이에 둔 앞쪽에 서 있었다. 둘 다 전차가 오는 방향으로 눈길을 돌리고 있었는데, 그녀는 그의 시야 안에 있었으나 그녀에게는 그가 보이지 않았다.

그러는 동안에 그녀는 자기로서도 무엇을 하고 있는지 의식하지 못하는 듯이 플랫폼을 따라 슬슬 앞쪽으로 걷기 시작하였다. 이런 경우누구나가 그러듯이 기다림의 지루함을 잊으려고 아무 생각 없이 몸을 움직이고 있었던 것이다. 이리하여 그녀는 이윽고 역원의 시야에서 벗어난 곳까지 와 버렸다. 이제 역의 지붕은 없어지고 플랫폼의 폭도 좁아져서 겨우 사람 하나가 지날 수 있을 정도였다. 그녀는 걸음을 멈추었다. 거기서 돌아서서 아까 서 있던 자리로 되돌아갈 셈이었다.

그런데 그곳에 서서 그에게 등을 돌린 채 전차가 오는 방향을 살피고 있는 동안 어떤 설명할 수 없는 긴박감, 무슨 위험이 다가오고 있는 것 같은 느낌이 천천히 그녀를 엄습했다.

그것은 무엇인가 널빤지를 깐 플랫폼을 밟는 그의 발자국 소리에 얽힌 것에 틀림없었다. 그도 마찬가지로 걷기 시작하여 그녀 쪽으로 다가오고 있었다. 그녀와 마찬가지로 유연한 걸음걸이였다. 그러나 문제는 그것이 아니었다. 역 전체를 휩싸고 있는 부자연스러운 정적 속에서 또렷하게 들려 오는 그의 발자국 소리에 유난히도 은근한 느낌이 깃들어 있다는 것, 그것이 문제였다. 애써 소리를 죽이려는 의도도 그러려니와, 마음에 걸리는 것은 차라리 그 리듬이었다. 뭔가 발에 끈이라도 맨 것 같은 느낌——실제로는 계산하면서 접근하고 있지만 그것을 아무런 의미가 없는 걸음으로 위장하려는 의도가 거기에 있었다. 어째서 그렇게 느꼈는지는 그녀 스스로도 알 수 없었다. 뒤돌아보지 않고서도 그렇게 느껴졌던 것이었다. 그녀가 등을 돌리고 있었던 짧은 시간에 뭔가가 그의 머리에 파고든 것이었다. 이제까지는 없었던 무엇인가가……

그녀는 날카롭게 고개를 돌렸다.

아까 기둥 두 개를 사이에 두고 서 있었을 때보다 그는 오히려 얌전했다. 그러나 그녀의 인상을 세게 자극한 것은 그런 일이 아니었다. 그는 플랫폼을 따라 걸어오면서 바로 옆의 제3레일이 깔려 있는 선로를 흘끗 내려다보았다.

그녀는 아차 하고 순간적으로 깨달았다. 스치고 지나가면서 살짝 팔꿈치로 건드리거나 또는 한쪽 발로 교묘하게 걸어 넘어뜨린다, 한 번 흘끗 본 것만으로도 그녀는 저도 모르게 자기가 궁지에 몰려 있다는 것을 깨달았다. 지금 그녀는 역 구내의 맨 끄트머리로 바싹 몰린 것이다. 무의식중에 그녀는 역원의 감시의 눈이 미치는 범위에서 벗어나 버린 것이다. 사무실은 개찰구를 지켜보기 위하여 조금 안쪽으로 들어앉아 있어서 플랫폼 끄트머리까지 바라볼 수는 없었다.

플랫폼에 있는 것은 그와 그녀 단둘뿐이었다. 그녀는 건너편을 바라보았다. 맞은편 플랫폼에는 사람 그림자라고는 하나도 없었다. 조금 전의 북행 전차가 휩쓸어 간 것이다. 하행 전차도 아직 모습을 나타내지 않았다.

더 후퇴한다는 것은 자살 행위라고 할 수밖에 없으리라. 플랫폼은 그녀의 등 뒤 2,3야드에서 완전히 없어지기 때문이다. 그것은 그녀를 막다른 골목으로 몰아넣을 뿐이었고 그 뒤는 그의 마음대로였다. 역원의 도움을 받을 수 있는 플랫폼 중간까지 되돌아가려면 그의 옆을 지나치지 않으면 안 된다. 그런데 이것이야말로 그가 바라는 바로써, 겨누고 있는 목적을 달성시켜 주는 좋은 기회가 될 것이다.

만약 여기서 상대방이 행동을 개시하기 전에 그녀가 비명을 지르면 혹 역원이 달려나와 줄지도 모른다. 하지만 그럴 경우, 그녀가 막으려는 사태를 오히려 촉진하는 비상한 위험을 초래할 우려가 있다. 그녀가 극도의 긴장 상태에 있다는 것은 얼굴빛으로도 알 수 있었다.

섣불리 비명을 지르거나 하다가는 바라는 바와 다른 효과를 가져올 것은 거의 확실하다. 그의 이 일시적인 착란은 분노라기보다 단순한 두려움에서 온 것이었다. 비명을 지르든지 하면 그에게 더욱 더 두려움을 주게 될 것이다.

이제까지 그녀는 그를 몹시 위협하고 있었다. 필요 이상으로 겁을 주었다고도 할 수 있을 것이다.

그녀는 조심스럽게 조금씩 조금씩 되도록 선로가에서 떨어져 들어갔다. 이윽고 그녀의 등이 가드레일을 따라 한 줄로 늘어선 광고판에 닿았다. 그녀는 광고판에 궁둥이를 찰싹 붙이고 그대로 몸을 옆으로 움직여 가면서 신중하게 폼 옆을 걸어오는 사나이 쪽으로 향했다. 옷이 광고의 한 장 한 장에 닿을 때마다 옷 스치는 소리가 났다. 그만큼 광고판에다 등을 찰싹 붙이고 있었던 것이다.

그녀가 그의 궤도 안에 들어가자 그도 그녀의 앞길을 막듯이 비스듬히 방향을 바꾸었다. 두 사람의 움직임은 무서우리만큼 느릿느릿했다. 길바닥에서 3층 높이에 있는 인적이 끊어진 플랫폼, 노란 불빛이 넓은 간격을 두고 머리 위에서 비추고 있는 속을 느릿느릿 움직이고 있는 두 사람의 모습은 수조 안을 흐느적흐느적 헤엄치는 물고기와도 같았다.

그가 다가온다. 그녀도 움직여 간다. 두 사람의 간격은 이제 두세 걸음 남겨 놓고 있을 뿐이었다.

갑자기 보이지 않는 곳에서 회전 개찰구 돌아가는 소리가 들리고 수상쩍은 직업을 가진 듯싶은 흑인 여자가 폼으로 들어왔다. 그리고 두 사람에게서 조금 떨어진 곳까지 오자 윗몸을 꾸부리고 발목께를 손으로 긁기 시작하였다.

두 사람은 흑인 여자가 나타났을 때의 자세 그대로 저마다 천천히 온몸의 긴장을 풀어 갔다. 흑인 여자는 광고판을 등에 짊어진 모습으로 깊숙이 몸을 구부리고 연방 정강이를 긁어 대고 있었다. 그는 공기가 빠져 버린 것처럼 가까이 있는 껌 판매기에 몸을 기댔다. 그녀의 눈에는 방금까지의 처절한 독기가 온 몸의 털구멍에서 빠져나가는 듯이 보였다. 이윽고 그는 허둥지둥 그녀 곁에서 떨어져 갔다. 아무런 말도 오가지 않은 채 시종일관 무언중에 이루어졌던 것이다.

이제 이런 일은 두 번 다시 일어나지 않을 것이다. 다시금 그녀는 우세한 입장에 놓이게 되었다.

전차가 번개처럼 달려들어왔다. 두 사람은 같은 차량의 반대편 끝에서 올라탔다. 그리고 그 양쪽 끝에 자리를 잡았다. 두 사람 다 조금 전의 긴박감에서 풀려 가고 있는 상태였다. 그는 머리가 무릎에 닿을 정도로 윗몸을 굽히고, 그녀도 조금 등을 굽히고서 천장에 매달린 전등을 바라보고 있었다. 두 사람 사이에는 흑인 여자가 타고 있을 뿐이다. 그녀는 생각난 듯이 다리를 긁으면서 어디 적당한 곳에서 내리려는 듯 줄곧 역 이름을 살피고 있었다.

두 사람은 28번 거리 역에서 내렸다. 이번에도 서로 반대쪽 출구에 서였다. 그는 등 뒤에서 그녀가 층계를 내려오고 있는 것을 알아차렸다. 그가 돌아다보지 않았지만, 그녀는 그가 생각하는 바를 알았다. 그가 머리를 기울이고 있는 것을 보고 안 것이다. 이제는 그저 다소곳하게 그녀가 하는 대로 내버려 두고 있는 듯했다. 그녀가 그럴 마음이라면 얼마 남지 않은 거리를 죽 따라와도 상관없다는 것 같았다.

두 사람은 27번 거리를 지나 2번 거리 쪽으로 꺾어들었다. 그는 한 길 이쪽, 그녀는 저쪽. 그는 네 집 정도의 간격을 무너뜨리지 않았고, 그녀도 그 간격을 유지했다. 그녀는 그가 어느 집으로 들어갈 것인지 알고 있었으며, 그도 그녀가 알고 있을 것이라고 생각하고 있었다.

미행은 이제 완전히 기계적인 것이 되어 버렸다. 다만 한 가지 의

문이 남아 있었다. 왜 미행당하고 있는가? 그리고 그것이야말로 가장 중요한 문제였던 것이다.

이윽고 그는 길모퉁이에 가까운 어떤 어두운 문 안으로 빨려들어가듯이 모습을 감추었다. 마지막 순간까지 그 인정사정도 없이 광기스럽고 냉정한 똑 똑 똑 소리가 건너편 보도에서 나는 것을 듣고 있었을 것이 틀림없다. 그러나 고개를 돌리지 않고 애써 아무런 움직임도 보이지 않았다. 초저녁 이후로 두 사람은 처음으로 헤어졌던 것이다.

그녀는 두 사람 사이에 유지되고 있던 거리를 계속 걸어가서 그 건물 맞은편에 멈춰섰다. 그리고 건너편 건물이 송두리째 바라보이는 위치에 서서 열 개 남짓한 깜깜한 창문 중에서 특히 두 개만을 지켜보았다.

얼마 뒤 그 창문에 불이 켜졌다. 고대하던 상대가 돌아온 것을 맞이하는 것 같았다. 그러나 곧 또다시 불이 꺼졌다. 서둘러 명령이 철회된 것처럼 그 뒤는 죽 어두운 채였다. 다만 잿빛 도는 커튼이 거울에 비친 영상처럼 뚜렷하지 않은 형태로 가끔 흔들렸다. 그녀는 거기를 통하여 한 사람 내지는 그 이상의 인간에게 감시당하고 있다는 것을 알았다.

그녀는 꼼짝 않고 신경을 곤두세웠다.

한길 훨씬 저 멀리에서 고가 전차가 땅을 기는 벌레처럼 꿈틀거리며 달려갔다. 한 대의 택시가 지나가면서 호기심 어린 눈길을 그녀에게 보냈으나 유감스럽게도 차 안에는 이미 승객이 있었다. 또 이런 시간인데도 보행자가 하나, 반대편 보도 저쪽에서 걸어와서 그녀가 말을 걸지나 않을까 하는 눈길을 보냈으나 그녀는 외면하였다. 사나이가 멀리 가 버리자 다시 정면으로 얼굴을 돌렸다.

갑자기 땅에서 솟아난 것처럼 경관 하나가 그녀의 옆에 서 있었다.

아니, 조금 전부터 그녀 모르게 가까이에서 그녀를 지켜보고 있었던 것이 틀림없었다.

"아가씨, 잠깐…… 실은 저 아파트에 살고 있는 부인이 호소해 왔는데요. 당신은 그집 주인을 직장에서부터 따라와 반 시간 이상이나 이곳에 서서 저 창문을 지켜보고 있다는군요."

"그래요."

"그렇다면 이제 돌아가는 것이 좋지 않겠소……"

"그럼, 부탁이 있는데요. 내 팔을 끌고 저 모퉁이를 돌아가 주지 않겠어요? 나를 잡아 끌고 가는 것처럼요."

까닭을 몰랐지만 경관은 그렇게 하였다. 창문이 보이지 않는 데까지 오자 두 사람은 걸음을 멈췄다.

"이것을 봐 주세요."

그녀는 종이쪽지를 한 장 꺼내어 경찰관에게 보였다. 경찰관은 가까이 있는 가로등 불빛으로 그것을 들여다보았다.

"누굽니까, 이건?"

"본부 살인과에 근무하는 분이에요. 의심스러우시면 전화로 물어 보세요. 이 일은 그분의 승인 하에 허락을 받고 하는 거예요."

"호오, 그럼 잠복 근무 같은 것이로군요" 하고 경찰관은 차츰 경의를 품기 시작했다.

"그러니, 앞으로 저 집에서 무슨 불평을 하더라도 전혀 상관하지 말아 주셨으면 좋겠어요. 아마 2,3일은 귀찮게 굴 거예요."

경찰관이 가 버리자 그녀는 전화를 걸었다.

"어떤가, 상황이?" 하고 저쪽 목소리가 물었다.

"벌써부터 침착을 잃고 있어요. 카운터에서 유리컵을 뒤엎어 버렸어요. 조금 전에는 고가선 폼에서 날 밀어 떨어뜨리려고도 했어요."

"그러고도 남을 거야. 가까이에 사람이 없을 땐 너무 접근하지 않도록 조심해요. 중요한 건 상대방에게 이것이 어떤 일인지, 무슨 목적으로 하고 있는지를 눈치채지 못하도록 하는 거야. 절대로 질문을 해서는 안 돼요. 그것이 수법이니까. 이쪽의 목적을 눈치채이는 날이면 모든 일이 허사가 되어 버리고 말아. 그것만 알아차리지 못한다면 상대방은 몸부림치다가 지칠 대로 지쳐서 우리의 손아귀로 저절로 굴러들어올걸."

"그는 날마다 몇 시쯤에 일하러 나가지요?"

"오후 5시 정각에 아파트를 나서지."

전화의 사나이는 손에 참고 자료라도 들고 있는지 분명하게 대답했다.

"그럼, 내일은 그 시각부터 같이 있어 주어야겠어요."

사흘째 되는 날 밤, 부르지도 않았는데 지배인이 그녀의 자리에 다가와서 바텐더를 불렀다.

"이봐, 어떻게 된 거야? 왜 이 젊은 부인의 주문을 안 받지? 아까부터 보고 있었는데, 이 부인께서 오신 지 벌써 20분이 지났어. 자네는 이 손님이 보이지 않나?"

바텐더의 얼굴은 흙빛이 되었다. 이제는 그녀 옆에 오기만 하여도 그렇게 되는 것이었다.

"저는, 못합니다." 그는 다른 사람이 듣지 못하도록 목소리를 낮추어서 더듬더듬 말했다. "무리입니다, 안셀모 씨. 이 여자는 나를 괴롭히고 있어요. 지배인님은 알지 못하겠지만."

그는 눈물이 날 만큼 의기소침해져 있었다. 볼이 불룩해졌다가 다시 납작하게 찌그러졌다.

그녀는 1피트도 떨어지지 않은 곳에서 두 사람이 주고받는 말을 어린아이처럼 맑은 눈으로 보고 있었다.

"오늘 저녁으로 사흘 동안 저 여자는 나를 뚫어지게 바라보고 있습니다."

"그거야 당연하지. 자넬 보는 건 주문을 받으러 오기를 기다리는 거야."

지배인은 그를 꾸짖었다.

"그럼, 자네는 어떻게 했으면 좋겠나?"

지배인은 바텐더의 얼굴을 들여다보더니 얼굴빛이 좋지 않다는 것을 알아차렸다.

"왜 그래, 어디 몸이라도 불편한가? 돌아가고 싶으면 가도 좋아. 피트에게 전화 걸어서 나오라고 하지, 뭐."

"아니, 안 됩니다!" 하고 바텐더는 허둥대며 간청했다. 그 목소리에는 겁에 질린 듯한 울림이 있었다. "절대로 돌아가지 않겠습니다. 돌아가면 저 여자가 죽 뒤를 따라와 또 밤새도록 아파트의 창문 앞에 서 있을 겁니다! 집에 돌아가느니 차라리 사람이 많은 이곳에 있는 편이 훨씬 나아요!"

"바보 같은 소리 말고 어서 주문이나 받게!"

지배인은 무뚝뚝하게 말하고 등을 돌렸다. 그리고 그녀를 흘끗 바라보았다. 그녀는 어느 모로 보나 다소곳하고 얌전하고 악의 없는 아가씨 같아 보였다.

그녀 앞에 음료를 갖다 놓은 손은 자꾸만 떨려서 조금 엎지르고 말았다.

두 사람은 토해 내는 입김이 서로 얽힐 정도로 접근하면서도 둘 다 말을 하지 않았다.

"안녕하시오!"

그녀가 회전 개찰구 앞에까지 오자 역원이 허물없이 말을 건넸다.

"이상하군요, 당신하고 저 남자분, 지금 개찰구를 빠져나간 남자하고는 언제나 거의 같은 시각에 여기 도착하니 말입니다. 그러나 꼭 같았던 일은 한 번도 없어요, 알고 계십니까?"

"네, 알고 있어요" 하고 그녀는 대답했다. "밤마다 둘 다 같은 데서 오는걸요."

그녀는 개찰구 밖에서 널빤지에 팔을 걸치고, 말하자면 역원의 성역(聖域)과의 접촉을 유지하고 있었다. 그 널빤지에 그녀를 보호해주는 효능이 있다고 믿기라도 하는 것처럼 거기에 기대어 서서 역원과 잡담을 하며 전차가 올 때까지 시간을 보내고 있는 것이었다.

"기분좋은 밤이에요…… 댁의 아기는 잘 놀아요? 당신은 휴일엔 뭘 하세요?"

가끔 그녀는 플랫폼에 시선을 던졌다. 하나의 그림자가 거기에 있었다. 거닐고 있을 때도 있고 가만히 서 있을 때도, 때로는 보이지 않기도 하였지만, 그녀는 함부로 그리로 나가는 일은 삼갔다. 전차가 들어와서 완전히 멈춰서고 문이 열려진 채로 있다. 그제야 비로소 그녀는 그 자리를 떠나 쏜살같이 달려가서 전차에 오르는 것이었다. 그 일직선 위에서는 그녀의 몸을 위협하는 아무런 일도 일어날 성싶지 않았다. 문제의 제3레일은 이제는 전차의 차체 아래에 있기 때문이었다.

고가 전차가 오늘 밤에도 꿈틀거리며 지나갔다. 택시가 한 대 다가왔다. 운전수는 그녀에게 호기심 어린 눈길을 보냈으나 이제 손님을 태울 필요는 없었다. 영업을 끝내고 차고로 들어가는 길이었던 것이다. 밤늦은 통행인 두 사람이 지나가다 그 중 하나가 말을 걸어 왔다.

"왜 그러고 있지, 아가씨? 우천 순연(雨天順延)의 인환권이라도 얻었나?"

두 사람이 멀리 사라져 버리자 주위는 다시 조용해졌다.

그런데 갑자기 아무런 예고도 없이 예의 출입문, 그 두 개의 창문이 있는 건물의 출입문에서 한 여자가 뛰어나왔다. 여자는 머리를 풀어헤친 채 건물의 검은 현관 출구에서 총알처럼 달려나왔다. 잠옷 위에 코트를 걸치고 맨발에 구두를 신고 있었다. 여자는 걸레조각이 다 떨어져 나간 긴 자루를 둘러메고 돌진해 왔다. 그 의도가 이쪽 보도에 서 있는 길다란 사람 그림자를 두들겨 패려는 데 있다는 것은 의심할 여지가 없었다.

이쪽에 서 있던 젊은 여자는 훌쩍 몸을 돌려서 빠른 걸음으로 모퉁이를 돌아 그 길을 걷기 시작했다. 그 태연한 움직임으로 미루어 보건대, 공포심 같은 것을 갖고 있지 않고 다만 형편상 상대방으로부터 몸을 피하려는 것이라는 것을 단번에 알 수 있었다.

장대를 둘러멘 여자의 떠드는 소리는 목소리의 주인을 앞질러 날아가 옆길 중간쯤에서 그녀를 붙잡았다.

"네가 우리 남편을 쫓아다닌 지 벌써 사흘째지! 자, 이리 썩 오지 못해. 내 두들겨패 줄 테다! 혼을 내주겠어! 어서 이리 와 봐!"

여자는 눈 깜짝할 사이에 모퉁이를 돌아가면서 무서운 얼굴로 자루 달린 막대기를 휘두르며 위협하였다. 젊은 여자는 걸음을 늦추고 잠시 섰다가 어둠 속으로 사라져 갔다.

여자는 하는 수 없이 도로 모퉁이를 돌아 집으로 들어갔다.

그러자 얼마 뒤 다시 젊은 여자도 돌아왔다. 그리고 아까 서 있던 자리에 서서 쥐구멍을 노리는 고양이처럼 맞은편 건물의 두 개의 창문을 물끄러미 올려다보았다.

고가 전차가 몸부림치듯이 달려 지나간다…… 택시가 옆을 스쳐지난다…… 밤늦은 통행인이 걸어오고, 지나쳐 가고, 또 사라져 간다…
… 보이지 않는 눈으로 그녀를 내려다보고 있는 두 개의 창문에는 어
쩐지 절망의 표정이 짙게 어려 있는 듯했다.

　"이제 금방이야" 하고 전화의 목소리는 말했다. "앞으로 하루면
놈은 손을 들 거야. 그렇지, 내일 밤쯤……."

　그 날은 비번이었다. 그는 그녀를 따돌리려고 한 시간 이상이나 애
를 쓰고 있었다.

　그는 멈추어서려고 하였다. 그녀는 벌써 그것을 짐작하고 있었다.
이제는 몸놀림만으로도 다음 행동을 예상할 수 있게 되었다. 이번에
는 햇빛이 들이비치고 있는 건물 앞에서 발을 멈추고 벽에 기댔다.
눈앞에서는 쇼핑 손님들의 무리가 법석대고 있었다. 그는 지금까지도
두어 번 걸음을 멈추었으나 곧 다시 걷기 시작했다. 언제나 그랬다.
그가 걷기 시작하면 그녀도 곧 뒤를 따랐다.

　그러나 이번에는 조금 상황이 다르다는 것을 그녀는 깨달았다. 거
의 무의식적으로 선 것처럼 보였던 것이다. 마치 거리를 지나가다가
인내심을 떠받쳐 주던 중요한 부분의 스프링이 갑자기 끊겨져 버려
문득 정신을 차렸을 때는 이완 상태가 온몸을 엄습하고 있음을 깨달
은 듯한 느낌이었다. 벽에 기대었을 때 옆에 끼고 있던 납작한 종이
꾸러미가 땅바닥에 떨어졌는데, 그는 그냥 내버려 두고 있었다.

　그녀도 조금 거리를 두고 멈춰섰다. 그리고 언제나처럼 자기가 멈
춰선 것은 그와는 관계없는 일이라는 시늉은 하지 않았다. 늘 그렇듯
이 아주 진지한 얼굴로 그를 바라보았다. 해는 눈부신 흰 빛을 그에
게 퍼부었다. 그는 눈을 껌벅거렸다. 그 껌벅거림이 차츰 빨라졌다.

　그는 뜻밖에도 울음을 떠뜨리더니 통행인들이 오고가는 것도 아랑
곳하지 않고 눈물을 흘리기 시작했다. 벽돌빛의 추한 얼굴이 주름투

성이가 되었다. 두 사나이가 의아한 듯이 발길을 멈추었다. 두 명이 네 명, 여덟 명으로 늘어 갔다. 그와 그녀는 어느 새 사람들에게 에워싸여 있었다. 사람 수는 점점 늘어 가고 또 줄곧 몰려들고 있었다.

그는 체면이니 염치니 다 잊어 버리고 군중에게 호소하려 하였다. 울음 섞인 소리로 '저를 구원해 주십시오, 이 여자의 손에서 보호해 주십시오' 하고 호소하는 것 같았다.

"도대체 나를 어떻게 하려고 그러는 건지 저 여자에게 물어 봐 주십시오, 무엇이 목적인지! 저 여자는 벌써 며칠째 나를 쫓아다니고 있소, 낮이나 밤이나, 밤이나 낮이나! 더 이상 참지 못하겠어! 이제 나는."

"뭐야, 저 사람! 술주정이로군." 한 여자가 업신여기는 듯이 옆의 여자에게 말했다.

그녀는 꼼짝 않고 서 있었다. 그가 마구 그녀를 걸고 넘어뜨리려고 소리소리 지르는 데도 태연한 얼굴이었다. 어딘지 위엄이 서려 있고 침착했으며, 보는 사람들의 눈에는 그저 깨끗하게만 비칠 뿐이었다. 그러나 남자 쪽은 추악하다못해 우스꽝스럽기까지 하니 결과는 뻔한 일이다. 사람들의 동정이 여자 편으로 쏠리는 것은 당연했다.

아무튼 군중이란 잔혹한 것이다. 이쪽저쪽에서 쓴웃음이 새어나왔다. 쓴웃음이 비웃음으로 바뀌었다. 이윽고 비웃음이 폭소로, 나중에는 노골적인 야유로 바뀌었다. 마침내 모여든 사람들은 가차없이 그에게 야유를 퍼붓기 시작했다. 그 중에 오직 하나, 무감동하고 어느 쪽 편도 들지 않는 진지한 얼굴이 있었다. 그녀의 얼굴이었다.

이 일을 벌이기는 했으나 그가 유리하게 되기는커녕 한층 더 불리하게 되었다. 이제까지 그를 괴롭히고 있는 적은 하나뿐이었는데 갑자기 그것이 30명으로 늘어났다.

"나는 더 이상 견딜 수가 없어! 보라구, 내가 어떻게 하나."

그는 그녀에게로 성큼성큼 다가갔다. 때려서 쫓아 버리려는 듯이.

순간 몇 명의 남자가 뛰어나와 그의 팔을 붙잡더니 마구 흔들어 대면서 욕설을 퍼부었다. 한순간 그녀 둘레에서 몇 사람이 밀고 밀리고 하였다. 그리고 별안간 사람들 틈을 헤치고 그녀를 겨냥하듯이 한층 낮아진 그의 머리가 내밀어졌다. 이대로 내버려 두었다가는 집단 린치——그에 대한——로 발전할 것이 틀림없었다. 그녀는 사람들에게 호소했다. 냉정하나, 잘 들리도록 가락을 높인 그녀의 목소리에 사람들은 숨을 죽였다.

"그만둬 주세요, 내버려 두세요, 저분이 하는 대로 내버려 두시란 말이에요!"

그러나 그 목소리에는 따뜻한 연민도 없었으며, 강철같이 무서운 차가움밖에 느껴지지 않았다. 그녀는 이렇게 말하고 있는 듯했다.——'이 사나이는 내게 맡겨 주세요, 이 사나이는 내게 맡겨 주세요, 이 사나이는 내가 처리하겠어요.'

그를 움켜잡고 있던 손이 내려지고 꽉 쥔 주먹이 풀렸다. 헝클어진 윗옷을 매만져 입으면서 길길이 날뛰던 안쪽의 사람들과 그들을 에워싸고 있던 바깥쪽 사람들은 조금 느슨해졌다. 그는 다시 사람 울타리 속에 오도카니 남겨졌다. 그녀와 함께……

실컷 봉변을 당한 그는 사람 울타리에서 출구를 찾아 내려고 두리번거렸다. 겨우 하나 찾아 낸 듯 힘껏 돌진하여 마침내 밖으로 튀어나갔다. 그리고 길바닥에 크게 구두 소리를 내며 재빠르게 망신 낭한 현장에서 도망치기 시작했다. 그녀는 그대로 멈춰서서 뛰어가는 그를 바라보았다. 가는 허리가 어른의 손으로 겨우 한줌밖에 안되는 연약한 아가씨로부터 커다란 사나이가 도망치는 것이다. 그야말로 우스꽝스러운 일이었다.

그녀는 꾸물대고 있지 않았다. 군중의 박수 갈채며 사람들 앞에서 승리를 거두었다는 쾌감 같은 것은 안중에도 없었다. 익숙하게 손을 놀려 주위 사람들을 헤치고 길을 열었다. 그리고 비틀거리며 도망쳐 가는 사나이의 뒤를 쫓기 시작했다. 가볍게 뛰고 기운차게 걷는 듯싶은 걸음은 순식간에 그와의 격차를 좁혔다. 기묘한 추격이 시작되었다. 실로 불가사의한 추격이었다. 쫓는 것은 연약한 젊은 여자, 쫓기는 것은 우람한 체격의 바텐더. 이 두 사람이 한낮 뉴욕의 인파를 헤치면서 쫓고 쫓기고 있는 것이었다.

그녀가 다시금 뒤를 쫓고 있다는 것을 그는 곧 알아차렸다. 처음에는 어둡고 불안한 표정으로 돌아다보았다. 그녀는 다시 한 번 돌아다보기를 기다리고 있었다. 그리고 그가 두 번째 고개를 돌렸을 때 그녀는 팔을 똑바로 쳐들어 멈춰서라고 신호하였다.

이제 시기가 왔다고 그녀는 생각했다. 이제야말로 바제스도 인정해 줄 만한 순간이라고 확신하였다. 강한 한낮의 햇볕을 받으면서 달리는 그는 말하자면 양초 덩어리였다. 아까 그 군중은 그의 마지막 받침대를 빼앗아 버렸다. 잠깐 시험삼아 해보았지만 군중은 의지가 되기는커녕 완전히 반대 결과를 가져왔던 것이다. 따라서 그는 환한 한낮에 거리를 누비고 걷는다 하여도 안전 보장은 아무 데도 없다는 것을 알게 된 것이다.

이 절호의 기회에 그녀가 아무 행동도 취하지 않는다면 오히려 그의 저항 곡선은 다시 올라가기 시작할는지도 모른다. 수익 체감의 법칙이 나타날지도 모르는 것이다. 흔히 정다움이 지나치면 상대방을 가볍게 보는 경향이 나타나는 수가 있는 법이다.

지금이 기회다. 손쉬운 일이었다. 근처의 벽에 그를 붙잡아 세워 놓고 바제스에게 급히 전화를 건다. 그리고 바텐더의 임종을 지켜보는 것은 바제스에게 맡겨 버리면 된다.

'마침내 너는 그날 밤 그 바에서 헨더슨이 어느 여자와 함께 있었다는 것을 인정하겠지? 어째서 보지 못했다고 주장했었을까? 누구에게서 돈을 받았든가 협박당한 것일까? 도대체 누가 그렇게 시킨 것일까?'

그는 다음 모퉁이에서 주춤 멈춰서서 덫에 걸린 짐승처럼 빠져나갈 구멍을 찾으려고 이리저리 둘러보고 있었다. 공포는 이제 빨갛게 달아올라 그를 엄습하였다. 도망칠 만한 성역을 찾아 눈에 띄는 방향으로 달리려고 하다가 그만둬 버리는 그의 당황한 동작에서 절박한 불안을 느낄 수 있었다. 그에게 있어서 그녀는 이미 연약한 여성, 일격에 쓰러뜨릴 수 있는 대상은 아니었다. 복수의 여신 네메시스였다.

간격이 점점 줄어들자 다시금 그녀는 손을 쳐들었다. 그것은 그의 미친 듯하고 맹목적인 도주에 다시 채찍을 가하였다. 그는 그 거리 모퉁이의 인파 속으로 숨어들었다.

거기에는 길을 건너려고 하는 사람들이 엉성하기는 하나 줄을 이루고 서로 부딪쳐 가면서 보도가에 서 있었다. 머리 위의 신호등은 빨간 빛이었다.

그는 다시 한 번 등 뒤에서 육박해 오고 있는 그녀를 돌아다보고 난 다음 종이 굴렁쇠를 빠져나가는 서커스의 단원처럼 사람들을 밀어젖히며 몸을 날렸다.

그는 흠칫 멈춰섰다. 소리 높이 울리고 있던 구두의 뒤축이 보도의 숨은 균열에 갑자기 걸린 것 같은 움직임이었다. '찌익' 하는 급정거 소리가 아스팔트 위에 울렸다.

그녀는 두 손을 눈에다 갖다댔다. 그러나 그 전에 그녀는 그의 모자가 높이 포물선을 그리며 공중에 떠오르는 것을 보았다. 먼저 한 여자가 비명을 지른 것을 시초로, 일종의 포효와도 같은 경악과 혼란의 웅성거림이 사람들 사이에서 일어났다.

사형집행 전 11일

론버드

론버드는 벌써 한 시간 반이나 그의 뒤를 쫓고 있었다. 사실 지구 상에서 눈먼 거지를 미행하는 것만큼 따분한 일은 달리 없을 것이다. 인간의 나이는 1년 단위로 세는 것이 보통이지만, 미행의 상대는 그 수명을 1세기 단위로 세는 거북이처럼 느릿느릿 움직이고 있었다. 한 구역을 가는 데 평균 40분은 걸렸다. 론버드는 몇 번이나 시계를 보면서 그것을 재어 보았다.

상대는 맹도견을 데리고 있지 않았다. 교차점을 건너려고 할 때마다 번번이 남의 손을 빌리지 않으면 안 되었다. 협력을 아끼는 자는 없었다. 교통 순경은 신호가 바뀔 때까지 그가 다 건너지 못하면 잠시 교통을 정지시켜 주었다. 지나가는 사람은 반드시 몇 푼인가 그의 그릇에 집어넣어 주었다. 그러므로 천천히 걷는 편이 그로서는 이득이 되는 것이었다.

이것은 론버드에게 있어서 더할 나위 없는 고통이었다. 그는 활동적이고 신체 건강한 인간이었다. 게다가 요즘은 시간의 귀중성에 대한 감각이 지극히 예민해져 있었다. 이 끝없는, 기는 듯한 전진은 옛 중국의 물방울 고문 같아서 그럭저럭 버티고 있는 것이 한껏이라고 생각된 적이 몇 번이나 있었다.

그러나 그는 조급한 마음을 억제하며 엄한 얼굴로 상대방에게서 눈을 떼지 않았다. 서두르지 않고 피우는 담배가 안전판 노릇을 해주었다. 남의 집 문간이나 쇼윈도 그늘에 한참 동안 우두커니 서서 기다리고 있으면 조금은 거리가 생긴다. 그러면 성큼성큼 몇 발짝 걸어가서 간격을 좁히고 다시 움직이지 않은 채 노리는 사냥감이 얼마 되지 않는 간격을 내주기를 기다린다. 이렇게 기다림과 빠른 걸음의 추적을 번갈아 함으로써 저주스러운 완만성에서 얼마쯤 구원되었다.

'이런 상태가 영원히 계속될 리는 없다' 하고 그는 되풀이하여 자신을 타일렀다. 밤새도록 계속되지 않을 것이다. 앞장서 가는 그림자도 한 개의 육체를 가진 인간이다. 수면도 필요하지 않겠는가. 어느 때엔가 노천에서 벽 안으로 들어가 드러누울 게 틀림없다. 그들 족속은 밤중부터 새벽녘까지 구걸하며 다니는 습관은 갖고 있지 않다. 수익 체감의 법칙으로써 그 이유를 설명할 수 있을 것이다.

급기야 그것이 찾아왔다. 론버드는 거의 절망하고 있었는데, 역시 최후에는 그것이 왔던 것이다. 상대방은 길에서 벗어나 노천에서 벽이 둘러쳐진 장소로 들어간 것이다. 그곳은 사람에게 잊혀진 채 폐허가 되어 버린 지역으로서, 두 사람은 개의치 않고 지나갔으나 아무 혜택도 기대할 수 없을 것 같은 곳이었다. 혜택은커녕 거꾸로 뭔가 베풀어 주지 않으면 안 될 것 같은 그런 곳이었다. 한쪽은 머리 위를 달리는 철로로 가로막혀 있었다. 거죽이 까칠까칠한 화강암을 쌓아올려 그것이 육교가 되어 있었다.

눈먼 거지의 소굴은 그 조금 못미쳐 있는 찌그러진 집이었다. 이런 근방에 보금자리가 있으리라고는 전혀 예기치 못했던만큼 론버드는 퍽 신중하게 하지 않으면 안 된다고 생각하였다. 그는 상당히 멀찌감치에 머물러 있지 않으면 안 되었다. 이 언저리는 인기척이 거의 없어 그의 구두 소리와 헷갈릴 만한 발자국 소리는 좀처럼 들을 수 없었다. 더욱이 이런 자들은 일반적으로 몹시 귀가 밝다는 것을 그는 알고 있었다.

따라서 상대가 들어가는 것을 보면서도 그 자신은 애석하게도 상당히 멀리 떨어진 곳에 있었다. 그리고 막다른 순간에 이르자 급히 달려들었다. 되도록이면 그가 몇 층에 살고 있는지를 확인할 만큼의 여유를 가져야 한다. 일단 문간에서 발을 멈추고 조심조심 소리가 들리는 범위까지 들어갔다.

지팡이 소리는 믿을 수 없을 정도로 천천히 층계를 올라가고 있었다. 그것은 마치 헐거워진 수도꼭지에서 새어나오는 물방울이 빈 나무 물통에 떨어지는 소리 같았다. 그는 숨을 죽이고 온 신경을 귀에 모았다. 네 번, 그 소리가 끊겼다고 할까, 템포가 바뀌었다. 그때마다 층계 모퉁이를 돌아간 것이다. 경사진 층계를 올라갈 때에 비해 편편한 층계참을 걸을 때는 지팡이 소리가 둔해졌다. 이윽고 소리는 건물 앞쪽에서 뒤편으로 사라져갔다.

그는 위층 어딘가에서 문이 닫히는 희미한 소리가 들릴 때까지 기다렸다가 자기도 올라갔다. 발소리를 죽여 가며 빨리 이제까지 억제하고 온 에네르기가 한꺼번에 뿜어져나온 듯한 느낌이었다. 층계는 경사가 가파른 데다가 형편 없이 낡아 보통 사람이라면 올라가기를 포기할 정도였다. 그러나 지금의 그는 아무것도 눈에 뵈는 게 없었다.

뒤쪽으로 문이 두 개 나 있었는데, 그는 금방 짐작이 갔다. 그중 하나는 꽤 떨어진 데서 보아도 변소임에 틀림없었다.

층계 꼭대기에서 호흡이 완전히 가라앉기를 기다려서 조심스럽게 앞으로 나아갔다. 다시 한 번 그는 장님이 얼마나 귀가 밝다고 일컬어지는가를 상기하였다. 그러나 그는 완전히 목적을 달성하였다. 마루 널빤지 한 장 삐그덕거리지 않은 것은 몸무게가 가볍기 때문이 아니라 뛰어난 운동 신경 덕분이었다. 그는 옛날부터 민첩하기로 유명하여 인간의 여린 살갗에 휩싸여 있기보다는 경주용 자동차의 엔진이 되어 보닛 밑에 들어앉아 있는 편이 어울릴 성싶은 사나이였다.

그는 문의 틈에 귀를 갖다 댔다.

물론 불빛은 새어나오지 않았다. 안에 있는 사나이에게는 빛 같은 게 존재하지 않을 터이니까 불을 켤 필요도 없을 것이다. 그러나 가끔 움직이는 기척은 들렸다. 그 소리는 그에게 작은 동물을 연상시켰다. 굴 속에 들어가 완전히 자리잡을 때까지 언저리를 매만지느라고 부스럭대는 모양이었다.

사람의 목소리는 나지 않았다. 혼자 있는 모양이다.

어느 정도 시간이 흘렀을까. 이제 괜찮겠지. 그는 노크하였다.

금방 움직이는 기척이 끊기고 그만 쥐죽은 듯이 고요해졌다. 방 그 자체가 비어 있다고 생각될 만큼 조용해졌다. 정적——이 사나이는 몹시 겁을 먹고 있는 모양이다. 그러한 상태는 이 이상의 행동을 취하지 않는 한——그가 밖에 서 있는 한 바뀔 것 같지 않았다.

그는 다시 노크하고 난 뒤 "여보시오" 하고 꾸짖는 듯한 투로 말하였다.

세 번째 노크는 명령적이었다. 그 다음은 쾅쾅 두들기게 되겠지.

"여보시오, 뭘 꾸물거리는 거요!"

정적 속에 그의 거친 목소리가 울려퍼졌다.

방바닥이 조심스레 삐그덕거리고 입을 문 틈에 바싹 대고 있었기 때문에 거의 사람의 목소리가 아닌 것 같은 목소리가 이렇게 물었다.

"누구시오?"

"친구요."

그 말을 듣자 방 안의 목소리는 안심하기는커녕 더욱 겁을 내면서 "내게는 친구가 없소. 당신이 누군지 난 몰라요" 하고 말했다.

"어쨌든 문을 열어요. 당신에게 해를 끼칠 사람은 아니니까."

"안 됩니다. 난 지금 혼자니까 아무도 안에 들여놓을 수 없습니다."

'녀석은 오늘 번 돈이 걱정스러운 모양이구나' 하고 론버드는 생각하였다. 무리도 아니다. 이런 형편에 이제까지 도둑질하지 않은 것이 이상할 정도이다.

"괜찮다니까. 잠깐만 문을 열어 주시오. 이야기할 게 있어서 그러는 거요."

안쪽에서 떨리는 목소리가 말했다.

"돌아가십시오. 언제까지나 문 밖에 서 있으면 창문에서 소리를 지르겠소."

그러나 그것은 위협적인 말투라기보다는 차라리 애원으로 들렸다.

잠시 잠잠한 상태가 계속되었다. 양쪽 다 움직이지 않고 소리 하나 내지 않았다. 양쪽 다 눈과 코를 맞대고 서 있다는 것을 날카롭게 의식하고 있었다. 문 한쪽에는 불안이 있었다. 그리고 그 반대쪽에는 단호한 결의가 있었다.

이윽고 론버드는 지갑을 꺼내어 내용물을 잘 살펴보았다. 가장 액면이 큰 것으로 50달러짜리 지폐가 한 장 있었다. 그 밖에도 소액 지폐가 몇 장인가 있었다. 그는 가장 큰 것을 빼냈다. 그리고 몸을 구부려 문 밑의 틈으로 이제 이쪽에서는 어쩔 수 없게 되기까지 완전히 그것을 방 안으로 밀어넣었다.

그리고 일어나면서 그는 말하였다.

"쭈그리고 앉아 문 밑을 더듬어 보시오. 내가 뭘가 훔치러 온 사람이 아니라는 걸 알 수 있을 테니. 알았으면 문을 열어 주오."

그래도 주저하는 기색이었으나 얼마 안 있어 문 체인(문이 조금만 열리게 하는 방범용 쇠사슬)이 홈에서 벗겨졌다. 빗장도 뽑혀지고 마지막으로 열쇠 구멍에서 열쇠가 돌아갔다. 정말 철저한 방비였다.

마지못한 듯이 문이 열리고 몇 시간 전에 거리에서 처음으로 본 검은 안경이 똑바로 그를 바라보았다.

"동행은 있습니까?"

"아니, 나 혼자요. 당신에게 해로운 일로 온 건 아니니까 마음을 가라앉히도록 해요."

"경찰은 아니시겠지요?"

"아아, 그런 건 아니오. 그렇다면 경찰관 하나쯤 같이 왔을 텐데, 아무도 없잖소. 난 좀 이야기하고 싶을 뿐이오. 알겠소?"

그는 성큼 안으로 들어갔다.

방 안은 캄캄하여 아무것도 보이지 않았다. 무엇 하나 존재하지 않는 암흑의 장막, 저승이란 아마 이런 것을 가리키는 모양이다. 얼마 동안 복도에서 들어오는 빛이 누르무레하게 방 안을 비췄으나 문이 닫히자 그것도 사라져 버렸다.

"전등은 안 켜나요?"

"네" 하고 장님은 대답하였다. "이편이 공평하겠죠. 이야기뿐이라면 뭐 불빛이 필요합니까."

그는 침대 위에 걸터앉은 모양으로, 어딘가 가까이에서 낡은 침대의 스프링 소리가 났다. 분명 그날 번 돈을 매트리스 밑에 감추고 그 위에 궁둥이를 올려놓았겠지.

"여봐요, 그런 바보 같은 짓은 그만둬요. 이래서야 어디 얘기가."

론버드는 무릎 높이 언저리를 손으로 더듬었다. 이윽고 헌 흔들의자의 등받이가 잡혔으므로 그것을 잡아당겨 앉았다.

상대방의 긴장된 목소리가 어둠 속에서 들려 왔다.

"얘기가 있다고 하셨지요? 자아, 이렇게 들어오셨으니 어서 말씀을 하십시오. 이야기를 하는데 밝아야 한다는 법은 없을 테니까."

론버드의 목소리가 말했다.

"담배나 한 대 피우게 해주구료. 안 되나요? 당신도 피우시죠?"

"얻었을 때는," 하고 상대방은 지친 목소리로 말하였다.

"자, 한 대 뽑아요."

찰칵 소리를 내고 라이터의 작은 불꽃이 론버드의 손에서 빛났다. 방 안의 일부가 비쳐졌다.

장님은 침대 끝에 걸터앉아 지팡이를 무릎에 올려놓고 언제든지 무기로 쓸 수 있도록 자세를 취하고 있었다.

론버드는 주머니에서 손을 꺼냈다. 거기에는 담뱃갑이 아니라 회전식 권총이 쥐어져 있었다. 그는 그것을 쳐들어 장님을 겨누었다.

"자, 한 대 뽑아요." 론버드는 기분좋게 다시 한 번 말하였다.

장님은 흠짓 놀랐다. 지팡이가 무릎에서 방바닥으로 굴러떨어졌다. 그는 얼굴을 감싸듯이 하며 떨리는 두 손을 위로 쳐들었다.

"역시 돈이 목적이었군!" 그는 쉰 목소리로 말하였다. "방에 들여놓지 않는 건데."

론버드는 권총을 꺼냈을 때와 마찬가지로 조용히 주머니에 집어넣고 침착한 투로 말하였다.

"당신은 장님이 아니지? 이런 장난까지 하지 않아도 나는 이미 알고 있었어. 하지만 내가 그 사실을 알았다는 걸 당신에게 알려 주어야겠기에 이런 연극을 한 것뿐이야. 50달러짜리 지폐로 문을 열었다는 사실만으로도 충분한 증거가 아닌가. 당신은 얼핏 성냥을 그어 돈을 보았지. 가짜 장님이 아니라면 어떻게 그것이 1달러짜리가 아닌 줄 알았겠나. 1달러 지폐와 50달러 지폐는 모양도 크기고 감각도 똑같지. 1달러쯤으로는 문을 열 가치가 없잖아. 아까 당신이 갖고 들어온 돈도 꽤 많을 테고, 하지만 50달러 지폐라면 얼마쯤 위험스러운 다리를 건너도 좋다는 마음이 생겼던 걸세. 이제까지 벌어 모은 돈과 비교해 보아도……."

쓰다 만 초 도막이 눈에 띄었으므로 그는 말을 계속하면서 그리로 가 라이터의 불을 옮겨 붙였다.

"역시 경찰 나리시군요?" 하고 장님은 허둥대면서 손등으로 연신 이마의 땀을 닦았다. "좀더 빨리 눈치챘어야 하는 건데……."

"난 당신이 생각하는 것 같은 사람은 아니야. 당신이 엉터리로 길 가는 사람들의 돈을 뜯어 내건 말건 내겐 흥미없어. 이제 안심했겠지?"

론버드는 다시 제자리로 와서 걸터앉았다.

"그럼, 도대체 당신은 누굽니까? 내게 무슨 볼일이 있습니까?"

"당신이 본 어떤 일을 생각해 내 달라는 거요, 눈먼 거지님." 론버드는 빈정거렸다. "잘 들어 봐요. 당신은 5월의 어느 날 밤, 카지노 극장 앞을 서성거리며 거기서 나오는 손님을 상대로 구걸을 했었지."

"하지만 거기는 몇 번이나 갔으니까……"

"내가 말하는 건 어느 날 저녁, 어느 특별한 날 밤을 말하는 거요. 다른 날 밤에는 볼일이 없어. 그런 건 아무래도 괜찮아. 한데 그 특정한 날 밤, 남녀 둘이 극장에서 나왔어. 그런데 그 여자가 입은 옷이 좀 색달랐지. 연한 오렌지 빛깔의 모자를 쓰고 모자 꼭대기에는 까맣고 긴 안테나 비슷한 물건이 뻗쳐 있었거든. 그 두 사람은 현관에서 조금 떨어진 곳에서 택시를 타려고 했어. 그때 당신이 매달렸지. 자, 이제부터가 중요한 대목이니까 잘 들어요. 여자는 누군가와 부딪치는 바람에 당신이 들이민 그릇에 그만 불붙은 담배를 떨어뜨리고 말았네. 당신은 손가락을 데었고 동행한 사나이는 허둥지등 담배를 집어 내며 그 갚음으로 1달러짜리 지폐 두 장을 당신에게 쥐어 주었지. 그리고 이렇게 말했다고 생각하는데 "미안해요, 할아버지. 일부러 그런 건 아니에요" 어때, 기억하고 있겠지? 불붙은 담배가 밤마다 그릇에 집어넣어져서 손가락을 데는 일도 없을 테고, 또 단번에 한 사람이 2달러씩이나 주는 횡재도 밤마다 있지는 않을 테니까."

"기억하고 있지 않다고 대답하면 어떻게 됩니까?"

"하는 수 없지. 당장 여기를 나가서 가까운 경찰서에 사기꾼으로 고발할 수밖에. 당연히 자네는 감옥살이를 해야 하고 경찰의 블랙리스트에 오르게 되겠지. 그리고 앞으로는 길거리에서 장사를 벌이다 들키면 뻔질나게 끌려가는 거지."

침대의 사나이는 미친 듯이 자기의 얼굴을 쥐어뜯었다. 검은 안경이 눈 위로 밀려올라갔다.

"하지만 그렇게 되면 내가 기억하고 있건 기억하지 못하건 억지로라도 기억하고 있다고 말하게 만드는 꼴이 되지 않습니까?"

"어쨌든 당신은 기억하고 있을 게 틀림없다고 짚었으니까 순순히 그렇다고 말해 주었으면 할 뿐이야."

"그럼, 만일 기억하고 있다고 대답하면 어떻게 되는 거지요?"

"우선 당신이 기억하고 있는 대로 얘기해 주는 거야. 그 다음에는 다시 한 번 내 친구인 어느 형사에게 그 이야기를 들려 주는 거지. 그 사람을 이리로 데리고 와도 좋고 당신을 그에게로 데리고 가도 좋아."

거지는 다시 동요의 빛을 보였다.

"하지만 들통이 나지 않게 하려면 어떻게 해야 되지요? 상대는 형사 나리가 아닙니까? 나는 장님이라고 되어 있는데 그 두 사람을 보았다고 할 수 있습니까? 나리는 아까 모른다고 하면 어떻게 되는 줄 아느냐고 협박했지만, 이래도 저래도 결과는 마찬가지겠군요."

"아니, 당신이 얘기할 상대는 그 사람뿐으로 경찰과는 관계가 없어. 내가 부탁해서 아무 죄도 안 되게 해주지. 그래, 어때? 기억하고 있소?"

"기억하고 있습니다."

장님이라는 것이 장사 밑천인 사나이는 낮은 목소리로 인정하였다. "그 두 분이라면 보았습니다. 나는 평소에 그 극장 바깥처럼 환한 장소에서는 검은 안경을 쓰고서도 눈을 감도록 합니다. 그런데 담뱃불로 데었으니 후다닥 눈이 떠졌지 뭡니까. 그래서 안경 너머로 두 사람의 모습이 잘 보였습니다."

론버드는 지갑에서 뭔가 꺼내 보였다.

"이 사람인가?"

장님은 안경을 위로 밀어올리고 이리저리 살펴보더니 "그런 것 같습니다. 워낙 오래 전 일이라서…… 얼핏 보았을 뿐입니다만 이분인 것 같습니다" 하고 대답했다.

"여자 쪽은 어때? 다시 한 번 보면 알 것 같소?"

"벌써 보았죠. 남자분은 그날 밤에만 보았지만 여자 쪽은 그 뒤 한번쯤 더 보았습니다요."

"뭐라고!"

론버드는 벌떡 일어나 앞으로 나섰다. 빈 의자가 그의 등 뒤에서 흔들거렸다. 그는 장님의 어깨를 움켜잡더니 정보를 짜내려는 듯 뼈와 가죽뿐인 상대방의 몸뚱이를 내리눌렀다.

"다시 말해 봐! 자, 어서!"

"처음 본 날 밤에서부터 며칠 지나지 않아서였지요. 그러니까 같은 여자로 보였다는 겁니다. 크고 근사한 호텔 앞에서였는데, 그런 장소란 모두 얼마나 환한지 모릅니다요. 그런데 나는 그때 층계를 내려오는 한 쌍의 남자와 여자의 발소리를 들었습니다. 여자의 목소리가 "잠깐만 기다리세요, 네. 행운이 돌아올지도 모르니까" 하고 말했으므로 나는 나보고 하는 말인 줄 알았습니다. 여자의 구두 소리가 이쪽을 향해 들려 왔습니다. 그리고 돈을 넣어 주었습니다. 25센트 동전이었어요. 나는 소리로 액수를 가려 냅니다. 바로 그때였습니다, 이상한 일이 일어난 건. 그래서 '그때 그 여자구나' 하고 알아차렸던 겁니다. 순간적인 육감이니까 보통 사람은 글쎄 어떨지 …… 여자는 내 앞에서 아주 잠깐 동안 서 있었습니다. 보통 그런 행동은 아무도 하지 않지요. 돈은 이미 집어넣었겠다——해서 나는 여자가 나를, 나의 어딘가를 보고 있다는 것을 알아차렸습니다. 나는 그릇을 오른손에 들고 있었습니다. 담뱃불에 덴 손인데, 그 무렵에는 커다란 물집이 생겨 있었지요. '여자가 보고 있는 건 손가락 옆의 물집이구나' 하고 나는 생각했습니다. 이어서 여자가 누구에게 하는 것도 아닌 혼잣말로 "어쩌면 이상한 일도 있지" 하고 입 속으로 중얼거리는 소리가 들렸습니다. 그러고 나서 여자의 발소리는 남자가 기다리고 있는 쪽으로 돌아갔습니다. 이야기란 이것뿐입니다만……."

"이것뿐이지만?"

"아, 잠깐만요. 아직 더 있습니다. 나는 실눈을 뜨고 그릇 안을 보았습니다. 그랬더니 처음의 25센트짜리 말고 1달러 지폐가 들어 있지 않겠습니까. 그 여자가 준 겁니다. 그때까지 1달러짜리 같은 건 받지 못했었으니까요. 그럼, 왜 여자는 이미 25센트를 주고서 또 1달러를 더 주었을까요? 틀림없이 그날 밤 그 여자였기 때문입니다. 내 손가락의 물집을 보고 며칠 전의 일을 생각해 냈기 때문임에 틀림없습니다."

"음, 틀림없이 그렇겠군!" 하고 론버드는 조바심치며 이를 따닥 따닥 맞부딪쳤다. "당신은 여자를 보았다고 했는데, 그 여자가 어떤 옷을 입고 있었는지 말해 줄 수 있겠나?"

"정면으로는 보지 못했습니다. 눈을 뜰 만한 배짱이 있어야지요. 워낙 그 근처의 불빛이 휘황찬란해서 자칫 잘못하면 들키게 되니까요. 여자가 등을 돌린 다음에야 나는 1달러짜리를 보았습니다요. 그리고 가늘게 뜬 눈을 약간 처들었더니 속눈썹 사이로 여자의 뒷모습이 보였습니다. 마침 차에 오르려는 참이었습니다만."

"뒷모습을 말이지! 음, 본 것만으로도 좋아. 말해 보게, 어떻던가, 뒷모습이?"

"하지만 전부 본 것은 아닙니다요. 눈 떴다는 게 탄로나면 야단이니까요. 마침 발을 차에 올려놓으려는 참이었는데, 내가 본 건 비단 스타킹 줄하고 한쪽 구두 굽뿐입니다. 내리깐 눈 밑으로 보았으니까 그 정도밖에 초점이 맞지 않은 거지요."

"처음 보았을 때는 오렌지빛 모자, 그리고 한 주일 뒤의 밤에는 스타킹 뒷줄과 구두 굽이라!"

론버드는 거지를 침대에 자빠뜨렸다.

"이런 계산으로 나간다면 이 두 가지 물건 사이를 연결시켜 한 여자를 만들어 내려면 줄잡아 20년은 걸리겠군."

그는 문간으로 가서 문을 열어젖히고 거지 쪽을 흘겨보았다.

"당신은 좀더 알고 있을 서야. 난 다 알고 있어! 그걸 털어놓게 하려면 아무래도 그 방면에 부탁해야 할 모양이군. 처음 본 날 밤에도 당신은 극장 밖에서 눈을 크게 뜨고 그녀의 모습을 전부 보았을 게 틀림없어. 또 두 번째 밤에도 여자가 차에 오르면서 운전수에게 말한 주소를 들었을 거야."

"아니, 그런 일은 없습니다."

"어쨌든 여기 꼼짝 말고 있어. 한 발짝이라도 움직이면 안 돼. 아까 말한 사람에게 전화를 걸고 올 테니까. 이리 오라고 해서 같이 이야기를 들어야겠어."

"하지만 경찰에 계신 분이지요?"

"걱정 없다고 하지 않았나. 나도 그 사람도 당신에게는 아무런 흥미가 없어. 겁낼 건 없어. 그렇지만 내가 돌아오기 전에 내빼거나 하면 팔이 뒤로 돌아갈 줄 알아!"

론버드는 문을 닫고 나갔다.

전화통 저쪽의 목소리는 깜짝 놀란 모양이었다.

"뭐라구? 단서를 잡았다고!"

"어느 정도 잡았습니다. 그래서 당신이 같이 이야기를 들으셨으면 합니다. 당신이라면 좀더 많은 것을 알아 낼 수 있으리라고 생각합니다. 내가 지금 있는 곳은 123번 거리와 파크 애비뉴가 교차하는 근방인데, 철도 바로 이쪽 집입니다. 급히 이쪽으로 오십시오, 당신 의견을 들어야겠습니다. 지금 순찰중인 경찰관에게 부탁해서 내가 돌아갈 때까지 그 건물 입구를 지키도록 해 놓았습니다. 그리고 이 전화는 모퉁이를 돌아 제일 가까이 있는 박스에서 거는 겁니다. 지금부터 옆골목 입구에서 당신이 오기를 기다리고 있겠습니다."

몇 분 뒤, 바제스는 속도를 늦춘 순찰차에서 뛰어내렸다. 순찰차는 그냥 달려가 버렸다. 그는 론버드와 함께 경찰관이 서 있는 건물 입구로 향하였다.

"여깁니다."

론버드는 이렇게 말하고는 아무 설명 없이 걸음을 옮기기 시작했다.

"그럼, 나는 돌아가도 되겠군요."

경찰관은 등을 돌리고 걷기 시작하였다.

"이거 수고 많았소."

론버드는 한 마디 던졌다. 바제스와 론버드는 이미 층계 앞에 다다르고 있었다.

"맨 위층입니다" 하고 말하면서 론버드는 앞장서 올라가기 시작하였다. "녀석이 그 여자를 두 번이나 보았답니다. 그날 밤과 일주일 뒤의 밤에. 장님이지만요. 웃지 마십시오. 물론 가짜 장님입니다."

"그래, 그것만으로도 애쓴 보람이 있지." 바제스는 중얼거렸다.

두 사람은 난간을 의지삼아 나란히 맨 첫 층계참까지 올라갔다.

"눈감아 주십시오, 가짜 장님에 대한 것은. 경찰을 여간 겁내지 않더군요."

"어떻게 되겠지. 그만한 가치가 있다면야."

2층 층계참.

"하나 더 위입니다."

론버드가 확인하듯이 이렇게 말하였다.

두 사람은 잠깐 숨을 돌렸다.

3층 층계참.

"저 위의 불빛은 어떻게 되었지?"

바제스가 숨차면서 말했다. 론버드의 발걸음이 문득 멈추어졌다.

"이상한데요. 내가 내려올 때는 분명 불이 켜져 있었는데…… 전구가 끊어졌나, 아니면 누가 만졌나……."

"켜져 있었던 건 확실한가?"

"절대 확신합니다. 녀석의 방은 어두웠지만 열린 문으로 복도 불빛이 새어들어온 걸로 기억하고 있습니다."

"내가 앞장서지. 손전등을 갖고 있으니까."

바제스가 옆으로 빠져나와 앞에 섰다.

그는 손전등을 꺼내려고 하던 참이었는데, 층과 층의 중간쯤, 바로 층계의 방향이 꺾이는 층계참에서 갑자기 앞으로 넘어졌다.

"조심해!" 그는 론버드에게 주의를 주었다. "뒤로 물러서게."

확 둥그런 손전등 불빛이 맞은 편 벽과 맨 아래 층계가 만들어 낸 조그만 장방형의 바닥을 허옇게 비쳤다. 거기에는 흉측스러운 모습을 한 사람이 드러누워 있었다. 다리를 층계 위쪽으로 거꾸로 내던지고 몸체는 층계참에 걸치고 머리는 홀떡 뒤로 꺾여 층계참 벽에 기대고 있었다. 기적적으로 검은 안경은 벗겨지지 않고 한쪽 귀에 매달려 있었다.

"이 자인가?" 바제스가 중얼거렸다.

"네." 론버드는 무뚝뚝하게 대답하였다.

바제스는 사나이 위에 몸을 구부리고 잠시 살펴보더니 다시 일어나며 말하였다.

"목뼈가 부러졌군. 즉사야."

손전등으로 위쪽을 비추어 그리로 올라가서 방바닥을 여기저기 조사해 보았다.

"과실사야. 층계 꼭대기에서 발을 헛디뎌 공중걸이로 떨어지면서 층계참 벽에 머리를 부딪쳤군. 층계 맨 꼭대기에 미끄러진 흔적이 있네."

론버드는 천천히 그의 곁에까지 올라가더니 '후유' 하고 길게 숨을 내쉬었다.

"하필이면 여기서 사고가 나다니. 간신히 붙잡았는데……."

그는 문득 말을 끊고 손전등 불빛 속에서 형사 쪽을 더듬듯 쳐다보면서 "과실 말고 다르게는 생각할 수 없나요?" 하고 물었다.

"당신과 경찰관이 입구에서 기다리는 동안에 누군가 곁을 지나간 사람은 없지 않았는가?"

"그래요, 들어간 자도 나간 자도 없었어요."

"뭔가 떨어지는 듯한 소리는?"

"들리지 않았어요. 만약 들렸다면 곧장 뛰어왔을 겁니다. 하기는 당신을 기다리고 있는 동안에 적어도 두 번쯤 이 위의 철로로 열차가 지나갔습니다. 그것이 통과할 때는 요란스러워서 아무 소리도 들을 수 없었지만, 혹시 그 사이에 일어난 일인지……."

바제스가 말을 받았다.

"하긴 이 건물 안의 다른 사람들도 듣지 못했을 테지. 도대체 과실이 아니라고 보기에는 너무나 우연이 많단 말이야. 저 벽에 머리를 십여 번 부딪쳐도 살려면 살 수 있거든. 목뼈까지 부러지지 않고 그냥 기절하는 정도로 말이야. 그런데 우연히 즉사하였다는 말인데, 그렇게 되리라는 것을 미리 계산에 넣을 수는 없는 일이겠지."

"그러면 전구는 어떻습니까? 너무 우연이 많다는 것도 이유가 될까요. 당신에게 전화를 걸기 위해서 내가 급히 층계를 달려내려왔을 때 저 전등은 분명히 켜져 있었습니다. 만일 그렇지 않다면 살금살금 더듬으면서 내려왔어야 했을 겁니다. 그런데 나는 쏜살같이 뛰어내려왔거든요."

바제스가 벽면에 손전등의 불빛을 던지자 전등이 눈에 띄었다. 그것은 브래킷안에 들어 벽면에서 튀어나와 있었다.

그는 그쪽을 보며 말했다.

"당신이 말하는 의미를 잘 모르겠는데. 만일 그가 장님 행세를 하고 있었다면, 적어도 거의 눈을 감은 생활을 하고 있었다면——그게 그거지만——전등이 켜져 있었거나 말거나 문제될 것은 없었겠지. 어째서 어둡다는 게 그에게 불리한가 말이야. 실제로는 어두운 편이 밝을 때보다 걸음을 옮기기가 낫지 않았을까? 여느 때에는 눈을 쓰는 일에 익숙해 있지 않았으니까."

"그럴지도 모릅니다." 론버드가 말하였다. "내가 되돌아오기 전에 도망가려고 급히 뛰쳐나왔겠지요, 그리고 서두르던 나머지 눈 감는 일을 잊어 버리고 그만 뜬 채였다면……눈을 뜨고 있을 때의 그는 우리들보다 불편했을 테니까요."

"당신 말은 영 모순투성이로군. 그의 눈이 어지러워졌다면 전등은 켜져 있었다는 말이 되겠지. 그런데 당신은 계속 전등이 꺼져 있다는 사실을 문제삼고 있지 않나? 대체 당신이 말하려는 것은 어느 쪽인가? 아무도 그가 발을 헛디딜 것을 미리 셈에 넣을 수는 없어. 마찬가지로 저런 모양으로 떨어져 목뼈가 부러지리라는 것도 기대할 수는 없는 일이지."

"으음…… 그럼, 우연한 사고였단 말이군요."

론버드는 쿠당쿠당 충계를 내려오기 시작하였다.

"다만 그 시기가 도무지 못마땅하군요, 간신히 그 사나이를 찾아낸 이 마당에."

"사고란 우연히 일어나는 법이니까. 자네에게 마땅할 때 일어나 주지는 않거든."

론버드는 자포자기가 되어 더욱더 쿠당탕거리며 내려갔다.

"녀석을 다그쳐 뭔가 좀더 알아 낼 수 있었을 텐데, 이렇게 됐으니 만사 끝장이군."

"낙심 말게. 또 다른 뭐가 생기겠지."

"그렇지만 그 사나이에게서는 찾을 수 없게 되었지요, 더구나 단서가 충분하여 밝혀질 기회를 기다리고 있는 거나 마찬가지였는데……."

론버드는 이미 시체가 나동그라져 있는 충계참에 다다르고 있었는데, 거기서 그는 갑자기 홱 돌아섰다.

"아니, 저건 웬일이지 ? "

바제스는 벽을 가리켰다.

"전등이 다시 켜졌는데. 당신이 쿠당탕거리는 바람에 켜진 거로군. 이제야 비로소 수수께끼가 풀렸어. 그가 추락하는 바람에 전류가 끊어졌던 거야. 어딘가 전선이 좀 어긋나 있었던 거야. 이것으로 전등 문제는 풀린 셈이로군. " 그는 론버드를 돌아보며 말을 이었다.

"당신은 돌아가는 게 좋겠어. 보고는 내가 낼 테니까. 당신이 앞으로 달리 조사할 생각이라면 이런 일에 말려들어서는 않되겠지. "

론버드는 완전히 의기소침하여 층계에서 한길 쪽으로 무거운 발걸음을 옮겼다. 여느 때의 경쾌함은 어디론가 사라져 버렸다. 뒤에 남은 바제스는 층계참의 시체 옆에 서 있었다.

사형집행 전 10일

젊은 여자

바제스가 그녀에게 건네 준 종이쪽지에는 이렇게 씌어 있었다.

클립 밀반

고용 밴드맨

전 시즌에 카지노 극장에 출연.

현재는 리젠트 극장.

그밖에 전화 번호가 둘. 하나는 어떤 시간까지의 파출소의 전화 번호, 다른 하나는 그의 자택 전화 번호——이것은 그의 근무가 끝난 뒤, 그녀가 그를 필요로 할 경우를 위한 것이었다.

그는 이렇게 말하고 있었다.

"이리이리하라고 내가 지시는 못하겠소. 아가씨 자신이 생각해서 하는 거요. 당신의 직감 쪽이 내 지시보다 좋은 지혜를 짜낼 수도 있으니까. 겁내지 말고 마음 단단히 먹고 해봐요. 아가씨라면 문제

없어요.”

지금 거울 앞에 앉아서 그녀는 자기가 생각한 대로 하고 있었다. 죽기 아니면 살기, 이것이 그녀가 생각해 낸 단 한 가지 방법이었다. 귀엽고 발랄한 얼굴 모습은 어디론가 사라져 버렸다. 깨끗하게 가리마를 타고 양쪽으로 빗어내린 보드라운 머리칼도 없어져 버렸다. 그 대신 지지고 볶아, 놋쇠 빛깔로 꼬불거리는 머리칼과 웨이브진 헤어스타일이 나타났다. 이것은 어떤 종류의 액체를 사용하여 쇠로 만든 투구처럼 단단하게 빚어 놓은 것이었다.

없어졌다는 말이 나왔으니 말이지만, 언제나 그녀의 드레스에서 볼 수 있었던 싱그럽고도 우아한 음영도 역시 사라지고 없었다. 그 대신 자기 방에 홀로 있으면서 부끄러워 몸이 오그라들 정도로 몸에 찰싹 달라붙는 옷이 그녀를 휩싸고 있었다. 스커트는 아주 짧아서 의자에 앉으면 싫어도——아무튼 그러한 모양새라면 그의 시선을 잡아 끌 것만은 틀림이 없었다. 두 뺨 위엔 빨갛고 커다란 포커 칩. 꼭 정지 신호 같지만 그녀의 목적은 그 반대, 즉 ‘앞으로 가’의 신호쯤으로 자처하고 있었다.

유리 구슬을 엮어 꿴 목걸이가 목 둘레에서 잘그락거리고 있었다. 손수건은 레이스가 난잡하게 달린 데다 독한 향수를 잔뜩 뿌려 놓았다. 이 악취미의 냄새에는 번연히 알면서도 질린 듯 콧잔등에 주름을 모으고 손수건을 얼른 핸드백에 집어넣었다. 그리고 눈두덩에는 이제까지 한 번도 쓴 일이 없는 푸른 빛 아이섀도를 덕지덕지 칠하였다.

스콧 헨더슨은 이 모든 것을 거울 옆에 세워 놓은 액자 속에서 지켜보고 있었다. 그녀는 쥐구멍에라도 들어가 버렸으면 싶은 얼굴로 혼잣말을 하였다.

‘당신도 이게 난 줄은 모를 거예요!’ 그리고 죄를 뉘우치듯이 ‘그렇게 쳐다보지 마세요, 눈 감고 계세요’ 하고 말했다.

그런 모양으로, 사나이가 쉽게 접근할 수 있도록 천하고 색정적인 물건들을 온몸에 붙이고 있었는데, 이제 그 결정타를 먹이듯 마지막으로 굉장한 물건을 하나 덧붙였다.

　그녀는 다리를 들고 장미꽃 장식이 달린 해괴망측스러운 핑크빛 공단 가터를 넓적다리에 맸다. 그것은 적어도 의자에 걸터앉으면 아슬아슬하게 보이는 부분의 바로 아래였다.

　그녀는 재빨리 방향을 바꾸었다. 그의 '젊은 여자'는 지금 거울에 비친 것 같은 여자여서는 안 된다. 그녀는 그의 '젊은 여자'는 아니었던 것이다. 그녀는 방 여기저기의 전등을 껐다. 겉으로는 냉정하게 보였으나 마음 속은 극도로 긴장해 있었다. 그것은 그녀를 잘 아는 사람만이 알 수 있다. 스콧 헨더슨이라면 단번에 알 수 있을 것이다. 그러나 그는 여기에 있지 않다.

　이윽고 문 곁의 마지막 전등을 끌 때가 되자 그녀는 입 속으로 짧은 기도를 올렸다. 외출할 때마다 늘 외는 기도문이었다. 방 안쪽 사진틀 속에 있는 헨더슨에게 시선을 던지고 '오늘 밤일 거예요' 하고 낮게 소리 없는 목소리로 말하였다. '오늘 밤에는 꼭 잘될 거예요.'

　그녀는 전등을 끄고 문을 닫았다. 헨더슨은 방 안 유리 저쪽에 혼자 남겨졌다.

　택시에서 내리자 아직도 사람 그림자는 드물었다. 그녀는 극장 안의 라이트가 꺼지기 전에 상대방에게 공작할 시간이 필요했기 때문에 한시라도 빨리 안으로 들어가야만 하였다. 공연 내용에 대해서는 절반밖에 몰랐다. 그리고 쇼가 끝나 돌아갈 무렵이 되어도 처음에 들어갈 때 이상으로 아무것도 몰라도 된다는 마음이 들었다. 쇼의 제목은 〈키프언 댄싱〉이라든가 하였다.

　그녀는 매표구 앞에서 발을 멈추었다.

　"저 오늘 밤의 좌석을 예약해 놓았거든요. 맨 앞줄 통로 옆이에요,

이름은 미미 고든. "

이 자리를 차지하는 데는 며칠이나 기다리지 않으면 안 되었다. 중요한 것은 쇼를 보는 게 아니라 그녀 자신을 내보이는 일이었기 때문이다. 그녀는 돈을 치렀다.

"전화로 말한 좌석이 틀림없지요? 정말 드럼 옆의 자리죠?"

"물론입니다. 예약을 받기 전에 확인했습니다" 하고 매표구의 사나이는 말하면서 그녀가 예상했던 대로 흘금 곁눈질을 하였다. "드러머 그 사람에게 홀딱 반한 모양이지요. 정말 부럽습니다. "

"어머나, 그건 오해예요. 그분하고는 아무 상관 없어요. 전혀 모른다고 해도 좋아요. 그 뭐랄까, 누구에게나 취미가 있잖아요. 내 경우에는요, 그것이 드럼이라구요. 쇼를 볼 때면 으레 드럼 옆의 자리로 정하고 있는걸요. 드럼을 두드리는 걸 보면 공연히 신이 나거든요. 드럼 중독증이라고 할까, 어릴 적부터 아주 좋아했으니까요. 미쳤다고 생각할지도 모르지만요. " 그녀는 두 팔을 벌려 보였다. "글쎄, 그렇게 된 거라니까요. "

매표구 사나이는 멀쑥해지면서 사과하였다.

"공연한 오해를 해서 미안합니다. "

그녀는 안으로 들어갔다. 현관 매표원은 방금 제자리를 잡고 앉은 참이고 안내원도 아래층 로커실에서 막 올라오고 있었다. 이것으로 그녀가 얼마나 일찍 입장했는지 알 만하지 않은가. 조금 늦게 2층 발코니 석에 도착하는 것이 멋쟁이 손님이라는 불문율은 이미 통용되지 않겠지만, 1층 맨 앞줄 특석이라면 그녀는 일등 고객임에 틀림없었다.

그녀는 혼자 오도카니 거기 앉았다. 조그만 머리를 금색으로 물들인 그녀의 모습은 휑뎅그렁한 빈자리의 바다에 파묻혀 있었다. 저속함도 그 극치를 이루었다고 할 수 있는 그녀의 치장은 코트로 몸을 감싸서 삼면은 용의주도하게 감추어져 있었다. 그것을 보임으로써 치명적인 효과를 올리고자 바라고 있는 상대는 오직 하나, 그녀의 앞쪽밖에 없었던 것이다.

의자 등받이가 차츰 젖혀지기 시작했다. 장내의 빈자리가 채워질무렵이면 으레 따르게 마련인 아련한 옷자락의 사각거리는 소리와 낮은 속삭임 소리가 들려 왔다. 그녀는 오직 한곳에만 시선을 쏟고 있었다. 그것은 무대 가장자리에서 반쯤 가라앉은 것처럼 보이는 작은문이었다. 그 문은 그녀가 앉은 좌석 반대쪽에 있었다. 지금은 그 문틈으로 불빛이 새어들어오고 왁자지껄한 목소리가 들렸다. 그들은 문저쪽에 모여 시간을 기다리고 있는 것이다.

갑자기 그 문이 열리고 그들은 오케스트라 박스로 들어왔다. 저마다 윗몸을 앞으로 구부리고 자기 자리로 향하였다. 그녀는 누가 그사나이인지 알지 못하였다. 한 번도 본일이 없으니 자리에 들어서기까지 모르는 것은 당연하였다. 저마다 자기 의자를 찾아 앉아 에이프런 스테이지(무대의 막 앞으로 튀어나온 부분) 앞에 가느다란 반달모양을 이루고 흩어졌다. 머리는 풋라이트보다 한결 낮은 위치에 있었다.

그녀는 다소곳이 무릎 위의 프로그램을 열심히 보고 있는 체했지만사실은 숯검댕을 칠한 것 같은 속눈썹 밑으로 끊임없이 앞쪽을 살펴보고 있었다. 지금 들어서는 저 사나이일까? 아니구나, 그는 한 칸앞 의자에서 멈춰섰다. 그 뒤에 오는 사나이일까? 어쩌면 저리 흉악하게 생겼지? 그 사나이가 두어 개 앞의 의자에 앉는 것을 보고 그녀는 안도의 가슴을 쓸어내렸을 정도였다. 클라리넷 연주자인지 뭔지겠지. 그렇다면 이번에는 꼭 그 사나이일 거야. 아니, 이 사나이도돌아서서 반대쪽으로 가 버렸다. 첼로 연주자였다.

이제 나오는 사람은 없었다. 그녀는 갑자기 불안을 느꼈다. 마지막

나온 사람이 손을 뒤로 돌려 문을 닫았다. 이제 아무도 나타날 기색은 없었다. 그들 모두는 저마다의 자리에 앉아 악기의 음을 고르고 연주 준비를 서두르고 있었다. 지휘자도 이미 자리를 잡고 있었다. 그런데 그녀의 바로 앞 드러머의 의자만이 묘하게 불길한 느낌을 풍기면서 텅 비어 있었다.

해고당했을까? 아니, 만일 그렇다면 그의 대역이 그 자리를 차지하고 있을 것이다. 병이 나서 오늘 밤에는 출연하지 못하는 것이 아닐까? 그런데 하필이면 오늘 밤을 골라서 병이 나다니! 이제까지는 밤마다 빠짐없이 출연했을 것이 아닌가. 이 특별 좌석표를 다시 한 번 손에 넣으려면 앞으로 몇 주일이 걸릴지 모른다. 쇼는 호평이어서 표는 여간 잘 팔리지 않았다. 더군다나 그녀는 그렇게 기다릴 수도 없었다. 너무나도 귀중한 시간은 마구 달아나 이제 얼마 남지 않은 것이다.

악사들이 나지막하게 서로 농담하는 소리가 그녀의 귀에 들어왔다. 그녀는 바로 앞좌석에 앉아 있었으므로 악기 소리 때문에 일반 관중에게는 들리지 않는 소곤거림도 거의 바로 들렸다.

"그런 녀석은 처음 봤다니까! 시즌이 시작된 뒤로는 한 번이나 제대로 시간에 온 적이 있는가. 벌금 갖곤 안 되겠어."

그러자 알토 색소폰 연주자가 "어딘가 금발 아가씨 궁둥이 쫓아다니느라고 세상 만사 다 잊어 버린 게지" 하고 말했다.

"좋은 드러머는 구하기가 힘들다지 않나." 그 뒤의 사나이가 장난스럽게 말했다.

"그렇지도 않아."

그녀는 프로그램의 이름에 시선을 떨구고 있었으나 활자가 흐려져 잘 보이지 않았다. 짓눌린 불안으로 온몸이 뻣뻣해졌다.

이 무슨 운명의 장난이란 말인가. 오케스트라의 악사는 모두 바로 눈앞에 있는데 그 중의 오직 한 사람, 그녀에게 필요한 한 사람만이 보이지 않는 것이다.

'정말 그날 밤의 스콧처럼 재수가 없구나.' 그녀는 마음속으로 생각하였다.

전주가 시작되기 전의 정적이 장내에 감돌았다. 악사들은 준비를 끝내고 악보대의 불이 켜졌다. 완전히 절망한 그녀는 이제 그쪽을 쳐다보지도 않고 있었는데 갑자기 오케스트라 박스의 문이 열리고 곧 다시 닫혔다. 번개처럼 빨랐다. 그리고 하나의 사람 그림자가 사람들의 뒤쪽을 교묘하게 돌아 그녀 앞의 빈 의자에 앉았다. 속도를 내기 위하여, 또 되도록 지휘자의 주의를 끌지 않기 위하여 어깨를 움츠리고 잔달음칠쳐 온 것이다.

이렇게 나타난 그가 맨 처음 그녀의 시야에 들어왔을 때 어딘가 설치류를 연상케 하는 데가 있었으며, 그 뒤로도 그 인상은 계속 변하지 않을 것 같았다.

지휘자는 그에게 쏘는 듯한 눈길을 던졌다. 그는 얼굴을 붉히지도 않았다. 그리고 헐떡거리면서 옆자리의 사나이에게 속삭이는 소리가 들렸다.

"이봐, 내일 제2레이스는 꼭 딸 테니 두고 봐. 확실한 정보가 들어왔어."

"확실한 정보라는 것처럼 못 믿을 건 없지"라는 싱거운 대꾸가 돌아왔다.

그는 아직 그녀를 발견하지 못했다. 악보대를 만지고 악기를 살피느라 정신이 없었다. 그녀의 손이 옆으로 내려지더니 스커트 자락이 넓적다리를 따라 좀 밀려올라갔다.

그는 준비를 마치고 "어때, 오늘 밤 상황은?" 하고 옆의 사나이에게 물었다. 그리고 몸을 돌리더니 그제야 비로소 오케스트라 박스의 난간 너머로 장내를 둘러보았다.

그녀는 그것을 기다리고 있었다. 물끄러미 그쪽을 바라보고 있었다. 작전은 들어맞았다. 그녀의 시야가 미치는 범위 밖에서 그는 누군가를 팔꿈치로 건드린 모양이다. 느릿한 대답이 들렸다.

"아아, 봤어. 알고 있어."

그녀의 존재는 그에게 상당한 충격을 주었다. 자기에게 와 닿는 시선을 그녀는 피부로 느낄 수 있었다. 그 시선이 더듬는 곡선을 그래프로 그리려고 마음먹는다면 그렇게 할 수도 있었다. 그녀는 의젓하게 도사리고 앉아 있었다. 이렇게 되었으니 서두를 건 없었다.

'이런 일은 처음으로 경험하는데 나도 저 사나이도 다 짐작하고 있으니 묘한 일이지.' 그녀는 마음속으로 이렇게 생각하였다. 그리고 그 알쏭달쏭한 기호의 의미가 잘 납득되지 않는다는 듯이 열심히 프로그램에 그어진 선에 시선을 쏟았다. 그것은 거의 점으로 이루어졌는데, 페이지의 끝에서 끝까지 이어지고 있었다. 덕택에 그녀는 계속 시선을 집중시킬 수가 있었다.

빅토리느······················ 딕시 리이

그녀는 점을 세어 보았다. 역할과 출연자의 이름 사이에 24개가 이어져 있었다. 자아, 이제 슬슬 시작해도 좋겠지. 꽤 시간을 끌었으니까. 그녀는 처처히 속눈썹을 쳐들고 눈은 크게 떴다.

눈과 눈이 마주쳤다. 그녀는 그대로 그의 눈을 바라보고 있었다. 그는 그녀가 주눅이 들어 시선을 돌리리라고 예상하고 있었다. 그런데 천만의 말씀, 그녀의 눈은 그의 시선을 정면으로 받고 그가 보는 한은 똑같이 마주보고 있었다.

그 눈은 이렇게 말하고 있는 것 같았다.

"내게 흥미 있어요? 좋아요, 사양 마세요. 나는 상관없으니까."

그는 여자가 너무나 간단하게 받아들여 주었으므로 조금 놀라는 모양이었다. 그는 계속 쳐다보았다. 조금 웃어 보이기조차 하였다. 하긴 그 미소는 그녀가 묘한 표정을 지으면 금방 들어가 버릴 준비가 되어 있었다.

그런데 그녀는 태연하게 받아들였다. 그리고 그와 같은 만큼의 미소까지 지어 보였다. 그의 미소가 짙어졌다. 그녀의 미소도 마찬가지로 짙어졌다.

서론이 끝나고 드디어 본론으로 들어갈 참이었다. 그런데 그 순간, 무대 뒤에서 신호 벨이 울렸다. 지휘자는 악보대를 똑똑 두드려 모두들의 주의를 환기시킨 다음 두 팔을 크게 벌려 대비하였다. 그 손이 번쩍 움직이니 전주곡이 시작되고 그와 그녀의 교류는 뚝 끊어졌다.

'이것으로도 만족이야' 하고 그녀는 스스로를 위로하였다. '여기까지는 잘됐어. 처음부터 끝까지 계속 음악만 연주하는 쇼는 들어 본 적이 없으니까 곧 숨돌릴 시간이 있을 거야.'

막이 올라갔다. 무대 위의 목소리와 불빛과 사람 그림자를 그녀는 느꼈다. 그러나 무대 같은 건 아무래도 좋았다. 쇼를 구경하러 온 건 아니니까. 그녀는 자기의 일에만 마음을 쏟고 있었다. 그녀의 일이란 한 사람의 악사를 손에 넣는 것이었다.

휴식 시간이 되어 다른 사람들이 잠깐 쉬려고 우르르 나가 버리자 그가 그녀에게 말을 걸어 왔다. 그의 의자는 악사 전용 출입구에서 가장 멀어, 나간다 하더라도 맨 뒤가 된다. 덕택에 그는 다른 사람들 모르게 그녀에게 말을 걸 기회를 얻었던 것이다. 그녀 둘레의 관객들도 모두 자리에서 떠나 밖으로 나갔으므로 그녀 이외에는 아무도 없다는 것을 그는 알았다. 하긴 이제까지의 그녀의 태도에서 어떤 의혹을 느끼지 않은 것도 아니지만 그런 불안은 이미 날아가 버렸다.

"어때요, 지금까지 그런대로 재미있었어요?"

"아주 근사했어요." 그녀는 달콤한 목소리로 대답하였다.

"앞으로 스케줄이 있어요?"

"없어요, 있으면 좋을 텐데……" 그녀는 입을 비죽 내밀고 말했다.

그는 동료의 뒤를 쫓아나가려고 하면서 "스케줄이 생겼소, 이제 방금" 하고 저속한 투로 말했다.

그가 제자리로 가 버리기 무섭게 그녀는 매정스러울 정도의 손놀림으로 스커트를 먼저대로 잡아당겨 내렸다. 할 수만 있다면 비누 거품을 듬뿍 내어 살이 익을 정도의 뜨거운 샤워로 온몸을 씻고 싶은 심정이었다.

그녀의 이목구비가 제자리로 돌아왔다. 짙은 화장도 그 변화를 감출 수는 없었다. 그녀는 다만 홀로 생각에 잠겨 빈 좌석이 줄을 이은 맨 앞자리에 앉아 있었다.

'아마 오늘 밤에는, 오늘 밤에야말로, 스콧……'

마지막 막이 내리고 장내가 밝아졌다. 그녀는 언제까지나 꾸물거리며 뭔가 떨어졌나 살펴보고 옷을 매만지는 척하면서 뒤에 처져 있었다. 다른 관객들은 느릿느릿 통로를 따라 나갔다.

악단도 연주를 마쳤다. 그는 드럼 위쪽에 있는 심벌즈에 최후의 일격을 가한 다음 손으로 그 위치를 바로잡고 드럼 스틱을 내려놓은 다음 악보대의 불을 껐다. 이것으로 오늘 밤의 일이 끝나고 자유 시간이 온 것이다. 그는 천천히 그녀 쪽으로 돌아섰다. 이제 이 장면의 주도권은 완전히 자기 손 안에 있다는 듯한 투로 그는 말을 걸었다.

"뒷문 밖 골목에서 기다려 줘요, 5분이면 나갈 테니."

밖에서 기다리고 있다는 단순한 행위 속에도 그녀로서는 잘 판단이 가지 않지만 얼마쯤의 파렴치한 냄새가 깃들어 있었다. 그의 인품 됨

됨이가 모든 것을 그런 빛깔로 물들여 놓는지도 모른다.

살갗이 근질근질한 듯한 느낌을 참고 그녀는 골목을 왔다갔다하였다. 어느 정도 불안하기도 하였다. 그 사람보다 먼저 나온 악사들이 지나가면서 흘금흘금 그녀를 쳐다보는 모양 그 자체가 한층 더 불쾌감을 돋구었다(그는 최후까지 남아 있었으므로 그녀의 무료를 구해줄 수는 없었다).

갑자기 그녀는 누군가가 낚아채어 온몸이 붕 떠오르는 듯한 느낌을 받았다. 미처 그의 모습이 그녀의 눈에 들어오기도 전에 그가 와서 그녀의 팔을 낚아채었던 것이다.

'이런 억지도 그의 성미일지도 모르지' 하고 그녀는 생각하였다.

"자, 새 친구. 어때 기분은?" 하고 그는 들뜬 어조로 말하였다.

"좋아요, 내 새 친구는 어때요?" 하고 그녀는 응수하였다.

"같이 우리 친구들 있는 데로 가자구. 녀석들과 따로 놀면 감기 들 것만 같아."

이것으로 그의 속셈이 짐작되었다. 그에게 있어서 그녀는 윗저고리 단추 구멍에 새로 꽂은 꽃이나 다름없는 존재로서 자랑하고 싶은 것이다.

12시였다.

2시가 되자 그녀는 그가 이제 맥주에 취해 이쪽 작전을 펴도 좋을 상태라고 판단되었다. 이 무렵 그들은 처음 집과 비슷비슷해 보이는 가게로 자리를 옮겨 앉아 있었으며, 동료들도 가까운 자리에 진을 치고 있었다. 이런 종류의 일에 따르게 마련인 기묘한 에티켓이 이 자리를 지배하고 있었다. 그와 그녀도 다른 사람들과 같이 자리를 옮겼던 것인데, 일단 새 가게에 들어가자 그들은 그들대로 다른 테이블을 잡고 두 사람과 동석하려고는 하지 않았다. 그는 연신 자리에서 일어나 그들의 테이블에 갔다가는 다시 그녀의 자리로 돌아왔다. 그러나 그쪽에서 두 사람의 자리에 동석한 적은 한 번도 없었다는 것을 그녀는 깨달았다. 아마도 그녀는 그의 전유물이라고 하여 사양하는 모양이었다.

그녀는 잠시 포문을 열 기회를 노리고 있었다. 이제 시작할 시기라는 것은 알고 있었다. 꾸물거리다가는 날이 밝아 버린다. 그리고 또 그녀 자신 두 번 다시 이런 연극을 해낼 배짱이 있다고는 스스로 생각되지 않았다.

기회는 마침내 저쪽에서, 그것도 그녀로서는 안성맞춤의 형태로 찾아왔다. 그는 쉴새없이 입에서 나오는 대로 진부한 아첨의 말을 그녀에게 계속 퍼부었다. 마치 기관차의 화부가 기계적으로 석탄을 퍼넣는 것 같은 식이었다. 또다시 그것이 시작되자 그녀는 선수를 쳤다.

"당신, 그 자리에 앉았던 사람들 중에서 내가 제일 예쁘다고 그랬죠? 하지만 돌아다보고 괜찮다 싶은 여자는 나 말고도 몇이나 있었을 거예요. 그 이야기를 해주세요."

"당신과 비교할 만한 여자가 어디 있어. 그런 말 집어치우라구."

"하지만 난 어쩐지 흥미가 있어요. 질투하는 게 아니에요. 네, 말해 주세요. 당신이 여러 극장에 출연하게 된 뒤로 오늘 밤에 내가 앉은 것하고 비슷한 자리에서 근사한 여자를 몇이나 보았을 텐데, 그 중에서 당신이 데리고 나가야겠다고 생각한 건 어떤 여자였지요?"

"물론 당신이지."

"그렇게 말할 줄 알았어요. 그럼, 나 다음에는 어떤 여자에게 마음이 끌렸지요? 난 그냥 당신이 이전 일을 어느 정도까지 기억하고 있는지 알아보고 싶은 거예요. 아마 당신은 날이 새면 지난밤에 본 여자의 얼굴 같은 건 깨끗이 잊어버리는 그런 축에 속하죠, 네?"

"내가? 천만의 말씀. 그럼, 내 그 증거를 보여 주지. 어느 날 밤에 내가 돌아다보니까 난간 저쪽에 한 여자가 앉아 있었는데……."

그녀는 테이블 밑에서 한쪽 팔의 팔목을 만지고 있었는데, 갑자기 그곳에 통증이 일어나기라도 한 것처럼 꽉 쥐었다.

"그건 다른 극장에 나가고 있을 때였어. 카지노였던가? 잘 모르겠는데, 아무튼 그 여자의 어딘가에 끌려서……."

희미한 사람 그림자가 하나 또 하나 그들의 테이블 곁을 지나갔다. 마지막 한 사람이 잠시 발을 멈추고 "이제부터 지하실에서 즉흥 연주가 있는데 가볼 텐가?" 하고 물었다.

팔을 붙잡고 있던 그녀의 손이 맥없이 떨어져 낙심한 듯이 의자 옆으로 축 늘어졌다.

동료들은 모두 자리에서 일어나 안쪽에 있는 지하실 입구로 향하였다.

"싫어요, 당신은 여기 있어요" 하고 그녀는 팔을 뻗쳐 그를 만류하였다. "이제 그 이야기를 끝까지……."

그는 이미 일어서고 있었다.

"그만 하지, 쓸데없는 얘기는. 이건 놓칠 수는 없어."

"연주라면 밤마다 극장에서 실컷 하잖아요."

"아아, 하지만 그건 돈 때문이지. 지금 하는 건 도락이야. 들을 만한 거라구."

그는 그녀를 내동댕이치고서라도 갈 모양이었다. 그쪽에 그녀보다 더 강한 매력이 있는 모양이었다. 하는 수 없이 그녀도 자리에서 일어나 뒤쫓아서 벽돌 벽에 에워싸인 좁은 계단을 지나 레스토랑의 지하실 쪽으로 내려갔다. 사람들이 모여 있는 홀은 상당히 넓은 곳으로, 악기도 갖추어져 있는 것을 보니 전에도 몇 번 한 일이 있는 모양이었다. 업라이트 피아노도 한 대 있었다. 천장 한가운데에 커다란 벌거숭이 전구가 매달려 희미한 빛을 던지고 있었다. 그것을 보충하기 위하여 양초를 꽂은 병이 여기저기 놓여 있었다. 방 한가운데 상처투성이의 나무 테이블이 있고 대략 한 사람 앞에 한 병씩 진 병이 놓여 있었다. 한 사나이가 갈색 포장지를 펼쳐놓고 그 위에 많은 양의 궐련을 누구나가 마음대로 집을 수 있도록 쏟아 놓았다. 흔히 피우는 보통의 담배와는 달리 담배 빛깔이 검었다. 누군가가 '리이프'하고 부르는 소리를 그녀는 들었다.

밀반과 그녀가 들어가자 곧 밖으로부터 아무 방해를 받지 않고 자유로이 행동할 수 있도록 문을 닫고 빗장을 질렀다. 사나이들뿐인 속에서 그녀는 홍일점이었다. 빈 상자와 술통 같은 것들이 나뒹굴어져 있어 앉으려고 생각하면 앉을 수 있게 되어 있었다. 클라리넷의 구슬픈 소리를 신호로 광기 어린 연주가 시작되었다.

계속된 그 2시간은 단테의 지옥은 저리 가라 할 정도였다. 이것이 끝난 뒤에도 실제로 있었던 일로는 도저히 믿어지지 않을 것이라고 그녀는 생각하였다. 그것은 음악이 아니었다. 음악은 좀더 유쾌한 것이어야 한다. 그것은 그들의 그림자가 그려 내는 악마의 주마등이었다. 그림자는 꺼멓게 떠올라 사방 벽과 천장까지 점령하고 흐느적거렸다. 그것은 또 무엇엔가에 홀린 것 같은 악마적인 그들 현실의 얼굴이었다. 갑자기 어떤 음색이 울림과 동시에 여기저기서 얼굴이 내밀어지고 기어들어가고 하였다.

그것은 방 안의 공기를 안개로 자욱하게 만든 진과 마리화나 담배이기도 하였다. 혹은 또 그들의 가슴에 스며든 광란의 숨결이기도 하였다. 그 광기에 쫓겨서 그녀는 몇 번이나 방 한구석에 웅크리고 앉거나 빈 상자 위에 올라가거나 하지 않으면 안 되었다. 차례차례 한 사람씩 그녀 앞에 와서는 몰아세웠다. 여자는 그녀 하나뿐이어서 특별히 겨냥하여 정면 벽에 몰아붙이고는 그녀의 얼굴 앞에서 관악기를 힘껏 불어 댔다. 귀청은 떨어져 귀머거리가 되고 머리는 수세미처럼 산발이 되고 영혼은 공포에 질려 저 밑바닥까지 곤두박질을 치는 것 같았다.

"자, 그 술통 위에 올라가 춤추어, 어서 추어!"

"싫어요! 춤출 줄 몰라요!"

"스텝은 아무래도 좋아. 가슴이건 허리건 움직이면 돼. 그 때문에 있는 거니까. 드레스 같은 건 걱정할 거 없어. 모두 친구니까."

'여보, 헨더슨' 하고 그녀는 마음 속으로 빌었다.

그리고 열병에 미친 색소폰 연주자에게 몸을 돌렸다. 사나이는 그녀를 쫓는 일을 단념하고 마지막으로 천장을 향해 목소리로 낼 수 없는 비애의 음율을 한 번 불었다.

'헨더슨, 나는 당신을 위해 이렇게 참고 있는 거예요.'

아무도 두드린 적이 없는
미래파의 리듬
귓가에서 고막 곁에서
이 드럼이 울리면
옆으로 쓰러뜨려지리

그녀는 간신히 벽을 더듬어 보일러실까지 왔다. 거기는 큰북, 작은북, 심벌즈 등이 소용돌이치는 보일러실이었다. 그녀는 피스톤처럼 올라갔다 내려갔다 하는 그의 팔에 매달려 큰소리로 말했다.

"클립, 여기서 데리고 나가 줘요, 네? 이대로 있다간 나 쓰러질 거예요."

그는 벌써 마리화나 담배에 취해 있었다. 그 눈초리로 그녀도 알 수 있었다.

"어디로 가지? 우리 집에 갈까?"

그녀는 "네"라고 하지 않을 수 없었다. 그렇게 하는 것 말고 여기서 나갈 길은 없는 것이다.

그는 일어나 그녀를 앞세우고 출입문까지 다다랐다. 문이 열리자 그녀는 총알처럼 튀어나갔다. 그도 뒤따라 나왔다. 변명도 작별의 인사도 없이 멋대로 돌아가도 괜찮은 모양이다. 남은 사람들도 그가 없어진 것을 모르는 모양이다. 문이 '쾅' 하고 닫히자 광란의 소음은 날카로운 칼로 자른 것처럼 들리지 않게 되었다. 갑자기 조용해진 것이 처음에는 오히려 서먹서먹했다.

　너는 뜻밖에 찾아온
　단절된 시간.
　제발 네 안에서
　생각하게 해주오, 잠들게 해주오.
　그리고 술을 마시게 해주오.

위층 레스토랑은 어둡고 휑뎅그렁하니, 다만 안쪽에 종이 등이 하나 켜져 있을 뿐이었다. 바깥 보도로 나오자 그 열기에 가득찬 지하실에 있었던 뒤이니만큼 공기가 너무나 상쾌하고 투명하여 머리가 어지러울 지경이었다. 이렇게 달콤하고 깨끗한 공기는 마셔 본 일이 없는 것 같은 기분이 들었다. 그녀는 건물 측면에 기대서서 지칠 대로 지친 듯 뺨을 벽에 대고 그 공기를 마음껏 들이마셨다. 그는 그녀보다 조금 늦게 나왔다.

4시쯤인 것이 틀림없는데 주위는 어둡고 거리는 아직 잠들어 있었다. 차라리 모든 걸 다 내팽개치고 도망칠까 하는 생각이 순간 그녀의 마음을 휘어잡았다. 한길을 따라 도망칠 자신은 있었다. 지금 그는 그녀를 추격할 수 있는 상태가 아닌 것이다.

그러나 그녀는 아무것도 하지 않고 그 자리에 멈춰서 있었다. 그녀의 방에 있는 한 장의 사진을 생각했다. 그녀가 문을 열었을 때 맨 먼저 눈에 들어오는 것은 그 사진일 것이다.

이때 그가 와서 도망칠 기회는 사라져 버렸다.

두 사람은 택시를 타고 갔다. 그곳은 낡은 집들을 아파트로 개조한 지역으로, 한 가구가 한 층씩 차지하고 있었다. 그는 그녀를 데리고 2층으로 올라가 문 열쇠를 돌리고 전등을 켰다. 정말 한심스러운 방이었다. 해묵어 거무스름하게 된 방바닥에는 엷게 니스 칠을 해 놓았다. 천장은 높았다. 창은 나팔꽃 모양이어서 관(棺)을 연상시켰다. 도저히 새벽 4시에 찾아올 만한 곳이 아니었다. 상대가 그가 아닌 다른 누구였다 해도 마찬가지였다.

그녀는 약간 몸을 떨면서 문 곁에 서 있었다. 그는 안쪽에서 필요 이상으로 조심스럽게 문을 잠그고 있었으나 그녀는 애써 모르는 체하고 있었다. 머릿속을 될 수 있는 한 명석하게, 자유롭게 해 두고 싶었다. 문 따위에 마음을 빼앗겨서는 사고가 혼란해질 뿐이다.

그는 문단속을 끝마쳤다.

"코트는 필요 없겠지 ?"

"안 돼요, 이대로가 좋아요"

그녀는 사무적으로 말하였다. 시간이 얼마 없었다.

"어떻게 할 생각이지, 그런데 서 있으면 ?"

"아뇨" 하고 그녀는 건성으로 대답했다. "이런데 서 있을 생각은 없어요."

스케이트 선수가 얼음 위에 나서는 것처럼 그녀는 아무렇게나 쑥한 발을 앞으로 내밀었다.

그녀는 주위를 둘러보았다. 필사적인 심정이었다. 무엇부터 시작해야 할까? 빛깔, 오렌지, 뭔가 오렌지 빛깔의 물건은 없을까.

"이봐, 뭘 두리번거려?" 하고 퉁명스러운 목소리로 물었다. "보통 방이야, 방 구경이 난생 처음인가?"

그녀는 마침내 그것을 찾아 내었다. 방 저쪽 끝에 싸구려 스탠드의 인조견 갓이었다. 그녀는 그쪽으로 가서 스탠드의 불을 켰다. 그것은 벽 위쪽에 후광처럼 작은 빛을 동그랗게 던졌다. 그녀는 그것을 만지작거리면서 그를 쳐다보았다.

"난 이 색깔이 좋아요."

사나이는 눈길도 던지지 않았다.

"듣고 있지 않군요. 난 이 색깔이 좋다고 말했는데."

이번에는 그도 멀거니 눈을 돌렸다.

"흐응. 그게 어쨌다구?"

"나 이런 빛깔의 모자를 갖고 싶어요."

"사 주지. 내일이든 모레든."

"자아, 보세요. 이렇게!"

그녀는 스탠드째 들어올려 불이 켜진 채 어깨에 얹었다. 그리고 그에게로 돌아서자 갓이 바로 머리 위에 왔다.

"여기 보세요. 나를 잘 보세요. 당신, 이런 모자 쓴 사람을 본 일 없어요? 이걸 보고 누군가를 생각해 낼 수 없어요?"

그는 부엉이처럼 멀뚱한 얼굴로 두어 번 눈을 깜박거렸다.

"가만히 보세요." 그녀는 계속 말하였다. "그래요, 그렇게 잘 보는 거예요. 그럴 마음만 먹으면 생각해 낼 수 있을 거예요. 오늘 저녁에 내가 앉았던 맨 앞줄 좌석에 이런 빛깔의 모자를 쓴 사람이 앉아 있는 것을 당신은 본 일이 없어요?"

그는 묘하게 무거운 어조로 "아아, 내게 5백 달러를 준 그 여자" 하고 말하자마자 얼른 한 손으로 눈을 가렸다. "이건 아무에게도 말해선 안 되는 건데." 얼굴을 들더니 그는 정직한 표정으로 "그만 말해 버렸지?" 하고 물었다.

"네, 들었어요."

대답은 그것으로 충분했다. 처음에 입을 열게 하는 일은 힘들지 모르지만 이미 타격을 받고 있다면 다시 한 번 반복하게 하는 것은 그리 어렵지 않을 것이다. 그 담배가 기억력에 어떤 작용을 한 모양이다.

그녀는 서둘러 붙잡지 않으면 안 되었다. 이것이 찾고 있는 것인지 아닌지 분명치 않더라도 놓쳐서는 안 되는 것이다. 그녀는 재빨리 전기 스탠드를 내려놓고 곧장 그에게로 다가갔다. 하기는 그의 눈에는 어슬렁어슬렁 다가가는 것처럼 보이게 하면서.

"이봐요, 한 번 더 얘기해 주어요. 나 듣고 싶어요. 네, 부탁해요. 클립. 당신은 친구지요? 그렇게 말했잖아요. 그렇다면 얘기해줘도 되잖아요."

그는 눈을 껌벅이며 "무슨 얘기? 난 잊어 버렸는걸" 하고 말했다.

약으로 단절된 사고의 사슬을 그녀는 다시 한 번 연결시키지 않으면 안 되었다. 그것은 톱니바퀴에서 가끔 밀려나와 대롱거리는 급전선(給電線) 비슷한 것이었다.

"오렌지 빛깔의 모자 말이에요. 자, 여기 보세요. 5백 달러. 5백 달러는 큰돈이에요. 생각났어요? 아까 내가 앉았던 자리에 앉아 있었던 여자예요."

"그랬었지" 하고 그는 솔직히 수긍하였다. "내 바로 뒤에 있었어. 난 보았어."

그는 미친 사람처럼 껄껄 웃기 시작했으나 곧 그 웃음을 뚝 그쳤다.

"그 여자를 보기만 하고서도 난 5백 달러를 받았거든. 그 여자를 보았으나 봤다고 하지 않겠다는 약속으로 말이야."

그녀는 자기의 팔이 점점 그의 칼라를 지나 그의 목에 휘감기는 것을 보았다. 그녀는 그것을 그만두지 않았다. 양쪽 팔이 완전히 그녀를 무시하고 움직이는 듯하였다. 그녀의 얼굴은 그의 얼굴 바로 곁에 있었는데, 고개를 들고 그 팔을 들여다보듯이 하고 있었다. 인간이라는 것은 저도 모르게 얼마나 근사한 좋은 생각을 실행하는 것일까.

"좀더 얘기해 주어요, 클립. 응, 더 들려 주어요, 나, 당신 이야기를 듣는 게 정말 좋아서 그래요."

그의 눈이 다시 빛을 잃었다.

"무슨 얘긴지 또 잊어 버렸는걸."

다시 사슬이 끊어진 것이다.

"그 여자 본 일을 말하지 않는다는 약속으로 당신 5백 달러 받았다면서요, 생각나요? 오렌지 빛깔의 모자를 쓴 여자. 5백 달러는 그 여자한테서 받았나요, 클립? 누가 당신에게 5백 달러를 주었지요? 자, 어서 가르쳐 주어요."

"어둠 속에서 손이 나와서 주었어. 손과 목소리와 손수건. 그러고 보니 또 한 가지 있었군. 피스톨이야."

그녀의 손가락이 천천히 그의 목덜미를 돌아 다시 제자리로 돌아왔다.

"알았어요, 하지만 누구의 손이었지요?"

"글쎄, 그때두, 그 뒤에도 모르겠어. 사실 가끔 그것이 정말 있었던 일인지 어쩐지 아리송해진다니까. 약 때문에 그런 환영을 본 것 같기도 하고. 하지만 그건 정말 있었던 일이라고 생각되는 때가 있거든."

"아무튼 그 얘기좀 해줘요."

"이렇게 됐었어. 어느 날 밤 늦게 쇼가 끝난 뒤 나는 집에 돌아왔지. 아래층 홀에 들어서니 늘 불이 켜져 있던 홀이 그 날은 깜깜했어. 전구가 끊어졌나 하고 더듬더듬 계단 아래까지 가니 손 하나가 불쑥 나와서 붙잡겠지. 묵직하고 차가운 느낌의 손이 날 꽉 붙잡았어.

나는 벽께로 물러서며 이렇게 말했지. "누구야? 누구야, 당신은?"

상대방은 남자였어. 목소리로 알았지. 한참 지나 눈이 차츰 어둠에 익숙해지자 뭔가 허연 것이, 손수건 같은 허연 것이 상대방 얼굴 근처에서 보이더군. 그것으로 감쌌기 때문인지 목소리가 탁했어. 하지만 난 다 들을 수 있었어.

그 사나이는 먼저 내 이름과 직업을 말하더군. 나에 대해 다 알고 있는 모양이었어. 그리고 어제 저녁 극장에서 오렌지 빛깔의 모자를 쓴 여자를 본 기억이 있느냐고 묻잖아. 물어 보지 않았으면 생각나지 않았겠지만, 지금 말하니까 생각이 난다고 나는 대답했지.

그러자 사나이는 전혀 흥분한 기색도 없는 침착한 목소리로 "총에 맞아 죽고 싶나?"라고 하잖아.

난 얼른 대답을 못했어. 목소리가 나와야. 그랬더니 사나이가 내 손을 끌어다가 녀석이 쥐고 있는 찬 물건을 만지게 해주었지. 피스톨이었어. 나는 흠칫 놀랐는데, 상대방은 내 손을 붙잡은 채 그것이 뭔지 알아차릴 때까지 놓으려고 하지 않았어. "네가 만일 여자를 보았다고 하면 이걸로 한 방, 알았지?"

그리고 한참 있다가 말을 이어서 "그보다 5백 달러를 받는 편이 좋지 않을까?" 하더군.

부시럭거리는 종이 소리가 나고 그는 내 손에 무엇인가를 쥐어 주었지.

"자, 5백 달러야. 성냥 갖고 있나? 성냥을 그어 직접 눈으로 확인해 봐."

나는 성냥을 그어 보았지. 틀림없이 5백 달러였어. 그리고 내가 눈을 들어 놈의 얼굴을 보려고 하자 놈은 성냥불을 혹 꺼 버리더군.

"됐어. 이제 넌 여자를 안 본 거야. 그런 여자는 없었다. 누가 물어 보건 "노"라고 하는 거야. 그렇게 해야지. 네 목숨도 무사하단 말이야.

조금 있다가 "자, 누군가가 물으면 뭐라고 대답하랬지?" 하고 묻기에 나는 "그런 여자는 못 봤습니다. 여자 같은 건 없었지요"라고 대답했지만 온몸이 와들와들 떨리더군.

"됐어, 그럼 이제 가도 좋아. 안녕."

사나이는 그렇게 말했지. 손수건 밑으로 들리는 그 목소리는 마치 무덤 속에서 울려 나오는 것 같았어.

나는 간신히 내 방 문까지 걸어가 방에 들어가자 안에서 자물쇠를 꼭꼭 잠그고 창가에 다가가지 않도록 했어. 그전부터 나는 마리화나 담배로 정신이 가물거렸었지. 그런 기분은 당신도 알고 있겠지?"

그는 또다시 소름끼치는 웃음 소리를 터뜨렸다. 그런데 그 웃음은 언제나 갑자기 뚝 끊기는 것이었다.

"그 5백 달러는 그 이튿날 경마에서 몽땅 털려 버렸지." 그는 비굴한 말투로 덧붙였다.

그는 불안스러운 듯이 몸을 움직여 의자 등받이에서 그녀를 내려놓았다.

"네가 자꾸 물으니까 또 생각하게 되잖아. 덕분에 난 또 무서워졌어. 이봐, 이렇게 덜덜 떨고 있잖아, 그 뒤로 나는 줄곧 무서워서 견딜 수 없었어…… 그 담배 한 대만 줘. 다시 좋은 기분이 되어야겠어. 들뜬 기분을 다시 한 번 되찾고 싶어."

"난 마리화나를 갖고 있지 않아요."

"백 속에 뭔가 있을 거 아냐. 같이 거기 있었으니까 몇 개 넣어 갖고 왔을테지."

그는 자기와 마찬가지로 그녀도 마리화나 흡연자로 생각하는 모양이었다.

핸드백은 테이블 위에 있었다. 그녀가 그리로 가서 막을 겨를도 없이 그는 백을 열고 그 안의 물건을 모두 털어 놓았다.

"안 돼요!" 하고 그녀는 소리를 쳤다. "그건 아무것도 아니에요, 보지 말아요!"

그녀가 미처 빼앗기도 전에 그는 벌써 읽고 있었다, 그것은 바제스에게 받은 쪽지였다. 그는 먼저 악의 없는 놀라움을 표시하였다. 아직 완전한 의미를 파악하지 못했던 것이다.

"아니, 이건 내 이름 아냐! 으음, 이름에다가 직장에다가……."

"안 돼, 안 돼요!"

그는 그녀의 손을 뿌리쳤다.

"그리고 먼저 파출소에 전화하라. 만약 거기 없을 경우에는."

그의 얼굴이 순식간에 불신의 구름으로 덮이는 것을 보았다. 그것은 질풍처럼 그의 눈안에서 부풀어올라왔다. 눈 안에 나타난 그것은 뭔가 좀더 험악한, 빳빳하게 굳은 까닭 모를 공포였다. 그의 눈이 커다랗게 벌려졌다. 검은 중심부가 눈동자의 빛깔을 삼켜 버릴 듯이 보였다.

"놈들이 널 보냈군. 너는 우연히 나와 알게 된 게 아니었어. 누군가 날 뒤쫓고 있다. 그것이 어떤 놈인지 나는 몰라. 그놈을 생각해낼 수 있으면 좋을 텐데. 누군가가 날 피스톨로 쏘아 죽이려 하고 있어. 누군가 나를 쏘아 죽인다고 한 놈이 있었단 말야! 뭘 말하면 안 되는 것인지 잊어 버렸지만 네가 그걸 말하게 했어!"

그녀는 이제까지 마약 상습자를 상대한 경험이 없었다. 외치고 있는 말은 알아들었으나 전혀 뜻을 알 수가 없었다. 따라서 그것이 의혹이라든가, 불신이라든가, 공포라든가, 그런 따위의 감정을 불타오르게 하는 효과를 지니고 있다는 것을 알 까닭이 없었다. 더구나 그러한 감정이 본디 그의 가슴 속에 깃들어 있었다 해도 그것이 발화점을 넘어까지 부풀어오르리라고는 상상조차 하지 못했던 것이다. 다만 그의 표정으로 미루어 심상치 않은 인간과 겨루지 않으면 안 된다는 것은 깨달았다. 거기까지는 명백하였다. 예측할 수 없는 그의 사고의 흐름은 이미 위험한 방향으로 돌아가고 있었으나 그녀는 그것을 막아 옆으로 돌리는 방법을 알지 못하였다. 그의 머릿속을 더듬어 헤아릴 수가 없었던 것이다. 그녀는 올바른 정신을 가졌고 사나이 쪽은 일시적이기는 하지만 머리가 돌아 있었기 때문이었다.

그는 잠시 어리둥절한 얼굴로 서 있었다. 고개를 갸웃하고 눈썹 밑으로 그녀를 올려다보듯이 하며 "나는 뭔가 말해서는 안 될 일을 네게 말했어. 아아, 도대체 무엇을 말했는지 생각할 수 있으면 좋으련만!" 하고 외쳤다.

그는 정신이 헷갈려 어지러운 듯 이마에 손을 얹었다.

"아니오, 아무 말도 안 했어요, 내게 아무 말도 안 했다니까요."

그녀는 그를 달래기 시작했다. 한시라도 빨리 여기를 빠져나가는 편이 좋다는 것을 그녀는 알고 있었다. 그러나 동시에 그 의도를 역력히 드러내면 그에 의해 훼방당하리라는 것도 본능적으로 깨닫고 있었다. 그녀는 슬금슬금 한 발짝씩 후퇴하기 시작했다. 두 손을 뒤로 돌려 문에 닿으면 상대방이 알아차리지 않게 열쇠를 돌리려고 만반의 준비를 갖추었다. 그와 동시에 조금씩 뒤로 물러선다는 것을 깨닫지 못하도록 하기 위해 그의 얼굴을 끊임없이 응시하여 자기의 시선으로 상대방의 시선을 붙들었다. 동작이 무서울 정도로 완만한 까닭에 점점 긴장이 커져 오는 것을 그녀는 느꼈다. 또아리를 틀고 있는 독사 앞에서 한 발 한 발 후퇴하는 것과 같았다. 너무 움직임이 빠르면 와락 덤벼들 것이고 그렇다고 너무 느려도……

"아냐, 난 말해 버렸어. 말해서는 안 될 일을 네게 말해 버렸어. 그래서 너는 여기를 빠져나가 누군가에게 알리려고 하는 거야. 날 노리고 있는 누군가에게 말이야. 그러면 놈들은 이리로 와서 놈들이 말한 것 같은 방법으로 나를……"

"아니오, 정말로 당신은 아무 얘기도 하지 않았어요. 당신 혼자 그렇게 생각할 뿐이에요."

그는 진정하기는커녕 점점 더 흉포해졌다. 그의 눈에 비치는 그녀의 모습은 점점 작아지고 있을 것이 틀림없다. 더 이상 그가 눈치채지 못하게 하기란 곤란한 일이었다. 겨우 그녀는 벽 가까이에 이르렀다. 뒤에 숨긴 두 손으로 필사적으로 뒤쪽을 더듬었다. 그러나 손에 닿는 것은 반들반들한 벽면뿐으로, 문의 열쇠 구멍은 어디 있는지 알수가 없었다. 아무래도 겨냥이 빗나간 모양이다. 방향을 바꾸지 않으면 안된다. 살그머니 곁눈질로 살피니 2,3야드 왼쪽에 거무스름한 것이 보였다. 아아, 그가 앞으로 1,2초 동안만 지금 있는 자리에서 움직이지 말아 주었으면……

상대가 눈치채지 못하게 옆으로 몸을 움직이는 것은 뒤로 물러서기보다 더 힘든 일이었다. 먼저 한쪽 발꿈치는 밀어 놓고 다음에 구두의 앞부리를 그 뒤를 쫓아 움직였다. 이어서 나머지 한쪽 발도 마찬가지로 움직여 두 발을 같은 모양으로 모았다. 더구나 그것도 상반신은 조금도 움직이지 않고 해내는 것이다.

"당신, 생각 안 나요? 나는 의자 등받이에 걸터앉아 당신 머리를 쓰다듬고 있었어요. 그것뿐이었는걸요, 뭐. 이제 그만두라니까!"

그녀는 최후의 힘을 짜내어 그보다 선수를 치려고 코먹은 소리로 그렇게 말했다.

이 공포의 무도곡이 시작된 지 겨우 몇 초밖에 되지 않았으나 그녀에게는 하룻밤이 지난 것처럼 생각되었다. 지금 그녀의 손에 그 악마의 담배가 한 개라도 있어서 그것을 그에게 던져 줄 수만 있다면 아마……

게처럼 옆으로 기어가는 도중 그녀의 몸뚱이가 작고 가벼운 테이블에 닿아 뭔가 조그만 물건을 바닥에 떨어뜨렸다. 그 희미한 '탁' 하는 소리, 그 부주의한 일이 그녀의 목적을 뒤엎어 버렸다. 그것은 겉으로만의 기만(欺瞞)을 깨뜨리고 그의 이지러진 신경이 기대하고 있던 계기를 만들었다. 이젠가저젠가 하고 그녀가 본능적으로 두려워하던 사태가 마침내 벌어진 것이다. 그는 자세를 허물어뜨리고 두 손을 앞으로 내밀어 허위적거리며 그녀를 향해 왔다.

그녀는 당황하여 문에 매달렸다. 목구멍에서는 짓눌린 것 같은 가는 소리가 새어나왔으나 물론 외침 소리라고 할 만한 것은 아니었다. 그러나 세차게 허위적대는 두 손이 어떤 일을 확인할 만큼의 여유는 있었다. 열쇠는 열쇠 구멍에 꽂힌 채 그대로 있었던 것이다. 그러나 일껏 찾아 내기는 했지만 그녀는 어떻게 할 겨를도 없이 그 앞을 지나쳐 가지 않으면 안 되었다.

그녀는 재빨리 벽에서 떨어져 방 한모퉁이를 가로질러 다음 벽에 뚫린 창문 쪽으로 피하였다. 창에는 블라인드가 내려쳐져 창문틀의 정확한 윤곽을 그리고 있었다. 그가 무섭게 쫓아와 있어 그녀는 창문에서 구원을 청할 수밖에 방법이 없었으나, 블라인드가 쳐져 있기 때문에 창문을 밀어올리고 비명을 지르는 그 유일한 방법조차 불가능했다. 창문 양 옆으로 누더기 같은 커튼이 매달려 있었다. 그녀는 등 뒤에 있는 커튼 한쪽을 그에게 던졌다. 그가 목과 어깨에 휘감긴 그 방해물을 떨쳐 내는 동안 그의 움직임은 아주 조금 둔해졌다.

다음 벽 구석 쪽에 소파가 하나 내동댕이쳐진 것처럼 비스듬히 놓여 있었다. 그녀는 그 뒤로 뛰어들었다. 그리하여 두 사람은 소파를 사이에 두고 이쪽과 저쪽에서 마치 고양이와 쥐가 술래잡기를 하듯 두어 번 좌우로 움직였다. 그것은 빅토리아 시대의 미녀와 야수의 팬터마임을 연상시켰다. 5분 전이었다면 그녀도 이것을 〈이스트링〉 속에 나오는 이야기(이스트링은 빅토리아 왕조를 대표하는 멜로드라마)로서 실제로 일어날 리는 없다고 웃어 넘겼을 것이다. 그러나 이미 지금에 이르러서는 한평생에 두 번 다시 웃을 수 없게 되어 버렸다. 하기는 그녀의 생애 그 자체가 앞으로 2,3분 안에 끝날지도 모르는 것이었다.

"안 돼요!" 하고 그녀는 숨을 몰아쉬면서 외쳤다. "안 돼! 그만두라니까요! 내게 이런 짓 하면 그 사람들이 당신을 어떻게 할지 알고 있겠지요! 어떻게 될지 모르지는 않겠지요!"

그녀는 인간에게 말하고 있는 것이 아니었다. 마약의 금단 효과를 향해 말하고 있는 것이었다.

갑자기 그는 지름길을 취하였다. 소파 위에 한쪽 무릎을 꿇고 의자등 너머로 그녀를 움켜잡으려 하는 것이었다. 그녀가 갇힌 조그만 세모꼴 안에는 몸을 움츠러들일 만한 여지가 없었다. 그의 손가락이 한쪽 옷깃 언저리에 걸렸다. 그러나 꽉 붙잡히기 전에 그녀는 두어 번 몸을 이리저리 돌려 뿌리치려고 하였다. 그 결과 드레스의 한쪽 소매가 어깨에서 미끄러져내렸으나 그의 손에서 벗어날 수는 있었다.

그가 아직 소파 등을 덮치고 있는 사이에 그녀는 끄트머리의 좁은 틈바구니를 빠져 미끄러지듯이 네 번째 벽면, 방의 최후의 벽면에 다다랐다. 이로써 방을 완전히 한 바퀴 돌고 다시 다음 벽면에 있는 문까지 되돌아가려는 것이다. 방 가운데 쪽에서 그리로 향하는 편이 빠를 것은 물론이지만, 그렇게 하면 아무래도 방 가운데에 있는 그에게 다시 접근하게 된다.

이 네 번째 벽면에는 어두운 통로가 입을 떡 벌리고 있었다. 그 안쪽에 있는 것은 벽장인지 욕실인지는 모르지만, 이제 방금 소파에서 술래잡기를 하고 온 그녀는 쳐다보지도 않고 지나갔다. 그 저쪽에 있는 것이 더 좁은 공간이어서 먼저보다 더 쉽게 그 속에 갇히지나 않을까 걱정하였던 것이다. 게다가 무엇보다도 밖으로 나가는 출구, 오직 하나의 탈출구가 코 앞에 있었으니까.

문으로 향하는 도중에 조그만 나무의자를 번쩍 집어들어서 그를 위협하려고 해보았다. 바로 그때 그것을 본 그는 공격을 피하여 몸을 뒤로 비켰다. 그녀는 겨우 5초의 시간을 벌었을 뿐이었다.

그녀는 이미 지쳐 있었다. 방의 끄트머리 구석에 다다라, 거기를 돌아 이 끝도 없는 술래잡기의 맨 처음 출발점으로 벽을 끼고 가려고 하였다. 그러자 그가 앞질러 가 획 돌아서더니 앞을 가로막았다. 눈 깜짝할 사이의 일로서, 그녀는 몸을 가눌 수가 없어 그와 맞부딪칠 뻔했다. 드디어 그녀는 그의 손 안에 떨어져 사나이와 벽 사이에 끼어 서게 되었다. 그의 두 팔이 가위처럼 덤벼들었다. 그녀는 전진도 후퇴도 못하고 그 자리에 웅크리고 앉았다. 움직일 수 있는 방향은 그것밖에 남아 있지 않았던 것이다. 그의 두 팔이 한데 합쳐지기 바로 직전 그녀는 그 자리에 웅크리고 앉아 눈앞의 공격을 피한 뒤 그 밑으로 기어 그의 옆구리를 스치고 빠져나왔다.

그는 어떤 사람의 이름을 외쳤다. 그것은 지금의 경우 가장 도움이 될 수 없는 사람의 이름이었다.

"스콧! 아아, 스콧!"

문은 바로 앞에 있었으나 거기까지 다가갈 겨를은 없으리라. 거기에 다다른다고 해도 지칠 대로 지친 지금의 그녀로서는 도저히 빠져나갈 수 없을 것이다.

조그만 전기 스탠드는 아직 거기에 놓여 있었다. 아까 그의 기억을 일깨우는 데에 쓴 그 스탠드였다. 그에게 강렬한 타격을 주기에는 너무나 가벼웠으나 그녀는 그것을 집어던졌다. 그것은 그에게 명중하기는커녕 허무하게도 저만큼 앞에 떨어졌다. 전구는 꾀죄죄한 깔개에 닿아 깨지지도 않았다. 마침내 그는 아무런 방해도 없이 최후의 공격에 들어갔다. 그 결과는 두 사람 모두 알고 있었다.

그때 어떤 일이 일어났다. 분명 그의 발부리가 무엇인가에 걸린 것이리라. 그 순간 그녀의 눈에는 아무것도 보이지 않았으나 나중에 생각해 냈던 것이다. 상처 하나 입지 않은 전기 스탠드가 그의 뒤 방바닥에 나뒹굴고 한 가닥의 푸른 빛이 벽 아래쪽에서 뿜어나왔다. 그는 두 팔을 크게 벌리고 그녀 앞에 길게 뻗으며 드러누웠다.

구원의 문과 그 사이에 약간의 퇴로가 열렸다. 그녀는 그것에 몸을 맡겨도 좋을지 어떨지 불안스러웠으나 그냥 남아 있는 편이 더 무서웠다. 거기 뻗치고 쓰러져 있는 그의 두 손이 얼마쯤 길을 막고 있었다. 그녀는 뛰듯이 그의 몸을 돌아 방바닥을 허위적거리고 있는 손가락 끝을 스치고 문에 다다랐다.

한순간이라는 것은 때와 경우에 따라 길게도 짧게도 느껴지는 법이다. 잠깐 동안 그는 그렇게 길게 뻗고 누워 있었으나 그것은 아주 짧은 한순간에 지나지 않았다. 그녀는 자기의 두 손이 열쇠를 만지고 있는 것을 느꼈다. 어쩐지 꿈 속에서의 일만 같아 그 손이 자기의 것으로 생각되지 않았다. 처음에는 반대 방향으로 돌렸던 모양으로 문이 열리지 않았다. 그리하여 다시 한 번 반대 방향으로 완전히 한 바퀴 돌리지 않으면 안 되었다. 그는 바닥에 엎어진 채 배를 움직여서 2인치 가량의 간격을 메우려고 안간힘을 쓰고 있었다. 그녀의 발목을 잡아 쓰러뜨리려는 것이다.

그때 '찰칵' 하는 소리가 났다. 그녀가 잡아당기자 문은 안쪽으로 열렸다. 무엇인가가 구두 뒤의 둥근 부분을 헛되이 스쳤다. 손톱으로 건드린 것 같은 느낌이었다. 그녀는 새롭게 열린 공간에 몸을 던졌다.

그 뒤에는 공포와 안도의 어수선한 뒤섞임이 남았다. 추적의 손이 뻗쳐 오지 않을까 하는 공포였으나 다행히 그 예감은 들어맞지 않았다. 그녀는 위태위태한 걸음으로 불빛이 희미하게 비쳐진 층계를 내려갔다. 그것은 발 밑이 어두워서라기보다 오히려 타성이었다. 문이 나타났으므로 그것을 열었다.

밖에는 싱그러운 밤이 있었다. 이제 위험은 사라졌으나 그녀는 여전히 불안정한 걸음걸이로 걷고 있었다. 저 불길한 방에서의 기억은 이 뒤로 언제까지나 그녀를 겁나게 하리라. 그녀는 인적이 끊어진 길을 술취한 사람처럼 비틀비틀 걸었다. 사실 그녀는 취해 있었다. 소름끼치는 공포에 취해 있었던 것이다.

모퉁이를 돌았다는 것은 기억하고 있으나 그 뒤로 어디에 있는지 짐작이 가지 않았다. 이윽고 앞쪽에 불빛이 보였으므로 그쪽을 향하여 뛰기 시작했다. 그가 쫓아오기 전에 한시라도 빨리 거기에 당도하고 싶었던 것이다. 그 집에 들어가 문득 보니 유리 진열장 안에 살라미 소시지며 감자 샐러드를 담은 접시가 놓여 있었다. 아마도 밤새 영업하는 간이식당인 모양이다.

사나이가 하나 카운터 저쪽에서 졸고 있을 뿐, 손님의 모습은 보이지 않았다. 사나이는 눈을 뜨고 멍하니 서 있는 젊은 여자를 보았다. 드레스가 찢겨져 어깨가 드러나 있었다. 사나이는 벌떡 몸을 일으키자 카운터에 두 손을 짚은 채 그녀를 넘겨다보았다.

"어떻게 된 일입니까, 아가씨? 나쁜 녀석에게 당했나요? 도와 드릴 일이라도?"

"5센트짜리 동전 한 개만 주세요" 하고 그녀는 더듬더듬 울면서 말했다. "네, 5센트짜리 하나만——전화를 걸고 싶어요."

그녀는 전화기로 가서 5센트짜리를 집어넣었다. 횡격막의 반사 운동 때문인지 아직도 흑흑 흐느꼈다.

친절한 사나이는 가게 안쪽에다 대고 소리를 질렀다.

"여보, 이리 잠깐 나와 봐요. 가엾게도 이 아가씨가 큰 봉변을 당한 모양이오."

바제스는 자택에 있었다. 이제 새벽 5시가 가까웠다. 그녀는 자기 이름을 대는 것도 잊어 버리고 있었으나 그는 알아차린 모양이다.

"바제스 씨, 제발 이리 좀 와 주시지 않겠어요? 얼마나 무서웠는지…… 이제부턴 나 혼자 감당하지 못할 것 같아요."

그러는 동안 식당 주인 부부——마누라 쪽은 머리칼을 컬 페이퍼로 말고 목욕용 가운을 걸친 차림새였다——는 뒤에서 그녀에 대하여 이렇게 진단을 해보고 있었다.

"블랙 커피는 어떨까?"

"글쎄, 그것밖에 없군요. 아스피린은 떨어졌고."

주인 여자가 와서 그녀와 테이블을 사이에 두고 마주앉아 안됐다는 듯이 그녀의 손등을 가볍게 토닥거렸다.

"아가씨, 녀석들이 무슨 짓을 했지요? 어머니는 곧 오실 건가요?"

그녀는 아직도 코를 훌쩍이고 있었으나 그 말을 듣자 가느다란 미소를 띠었다. 오신다는 엄마는 건장한 형사이기 때문이었다.

바제스는 귀 밑까지 깃을 세우고 혼자서 가게에 들어왔다. 그녀는 김이 피어오르는 블랙 커피의 두툼한 컵을 꼭 쥐고 있었다. 기온에 관계없이 몸의 떨림도 겨우 가라앉기 시작했다. 바제스가 혼자 온 것은 이것이 공식 임무가 아니라 그에 관한 한 아무 데도 기록할 필요가 없는 개인적인 일이었기 때문이다.

그녀는 안도의 숨을 내쉬며 약간 콧소리로 바제스를 맞았다.

그는 그녀의 모습을 보자 "너무 애쓰는군요"라고 목쉰 소리로 말하고 그녀 곁의 의자를 잡아당겨 비스듬히 걸터앉았다. "큰일날 뻔했구면."

"그래도 이젠 괜찮아요. 10분 전의 모습을 보셨더라면……."

그 화제는 그쯤에서 끊고 그녀는 눈을 빛내며 바제스 쪽으로 몸을 내밀 듯이 하였다.

"하지만 그만큼의 가치는 있었어요. 그 사나이는 예의 여자를 보았어요. 뿐만 아니라 뒤에 누군가가 와서 그에게 입을 다물라며 돈을 주고 갔다는 거예요. 아마도 그 여자 뒤에서 움직이는 자가 있는 모양이죠? 당신이라면 죄다 캐낼 수 있을 거예요."

"가 보겠소" 하고 그는 잘라 말했다. "캐내지 못한다 해도 당신의 노력이 부족한 탓은 아니오. 곧바로 그리 가야겠소. 그보다 먼저 택시를 불러서……."

"아니에요, 나도 같이 가겠어요. 문제 없어요. 무섭지 않아요."

식당 주인 부부도 문간에 나와 희뿌옇게 밝아 오는 거리를 나란히 걸어가는 두 사람의 뒷모습을 바라보고 있었다. 부부의 얼굴에는 바제스에 대한 모진 비난의 빛이 역력히 떠올라 있었다.

"저런 작자가 오빠라니!" 하고 남편 쪽이 경멸의 말을 내뱉었다.

"글쎄, 어쩌자고 이런 시간에 저런 아가씨를 혼자 내놓느냔 말이야! 뒤늦게나마 오긴 했지만 일은 다 끝나지 않았나! 누이동생 하나 간수 못한대서아…… 저런 자를 무엇에 쓸지!"

바제스는 발소리를 죽여 층계를 올라갔다. 그녀는 저만큼 떨어져 있었으나 그는 팔을 저어 천천히 오라고 신호하였다. 그녀가 뒤쫓아 갔을 때는 이미 그는 머리를 가만히 문에 대고 바스락 소리라도 놓칠세라 귀를 기울이고 있었다.

"달아난 모양이오" 하고 바제스가 낮은 목소리로 속삭였다. "아무

소리도 안 들리는군. 그렇게 바싹 서 있지 말고 저만큼 가 있어요, 언제 무얼 들고 튀어나올지 모르니까. "

그녀는 층계를 서너 단 내려갔다. 머리와 어깨만 마룻바닥 위로 나와 있었다. 바제스가 문께에서 무엇인가 꺼내어 거의 소리도 안 내고 그것을 만지작거리는 것이 보였다. 갑자기 문이 스르 열렸다. 그는 한 손을 뒷주머니에 찌르자 그 자세대로 조심스럽게 방 안으로 발을 들여놓았다.

그녀는 숨을 죽이고 따라 올라갔다. 언제 역습당할지 모른다. 불시에 공격하려고 숨어 있을지도 모른다. 문턱까지 다다랐을 때 문에서 갑자기 환한 빛이 새어나와 그녀는 흠칫 물러섰다. 그러나 소리는 나지 않았다. 바제스가 방의 전등을 켠 것이다.

들여다보니 마침 그는 옆의 벽에 뚫린 공간으로 들어가는 참이었다. 조금 전 그녀가 방 안을 한 바퀴 돌았던 숨가빴던 시간에 그냥 지나쳐 버린 그 공간이었다. 그녀는 용기를 내어 문턱을 넘어섰다. 바제스가 아무런 저항도 받지 않고 지나갔으므로 그 방에는 아무도 없다는 것을 알았기 때문이다.

다시금 소리도 없이 전등이 켜져 바제스가 들어간 어두운 방은 희게 칠한 욕실임을 알았다. 그녀는 그 욕실과 바제스를 연결하는 일직선 위에 있었으므로 욕실 내부가 조금 보였다. 먼저 눈에 띈 것은 발이 네 개 달린 구식 욕조였다. 이어서 그 가장자리에 빨래집게처럼 둘로 꺾인 사람 비슷한 것이 보였다. 뒤집어진 구두 바닥도 보였다. 이런 아파트 욕조에 대리석을 썼을 리가 없는데, 그럼에도 불구하고 욕조의 바깥까지 대리석으로 만들어져 있는 듯한 기묘한 착각을 일으키게 되었는지도 몰랐다. 빨간 줄이 쳐진 대리석——한순간 그 사나이가 몸이 불편하여 거기 쓰러져 있지 않나 하는 생각이 들었다. 그녀가 들어가려고 하자 채찍처럼 날카로운 바제스의 목소리가 발을 멈추게 하였다.

"오지 말아요, 캐럴. 거기 있어요!"

그는 두어 발짝 되돌아오더니 문을 밀어 꼭 닫지는 않고 그녀가 들여다보지 못할 만큼 삐죽이 열어 놓았다.

그는 오랫동안 거기 머물러 있었다. 그녀는 처음 있던 자리에서 기다리고 있었다. 모르는 사이에 한쪽 손목이 후들후들 떨고 있는 것을 그녀는 깨달았다. 이것은 공포감에서가 아니라 일종의 정신적 긴장에서 오는 떨림이었다. 욕실에 있는 것이 무엇인지, 이제 그녀도 안 것이다. 무엇이 그렇게 하도록 만들었는지도 짐작이 갔다. 보기 좋게 그녀를 놓치고 마약 때문에 확대된 공포의 발작을 감당해 내지 못한 게 아닐까. 눈에 보이지 않는 징벌의 촉수가 마구 덤벼드는 것처럼 느껴졌으리라. 그 손의 정체를 파악해 내지 못한 만큼 두려움도 한층 더하였던 것이다.

테이블 위에 놓여 있는 한 장의 쪽지를 보고 그녀는 더욱 확신을 갖게 되었다. 거의 알아볼 수 없는 세 마디의 말이, 끄트머리는 의미없는 구불구불한 선이 되어 종이쪽지를 지나 방바닥에 뒹굴고 있는 나무 도막 같은 연필에서 끝나고 있었다.

놈들이 나를 쫓아온다

문이 열리고 거의 바제스가 엉거주춤 나왔다. 안색은 아까보다도 창백하였다. 그녀는 문득 정신을 차리고 보니 자기의 의사와는 상관없이 조금씩 바깥 문 쪽으로 뒷걸음치고 있었다. 바제스가 소리도 내지 않고 그녀 쪽으로 다가오고 있었기 때문이다.

"그거 봤어요?" 하고 그녀는 물어 보았다. 쪽지 말이다.

"아, 들어왔을 때 보았지."

"그 남자는?"

대답 대신 그는 손가락 하나를 귀 밑에 대고 그것을 반대쪽 귀까지 일직선을 그었다.

그녀는 숨을 들이마셨다.

"그만 나가지," 하고 그는 무뚝뚝하지만 다정스러운 투로 말했다. "여긴 아가씨가 있을 곳이 아니오."

방에서 나오자 그는 이런 문이 있는 것을 처음 알았다는 듯이 바깥 문을 닫았다.

"그 욕조……."

그녀를 앞세우고 그 움츠러든 어깨에 두 손을 얹고 층계를 내려오며 바제스는 낮게 중얼거렸다.

"앞으로 홍해(紅海)라는 말을 들을 때마다 그 욕조가 생각날 거야."

그러나 그녀가 청각을 곤두세우고 있다는 것을 알자 얼른 입을 다물었다.

그는 길모퉁이에서 그녀를 택시에 태웠다.

"그만 집으로 돌아가요. 난 이 길로 서에 가서 보고하지 않으면 안 되니까."

그녀는 택시 창문으로 머리를 내밀고 "이제 틀렸군요" 하고 울음 섞인 목소리로 말했다.

"그래, 이제 틀렸소. 캐럴."

"그 사람이 한 말을 내 입으로 말하면 안 되나요?"

"그건 전문(傳聞) 증거라는 거요. 캐럴은 어떤 사람에게서, 여자를 보기는 했지만 그것을 부인한다는 조건으로 돈을 받았다는 얘기를 들었을 뿐이오. 간접적 증인이 되겠지. 하지만 그런 것은 소용이 없어요. 법정에서도 받아들여지지 않고."

그는 주머니에서 차곡차곡 접은 손수건을 꺼내 손바닥 위에 펼쳐놓았다. 그리고 손수건에 싸여 있던 것을 물끄러미 들여다보았다.

"뭐지요?"

그녀가 물었다.

"뭔지 한번 말해 봐요."

"면도날이군요."

"좀더 정확하게."

"한 개의 안전 면도날 아닙니까?"

"그렇소. 그런데 한 사나이가 접는 식으로 된 구식 면도날로 목을 그으려 할 경우에 말이오. 내가 그의 몸뚱이 밑 욕조 바닥에서 발견한 것이지만, 욕실에 붙은 벽장 속에 이런 종류의 면도날이 들어 있는 것을 보지 못하다니, 무슨 까닭일까? 면도란 내게 안전이든 구식이든 어느 하나를 쓰지, 두 가지를 다 쓰는 사람은 없을 텐데 말이오."

그는 면도날을 주머니에 집어넣었다.

"자살이 되겠지. 이쪽에서도 당분간은 그렇게 해 둘 참이지만…… 캐럴, 당신은 돌아가요. 어떻게 되었든 오늘 밤 당신은 오늘 밤 여기에 있지 않았고 아무런 관계도 없었소. 그렇게 해 두는 거요."

새벽 빛이 비치기 시작한 거리를 택시는 그녀의 집을 향하여 달렸다. 그녀는 고개를 푹 떨어뜨리고 있었다.

'오늘 저녁두 안됐어요, 스콧. 역시 오늘 저녁에도. 하지만 틀림없이 내일 저녁, 아니면 모레 저녁에는…….'

사형집행 전 9일

론버드

그것은 아주 호화스러운 호텔이었다. 그 가는 첨탑은 주위에 늘어선 빌딩들을 흘겨보며 귀족의 콧날처럼 우뚝 솟아 있었다. 그것은 벨벳에 보석을 박은 가로대와 같았다. 영화왕국에서 동쪽으로 날아오는 극락조는 반드시 들렀으며, 휘황찬란하게 몸을 장식한 새들도 폭풍우를 만나면 일시적인 피난처로 이곳에서 와서 축축한 날개를 잠시 쉬게 했을 것이다.

이 일에는 권모술수가 필요하다는 것을 그는 깨닫고 있었다. 그럴듯한 수단을 짜내어 합당한 접근 방법을 취할 필요가 있는 것이다. 그냥 성큼성큼 걸어가 안으로 들어가게 해달라고 부탁하는 것 같은 전략적 실패를 그는 범하지 않았다. 그곳은 처음 보는 사람을 순순히 받아들여 줄 만한 장소가 아니었다. 온갖 수단을 다 써서 싸우지 않으면 안 되는 곳이었다.

그래서 그는 먼저 로비에서 푸른 유리가 끼어 있는 문을 빠져나가 꽃가게로 들어갔다.

"멘도사 양이 좋아하는 꽃은 어떤 거지……? 이 가게에서는 많이 배달하고 있을 텐데."

점원은 모호하게 대답했다.

"글쎄요……."

론버드는 지폐를 한 장 꺼내면서 처음 질문은 목소리가 작아서 잘 듣지 못했으리라는 듯이 같은 말을 한 번 더 되풀이했다.

효과는 금방 나타났다.

꽃가게 점원은 대답했다.

"대개의 손님들은 난초나 가디니아 같은 꽃을 보냅니다. 하지만 이런 꽃은 그분의 고향인 남미에서는 들판에 저절로 피어나므로 대단찮게 여기는 것 같더군요. 그분을 정말로 기쁘게 해 드리려면……."

점원은 이거야말로 귀중한 특종 뉴스라는 듯이 목소리를 낮추었다.

"실내 장식용으로 그분이 직접 주문하신 일이 두어 번 있었는데요, 그것은 으레 짙은 핑크빛 스위트피였지요."

"좋아, 가게에 있는 스위트피를 모두 보내 주게" 하고 론버드는 재빨리 말했다.

"하나도 남기지 말고, 그리고 카드를 두 장 주겠나?"

그 한 장에 론버드는 영어로 간단한 글귀를 적었다. 그리고 조그만 포켓 사전을 꺼내더니 한 마디 한 마디를 스페인 어로 번역하여 다른 카드에 옮겨 썼다. 그리고 처음의 카드는 던져 버리고 점원에게 말했다.

"이걸 붙여서 곧 배달해 주게. 얼마쯤 걸리겠나?"

"5분 안으로 그분의 손에 들어갑니다. 방은 탑에 있으니까 배달원에게 말해서 급행 엘리베이터로 갖다 드리도록 할 테니까요."

론버드는 로비로 돌아가 접수구 앞에 버티고 서서 맥박이라도 재어 보듯이 손목시계를 들여다보았다.

"무슨 볼일이시지요?"

접수계원이 물었다.

"아니."

론버드는 손을 내저었다. 상대방이 기뻐서 어쩔 줄 몰라하고 있을 때, 그 순간을 덮치려는 것이었다.

조금 기다린 뒤 "자, 지금이다!" 하고 론버드가 느닷없이 소리쳤기 때문에 접수계원은 깜짝 놀라서 뒤로 넘어질 뻔했다.

"멘도사 양의 방에 전화를 걸어 주게. 지금 꽃다발을 보낸 신사가 방문하려고 하는데 지장이 없으시냐고. 이름은 론버드, 꽃 이야기를 잊지 말아 주게."

전화를 걸고 돌아온 계원은 너무나 놀라서 멍청해진 표정으로 '기다리고 있겠다고 하셨습니다' 하고 보고했다. 호텔의 불문율 하나가 그 자리에서 깨진 것이다. 한 마디로 승부가 결정된 것이다.

론버드는 엘리베이터를 타고 탑의 방으로 올라갔다. 엘리베이터에서 내렸을 때는 무릎이 조금 떨리고 있었다. 열린 문앞에 젊은 여자가 나와서 서 있었다. 검은 견직물로 된 제복을 입고 있는 것으로 보아 그녀의 직속 하녀임에 틀림없었다.

"론버드 씨입니까?" 하고 여자가 물었다.

"그렇소."

세관 검사는 아니지만, 이 관문을 통과하지 못하면 안에 넣어 주지 않는 모양이었다.

"신문사의 인터뷰는 아니겠지요?"

"아니오."

"사인이 필요해서 오신 것도 아니겠지요?"

"아니오."

"추천장을 받으러 오신 것도 아니겠지요?"

"물론이오."

"혹시 아가씨께서 저……." 하녀는 미묘하게 웃으며 말했다. "…… 잊어버리고 계시는 청구서라도……?"

"그런 일도 아니오!"

이것이 마지막 난관인 모양이었다. 하녀는 더 이상 아무것도 묻지 않았다.

"잠깐 기다려 주세요."

문이 닫히더니 곧 활짝 열렸다.

"어서 들어오십시오, 론버드님. 아가씨께서는 편지를 읽으시는 시간과 머리 손질 하시는 시간 사이에 만나시겠다고 하십니다. 소파에 앉아서 기다려 주세요."

그는 지금 엄청난 방에 혼자 남겨졌다. 엄청난 것은 방의 크기도 아니고 창문으로 보이는 훌륭한 전망 때문도 아니었다. 눈부실 정도로 호사스러운 실내 장식 때문도 아니었다. 물론 그러한 것들도 다른 데서 볼래야 볼 수 있는 것은 아니다. 그러나 그것은 음향 때문이었다. 온갖 소음·잡음 등이 아무도 없는 방안에서 마구 소용돌이치고 있었던 것이다. 이렇게 시끄러운 빈방에 들어온 것은 난생 처음이었다. 한쪽 문에서 쏴아쏴아 쫙쫙 하는 소리가 들려왔다. 수도꼭지에서 물이 나오고 있는 것일까, 아니면 끓는 기름으로 튀김을 하고 있는 것일까. 그와 더불어 향긋하고 자극적인 냄새가 흘러들어오는 것으로 미루어 보아 아마도 후자임에 틀림없었다. 여기에 섞여 활기에 넘친, 하지만 썩 잘하지는 못하는 바리톤의 노랫소리가 토막토막 들려 왔다. 다른 한쪽 문, 이것은 다른 문보다 곱절이나 컸으며 쉴새없이 열렸다 닫혔다 하고 있었는데, 여기서 흘러들어오는 것은 더욱더 압도적인 진동음이 뒤섞인 것이었다. 얽히고 설킨 이 소음의 요소를 하나 하나 풀어 내기란 여간 곤란한 일이 아니었다. 우선 첫째는 단파 라디오에서 흘러나오는 남미의 삼바 곡. 그것에 겹쳐 삑삑거리는 귀에 거슬리는 잡음. 다음은 기관총탄 못지않게 여자의 목소리가 지껄여 대는 스페인 어. 짐작컨대 이야기하는 동안 한 번도 숨을 쉬지 않고 잇달아 지껄여 대는 모양이었다. 또한 계속해서 울려 대는 전화 벨 소리. 2분 가량은 숨도 쉬지 않고 재잘거리는 듯했다. 그리고 마지막으로 다른 소음과 구별하기가 어려우나 끼익끼익 하는 불쾌하고도 집요한 음향이 들려왔다. 유리를 손톱으로 긁는 듯한, 철판 위에 분필을 눌러 긋는 듯한 도저히 견딜 수 없는 소리였다. 그러나 이 마지막의 저주스러운 음향은 다행히도 상당히 긴 사이를 두고 들려 오는 것이었다.

그는 참을성 있게 앉아 기다리고 있었다. 이렇게 방 안에 들어온 이상 후반전은 그의 것이다. 후반전이 얼마나 오래 걸리든지 그것은 조금도 걱정 없었다.

한 번 하녀가 쏜살처럼 뛰어들어왔다. 그는 마침내 부르러 왔는가 하고 엉거주춤 일어났다. 그런데 허둥대는 모습으로 보아서 더욱 중요한 용건인 듯했다. 그녀는 쏴쏴 하는 소리와 바리톤의 노랫소리가 뒤섞여 있는 방으로 달려가더니 날카로운 소리를 내어 주의를 시켰다.

"기름을 너무 많이 넣으면 안 돼요, 엔리코! 아가씨가 그러셨어! 기름을 적게 하라고!"

이렇게 말하고 그녀가 나가 버리자, 그것을 뒤쫓아 사방 벽을 무너뜨릴 것 같은 커다란 목소리가 심술사납게 악을 썼다.

"뭐야, 도대체 저 여자의 입을 위해 요리를 만들고 있는 건지, 목욕탕에서 저 여자가 올라서는 저울 눈금을 맞추기 위해 요리를 만들고 있는 것인지 알 수가 없군!"

갈 때나 올 때나 하려는 학의 깃털로 만든 핑크빛 옷을 걸치고 누구를 부둥켜안을 듯이 두 손을 벌리고 있었는데, 분부받은 용무와는 아무런 관계가 없는 것 같았다. 왔다갔다하는 사이에 그녀는 작은 깃털을 마구 흩어 놓았다. 그녀가 사라지고 훨씬 뒤에 깃털이 너울너울 방바닥에 내려앉았다.

이윽고 쏴쏴 하는 소리가 그치고 '아! 아!'라는 만족스러운 듯한 소리가 들려왔다. 그리고 흰 재킷을 입고 모자를 쓴 포동포동하게 살찐 커피색 살갗의 작달막한 사나이가 으쓱거리며 나타나더니, 둥그스름한 뚜껑을 덮은 쟁반을 한 손에 들고 반대쪽 문으로 나갔다.

한순간 소음이 그쳤다. 그러나 정말 한순간이었다. 이어서 소음의 일대 교향악이 폭발하였다. 이것에 비하면 조금 전까지의 것은 귀중한 침묵으로 생각될 정도였다. 그것은 이제까지의 소음 위에다 다시 새로운 것을 더하고 있었다. 째지는 듯한 소프라노, 바리톤의 으르렁거림, 손톱으로 긁는 듯한 찍찍 소리, 그것에 이어서 집을 두드리는 것 같은 무거운 울림이 들려왔다. 보온 풍로가 달린 쟁반의 둥근 뚜껑이 난폭하게 던져지고, 그것이 벽에 맞아 방바닥을 뒹굴다가 차임이 깨지는 것 같은 소리가 들려 왔다.

포동포동하게 살이 찐 작달만한 사나이가 머리에서 김이 날 것 같은 모습으로 뛰어나왔다. 커피빛 안색은 어디론가 사라져 버리고, 달걀 노른자, 고추의 붉은 빛이 저마다 무늬를 이루며 얼굴을 물들이고 있다. 그는 두 팔을 풍차처럼 내둘렀다.

"내 이번에야말로 돌아갈 테다! 다음 배로 돌아가겠어! 아무리 그 여자가 무릎을 꿇고 빌어도 이런 곳에는 안 있을 테다!"

소파에 앉아 있던 론버드는 조금 고개를 숙이고 새끼손가락을 귀에 밀어넣어 소음을 막아 내고 있었다.

조금 뒤 손가락을 떼자 주위가 본디 상태로 돌아와 있어 그는 안심했다. 약간의 시끄러움은 여기서는 아무렇지도 않은 모양이었다. 이 정도라면 그런대로 차분하게 생각에 잠길 수도 있을 것 같았다.

곧이어 전화 벨 대신 문의 벨이 울렸다. 예의 하녀가 나가서 검은 머리에 콧수염을 단정하게 손질한 사나이를 맞아들였다. 사나이는 의자에 앉아 론버드와 같이 기다리게 되었다. 그런데 그는 론버드만큼 인내심을 갖고 있지 못했으며 꽤 성급한 사람이었다. 소파에 앉기가 바쁘게 일어나서 방 안을 왔다갔다하기 시작했다. 그러나 그 걸음 폭은 걷는 거리의 길이에 비해 조금 좁았다. 그러다가 그는 론버드가 선물한 스위트피의 꽃다발을 발견하고는 발을 멈추더니 그 중 한송이를 뽑아 내어 코 끝으로 가져갔다. 론버드는 만일의 경우 그 사나이와 정략적으로 제휴할 마음이 들기도 하였으나, 스위트피의 일을 계기로 깨끗이 단념했다.

"그녀는 이제 날 만날 준비가 다 되었소?" 하고 새로 온 사나이는 뛰듯이 들어오는 하녀에게 물었다.

"새로운 아이디어가 떠올랐어. 그것이 도망치기 전에 이 손으로 단단히 만져보고 싶은 거야."

'나도 마찬가지야' 하고 론버드는 사나이의 목덜미에 밉살스러운 눈길을 던지면서 생각했다.

스위트피의 향기를 맡고 있던 사나이는 일단 소파에 앉았으나 곧 다시 일어났다. 무릎께가 초조한 듯이 부들부들 떨리고 있었다.

"아이디어가 도망쳐!" 하고 그는 경고하듯이 "이 아이디어가 사라져 버리면 나는 다시 옛상태로 돌아가지 않으면 안 돼!" 하고 소리쳤다.

하녀는 이 절박한 정보를 가지고 안으로 달려갔다.

론버드는 들으라는 듯이 중얼거렸다.

"옛날에 그 상태로 돌아갔어야 했어."

아무튼 그것은 성공했다. 하녀는 다시 나오더니 사나이를 재촉하여 안쪽 방으로 안내했다. 론버드는 사나이가 버리고 간 스위트피를 한 쪽 구두 끝으로 끌어당겨 교묘하게 위로 던져올렸다. 그렇게 함으로 써 조금이나마 화를 풀려는 듯이 꽤나 열띤 동작이었다.

하녀가 나와서 살그머니 그의 앞에 허리를 구부리고 기분을 맞추려 는 듯이 말했다.

"지금 그분과 의상 디자이너 사이에 꼭 당신을 만나게 해 드리겠어 요. 지금 그분은 여간 다루기가 힘들지 않거든요. 아실 테지만……"

"모르겠는데."

론버드는 한 마디 던지고 뻗친 발끝을 까딱까딱 움직이며 그것에 눈을 주고 있었다.

그 뒤로 꽤 오랫동안 정적이 계속되었다. 물론 비교적 조용했다는 뜻이다. 하녀는 한두 번밖에 들락거리지 않았고 전화 벨도 두어번 울 렸을 뿐이었다. 기관총 소리 같은 스페인 어도 한 번 토막토막 들렸 을 따름이었다.

다음 배편으로 귀국하겠다던 주방장이 한층 포동포동한 모습을 나 타냈다. 베레모를 쓰고 목도리를 두르고 보풀이 인 오버를 입고 있었 다. 몹시 언짢은 듯한 그는 그냥 몇 마디 물어 보러 왔을 뿐이었다.

"오늘 저녁 식사는 집에서 할 건지 어떤지 물어 봐 줘. 내가 직접 물어 볼 수는 없어. 그 사람과는 이제 말하지 않을 작정이니까."

겨우 론버드 앞의 면회자가 조그만 물건 상자를 들고 나왔다. 그는 이곳을 물러가기 전에 일부러 돌아와서 또 스위트피를 뽑아 갔다.

론버드는 가만히 한쪽 다리를 뻗어 차라리 스위트피를 통째로 사나 이 앞에 쏟아버릴까 생각했으나 그 충동을 눌렀다. 하녀가 나타나 "아가씨가 만나겠다고 하십니다" 하고 말하였다.

그는 일어서려고 하다가 두 다리가 마비되어 버린 것을 알았다. 그는 위에서 아래까지 두어 번 다리를 두드리고 나서 넥타이를 바로매고 커프스를 고치고는 문턱을 넘어섰다.

긴의자 위에 클레오파트라처럼 길게 엎드려 있는 여자의 모습이 흘끗 보였다고 생각하는 순간, 뭔가 털이 있는 보드라운 것이 휙 날아와서 그의 어깨 위에 올라앉아 끼잉끼잉 소리를 냈다. 바깥 방에서 토막토막 들려 온 예의 유리를 손톱으로 긁는 것 같은 소리였다. 그는 흠칫 놀라 뒤로 물러섰다. 기다란 벨벳의 뱀 같은 것이 지그시 그의 목에 휘감기는 듯한 느낌이 들었다.

긴의자의 여자는 어머니가 어린아이의 장난을 바라보는 듯한 표정으로 빙긋이 웃어 보였다.

"놀라지 마세요, 세뇨오르. 내 귀여운 비비예요."

비비라는 애칭으로 불린다고 해서 완전히 마음을 놓을 수는 없었다. 그 정체를 확인하려고 그는 고개를 돌려 보았으나 너무 가까워서 눈에 들어오지 않았다. 그러나 이제부터의 중요한 일을 생각하고 그는 굳어진 표정을 억지로 누그러뜨리면서 싱긋 웃었다.

'나는 무슨 일이든지 비비가 하라는 대로 해요.' 여주인은 비밀이라도 털어놓는 것처럼 말했다. "비비는 나의, 뭐랄까, 손님을 감정해 준답니다. 마음에 안 드는 분이면 비비는 소파 밑으로 숨어 버려요. 좋아하는 분이면 목에 매달리므로, 그런 손님은 안심하고 대하게 되지요."

그녀는 안심이라는 듯이 어깨를 으쓱했다.

"비비는 당신을 좋아하나 봐요. 자아, 비비, 이리 내려와요."

그녀는 이렇게 말하며 비비를 달랬다.

"뭘요, 이대로 두십시오. 난 조금도 상관 없습니다."

그는 억지로 그렇게 대답했다. 여자의 말을 액면 그대로 받아들였다가는 혹시 무례가 되지 않을까 생각되었기 때문이다.

그 방해물은 오드콜로뉴를 잔뜩 뿌리고 있었으나, 벌써 그의 코는 그것이 한 마리의 원숭이 새끼라는 것을 알아내었다. 원숭이는 꼬리를 풀더니 이번에는 반대 방향으로 감으려고 하였다. 호의를 가진 것만은 분명했다. 원숭이는 뭔가 찾기라도 하는 것처럼 그의 머리를 하나하나 헤치면서 살피기 시작했다.

여배우는 즐거운 듯이 깔깔 웃었다. 이 여자의 기분을 부드럽게 만들고, 손님을 맞이할 기분이 생기게 할 수 있는 것이 있다면 이 원숭이밖에는 없을 듯했다. 그리하여 론버드는 점점 심해지는 그 자신의 불쾌감을 겉으로 나타내서는 안 된다고 판단했다.

"앉으세요" 하고 여자는 선선히 그에게 자리를 권했다.

그는 머리의 밸런스에 마음을 쓰면서 의젓한 걸음걸이로 걸어가 의자에 몸을 맡겼다. 그리고 비로소 그는 여자를 자세하게 살펴보았다.

그녀는 검은 벨벳 잠옷 위에 학의 깃털로 만든 핑크빛 숄을 두르고 있었다. 잠옷 바지 가랑이는 족히 보통 사람의 스커트 정도의 너비는 되었다. 머리 위에는 작열하고 있는 용암처럼 끔찍한 물건이 얹혀 있었다.

그보다 먼저 방에 들어갔던 그 사나이가 이것을 만들어서 그녀의 머리 위에 얹은 것이다. 하녀가 뒤에서 종려나무 잎사귀 같은 것으로 그것을 부채질하고 있었다.

"이제 1분이면 머리 세트가 끝날 거예요."

용암 같은 것을 쓰고 있는 여자가 얌전하게 설명했다. 그렇게 말하면서 아까 그가 스위트피에 붙여 들여보낸 카드를 몰래 읽고 있는 것이 보였다. 그의 이름을 생각해 내려고 하는 것이다.

"론버드 씨, 내가 좋아하는 꽃을 스페인 어로 적어서 보내주다니, 정말 기뻐요. 당신은 제 고향에서 오셨다구요? 그곳에서 만난 일이 있으시다고 하셨지요?"

다행히 그녀는 론버드가 신분을 밝혀야 할 때가 되기 전에 다른 데로 화제를 돌렸다. 크고 검은 눈이 열기에 찬 빛을 띠고 뭔가를 갈망하는 듯이 천장을 바라보았다. 그리고 두 손을 포개더니 볼 위에 올려놓고 한숨을 흘렸다.

"아아, 나의 부에노스아이레스, 그리워요! 황혼이 깃들면 플로리다 거리에서 반짝이는 빨간 불, 파란 불……."

그가 여기 오기 전에 여행 안내서와 씨름한 몇 시간도 헛된 일은 아니었다.

"라플라타의 해변, 그 철썩이는 파도" 하고 그도 작은 소리로 말을 이었다. "그리고 파렐모 공원의 경마장."

"그만해요" 하고 그녀는 우는 얼굴이 되었다. "울고 싶어져요."

연극이 아니었다. 아니, 적어도 전부가 연극이 아니라는 것은 그도 알 수 있었다. 연극을 잘하는 사람에게는 흔히 있는 일이지만, 본디 가슴 속에 깃들어 있는 감정을 과장해서 표현한 데 지나지 않는 것이다. 근본된 감정에는 거짓이 없다.

"왜 나는 고향을 버리고 이렇게 멀리 떠나왔을까?"

한 주일에 7천 달러에다가, 쇼 수익금의 10퍼센트를 받는 조건인데 왜 왔느냐는 게 무슨 소리냐고 론버드는 생각했으나 그것은 가슴에 접어 두었다.

그동안 비비는 그의 머리를 샅샅이 점검하고 있었으나 아무것도 발견하지 못해서 싫증이 났는지 팔을 타고 방바닥으로 뛰어내렸다. 이제는 대화가 한결 편안해졌다. 그의 풍성한 머리카락은 폭풍을 만난 건초더미 같은 꼴이 되어 있었으나, 그는 변덕스러운 여주인이 기분이 상할까봐 그대로 내버려 두었다. 그녀는 아직 만난 지 얼마 되지도 않았는데 그가 바라는 바를 잘 알고 있는 것처럼 친숙한 태도를 보이고 있었다. 즉시 그는 돌격을 감행하였다.

"이렇게 찾아뵌 것도 당신이 재색을 겸비한, 대단히 머리가 좋은 분이라는 말을 들었기 때문입니다."

그는 먼저 칭찬의 말을 퍼부었다.

"글쎄요, 나보고 바보라고 말한 사람은 없었으니까요."

유명한 여배우는 손톱을 보면서 얼굴도 붉히지 않고 그 말을 인정했다.

"당신은 그 곡목을 기억하고 계십니까? 그 왜 부인 손님들에게 당신이 꽃다발을 던졌던……."

그녀는 잠깐 기다리라는 듯이 손가락 하나를 천장을 향하여 세웠다. 눈이 번쩍 빛났다.

"아아, 〈딩가 딩가 붕붕〉이에요! 기억하고 있고 말고요! 마음에 들었어요? 그거 좋았지요?"

"훌륭했지요" 하고 그는 동의했다. "그런데 어느 날 밤, 내 친구가 ……."

그의 말은 여기에서 멈춰졌다. 조금 전에 종려나무 잎사귀로 부채질하는 일을 그친 하녀가 다시 방으로 들어와서 이렇게 알린 것이다.

"아가씨, 윌리엄이 오늘의 일을 지시받기 위해 와 있습니다."

"잠깐 실례하겠어요."

여자는 론버드에게 이렇게 말하고 문 쪽으로 얼굴을 돌렸다. 운전기사 제복을 입은 키가 큰 사나이가 차려 자세로 기다리고 서 있었다.

"12시까지 볼일이 없어요. 쿡블루로 점심식사를 하러 갈 테니까 10분 전에 호텔 현관으로 오면 돼요."

이어서 그녀는 "모처럼 여기까지 왔으니까 그걸 갖고 가세요, 잊어버렸던 거 말예요" 하고 말했다.

사나이는 그녀가 가리키는 화장대 앞으로 가서 은제 담배 케이스를 집어 주머니에 넣었다. 시종 태연한 동작이었다.

"그런 물건이라도 싸구려 백화점에서는 사지 못해요."

사나이의 등을 향하여 그녀는 이렇게 말하였는데, 그 목소리에는 어쩐지 빈정대는 투가 섞여 있는 것 같았다. 그녀의 눈빛으로 미루어 보건대 윌리엄은 이제 볼일이 끝난 모양이었다.

그녀는 론버드 쪽으로 돌아앉았다. 눈빛이 차츰차츰 부드러워졌다.

"조금 전 이야기의 계속인데, 내 친구가 어느 날 한 여자와 당신의 쇼를 보러 갔었습니다. 이렇게 찾아뵌 것도 실은 그 일 때문입니다."

"그래서요?"

"나는 친구를 위해서 그 여자를 찾고 있습니다."

그녀는 오해를 했다. 다시 새로운 흥미가 솟아나 번쩍 눈이 빛났다.

"어머나, 로맨틱하군요! 나는 로맨틱한 이야기를 아주 좋아해요."

"유감스럽지만 그런 것이 아니라, 한 사람의 생명에 관계되는 중대 문제입니다."

다른 경우도 그렇지만 상대가 싫증을 내면 곤란하므로 그는 지나치게 이야기가 상세하게 되는 일은 피하고 싶었다.

그런데 그녀는 오히려 그편이 재미있는 모양이었다.

"어마, 탐정물이로군요! 나는 탐정소설을 좋아해요." 그녀는 어깨를 옴츠렸다. "하기는 나와 관련되는 건 싫지만요."

그리고 그녀는 갑자기 입을 꼭 다물었다. 그 태도로 미루어 보아 아무래도 귀찮은 일이 일어난 모양이다. 그녀는 작은 다이아몬드가 박힌 손목시계를 보았다. 그리고 갑자기 일어서더니 손가락을 딱딱 울렸다. 크래커가 퉁겨지는 것 같은 소리가 온 방 안에 울려퍼졌다.

하녀가 뛰어왔다. 새 손님이 와서 이번에는 내가 내쫓겨날 모양이구나 하고 론버드는 생각했다.

"지금이 몇 시인지 알고 있어?" 하고 여배우는 하녀를 꾸짖었다.

"시간에 주의하라고 그만큼 말했잖아. 정말 부주의하군. 의사 선생님이 한 시간마다 먹이라고 말씀하셨잖아. 어서 약을 가지고 와요."

그리고 눈 깜박할 사이에 여기서는 정기적으로 불어닥치는 맹렬한 계절풍이 그의 주위에서 세차게 소용돌이쳤다. 스페인 어의 기관총, 손톱으로 유리를 긁는 것 같은 찍찍 소리, 비비의 뒤를 쫓아 온 방 안을 뛰어 다니는 하녀——론버드는 자신이 회전목마의 굴대가 된 것 같은 느낌이 들었다.

마침내 론버드마저 크게 소리시르기 시작하여 소음을 높이는 일에 한몫 끼었다.

"조금 앞쪽으로 다가서, 저런! 반대쪽으로 돌아야 해!"

그는 소리를 질렀다.

이리하여 활극의 막이 내렸다. 비비는 하녀의 손아귀로 뛰어들고 약은 비비의 뱃속으로 들어갔다.

병이 난 원숭이는 찰싹 여주인에게 매달렸다. 두 팔을 목에 감고 있어서 그녀에게 수염이 난 것처럼 보였다. 그는 다시 자기 용건으로 돌아가서 이야기를 계속했다.

"매일 밤 수많은 얼굴을 앞에 두고 연기하는 당신에게 그 중의 어느 한 사람을 기억하고 있느냐고 묻는 일이 다시없이 어리석다는 것은 잘 알고 있습니다. 전번 시즌을 통하여 한 주일에 6일 밤, 그리고 낮 공연이 두 번, 더욱이 만원의 객석 앞에서……."

"나는 이제까지 텅 빈 극장에 나간 일은 한번도 없어요" 하고 그녀는 드디어 타고난 자존심을 나타내며 론버드의 말을 보충했다. "화재도 나에게는 적이 못돼요. 한번은 부에노스아이레스의 극장에서 불이 났는데…… 손님들이 빠져나가려 했다고 생각하세요?"

그는 그 이야기가 일단락되기를 기다려 "내 친구와 그 여자는 맨 앞줄의 통로 옆자리에 앉아 있었습니다" 하고 포켓에서 꺼낸 쪽지를 비교해 보면서 말을 이었다. "즉 당신 자리에서 객석을 향해 왼쪽 좌석이죠. 그런데 생각해 내실 만한 단서는 단 하나, 그녀가 의자에서 일어났습니다. 더구나 당신께서 노래를 부르고 있는 도중에……."

그녀의 눈 속에 야릇한 빛이 일었다.

"일어났다고요? 이 멘도사의 출연중에? 재미있군요. 하지만 그런 일은 이제까지 한번도 없었어요."

문득 보니 모양좋은 그녀의 손가락이 보복을 위하여 손톱을 갈고 있는 것처럼 벨벳 바지를 집어뜯고 있었다.

"그럼, 그 여자는 내 노래 같은 것 아무래도 좋았다는 말이로군요. 아마도 기차 시간이나 무슨 일에 정신이 팔렸던가 보지요?"

"아니, 그게 아닙니다" 하고 론버드는 허둥지둥 그녀를 달랬다. "누가 당신 앞에서 그런 일을 할 수 있겠습니까. 거기에는 이유가 있지요. 〈딩가 딩가 붕붕〉을 노래할 때 당신은 그 여자에게 꽃다발 던지는 일을 잊었습니다. 그래서 그녀는 일어나서 당신의 주의를 끌려고 했던 겁니다. 아주 짧은 시간이지만 그녀는 당신 바로 앞에 서 있었지요. 그래서 우리는……."

그녀는 그런 일이 있었는지 생각해 내려는 것처럼 재빨리 두어 번 눈을 깜박거렸다. 머리 모양을 건드릴세라 조심하면서 긴 손가락으로 귀 뒤를 찔러 보기도 하였다.

"당신을 위해서 어떻게든지 생각해 내 보겠어요."

그녀는 온 힘을 다하고 있는 것 같았다. 기억을 되살리는 데 필요한 일은 모조리 다해 보았다. 어색한 손놀림으로 보아 상습 흡연자는 아니라고 생각되었지만 담배에 불을 붙여 보기도 했다. 담배는 그냥 손가락에서 타들어가고 있었다.

"안 돼요, 생각이 안 나요." 이윽고 그녀는 말했다. "미안해요, 골똘히 생각해 보았지만, 전번 시즌이라면 나로선 20년 전 일처럼 생각되는 걸요."

그녀는 고개를 흔들고 안됐다는 듯이 두 번쯤 혀를 찼다.

그는 소용되지 않는 쪽지를 포켓에 도로 넣으려다가 그것에 잠깐 눈길을 주었다.

"아아, 또 하나 있어요──이것도 마찬가지로 별도움이 될 것 같지는 않습니다만. 친구의 이야기로는 그 여자는 당신하고 똑같은 모자를 쓰고 있었답니다. 즉 조금도 틀리지 않는 복제품이었답니다."

그러자 무언가 생각이 난 듯이 갑자기 그녀는 온 몸을 일으켰다. 이제야말로 그는 그녀의 주의를 송두리째 자기에게로 돌리게 할 수 있었던 것 같았다. 생각을 집중시키려는 듯 그녀의 눈이 가늘어졌다. 이어서 실처럼 가느다란 두 눈이 번쩍 빛나는 것이 보였다.

그는 몸을 움직이는 것도, 아니, 숨쉬는 것조차 두려운 마음이었다. 비비까지도 발 아래 융단 위에서 놀란 얼굴로 그녀를 쳐다보았을 정도였다.

돌연 기억이 되살아났다. 그녀는 별안간 담배를 비벼 껐다. 그리고 밀림 속에서니 어울릴 것 같은 기성을 거침없이 내질렀다.

"아, 아, 아, 겨우 생각났어요! 지금 막!"

줄기찬 스페인 어의 홍수가 그와의 대화의 도정에서 그녀를 휩쓸어 가 버렸다. 그것은 격한 소용돌이, 무서운 격류가 되어 주위를 사로잡았으나 이윽고 가라앉자 영어로 돌아와서 말했다.

"그때 일어난 계집애야! 극장 맨 앞줄 의자에서 일어난 그 여자는 내 모자를 쓰고서 그것을 자랑하려고 했었어요. 그 여자는 스포트라이트의 움직임을 멈추게 했을 뿐더러 그 일부분을 내게서 빼앗았었지! 흥, 기억하느냐고요? 어떻게 잊어 버릴 수가 있겠어요! 그런 일을 그렇게 쉽사리 잊을 수 있다고 생각하세요? 이 멘도사를 그렇게 보다간 큰코다쳐요!"

너무나도 거센 콧김에 쫓겨 비비는 낙엽처럼 5,6피트 저쪽에서 뒹굴고 있는 듯한 느낌이었다──사실은 난리를 피하여 스스로 도망쳐 갔을 터이지만.

하필이면 하녀가 그때, 이 가장 아슬아슬한 순간에 나타났다.

"아까부터 의상 담당자가 기다리고 있는데요, 아가씨."

여주인은 머리 위에서 팔을 몇 번이나 교차시켜서 격렬한 신호를 보냈다.

"그녀라면 좀더 기다리게 해줘! 지금 나는 아주 속상한 이야기를 들은 참이니까."

그녀는 긴의자에서 내려와 한쪽 무릎을 꺾고서 론버드와 마주앉았다. 눈이 번득이고 불을 뿜는 듯한 지금의 상태를 오히려 자기의 긍지의 표현이라고 여기고 있는 듯했다. 그녀는 두 팔을 론버드 쪽으로 뻗치더니 그것으로 가슴을 탁탁 쳤다.

"보세요, 아주 오래 전 일이지만 나는 지금도 숨이 막힐 것 같아요! 보세요, 내가 얼마나 화가 나 있는지!"

그녀는 자기의 몸을 껴안듯이, 도전적으로 두 팔이 가는 허리를 꽉 죄더니 방 안을 서성이기 시작했다. 이리저리 몸을 돌릴 때마다 넓은 바지 가랑이가 펄럭거렸다. 비비는 구석에서 고개를 숙이고 앉아 조그만 손으로 눈을 가리고 있었다.

그녀가 불쑥 물었다.

"당신과 당신의 친구는 그 여자를 찾아내어 어떻게 하려는 거지요? 그 점을 아직 묻지 않았군요!"

싸움을 거는 것 같은 기세로 미루어 론버드는 대강 짐작이 갔다. 만약 그의 대답에 얼마쯤이나마 모자 디자인을 모방한 여자에 대해 호의적인 점이 있다면 비록 멘도사가 뭔가 알고 있더라도 아무런 도움을 바라지는 못할 것이다. 그는 순간적으로 머리를 써서 쌍방의 마지막 목적은 반드시 같지 않더라도 그녀의 목표와 그의 목적이 일치되도록 사실의 배열을 조작시켰다.

"내 친구는 지금 어쩔 수도 없는 궁지에 몰려 있습니다. 사정을 하나하나 이야기하면 오히려 폐스러울 것 같아 요점만 말씀드리겠습니다만, 친구를 구할 수 있는 것은 오로지 그 여자뿐입니다. 그는 그날 밤 죽 그녀와 같이 있었다는 것, 당국이 주장하고 있는 장소에는 있지 않았다는 것을 증명하지 않으면 안 됩니다. 그가 여자를 만난 것은 그날 밤뿐이기 때문이지요. 친구는 그 여자의 이름도 주소도 아무것도 모르고 있습니다. 그래서 우리는 있는 힘을 다해 그녀를 찾고 있는 거지요……."

멘도사는 생각에 잠겨 있었으나 잠시 뒤 론버드에게 말했다.

"도움이 되어 드리고 싶군요. 그 여자의 정체를 아는 단서가 되는 일이라면 숨김없이 말하겠어요."

그러나 그녀는 두 손을 절망적으로 벌려 보였다.

"하지만 나는 그 여자를 그때 한 번 보았을 뿐이에요. 그때 일어서 있는 걸 보았을 따름이에요. 더 이상 이야기할 만한 것은 없어요."

적어도 겉으로 보기에는 그녀가 론버드보다 더욱 절망스러운 듯한 빛이 짙었다.

"그는 보지 못했습니까? 동행한 남자 말입니다."

"보지 못했어요. 동행이 있었나 보지요? 하지만 워낙 객석이 어두워서……."

"실은 거기에서 커다란 고리가 한 개 빠져서 전체가 연결이 되지 않는군요. 이번 경우는 전혀 반대이지만, 지금까지는 대부분의 사람들이 남자 쪽은 기억하는데 여자는 보지 못했다고 합니다. 당신은 여자는 기억하지만 남자는 보지 못했다고 합니다. 이것 역시 아무런 증명도 되지 않습니다. 한 여자가 어느 날 밤에 극장 의자에서 일어섰다는 것만으로는요. 어떤 여자인지 모릅니다. 그녀에게는 동행이 없었을지도 모르지요. 동행이 있었다 해도 다른 사람이었을지도 모릅니다. 그래서는 아무런 의미도 없어요. 나는 한 사람의 증인의 손으로 이 두 개의 고리를 연결지어 주기를 바라고 있는 것입니다."

그는 실망했다는 듯이 두 손으로 무릎을 치고 일어났다.

"결국엔 다시 출발점으로 되돌아갔군. 정말 실례가 많았습니다."

"아무튼 좀더 노력해 보겠어요."

그녀는 약속하고 손을 내밀었다.

"소용이 될지 어떨지는 모르지만 잘 생각해 보지요."

그로서는 승산이 없었다. 서둘러 악수를 하고 우울한 얼굴로 바깥 방으로 나갔다. 그는 절망의 구렁텅이에 빠진 것처럼 보였다. 이제까지의 어느 경우보다도 확실한 것을 알 수 있을 만한 데까지 왔던 만큼 더욱 낙담이 큰 것 같았다. 이제 붙잡았다 싶은 순간에 그만 도망쳐 버린 것이다. 이리하여 다시 먼저 있던 자리로 밀려서 돌아왔다.

문득 정신을 차리니 엘리베이터 맨이 어서 내리라는 듯이 그의 얼굴을 쳐다보고 있었다. 어느 사이에 아래층까지 내려왔다는 것을 알았다. 엘리베이터에서 나오니 이번에는 누군가가 회전 문을 밀어 주었으므로 그는 문을 나왔다.

그러나 그는 어느 방향으로 걸어야 할지를 몰라 한참 동안 멍하니 현관 앞에 서 있었다. 어느 방향도 가망성이 없었으므로 그저 답답한 상태였다.

택시가 다가왔으므로 그는 손을 들었다. 하지만 손님이 타고 있어서 다음 것을 기다려야만 했다. 그는 한참 동안 그 자리에 머물러 있었다. 단 1분의 시간이 커다란 차이를 낳는 일이 인생에는 곧잘 있는 법이다. 그는 멘도사에게 아무것도 남겨 놓지 않고 나왔으므로 그대로 가버렸더라면 그녀로서는 연락할 방법이 없었을 것이다.

그가 두 대째의 택시에 올라타 막 떠나려고 할 때였다. 호텔 현관의 회전 문이 프로펠러처럼 바쁘게 돌아가더니 보이 하나가 뛰어나왔다.

"당신이 지금 멘도사의 방에서 나온 분입니까? 지금 그분에게서 전화가 걸려 왔는데 별일이 없으시면 다시 한 번 올라와 달라고 하셨습니다."

그는 다시 호텔 안으로 들어가 단숨에 올라갔다. 예에 따라 털실꾸러미 같은 것이 반가운 듯이 그에게 달라붙었다. 이번에는 그도 성가시게 여기지 않았다. 그녀는 잠옷을 벗고 다른 옷으로 갈아입는 참이었다. 미완성 스탠드 갓이 방 한가운데 서 있는 것 같은 묘한 모습이었으나 그는 조금도 개의치 않았다.

그녀도 별로 당황하는 빛이 없었다.

"당신은 결혼하셨겠지요? 그렇지 않더라도 어차피 결혼하실 테니까 상관없지만요."

함축성 있는 말인 듯싶었으나 그는 그냥 흘려들었다. 그녀는 기다란 천을 아무렇게나 어깨에 비스듬히 걸쳤으나 무엇을 감추는 데 소용이 되는 것 같지는 않았다. 이어서 그녀는 입에다 잔뜩 핀을 물고서 발치에 웅크리고 있던 의상 담당자를 내보내고 단둘이 되자 곧 입을 열었다.

"당신이 돌아가신 뒤에 나는 곧 어떤 일을 생각해 냈어요. 그건 뭐랄까……" 그녀는 문의 핸들을 돌리듯 손을 이리저리 뒤틀면서 말했다. "아아, 그래요…… 울화통을 터뜨렸어요. 그때 나는 화가 나면 언제나 그렇듯이 조금 물건을 깨고 마음을 가라앉혔지요."

그녀는 태연한 얼굴로 방바닥에 흩어진 숱한 유리 조각을 가리켰다. 깨어진 향수병 꼭지가 방 한가운데에 뒹굴고 있었다.

"그러자 묘한 일이 일어났어요. 그 여자의 일로 그때 울화통을 터뜨렸던 일을 생각해낸 거예요. 그래서 그때도 무엇을 집어던졌던 일을 생각해 낸 거예요."

그녀는 얼른 어깨를 움츠렸다.

"우습지요? 그 틈에 모자를 어떻게 했었는가도 생각난 거예요. 그래서 혹시 소용이 될까 해서요."

론버드는 흥분을 억누르지 못하고 그녀 쪽으로 한 발 내디뎠다.

그녀는 그를 향하여 손을 쳐들고 말했다.

"그날 그 여자에게 그런 일을 당하고 나는 분장실로 돌아와서 냅다……."

그녀는 크게 숨을 들이마셨다.

"차라리 두 손을 묶어 달라고 했었더라면 좋았을 걸 그랬어요. 나는 테이블 위에 있는 물건을 마구 집어들어 함부로 팽개쳤지요!"

그녀는 한 손을 수평으로 흔들어 보였다.

"내 기분 아시겠어요? 나만 나쁘다고 할 수는 없어요!"

"당신의 죄가 아닙니다."

그녀는 브래지어로 더욱 강조된 두 젖무덤 사이를 손바닥으로 찰싹찰싹 두드렸다.

"만원 객석 앞에서 내게 감히 그런 짓을 하다니! 그래, 이 멘도사가 잠자코 그 여자를 내버려 두리라고 생각하세요?"

그도 그렇게 생각되지 않았다. 격렬해지기 쉬운 그녀의 기질에 대하여 아까부터 두어 번 본보기를 보았기 때문이다.

"어쨌든 무대 감독하고 하녀가 내 두 팔을 붙잡고 늘어졌어요. 나는 이런 실내복을 입은 채로 분장실 밖으로 뛰어나가려고 했었거든요. 그때는 그녀를 붙잡아서 이 두 손으로 마구 두들겨 주고 싶은 심정이었으니까요."

한순간 그는 오히려 그랬었더라면 좋았을 거라고, 멘도사가 예의 여자를 붙잡았더라면 좋았을 거라고 생각하였다. 그러나 그렇지 않았다는 것을 그는 잘 알고 있었다. 만약 실제로 그런 일이 일어났다면 헨더슨이 말하지 않았을 리가 없고, 또 그녀 자신도 좀더 일찍 생각해 냈을 터이니까.

"붙잡기만 했었더라면 크게 혼을 내주었을 텐데."

꽤 시일이 지났건만 아직도 그리고 싶은 마음인 깃 같았다. 론버드가 경계하여 두어 발짝 뒤로 물러났을 정도였다. 그녀는 그와 마주서서 낮은 자세를 취하고 큰 새우와도 같이 양쪽 손가락을 구불텅구불텅 떨게 하였다. 비비는 겁을 집어먹고 애원하듯이 작은 손을 꼭 쥐었다 폈다 하고 있었다.

그녀는 등을 쭉 펴자 개구리 헤엄을 치듯 두 팔을 앞으로 벌리고 말을 계속했다.

"이튿날에도 나는 화가 가라앉지 않았어요. 내가 얼마나 까다로운 여자인지 아세요. 그래서 나는 내 모자를 만든 디자이너를 찾아가 다시 울분을 터뜨렸지요. 손님들이 보는 앞에서 디자이너――여자예요――에게 모자를 내동댕이치면서 이렇게 말해주었지요. '이 모자를 내 무대용으로만 만들었다고 하지 않았어요! 하나뿐이라고 그랬지요. 아무에게도 이것과 같은 것을 만들어 주지 않겠다고 했었잖아요?' 나는 그 모자로 여자의 얼굴을 마구 문질러 주었어요. 돌아오면서 보니까 그녀는 입에다 처넣은 모자를 토해 내느라고 야단이더군요."

그녀는 무엇을 건지듯이 두 손을 펴고 그의 얼굴을 살폈다.

"이런 일이 당신에게 도움이 되는지 모르겠어요. 어때요? 아마도 그 거짓말쟁이 디자이너는 틀림없이 같은 모자를 판 그 여자의 이름을 알고 있을 거예요. 그 여자로부터 당신이 찾고 있는 여자를 알아 낼 수도 있을 테지요."

"그렇군요! 정말 고맙습니다.!"

그가 미친 듯이 외치자 비비는 머리를 소파 밑에 처박고, 이어서 꼬리도 슬금슬금 끌어들였다.

"그 디자이너의 이름을 가르쳐 주십시오!"

"찾아보지요."

그녀는 생각해 내려는 듯이 관자놀이를 손으로 톡톡 쳤다.

"여러 가지 쇼에 나가므로 그때마다 의상 담당이 바뀌어서 일일이 기억할 수가 없답니다."

그녀는 하녀를 불러 지시를 내렸다.

"작년 치 청구서를 조사해서 모자 청구서가 있는지 찾아봐요."

"하지만 아가씨, 그렇게 오래 된 청구서는……."

"이런 바보 같으니, 누가 처음 것부터 찾아보라고 했어."

언제나처럼 여배우는 태평스러운 말투였다.

"지난달 치를 보면 돼. 아직까지도 청구서를 보내오고 있잖아."

적당한 틈을 두고——론버드에게는 견디기 어려울 만큼 길게 느껴졌지만——하녀가 돌아왔다.

"찾았습니다. 역시 이 달에도 왔어요. '모자 하나——백 달러', 그리고 이름은 '케팃셔'로 되어 있습니다."

"맞았어. 그거야!"

그녀는 그 청구서를 론버드에게 건네주었다.

"자, 보세요."

그는 주소를 베끼고 청구서를 그녀에게 돌려 주었다. 그녀의 손이 히스테리컬하게 떨리고 하얀 종이 눈이 방바닥에 날아 떨어졌다. 그녀는 그것을 발로 짓밟았다.

"대단한 고집이로군! 1년이나 지났는데 아직도 청구서를 보내고 있으니! 정말 염치도 없어!"

그녀가 문득 얼굴을 들었을 때 론버드는 벌써 옆방을 지나 출구로 나가고 있었다. 제멋대로인 사나이였다. 알고 싶은 것을 알아 낸 이상 사나이는 이미 다음 고리를 겨누고 있는 것이었다.

그녀는 론버드의 일에 축복을 보내기 위해 거실문으로 걸음을 옮겼다. 그러나 그 동기는 앙갚음을 위한 것이었고, 결코 애타주의에서 나온 것은 아니있다. 복도 출구까지 쫓아가고 싶었으나 아깝게도 아직 완성되지 않은 페티코트가 걸려 문을 빠져나갈 수가 없었다. 그러자 그녀는 복수의 마음을 깃들여 그의 등에다 대고 소리를 질렀다.

"그 여자를 꼭 붙잡아야 해요! 그렇게 되기를 빌겠어요! 그런 여자는 실컷 골탕을 먹여야 해요!"

여자는 대개의 경우 용서를 해주는 법인데 자기와 같은 모자를 같은 때에 쓰고 있는 상대자일 경우에는 이야기가 달라진다.

그 가게로 들어갔을 때 그는 육지에 오른 물고기 같은 느낌이 들었으나, 기가 죽어서 돌아선다는 일 따위는 하지 않았다. 목적 달성을 위해서라면 더욱 수상한 장소에라도 발을 들여놓았을 것이 틀림없다.

그것은 골목길에서 흔히 볼 수 있는 건물로, 보통 주택을 점포용으로 개조한 것이었다. 이런 가게는 돈을 들여 독창성을 강조하면 할수록 반대로 두드러지지 않게 되는 모양이었다. 가게는 아래층 모두가 전시실 비슷한 것으로 되어 있었다.

그는 용건을 말한 다음 전시실 안쪽 구석에서 몸을 숨기듯이 하고 기다렸다.

그는 한창 쇼가 벌어지고 있는 자리에 뛰어들었던 것이다. 잘은 알 수 없었지만 날마다 같은 시각에 열리는 것 같았다. 그렇지만 역시 기분은 진정되지 않았다. 남자는 그 혼자였다——적어도 남성이라고 이름붙일 만한 사람은 그 하나뿐이었다. 뼈와 가죽뿐인 칠십 남짓 된 노인이 하나, 손님들 속에 섞여 있었다. 그 곁의 귀여운 아가씨는 아마도 노인의 손녀인 것 같았는데, 그녀가 옷을 사 달래려고 함께 왔을 것이 틀림없었다.

'인간의 마음은 정말 헤아리기 힘든 것이로구나' 하고 론버드는 뜨악한 시선을 노인에게 던진 채 생각에 잠겼다.

그 노인을 빼놓고는 모두 여인네들뿐이었다. 안내를 맡은 사람도 여자였다.

마네킹들이 하나씩 천천히 안에서 나타나 이쪽저쪽에서 우아한 선회를 보여 주면서 홀 안을 돌아다니고 있었다. 무슨 까닭인지 론버드가 일부러 골라잡은 그 구석이 바로 코스의 중요한 부분인 모양으로, 마네킹은 거리낌없이 그의 곁으로 다가왔다. 그리하여 그는 우아한 몸놀림을 마음껏 볼 수 있었다. 그의 앞에서 가만히 멈춰설 때도 있었다. 무의식중에 "난 옷을 사러 온 게 아니야"라는 말이 튀어나오려 했다. 그는 앉아 있기가 몹시 거북했다. 더욱이 달리 살펴볼 것이 있는데 그녀들의 얼굴만 바라보고 있으려니 여간 괴롭지 않았다. 전갈을 부탁해 둔 아가씨가 겨우 돌아와 그를 구해 주었다.

"마담 케팃셔는 2층 개인사무실에서 뵙겠답니다" 하고 아가씨는 속삭이듯이 말했다.

심부름하는 아가씨가 안내하여 그 대신 방을 노크한 다음 다시 아래층으로 내려갔다.

방 안에 들어가니 정면의 커다란 데스크 저쪽에 살집이 좋고 머리칼이 붉은 아일랜드의 중년 여인이 앉아 있었다. 복식 디자이너답게 멋있다거나 하는 느낌은 전혀 없었고, 우둥퉁하고 깔끔하지 못한 인상이었다. 짐작컨대 이전에는 아마도 키티 쇼라는 본명으로 어느 뒷골목의 싸구려 아파트에 틀어박혀 있다가 돈줄을 잡아서 이름을 바꾸어 지금과 같은 가게를 차리게 된 것이리라. 돈벌이에 있어서는 아마 요술쟁이보다 더욱 뛰어난 수단을 갖고 있는 것이 틀림없었다. 다만 그것이 분수에 맞지 않는 성공이었기 때문에 자기 나름대로의 취미로 몸을 꾸밀 겨를도 없이 이런 모습을 사람 앞에 보이고 있는 것이리라. 첫인상으로서는 썩 호감이 갔다. 그녀는 크레용으로 채색한 디자인 스케치를 한 장 한 장 전광석화의 빠른 속도로 골라내고 있었다.

그녀는 얼굴도 들지 않고 무뚝뚝하게 물었다.

"무슨 볼일이시지요?"

그는 암담해졌다. 멘도사를 만난 뒤 곧장 달려왔으므로 아직 피로가 풀리지 않았다. 더욱이 시간도 늦어서 거의 5시가 되어 있었다.

"나는 당신의 옛날 고객의 집에서 곧장 왔습니다. 남미의 여배우 멘도사이지요."

그래도 그녀는 얼굴을 들지 않고 "용건만 말씀하시죠"라고 쌀쌀맞게 재촉했다.

"당신은 지난해 그녀의 쇼를 위해서 모자를 만드셨지요? 기억하십니까? 값은 백 달러. 나는 그 복제품을 산 사람의 이름을 알고 싶습니다."

그녀는 먼저 공격을 개시하기 전에 스케치를 치웠다. 골라낸 것은 서랍 속에, 나머지는 휴지통 속에 그녀는 마치 자기의 의사로 울화통의 스위치를 켰다껐다 할 수 있는, 그리고 그것에 타임 스위치를 걸 수 있는 여자인 듯싶었다. 그런 점에서는 멘도사 같은 여자보다 훨씬 다루기가 쉬웠다. 보다 솔직했기 때문이다.

그녀는 한 손으로 책상을 쾅 치면서 소리질렀다.

"그 얘기라면 그만둬 주세요. 그 모자 얘긴 이제 진저리가 나요. 그때도 말했지만 복제품 같은 건 절대로 만들지 않아요. 내가 오리지널을 발표할 땐 절대로 틀림없어요. 복제가 나왔다 해도 나의 가게에서, 또는 내가 허락해서 만들어진 것은 아니니까 내겐 책임이 없어요! 우리 가게는 비싼 값을 받는 대신 손님을 배신하진 않아요!"

"하지만 복제품이 있었어요" 하고 그도 굽히지 않았다. "더욱이 그것은 극장에서 풋라이트를 사이에 두고 그녀의 모자와 마주 보았던 것입니다."

그녀는 양쪽 팔꿈치를 쳐들고 책상 너머로 몸을 내밀었다.

"그 여잔 날 어떻게 하려는 거지요? 명예 훼손죄로 고소라도 하려는 것인가요? 끝까지 그렇게 나온다면 내가 먼저 고소할 거예요! 그 여자는 거짓말쟁이에요. 돌아가서 내가 그렇게 말하더라고 전해 줘요!"

그는 모자를 벗어 방구석 의자에 던졌다. 여기에 온 목적을 이룰 때까지는 결코 움직이지 않겠다는 표시였다. 윗옷 단추도 끌러 팔을 편안하게 움직일 수 있게 하였다.

"그녀는 내 일과 관계가 없으니까 그만 잊어 버리십시오. 내가 찾아온 것은 나 자신의 목적이 있기 때문입니다. 그 모자의 복제품은 분명히 있었어요. 내 친구가 극장에서 그 모자를 쓴 여자와 함께 있었으니까요. 나는 그 여자의 이름을 알고 싶습니다. 댁의 손님 리스트에 올라 있는 그 여자의 이름을 말입니다."

"그런 이름은 없어요. 우리 집에서는 그런 거래를 하지 않았으니까요. 당신은 어쩌실 셈이지요? 끝까지 그렇게 쓸데없이 버티고 있을 건가요?"

그는 턱을 쑥 내밀고 그녀에게 질세라 주먹으로 책상을 내리쳤다. 책상 전체가 울렸다.

"하느님께 맹세코 말하지만, 어느 한 사나이의 목숨이 시간이 흘러감에 따라 절박한 지경에 놓여 있습니다. 그러므로 당신의 직업 도덕이니 어쩌니 하는 잠꼬대 같은 말을 듣고만 있을 수는 없습니다. 당신은 거기 앉아 끝까지 버틸 수는 없을걸요. 나는 이 방을 걸어 잠그고 밤새도록 여기 눌러붙어 있을 테니까요! 내 말뜻을 모르겠소? 한 사나이가 아흐레 뒤에 사형을 당합니다. 그의 생명을 구할 수 있는 것은 그 모자를 쓰고 있던 여자뿐입니다. 당신은 그 여자의 이름을 가르쳐 줄 수가 있어요. 내가 알고 싶은 건 모자가 아니라 그 여자의 이름이오!"

별안간 그녀의 목소리가 본디대로 돌아갔다. 울화통이 가라앉은 모양이다. 그의 말에 감동된 것이다.

"그 사람은 뭐라고 부르지요?"

"스콧 헨더슨. 자기 아내를 죽인 혐의를 받고 있소."

그녀는 크게 고개를 끄덕거렸다.

"그 무렵 신문에서 읽은 기억이 있어요."

그는 다시 한 번 책상을 내리쳤다. 그러나 아까만큼 세게 내리치지는 않았다.

"그 사나인 죄가 없어요. 어떻게 해서든지 사형을 막아야 합니다. 멘도사는 이 가게에서 특별 주문을 했습니다. 그것은 다른 가게에서는 흉내낼 수 없는 물건이었지요. 어느 여자가 그것과 똑같은 모자를 쓰고 극장에 나타났습니다. 그녀가 바로 내 친구와 하룻밤을 같이 지낸 상대인데, 그는 그 여자의 이름도 아무것도 알지 못하고 있습니다. 그러므로 나는 무슨 짓을 해서라도 그 여자를 찾아 내지 않으면 안 됩니다. 그 여자라면 살인이 있던 시각에 그가 집에 있지 않았다는 것을 증명할 수 있으니까요. 이제 사정을 아셨습니까? 잘 모르신다고 하셔도 나는 더 이상 설명할 수가 없습니다."

그녀는 사물을 결정지을 경우에 그다지 주저하지 않는 성격 같았다. 지금도 판단을 내리는 데 오래 걸리지는 않았다. 자기 방위를 위하여 그녀는 한 가지 더 물었다.

"설마 그 여자가 꾸며낸 일은 아니겠지요? 그 여자는 모자 값을 치르지 않았을 뿐더러 여기 와서 굉장한 행패를 부렸답니다. 내가 고소하지 않는 건 다만 그 여자가 나를 고소하지 않았기 때문입니다. 이런 이야기가 세상에 퍼지면 가게의 신용이 그만큼 떨어져 버리니까요."

"나는 변호사가 아닙니다" 하고 론버드는 자신을 해명하였다. "나는 남미에 가 있던 기술자입니다. 믿지 못하겠다면 증거를 보여 드리지요."

그는 주머니에서 신원을 증명하는 물건들을 꺼내어 그녀에게 보여 주었다.

"그렇다면 안심하고 이야기할 수 있어요" 그녀도 결심을 굳힌 것 같았다.

"걱정 마십시오. 나의 관심은 헨더슨 문제뿐입니다. 나는 그를 구하기 위해 뼈를 깎는 고생을 하며 돌아다니고 있습니다. 당신들의 싸움 같은 건 나로선 흥미도 없고, 누구의 편을 들 생각도 없소. 내가 더듬는 수사 코스에 뛰어들어온 돌멩이에 지나지 않으니까요."

그녀는 고개를 끄덕이고 문이 확실히 닫혀 있는지 살피기 위해 홀끗 문 쪽을 보았다.

"됐어요. 이 일만은 절대로 멘도사에게 알리고 싶지 않아요. 그 이

유는 알겠죠? 실은 이 가게 어딘가에 비밀의 문이 있는 모양이에
요. 분명히 여기서 본을 가져갔어요. 물론 정식 절차를 밟지 않고
여기서 일하는 누군가의 손에 의해 몰래 빠져나가는 거지요. 당신
에게는 이렇게 실토하지만, 이 이상 소문이 퍼져서는 곤란하답니
다. 만약 세상이 알게 되더라도 물론 나는 부인하지 않으면 안 됩
니다. 집에서 스케치하는 디자이너는 결백합니다. 그녀가 가게를
배신하지 않았다는 건 내가 잘 알고 있지요. 그녀는 내가 가게를
시작했을 때부터 죽 같이 일을 해 온 사이로, 말하자면 돈으로 묶
어 놓은 거나 마찬가지예요. 그러므로 그녀로서는 자기가 고안해
낸 아이디어를 50달러인지 70달러 정도의 푼돈에 팔아 넘기지는
않을 거예요. 다시 말해서 자기 자신을 상대로 경쟁한다는 말이 되
니까요. 멘도사가 여기 와서 난동을 부린 날, 나는 그녀와 둘이 은
밀하게 조사해봤어요. 그랬더니 그 모자의 스케치 하나가 그녀의
앨범에서 없어져 있지 않겠어요? 복제품을 만들기 위해 몰래 빼내
간 거예요. 틀림없이 재봉사의 짓이라고 생각되었어요. 그 모자를
직접 만든 아이 말예요. 물론 그녀는 아니라고 잡아뗐고 우리도 아
무런 증거가 없었지요. 하지만 틀림없이 집에 돌아가서 그 모자를
급히 만들었을 거예요. 그리고 우리가 알아차리기 전에 빼돌린 스
케치를 도로 갖다 놓으려고 했을 테지만 그럴 겨를이 없었겠지요.
그래서 우린 두 번 다시 그런 불상사가 일어나지 않도록 눈 딱 감
고 그 재봉사를 내보냈답니다. ”

그녀는 엄지손가락으로 어깨 너머를 가리켰다.

“그러니까, 론버드 씨라고 하셨죠? 우리 가게 판매 리스트에는 그
모자의 복제를 사 간 사람의 이름이 올라 있지 않아요. 전혀 단서
가 없어요. 그러니까 도움을 드리고 싶어도 어떻게 할 수가 없군
요. 다만 내가 할 수 있는 말은 그 여자를 꼭 찾아 내야 된다면 내

보낸 그 재봉사 아가씨에게 물어 볼 수밖에 없다는 거예요. 하지만 그 아이가 모자 일을 알고 있는지 어떤지는 보장 못하겠어요. 다만 그 무렵 그녀를 내쫓을 만큼 강한 심증이 있었을 뿐이지요. 그녀를 만나 보는 것은 당신 마음이지만."

이번에야말로 확실한 것을 붙잡았다고 생각한 순간, 또 훌쩍 뒤로 물러서 버렸다.

"그럴 수밖에 없겠지요. 달리 방도가 없으니까요." 론버드는 음울한 목소리로 중얼거렸다.

"잠깐 기다리세요. 좀 도와 드릴 일이 있어요."

그녀는 친절하게 말하고 책상 위의 스피커에 스위치를 넣었다.

"루이스 양, 그 멘도사의 일 때문에 내보낸 재봉사 있지? 그 아이의 이름을 알아봐요. 그리고 주소도."

그는 목을 기울이고 책상에 한쪽 팔꿈치를 짚고서 기다리고 있었다. 그의 그런 태도를 보고 그녀는 부드럽게 말을 걸었다.

"그 친구분의 일에 퍽 열심이군요."

목소리의 억양은 정답기조차 하였다. 그녀가 이런 투로 말하는 것은 드문 일이었다.

그와 같은 목소리를 내기 위하여 그녀는 헛기침을 하지 않으면 안되었다.

그는 대답하지 않았다. 대답을 요구하는 질문이 아니었던 것이다.

그녀는 재빠른 동작으로 서랍을 열고 아일랜드 산 위스키 병을 꺼냈다.

"아래층에서 내주고 있는 샴페인은 흥미없어요. 난관에 부딪쳐서 한 번 싸워보려고 할 때는 이걸 한잔 마셔 보세요. 이것은 죽은 남편에게서 배웠답니다."

스피커에서 답변이 돌아왔다. 젊은 여자의 목소리였다.

"이름은 매지 페이튼. 여기 근무하고 있을 때 주소는 14번 거리 498번지입니다."

"14번 거리 어느 쪽?"

"여기는 그냥 14번 거리라고 적혀 있을 뿐이에요."

"됐습니다." 론버드는 말했다. "동쪽 아니면 서쪽일 테지요."

그는 주소를 적은 다음 모자를 집어들고 윗옷 단추를 잠근 뒤 다시 부활한 목적에 대비하였다. 짧은 휴식 시간은 끝난 것이다.

그녀는 불빛을 가리듯이 얼굴을 손으로 가리고 책상에 앉아 있었다.

"잠깐 기다려 보세요. 그녀에 대해 뭐 좋은 단서가 있을지도 모르니까요. 원래 자진해서 털어놓을 아이는 아니지만……."

그녀는 눈을 가리고 있던 손을 내리고 얼굴을 들었다.

"겨우 그 아이의 일을 생각해 냈어요. 별로 눈에 띄지 않는 차분한 아이죠. 블라우스에 스커트 차림이라면 짐작이 가실 테지요. 그런 아가씨가 일단 돈 때문이라면 그런 험한 장난도 해치우는 거예요. 옹색하니까 외양이 괜찮은 아이들보다 더욱 말려들기 쉽지요. 또 그런 타입은 남자를 두려워하는 것이 보통이니까요. 남자와 사귈 기회를 포착하려 하지를 않아요. 그런 방면의 예비 지식이 없으므로 남자가 생겨도 그저 건달 같은 녀석을 만나게 되지요."

여간내기가 아니라고 론버드는 생각했다. 이것이 바로 오늘날 뒷골목의 싸구려 아파트의 키티 쇼에서 벗어날 수 있는 점인 것이다.

"나는 그 모자를 멘도사에게 백 달러에 팔아치웠지만, 그 아이는 아마 50달러 안팎에 복제품을 만들어 주었을 거예요. 요점은 그것입니다. 한 50달러쯤 쥐어 줘 보세요. 아마 입을 열 거예요——만약 그녀를 찾아 내면 말입니다."

"찾아 내게 되면요."

론버드는 맞장구를 치고 무거운 발걸음을 아래층으로 옮겼다.

하숙집 아주머니가 흑단 못지않게 검게 칠한 문을 열었다. 위쪽으로 네모진 유리창이 뚫리고 그 저쪽으로 노란 빛을 띤 햇빛 가리개가 보였다.

"무슨 일이지요?"

"매지 페이튼을 찾아왔는데요."

그녀는 여분의 힘을 쓰지 않겠다는 듯이 그냥 목을 가로저었을 뿐이었다.

"그 왜 블라우스에 스커트를 잘 입는……."

"당신의 말은 알아들었어요. 하지만 그 아이는 지금 여기 있지 않아요. 전에 있었지만 벌써 이사갔어요."

아주머니는 연방 한길을 내다보고 있었다. 일껏 문간에까지 나왔으니 무슨 재미있는 구경거리라도 있었으면 하는 표정이었다. 잠자코 서 있는 것은 그 때문이지, 그의 문제에 관심이 있어서는 아닌 성싶었다.

"어디로 이사갔는지 모르십니까?"

"느닷없이 나갔어요. 내가 말할 수 있는 건 그것뿐이에요. 하숙인을 묶어 두는 터도 아니고……."

"하지만 무슨 단서가 있을 것도 같은데요. 짐을 옮기는 건?"

"그 아이의 한쪽 손하고 두 발이지" 하고 말하더니 여주인은 엄지손가락을 불쑥 쳐들었다. "저리로 갔지요."

변변한 단서는 아니었다. '저리'에는 큰길이 세 개 좌우로 달리고 있었다. 그 끝에는 거리의 외곽을 도는 도로, 그리고 강물. 강물 저쪽에는 열다섯인가 스무 개의 주(州)가 늘어서 있다. 그 끄트머리는 태평양이다.

하숙집 아주머니는 신선한 공기도 이미 실컷 마셨고 거리 구경도 싫증이 난 모양이었다.

"거짓말을 만들어 내라면 못할 것도 없지만, 댁이 알고 싶은 게 사실이라면······."

그녀는 손가락을 모아 입술에 대더니 그것을 훅 불어 아무것도 없다는 것을 알렸다. 그녀는 문을 닫으려고 하면서 말했다.

"왜 그래요, 당신? 얼굴빛이 안 좋은데요."

"그럴 거요. 이 층계에서 좀 쉬어 가도 되겠소?"

"좋을 대로 하세요. 드나드는 데 방해만 안 된다면야."

쾅! 문이 닫혔다.

사형집행 전 8일 7일 6일

그는 뉴욕에서 세 시간쯤 걸리는 곳에서 기차를 내렸다. 그리고 기차가 떠나자마자 주위를 두리번거렸다. 거기는 대도시에서 얼마 떨어져 있지 않은 변두리 작은 거리의 하나였다.

이러한 거리는 왠지 훨씬 먼 시골보다 오히려 더 촌스럽고 활기없는 인상을 주곤 한다. 그가 미심쩍게 두리번거린 것도 뉴욕과 너무나도 다른 그 변화에 어리둥절했기 때문일 것이다. 그렇다고는 하나 대도시의 대표적인 명물들을 여러 가지 볼 수 있는 점에서는 완전히 시골이라고도 할 수 없을 것이다. 저 유명한 10센트 백화점, 슈퍼마켓의 A&P, 눈에 익은 오렌지 주스의 연쇄점. 그러나 이것들을 보고 있노라니 멀리 왔다는 느낌이 줄어들기는커녕 한결 더 강조되는 것이었다.

그는 봉투 뒤에 갈겨쓴 메모를 보았다. 몇 개의 이름이 죽 씌어 있고 저마다 주소가 덧붙여져 있었다. 모두 다 비슷비슷한 이름인데, 다만 두 나라 말로 씌어 있는 점이 달랐다. 끄트머리의 두 개를 빼놓고 다른 것에는 줄을 그었다. 메모는 이러했다.

매지 페이튼.   (밀러네) 부인 모자 (주소).
마시 페이튼.   (밀러네) 부인 모자(주소)
마거릿 페이튼.   (햇) 모자 (주소).
마담 매그닥스.   (샤포) 모자 (주소).
마담 마르고.   (샤포) 모자 (주소).

그는 철로를 건너 가솔린 스탠드에 가서 기름투성이의 사나이에게 물었다.

"이 근처에서 모자를 만드는 여자로 마르그리뜨라는 사람을 모르시오?"

"그러고 보니 하스콤 할머니네 하숙인이 창문에 그런 간판을 내건 걸 본 적이 있어요. 하기야 유심히 보지 않아서 모자인지 드레스인지는 똑똑하지 않지만요. 이 길 이쪽 줄 끄트머리 집이에요. 이리로 죽 가면 됩니다."

거기는 때가 낀 것 같은 목조 가옥으로 아래쪽 창문 옆에 '모자 마르그리뜨'라는 손으로 쓴 초라한 간판이 걸려 있었다. 이런 시골 구석에서도 상점의 이름은 프랑스 식으로 해야 하는 모양이다. 묘한 인습이라고 그는 생각하였다.

그는 어두컴컴한 현관으로 들어가서 문을 두드렸다. 나온 것은 케텃셔의 말대로면 찾고 있는 바로 그 아가씨였다. 돋보이는 데가 없고 차분하게 생긴 여자——린네르 블라우스에 감청색 스커트를 입고 있었다. 손가락 끝에 조그만 금속성 물건이 끼어 있었는데 골무인 듯했다. 그녀는 이 집 주인에게 볼일이 있어서 찾아온 사람인 줄 알았는지 묻기도 전에 대답을 했다.

"하스콤 아주머니는 쇼핑 나가셨어요. 이제 곧······."

"페이튼 양, 찾느라고 혼났소." 론버드는 말했다.

순간, 그녀는 몹시 놀라며 얼른 문을 닫으려고 하였다. 그의 발이 그것을 가로막았다.

"사람을 잘못 보셨나 봐요."

"그렇게 생각되지 않는데."

왜 달아나려고 하였는지 그 이유는 모르겠지만 그녀의 놀라움만으로도 훌륭한 증거가 아닌가. 그녀는 계속 고개를 내저었다.

"좋아. 그럼, 내가 말하지. 당신은 전에 케팃셔의 가게에서 재봉사로 일했었지?"

그녀는 얼굴빛이 종잇장처럼 하얘졌다. 틀리지 않았다. 그는 팔을 뻗쳐 여자의 손목을 잡았다. 금방이라도 문을 닫고 안으로 들어가 버릴 기색이었으므로 그렇게 하지 못하도록 한 것이다.

"어떤 여자가 아가씨를 꾀어 멘도사를 위해 만든 모자의 복제품을 만들도록 했었지?"

그녀는 점점 더 빨리 고개를 내저었다. 자기가 할 수 있는 일은 도리질밖에 없다고 말하는 것 같았다. 그녀는 겁에 질려 몸부림치면서 잡힌 팔목을 뿌리치려고 안간힘을 썼다. 그 문간에 그녀를 잡아 두고 있는 것은 손목을 꽉 붙잡은 그의 손의 힘뿐이었다. 두려움과 용기는 전혀 반대의 것이지만 끈질기다는 점에서 다름이 없는 것이다.

"나는 그 여자의 이름만 알면 돼."

그녀는 말을 알아들을 만한 상태는 아니었다. 그토록 공포의 심연으로 곧장 빠져드는 사람을 그는 이제껏 본 적이 없었다. 얼굴은 흙빛이었다. 이것은 표현에 지나지 않지만, 볼이 크게 부풀었다 꺼졌다 하는 모양은 심장이 정말로 입 안에 기어들어갔나 싶을 정도였다. 그녀를 이토록 겁에 질리게 한 것은 디자인의 도용 정도의 일일 리가 없다. 원인과 결과가 너무나 동떨어진 듯하다. 저지른 죄에 비하여 불안의 도가 지나치게 강한 것이다. 막연하게나마 그는 또 다른, 이

탐색과는 전혀 관계가 없는 길목에 뛰어든 것이 아닐까 생각되었다. 그렇다고밖에 생각할 수가 없었다.

"그 여자의 이름만 가르쳐 주면 돼……."

그러나 공포로 흐려진 그녀의 눈동자를 보니 그의 말 따위는 귀에 들리지도 않는 모양이었다.

"아가씨를 붙잡아 가겠다는 것은 아니야. 자, 아가씨는 그 여자의 이름을 알고 있지 ? "

겨우 그녀는 목소리를 내었다. 목을 죄는 것같이 찢어진 목소리였다.

"가져오겠어요. 메모는 방에 있어요. 잠깐 이 손을 놓아 주세요……."

그는 문을 닫지 못하게 잡고 있었다. 꽉 잡고 있던 그녀의 손목을 놓아 주고 나니 그는 금방 혼자가 되었다. 그녀는 돌풍에 휩쓸리듯이 사라져버렸다. 그는 한참 기다렸다. 그러나 그녀가 그 자리에 남겨 놓고 간 긴박감 같은 것에 이끌려 그는 똑바로 뒤좇아 갔다. 음침한 중간 복도를 지나 방금 그녀가 들어간 문의 손잡이를 잡았다.

다행히 문은 잠겨져 있지는 않았다. 문을 연 순간, 그녀의 머리 위에서 커다란 가위가 번쩍 빛나는 것이 보였다. 그것을 어떻게 처리하였는지 그는 알 수 없었으나 어떻게든 해치웠다. 한 팔을 휘둘러 그 일격을 가로막을 수 있었지만 유감스럽게도 옷소매가 찢기고 팔도 찢어졌다. 그는 그녀에게서 가위를 빼앗아 방구석에다 내던졌다. 만약 그녀가 똑바로 그것을 내리찍었더라면 아마도 가윗날은 그의 심장까지 꿰뚫었을 것이다.

"대체 무슨 짓이지 ? "

그는 손수건을 소매 속에 밀어넣으면서 물었다.

그녀는 짓밟힌 아이스크림 콘처럼 납작 까부라져 있었다. 흐느껴

울면서 몸을 가누지 못했다.

"그 사람은 그 뒤 죽 만나지 못하고 있어요. 난 어떻게 했으면 좋을지 모르겠어요. 난 그 남자가 무서웠어요. 싫다고 할까봐 겁이 났어요. 그의 말로는 2,3일이었는데 벌써 몇 달이나——누구에게 다 털어놓으려고 한 적이 있지만 그런 짓을 하면 그 사람이 날 죽인다고 하기에."

그는 얼른 그녀의 입을 막고 한참 동안 그대로 있었다.

역시 그가 찾는 것과는 다른 사연이 있는 것이다. 그는 관계 없는 일에 말려들고 싶지 않았다.

"그만해! 아가씨는 공연한 일로 겁을 내고 있는 모양인데, 나는 이름을 듣고 싶을 뿐이오. 아가씨가 케틱셔의 가게에서 만든 모자를 본떠서 하나 더 만들어 준 여자의 이름만 가르쳐 주면 되는 거야. 알아들었소?"

이야기의 방향이 완전히 달라졌다. 그러나 그 변화가 너무나도 갑작스러웠다. 몸의 안정을 보장해 준다는 것은 고맙지만…… 그녀는 함부로 믿을 마음이 들지 않았다.

"당신은 그렇게 말씀하시지만, 그런 말로 나를 속이고……."

가늘어서 잘 들리지 않았지만 흐느끼는 듯한 울음 소리가 바로 곁에서 나기 시작했다. 지금의 그녀로서는 온갖 것이 공포의 씨앗이었다. 울음소리는 고막을 때리기에는 상당히 멀었지만 뺨 언저리가 다시 흙빛으로 변한 것을 그는 보았다.

"아가씨의 종교는?" 하고 그는 물었다.

"가톨릭이었어요."

그 경직된 대답 속에는 뭔가 비극적인 것이 깃들어 있음이 분명했다.

"그럼, 로잘리오(천주교에서 사용하는 묵주)를 갖고 있겠지? 갖고 와."

이치로는 통하지 않으므로 감정면에서 납득시킬 수밖에 없다고 그는 생각했다.

그녀는 묵주를 손에 얹어 그에게로 내밀었다. 론버드는 집지 않고 그녀의 손을 가만히 감싸쥐었다.

"이 묵주에 걸고 맹세하지. 내가 바라는 것은 지금 말한 그것뿐이야. 그밖에는 아무것도 없어. 그밖의 문제로 아가씨를 괴롭힐 마음은 없어. 달리 목적이 있어서 여기 온 것이 아니야. 이제 됐나?"

묵주를 만지고 있는 그 일 자체가 마음을 가라앉히는 효과를 가지고 있었던지 그녀는 조금 진정되었다.

"피엘레트 더글러스, 리버사이드 드라이브 6번지" 하고 그녀는 거침없이 말했다.

울음 소리가 조금씩 커졌다. 그녀는 마지막으로 다시 한 번 망설이는 듯한 시선을 그에게 던졌다. 벽 한쪽에 커튼을 친 오목하게 들어간 곳이 있었다. 그녀는 그리로 갔다. 울음 소리가 뚝 끊어졌다. 그녀는 두 팔에 하얀 옷을 입은 아기를 안고 있었다. 옷의 맨 위에 있는 조그만 분홍빛 얼굴이 신뢰에 찬 눈으로 그녀를 올려다보고 있었다. 론버드 쪽을 바라보는 그녀의 눈에는 아직도 공포의 그림자가 깃들어 있었다. 그러나 그 조그만 분홍빛 얼굴을 내려다볼 때는 자애로운 빛이 가득 흘러넘치고 있었다. 은밀하고 부끄러운 애정이기는 하였으나 끊을 수 없는 애정이기도 하였다. 고독한 자의 사랑은 하루하루 더 강해져서 불멸의 사랑이 되는 것이다.

"피엘레트 더글러스, 리버사이드 드라이브 6번지라……"

그는 지폐를 꺼내어 세었다.

"그녀는 아가씨에게 얼마를 주었소?"

"50달러."

그녀는 멍하니 중얼거렸다. 그런 것은 옛날에 다 잊어 버린 듯한 말투였다.

그는 거기 뒤집어져 있는 만들다 만 모자 속에 50달러를 집어넣었다.

"앞으로는," 하고 그는 문간에서 말하였다. "좀더 자제력을 길러야겠어. 아가씨의 행동은 전혀 무방비 상태야."

그의 그와 같은 말도 그녀의 귀에는 들리지 않았다. 듣고 있지 않았던 것이다. 그녀는 미소를 머금고 이빨도 없는 입으로 웃으면서 자기를 올려다보고 있는 조그만 얼굴을 바라보고 있었다.

바로 밑에서 올려다보고 있는 그 조그만 얼굴은 그녀의 얼굴과 조금도 닮지 않았다. 하지만 앞으로 죽 그것은 그녀의 소유인 것이다. 그녀의 재산이고, 지키며 키우는 것이고, 그녀의 고독을 어루만져 주는 것이었다.

"행복하게 살아요."

그는 현관 끝에서 이렇게 외쳤다.

여기까지 오는 데는 세 시간이 걸렸다. 돌아가는 길은 30분도 채 걸리지 않을 것이다. 아니, 그에게는 그렇게 느껴졌다. 그의 몸 밑에서 기차 바퀴가 소란을 피우며 그 특유의 리듬으로 말을 걸어 오는 것이었다.

"이제, 겨우, 잡았다! 이제, 겨우, 잡았다! 이제, 겨우, 잡았다!"

차장이 곁에 와서 발을 멈추고 "표를 보여 주십시오" 하고 말했다. 그는 얼굴을 들고 실없이 웃었다.

"자, 여기. 이제, 겨우, 잡았다."

이제, 겨우, 잡았다. 이제, 겨우, 잡았다. 이제, 겨우, 잡았다……

사형집행 전 5일

자동차가 도착했을 때의 소리는 듣지 못했다. 들린 것은 자동차가 유리문 밖을 달려 지나가는 붕 하는 낮은 소리뿐이었다. 그는 얼굴을 쳐들었다. 그러자 유리문을 등지고 유령 같은 사람 그림자가 이미 현관에 들어와 있는 것이 보였다. 그녀는 문을 조금 열고 안으로 들어오려고 하는 자세로 얼굴만을 뒤로 돌려서 자기를 태우고 온 차가 멀어져 가는 것을 바라보고 있었다.

이것이야말로 예의 그 여자임에 틀림없다고 그는 느꼈으나 그 이상의 확증이 있는 것은 아니었다. 다만 그녀는 가정을 갖지 않은 자유로운 여자인 모양으로 혼자 돌아왔는데, 이것은 그의 상상과 들어맞았다. 그녀는 바라보는 사람의 정신이 아찔할 정도로 미인이었다. 도가 지나치면 무엇이든지 마찬가지지만, 너무 지나치게 아름답기 때문에 보는 사람으로 하여금 기쁨을 느끼게 하는 듯한 요소가 하나도 없었다. 돌을 새김을 한 석고상의 옆얼굴이나 조상(彫像)의 머리는 일종의 추상 예술이기는 하나 인간의 정서를 움직이지는 못한다.

그녀가 이러했다. 세상에는 이른바 보상의 법칙이라는 것이 있어 그녀의 경우도 외모가 아름다운만큼 마음은 거의 아름답다고 할 만한 것이 없었으며, 오히려 결점투성이뿐이었다. 머리칼은 부루넷이고 키도 컸으며 몸매는 더할 나위 없이 완벽했다.

보통 여성이 고민하는 여러 가지 문제나 노고를 겪어 보지 못하고 지내 온 그녀의 인생은 아마도 무미건조했을 것이 틀림없다. 그런 눈으로 보니 그녀의 얼굴은 확실히 따분한 생활을 하고 있는 여자의 얼굴이었다. 깨어진 비누 방울이 비누 특유의 아린 맛을 입술에 남기고 간 것 같은 표정이었다.

살짝 열린 유리문 틈으로 보이는 그녀의 가운은 은빛 잔물결이 아래를 향하여 흐르고 있는 무늬였다. 자동차가 사라져 버리자 그녀는 얼굴을 이쪽으로 돌리고 비로소 안으로 들어왔다.

그녀는 론버드에게는 눈도 돌리지 않고 "나, 왔어요" 하고 호텔 보이에게 음울하고 힘없는 목소리로 말했을 뿐이다.

"이분께서 벌써부터 기다리고 계십니다."

보이가 말을 꺼냈다.

그 말이 끝나기도 전에 론버드는 성큼성큼 그녀에게로 다가갔다.

"피엘레트 더글러스 양입니까?" 그는 묻는다기보다 단정하듯이 말했다.

"그런데요."

"드릴 말씀이 있어서 이렇게 기다리고 있었습니다. 곧 좀 이야기했으면 합니다. 한시가 급한 일이므로……."

그녀는 기다리고 있는 엘리베이터 앞에 멈춰섰다. 얼른 보아서 더 이상 따라오지 말았으면 하는 표정이었다.

"시간이 너무 늦은 것 같군요."

"아니, 문제가 다릅니다. 기다릴 수 없습니다. 나는 잭 론버드라는 사람으로 스콧 헨더슨 때문에 왔습니다만……."

"그런 분은 알지 못하고, 당신도 뵌 적이 없다고 생각되는데, 아닌 가요?"

끝의 '아닌가요?'는 인사성으로 붙인 말에 지나지 않았다.

"그는 지금 주 형무소의 사형수 감방에서 처형을 기다리고 있는 몸입니다." 론버드는 그녀의 어깨 너머로 호텔 보이를 의식하며 "여기서 이렇게 말할 것이 아닙니다. 자리가 좀 아무래도……" 하고 말했다.

"미안하지만 난 여기 살고 있어요. 더구나 벌써 밤 1시 15분이나 되었으니 이런 무례한 짓은 삼가해주세요. 저리 가서 말씀이라도 들어볼까요?"

그녀는 비스듬히 로비를 가로질러 긴의자 하나와 끽연용 스탠드가 놓여 있는 한모퉁이로 걸음을 옮겼다. 거기서 그녀는 론버드와 멈추어 섰으나 앉으려고는 하지 않았다. 두 사람은 선 채로 이야기하였다.

"당신은 케팃셔의 가게에서 일하고 있던 매지 페이튼이라는 아가씨에게서 모자를 사신 일이 있지요? 그리고 50달러를 치르셨지요?"

"그럴지도 모르죠."

그녀는 호텔 보이 흥미진진한 얼굴로 로비에 들어와 열심히 엿듣고 있는 것을 알아차렸다.

"조지."

그녀가 따끔하게 꾸짖자 보이는 마지못해 로비에서 물러갔다.

"당신은 그 모자를 쓰고 어느 날 밤, 어떤 신사와 극장에 가지 않았습니까?"

이번에도 그녀는 조심스럽게 겸양의 미덕을 보여 주었다.

"갔을지도 모르지요. 극장에는 곧잘 가니까요. 그럴 때는 물론 남자분과 함께입니다. 죄송하지만 어서 요점을 말씀해 주시지요."

"이야기는 이미 요점에 들어가고 있습니다. 당신은 그 신사와 그날 밤 처음으로 만났을 뿐입니다. 당신은 그의 이름을 모르고 그도 당신의 이름을 모르는 채 함께 극장에 갔습니다."

"천만의 말씀," 하고 그녀는 분개하기까지는 않았지만, 꽤나 쌀쌀한 투로 말하였다. "잘못 아셨어요. 내 행동 기준을 조사하면 아시겠지만, 여느 사람과 마찬가지로 자유예요. 그렇지만 정식 소개도 받지 않고 오다가다 우연히 만난 분과 사귀다니 말도 되지 않아요. 혹시 사람을 잘못 아시지 않으셨어요?"

그녀는 은빛 가운 밑으로 한 발을 내밀어 걷기 시작하려고 했다.

"제발 빌겠소, 사교상의 문제가 어떻다느니 한가로운 토론일랑 그만둬 주십시오. 그 사나이는 사형 선고를 받고 이번 주일 안으로 처형됩니다! 당신이 힘을 빌려 주지 않으면 큰일입니다!"

"서로의 입장을 좀 알 것 같군요. 그럼, 내가 어떤 날 밤 그 사람과 함께 있었다고 거짓 증언을 하면 되나요?"

"아니 아니, 그렇지 않습니다." 그는 씨근씨근 숨을 몰아쉬며 말했다. "그와 같이 있었다고 사실 그대로를 증언하시면 됩니다."

"그럼 안되겠군요. 그런 사실은 없었으니까요."

그녀는 물끄러미 그의 눈을 바라본 채 눈길을 떼지 않았다.

이윽고 그가 입을 열었다.

"이야기를 모자로 돌립시다. 당신은 모자를 사셨지요? 그 모자는 어떤 다른 사람이 특별히 만들게 한 주문품으로서……."

"또 이야기가 어긋나기 시작하는군요. 내가 그 모자를 인정하는 것과 그 남자분과 같이 극장에 갔다는 것을 인정하는 일은 전혀 다른 문제가 아니겠어요? 그 두 가지 일 사이에는 전혀 관련이 없어요."

'듣고 보니 확실히 그렇구나' 하고 그도 인정하지 않을 수 없었다. 이제까지 끄떡도 없다고 생각하고 있다가 발 밑의 땅이 쫙 갈라지는 것 같은 느낌이었다.

"극장 구경 이야기를 좀더 자세히 해주실 수 없겠어요?" 하고 그녀는 말을 이었다.

"그 남자분과 동행한 여성이 나라는 증거라도 있나요?"

"모자가 그 주요 부분입니다." 론버드는 대답하였다. "그것과 똑같은 모자를 그날 밤 멘도사라는 여배우가 무대에서 쓰고 있었습니다. 당신은 그 복제품을 샀다는 것을 인정하셨지요? 스콧 헨더슨과 함께 간 여자는 그 복제품을 쓰고 있었습니다."

"그렇더라도 그 여자가 나라고 할 수는 없지 않을까요? 당신의 논리는 당신이 믿고 계신 것만큼 완전한 것은 아니에요."

그러나 그녀의 말도 거의 독백에 가까운 것으로 그녀의 생각이 분주하게 이리저리 뛰어다니고 있는 것처럼 보였다.

어떤 변화가 그녀 안에 일어나고 있었다. 그것은 뭔가 엄청나게 유리한 효과를 그녀에게 안겨 주는 바로 그것이었다. 론버드의 말 속에서 발견하였는지, 문득 그녀의 마음 속에 떠오른 것인지 거기까지는 알 수 없다. 그녀의 태도는 갑자기 탄력성을 띠고 흥미로운 빛이 짙어지며 마치 열병에라도 걸린 듯한 느낌이 들었다. 눈이 빛나기 시작했다.

"한두 가지 알고 싶은 일이 있어요. 멘도사의 쇼라고 하셨지요? 날짜는 대강 어떻게 되나요?"

"정확한 날짜를 압니다. 두 사람이 같이 극장에 간 것은 지난 5월 20일 밤 9시에서 11시 조금 지나서까지입니다."

"5월이라고요?" 하고 그녀는 소리내어 말했다. "어쩐지 재미있게 되어 가는 것 같군요." 그녀는 론버드의 옷소매를 끄는 시늉을 하면서 "당신이 맞았어요. 아무튼 잠깐 내 방으로 가 주시지 않겠어요?"
하고 덧붙였다.

엘리베이터로 올라가는 도중 그녀는 겨우 이렇게 말했을 뿐이었다.

"오시기를 참 잘했어요."

두 사람은 12층쯤에서 내렸다. 그로서는 분명하게 몇 층이라고 말할 자신이 없었다. 그녀가 열쇠로 문을 열고 불을 켰다. 론버드도 뒤따라 방으로 들어갔다.

그녀는 팔에 걸치고 있던 여우 목도리를 아무렇게나 의자에 집어던졌다. 그리고 그의 곁에서 떨어졌는데 반들반들한 마룻바닥에 거꾸로 비쳐진 그녀의 모습은 은빛 증기를 뿜어 낸 듯했다.

"5월 20일이 틀림없지요?" 그녀는 어깨 너머로 다짐하였다.

"곧 돌아오겠어요. 앉아서 기다리세요."

열어젖힌 안쪽 방문으로 불빛이 흘러나왔다. 그녀가 잠시 그쪽에 가 있는 동안 그는 앉아서 기다리고 있었다. 이윽고 그녀는 청구서로 보이는 종이 꾸러미를 들고 돌아왔다. 그의 곁에까지 오는 동안 이미 목적했던 것을 골라 낸 모양이었다. 그녀는 그 한 장만을 남기고 다른 종이 다발은 홱 던져 버리고 나서 그에게로 다가왔다.

"이야기를 진행시키기 전에 밝혀 둘 일이 하나 있어요," 라고 그녀는 말하였다. "그날 밤 그 남자분과 극장에 함께 간 것은 내가 아니라는 거예요. 잠깐 이걸 보세요."

그것은 병원의 입원비 청구서로서 입원 기간은 4월 30일부터 4주일로 되어 있었다.

"나는 맹장 수술을 해서 4월 30일부터 5월 27일까지 입원해 있었어요. 이런 종이쪽 한 장으로 안되겠다면 그 병원 선생님이나 간호원에게 물어 보도록 하시지요."

"아니, 이것으로 충분합니다."

그는 패배의 한숨을 땅이 꺼지게 쉬었다.

그녀는 회견에 종지부를 찍으려 하지 않고 오히려 론버드 곁에 자리잡고 앉았다.

그는 겨우 입을 열었다.

"하지만 모자를 산 건 당신이 아닙니까?"

"네, 나예요."

"그런데 모자는 어떻게 된 겁니까?"

금방은 대답이 없었다. 그녀는 무언가 골똘히 생각하는 모양이었다. 그 어떤 기묘한 정적이 두 사람 사이에 감돌고 있었다. 그는 그 정적의 뒷그늘에서 그녀와 그녀 주위의 상황을 관찰했다. 그녀는 그 정적 뒤에 숨어서 스스로의 내면 문제를 검토하고 있었다.

그 방은 그에게 여러 가지를 말해 주었다. 방 안의 장식은 겨우 체면을 유지할 정도의 것이었다. 바깥 환경은 이 지역에서 가장 알뜰하다고까지는 못하더라도 그만하면 괜찮다고 할 수 있을 상태이다. 그런데 안으로 들어오니 유리알처럼 반들거리는 마룻바닥을 장식할 덮개조차도 변변히 없는 형편이었던 것이다. 최신식 가구류도 충분히 갖추어졌다고는 할 수 없다. 아니, 오히려 누군가의 손으로 하나씩 팔아치운 것 같은 틈새가 여기저기에 보이고 있었다. 그리고 겉보기만의 싸구려 가구가 그 공간을 채우는 일조차 허락되어 있지 않은 것이다. 그리고 여기 사는 여자에게도 비슷한 징후가 여실히 나타나 있었다.

그녀의 구두는 40달러는 됨직한 특별주문품이었으나, 너무 오래 신어서 낡아 있었다. 뒤축이나 광택으로 보아 그것은 확실했다. 드레스에는 싸구려 물건으로는 도저히 나타낼 수 없는 독특한 곡선이 있었으나 이 또한 상당히 오래 된 것이었다. 그런데 무엇보다도 그것이 역력히 나타나 있는 것은 그녀의 눈이었다. 머리의 회전만으로 살아가지 않으면 안 되는 영락한 사람에게서 흔히 볼 수 있는 병적인 경계의 표정, 다음 기회가 어느 방향에서 올지 모르므로 한 번 잡으면 절대 놓치지 않으려고 하는 전전긍긍하는 표정. 유심히 관찰하면 그와 같은 하찮은 것들이 모여 그녀의 지금 입장을 말해 주고 있다는 것을 알게 된다. 하나하나 따로 들추어 보면 아무렇지도 않은 징후지만, 전체적으로 생각하면 의문의 여지가 없이 거기 일관된 사연을 읽어 낼 수가 있는 것이다.

그는 가만히 앉은 채 그녀의 마음속에 귀를 기울이고 있었다. 가슴의 상념을 들으려고 하였다. 그녀는 자기의 손을 보았다. 그는 그것을 바라보면서 생각했다. 그녀는 지난 날 그 자리를 장식하고 있던 다이아몬드 반지를 생각하고 있는 것이다. 그것은 지금 어디에 있을까. 필경 전당포이리라. 다음에 그녀는 한쪽 다리를 가볍게 들어올려 발등을 흘끗 보았다. 그 순간, 그녀는 무엇을 생각하였을까. 아마도 비단 양말일 것이다. 그것도 한 켤레가 아니라 몇십 켤레, 몇백 켤레——비단 양말에 파묻혀 있는 자기를 상상하였을 것이다. 그것을 해석하자 돈이라는 답이 나왔다. 뭐든지 갖고 싶은 것을 살 수 있을 만큼의 돈……

그녀는 마음을 정한 모양이었다. 그녀의 표정을 자세히 관찰하며 그는 그렇게 생각하였다.

그녀는 겨우 그의 물음에 대답하였다. 침묵은 끝났다. 그 동안은 실로 한순간에 지나지 않았던 것이다.

"그 모자 일은 별스럽지도 않은 거예요. 나는 그 모자가 첫눈에 마음에 들어 그 아가씨를 구슬러 똑같이 만들게 했어요. 돈의 여유가 좀 있으면 그렇게 충동적으로 써 버리고 말아요. 나는 그 모자를 분명히 한 번인가밖에 안 썼다고 생각하는데……"

그녀는 어깨를 옴츠렸다. 은빛 가운이 눈부시게 반짝였다.

"게다가 그 모자는 내게 어울리지 않았어요. 이렇다 할 뚜렷한 까닭은 없지만 어딘가 딱 들어맞지 않았어요. 나 같은 타입이 쓸 수 있는 모자가 아니었단 말이에요. 하지만 그다지 실망하지 않고 그 뒤로 전혀 잊어버리고 있었어요. 그런데 병원에 입원하기 전인데, 어느 날 친구가 찾아왔지 뭐예요. 우연히 그걸 보고 시험삼아 써 보았어요. 당신이 여자라면 그런 행동을 이해하실 거예요. 하나가 치장하고 하나가 그것을 기다리고 있을 때 우리 여자들은 곧잘 상대방이 새로 산 물건을 호기심에서 입어 보는 법이에요. 그녀가 여간 마음에 들어하지 않으므로 나는 그 모자를 줘 버렸어요."

이야기의 끝맺음에서 그녀는 다시 한 번 이야기의 첫머리에서와 마찬가지로 어깨를 움츠렸다. 이제 이것으로 끝이다. 더 이상 이야기할 것이 아무것도 없다는 의사 표시인지도 모른다.

"그 친구의 이름은?" 하고 그는 부드럽게 물었다.

아무리 단순하고 아무렇지도 않은 말을 입 밖에 낼 경우일지라도 그는 두 사람 사이에 공방의 불꽃이 튄다는 것을 알고 있었다. 이것은 일종의 상거래니까 당장에 대답을 얻으리라고는 생각하고 있지 않았다.

그녀도 마찬가지로 아무렇지도 않게 대답하였다.

"그런 말을 내가 해도 괜찮은지 몰라요?"

"여기에는 한 사람의 생명이 걸려 있소. 그 사나이는 금요일에 죽게 되어 있소."

그는 억양 없는 목소리로 낮게 말하였다. 따라서 입술은 거의 움직이지 않았다.

"그것이 내 친구 탓이라는 건가요? 그녀가 그 원인으로서, 그녀에게 그 책임이 있다는 건가요?"

"아니, 그런 게 아니라…." 론버드는 한숨을 쉬었다.

"그럼, 도대체 무슨 권리로 그녀를 끌어들이려는 거지요? 여자에게도 사형 못지않은 괴로움이 있어요. 사회적인 죽음 그것은 오명이나 나쁜 소문의 경우에도 마찬가지예요. 소문이란 그리 쉽사리 없어져 주지 않는답니다. 친구에 대해 면목 없는 일이 될지 누가 보장하겠어요."

그의 얼굴은 긴장의 도가 커짐에 따라 점점 더 파리해졌다.

"당신 가슴에는 반드시 내 호소를 받아들일 마음이 있을 겁니다. 당신은 사람이 죽어도 태연한 얼굴로 있을 수 있습니까? 당신이 정보를 제공해 주지 않았기 때문에 그가 사형되어……."

"결국 나는 여자 쪽과는 아는 사이지만 그 남자분은 모른다 그 말예요. 그녀는 내 친구지만 남자분은 남이거든요. 당신의 말씀은 다른 사람인 그 남자분을 구하기 위해 그녀를 위험하게 해도 좋다는 것이 되지요."

"친구가 왜 위험하게 됩니까?"

그녀는 대답하지 않았다.

"그럼, 당신은 내 부탁을 거절하는군요."

"거절한다고도 받아들인다고도 하지 않았어요, 아직."

그는 답답하여 숨이 막힐 듯하였다.

"이대로는 안 됩니다. 이제 시간이 없어요. 나는 무슨 짓을 해서라도 당신의 입을 열게 하겠소."

두 사람은 이미 일어서고 있었다.

"당신은 내가 남자니까 당신을 때리지는 못할 것이다, 따라서 당신의 입을 열게 할 수 없다고 생각하고 있소? 하지만 나는 단연코 알아내고야 말 테요. 언제까지나 이런 식으로 어물거리고만 있을 수는 없소!"

그녀는 흘끗 함축성 있게 자기의 어깨를 바라보며 "이봐요, 잠깐

여길 보세요” 하고 노기 띤 싸늘한 목소리로 말했다.

그는 여자의 어깨를 잡았던 손을 늦추었다. 그녀의 어깨의 동그스름한 부분을 감싸고 있는 은빛 조각을 매만졌다. 그녀는 얕보는 듯한 눈초리로 그를 쏘아보고 있었다. 담력 없는 다루기 쉬운 사나이라고 생각하는 듯이.

“아래층에 전화를 걸어서 당신을 쫓아 내라고 할까요 ? ”

“좋으실 대로, 여기서 약간 소동이 벌어져도 괜찮다면. ”

“내 입을 억지로 열지는 못할걸요, 선택의 자유는 내 쪽에 있으니까. ”

어떤 점에서는 확실히 그 말대로였다.

“내 입장은 자유 바로 그것이에요, 어쩌겠다는 거지요 ? ”

“이거다 ! ”

권총을 본 순간 그녀는 얼굴빛이 새파래졌으나, 그것은 권총을 들이대었을 때 누구나가 보여 주는 찰나적인 충격에 지나지 않았다. 얼굴빛은 곧 본디대로 돌아왔다. 그뿐 아니라 그녀는 다시 천천히 걸터앉았다. 압도되어 주저앉은 것이 아니라 감정을 억제한 자신만만한 동작이었다. 담판이 아무래도 오래 걸릴 듯싶으니 우선 좀 편히 앉아야겠다는 듯한 느낌이었다.

그는 이런 여자를 본 일이 없었다. 처음에 조금 얼굴 근육을 일그러뜨리기는 하였으나 그 뒤 다시 주도권을 되찾은 것은 그녀 쪽이었다. 권총을 갖고 있든 갖고 있지 않든 그의 입장은 달라지지 않고 있었다.

그는 권총을 들고 그녀 앞에 버티고 서서 어쨌든 정신적으로 위압을 주려고 노력하였다.

“당신은 죽는 게 무섭지 않소 ? ”

그녀는 그의 얼굴을 쳐다보며 “아주 무서워요”라고 지극히 침착한 목소리로 말하였다.

"죽음이 무섭지 않은 사람이 어디 있겠어요! 하지만 지금의 내 몸에는 아무런 위험도 없는걸요. 당신은 날 죽일 리가 없어요. 사람이 사람을 죽이는 건 흔히 상대방이 알고 있는 말이 새어나가지 못하게 하기 위해서예요. 알고 있는 일을 억지로 알아 내려고 상대방을 죽이는 사람은 아마 없을 거예요. 죽인 뒤에야 무슨 재주로 알아 낼 수 있겠어요? 내게는 여러 가지 방도가 있어요. 경찰에 전화를 해도 되거든요. 하지만 그럴 생각은 없어요. 당신이 그걸 치울 때까지 이렇게 앉아서 기다릴 셈이에요."

그녀는 한 수 높았다.

그는 권총을 집어넣고 한 손으로 마구 눈썹을 비비며 탁한 목소리로 말했다.

"알았소."

그녀는 요란스럽게 웃었다.

"권총 덕분에 득을 본 건 어느 쪽일까요. 내 얼굴은 말짱한데 당신은 땀을 흘렸군요. 난 얼굴빛이 변하지 않았는데 당신은 새파래요."

그는 가까스로 같은 말을 되풀이하는 것이 고작이었다.

"알았소, 당신이 이겼소."

그녀는 그의 급소에 망치를 내리치는 손을 멈추지 않았다. 아니, 그녀의 수법은 좀더 교묘하였다. 망치를 잡는 손은 아무래도 무지스러웠다. 그녀의 손은 좀더 교묘하고 세련되어 있었다.

"그것 봐요, 역시 날 협박할 수는 없지요." 그녀는 잠깐 입을 다물어 말 속에 숨은 의미를 깨닫게 하고 나서 덧붙였다. "당신은 정말 재미있는 분이야."

그는 고개를 끄덕였다. 그녀에 대해서가 아니라 자기 가슴 속의 확신을 긍정하였던 것이다.

"좀 앉아도 됩니까?"

그는 조그만 책상을 가리키며 말했다. 이어서 주머니에서 무언가 꺼내어 그것을 열었다. 그리고 점선을 따라 신중하게 찢어 냈다. 다시 그 수첩 비슷한 것을 접어 주머니에 도로 집어넣었다. 아무것도 쓰지 않은 장방형의 것이 그의 앞에 남았다. 그는 만년필 뚜껑을 벗기고 그 위에 펜을 달렸다.

도중에 문득 그는 얼굴을 들었다.

"폐가 될까요?"

그녀는 정말로 무리 없는 자연스러운 미소를 띠었다. 완전히 서로 이해하는 두 사람 사이에서만 주고받을 수 있는 미소였다.

"당신괴는 좋은 친구가 될 수 있을 것 같아요. 조용하고 그러면서도 유쾌한 데가 있거든요……"

이번에는 그가 미소 지을 차례였다.

"당신 이름의 철자는?"

"B——e——a——r——e——r"

지참인.

그는 흘끗 여자를 쳐다보고 다시 허리를 구부정하게 굽히고 작업을 계속하였다.

"그다지 좋은 울림이 아니군."

그런 말을 지껄이면서 펜을 달렸다.

그는 100이라는 숫자를 써넣었다. 그녀는 어느 사이엔가 다가와서 비스듬히 그것을 내려다보고 있었다.

"아아, 졸려."

그녀는 수선스럽게 하품을 하고 손바닥으로 두어 번 입을 두드렸다.

"왜 창문을 열지 않습니까. 방 안 공기가 좀 탁한 것 같습니다."

"그 탓이 아닐 거예요" 하고 말하기는 하였으나 그녀는 창가에 가서 창문을 열어젖히고 도로 제자리로 돌아왔다.

그는 또 하나 0을 보태고 "어떻습니까, 기분이 좀 나아졌소?" 하고 희망과 빈정거림이 뒤섞인 말투로 물었다.

그녀는 흘끗 아래를 내려다보고 말했다.

"좀 개운해졌어요, 되살아났다고 해도 좋으리만큼."

그는 신랄하게 말하였다.

"아주 조금의 수고로 말입니다."

"정말이에요, 아무것도 하지 않은 거나 마찬가지인데 말이죠."

그녀는 자기의 농담을 즐기고 있었다.

그 자신은 쓰기를 그치고 있었다. 그냥 만년필에 손가락을 댄 채 그것이 책상 위를 멋대로 움직이는 대로 내버려 두고 있었다.

"이건 일의 순서가 거꾸로 된 게 아닌가요?"

"내가 청이 있어서 당신을 찾아가 뵌 게 아니에요, 당신이 내게 청하러 오신 겁니다."

그녀는 고개를 숙여 보였다. 펜은 다시 그의 손으로 돌아왔다.

"그럼, 안녕히 주무십시오."

그가 문간을 향하여 걸음을 옮기며 그녀에게 작별 인사를 하려고 하였을 때 벨 소리를 듣고 엘리베이터가 올라와 문이 열렸다. 그의 손에는 한 장의 조그만 종이쪽지가 있었다. 메모장에서 찢어 낸 것으로서, 둘로 접혀 손가락 사이에 끼워져 있었다.

"방해가 되지는 않았습니까?"

그렇게 말하는 그의 옆얼굴에 한순간 슬픈 듯한 미소가 새겨졌다.

"하지만 심심하지는 않으셨겠지요, 상식 밖의 시간에 방문한 것을 널리 용서하십시오, 워낙 문제가 문제이니만큼······."

그리고 그녀가 뭐라고 말한 것에 대답하여 그는 말했다.

"그 일이라면 걱정 마십시오. 뒤에 가서 지불 정지를 할 것이라면 처음부터 수표를 끊지 않습니다. 그리고 겨우 그 정도의 액수인걸요, 당신도 보았지만⋯⋯."

엘리베이터 보이가 그의 주의를 재촉하였다.

"아래로 가실 겁니까?"

그는 잠깐 돌아다보고 "엘리베이터가 온 모양이군" 하고 중얼거리고는 다시 그녀 쪽으로 돌아섰다. "안녕히 주무십시오."

그는 예절바르게 그녀에게 허리를 굽히고 방문을 열어 놓은 채 엘리베이터 쪽으로 걸어갔다. 그녀는 내다보지도 않았다. 문이 슬금슬금 저절로 닫혔다.

엘리베이터에 오르자 그는 손가락 사이에 끼운 종이쪽지를 펴 보았다.

"아, 잠깐 기다려."

그는 보이에게 급히 손짓하였다.

"그녀에게서 받은 메모에는 이름이 하나밖에 없어⋯⋯."

보이는 속력을 줄이고 도로 올라갈 채비를 하였다.

"도로 올라가실 겁니까?"

한순간, 그는 그럴 마음이 일어났던 모양이었다. 그러나 얼른 손목시계를 들여다보고는 "아니, 아무것도 아니야. 상관 없겠지. 그냥 내려가세" 하고 말했다.

엘리베이터는 다시 속력을 내어 아래로 향하였다.

아래층 로비에 이르자 잠시 발을 멈추고 그는 종이쪽지를 부시럭대며 로비 담당에게 의논하였다.

"여기로 가려면 어떤 길로 가야 할까. 북쪽인지 남쪽인지 모르나?"

종이쪽지에는 두 개의 고유명사와 한 개의 주소가 적혀 있었다.

'플로라', 그리고 번지, 끄트머리가 '암스테르담.'

"겨우 끝났습니다."

그는 가쁘게 숨을 몰아쉬며 바제스에게 전화를 걸고 있었다. 그로부터 1,2분 뒤, 브로드웨이에 있는 야간영업의 약국에서 였다.

"최후의 고리가 어딘가에 있으리라고 생각했는데, 이거야말로 최후의 것입니다. 지금 긴 이야기를 할 틈이 없어요, 근처까지 왔는데 지금부터 그리로 향할 참입니다. 곧 오시겠습니까?"

순찰차로 달려 온 바제스는 하마터면 현장을 지나칠 뻔하였으나 다행히 어느 빌딩 앞에 론버드의 차가 멈춰서 있는 것을 목격하였다. 한눈에 차 안이 비었다는 것을 알았다. 그는 질주하는 순찰차에서 무모하게 펄쩍 뛰어내려 론버드의 차 쪽으로 달려갔다. 그는 보도에 올라서 다가갔는데, 그때 비로소 차의 발 디디는 곳에 걸터앉아 있는 론버드의 모습이 보였다. 이제까지는 차체에 가리워져 길 쪽에서는 보이지 않았던 것이다.

바제스는 처음에 그가 어디 불편하기라도 한 줄 알았다. 등을 동그랗게 구부리고 앉아 있었다. 윗몸을 무릎 언저리까지 구부리고 머리를 보도에 닿을 정도로 내려뜨리고 있었다. 그런 자세를 보면 누구나 위경련의 발작을 상상하게 되리라. 마지막 발작이 당장에라도 일어날 것 같은 징후를 여러 가지 점에서 갖추고 있었다.

멜빵을 한 언더셔츠 차림의 사나이가 두어 발자국 떨어진 곳에서 가엾다는 듯이 그를 바라보고 있었다. 파이프를 손에 들고 있었는데 발 밑에서는 개 한 마리가 얼굴을 내밀고 있었다.

부산스러운 바제스의 구두 소리가 다가오자 론버드는 파리한 얼굴을 쳐들었다. 그러나 말하기도 귀찮은 듯이 다시 고개를 떨어뜨렸다.

"여기인가? 대관절 왜 그래? 당신은 벌써 거기 갔다가 왔겠지?"

"아직 안 갔습니다. 바로 저기인데요."

그는 건물의 가로 폭을 한껏 차지하고 동굴처럼 커다랗게 입을 벌리고 있는 출입구를 가리켰다. 내부에는 한쪽 콘크리트 바닥에 세워진 놋쇠 기둥이 찬연히 빛나고 있는 게 보였다. 또 정면 현관에는 검은 모래판을 배경으로 다음과 같은 글자가 금박으로 새겨져 있었다.

'뉴욕 시 소방서.'

"여기가 그 번지입니다."

론버드는 아직 손에 쥐고 있던 메모를 흔들어 보였다.

이때 바둑 무늬 달마티아 개가 나와 종이에 코빼기를 갖다댔다.

"그리고 사람들이 그러는데 이것이 플로라라는군요."

바제스는 자동차 문을 열고 뒹굴어 떨어지지 않도록 론버드를 억지로 일으켜 세우더니 급한 어조로 말하였다.

"돌아가세, 빨리."

론버드는 온몸으로 문에 부딪쳐 봤으나 헛수고였다. 헐떡헐떡 숨을 몰아쉬고 있으려니까 바제스가 열쇠를 가지고 올라와서 힘을 합하였다.

"안에서는 아무 소리도 안 나요. 아래층에서 건 전화에는 나왔나요?"

"아직 벨이 울리고 있을 뿐이야."

"도망쳤을까요?"

"그것은 불가능해. 멀리 돌아서 가지 않은 한 그녀가 밖에 나왔으면 눈에 띄었을 테니까. 자, 이걸로 여세. 몸뚱이로 쿠당탕거려 봐야 열리지 않아."

문이 열리고 두 사람은 안으로 들어갔다. 이어서 문득 발을 멈추고 방 안의 동정을 살폈다. 입구 홀에서 한 단 낮아진 데에 길다랗게 생긴 거실이 있었으나 거기에는 아무도 없었다. 그러나 그 방은 어떤 일을 웅변으로 말하여 주고 있었다. 두 사람은 즉시 그것을 알아차렸다.

전등은 모두 켜져 있었다. 담배가 한 대 아직 불이 붙은 채 다리가 달린 재떨이에 놓여 있고, 푸르스름한 은빛 연기가 흐늘흐늘 피어오르고 있었다. 넓은 창문은 활짝 열려 검은 밤 공기를 안아들이고 있었다. 한쪽 구석에는 커다란 별이, 반대쪽 구석에는 그보다 작은 별이 마치 등화관제의 검은 보자기를 압정으로 눌러 놓은 것처럼 반짝반짝 빛나고 있었다.

창문 바로 앞에 은빛 구두가 하나, 뒤집힌 보트처럼 옆으로 쓰러져 있었다. 기다란 융단이 반들거리는 마룻바닥을 둘로 나누듯이 바로 한 단 낮아진 데서부터 창문가에까지 깔려 있는데, 그 한끝이 잔물결처럼 주름이 잡혀 있었다. 발을 잘못 디디어 융단이 밀렸다고 볼 수 있었다.

바제스는 벽을 따라 창가로 갔다. 그리고 한낱 장식적인 역할밖에 하지 않고 있는 난간에서 몸을 내밀고 오랫동안 그대로의 자세를 유지하고 있었다. 이윽고 등을 펴고 방 안으로 돌아와 아까부터 어찌할 바를 몰라 멍하니 서 있는 론버드에게 조용히 고개를 끄덕여 보였다.

"여자는 저기서 곧장 떨어졌네. 높은 벽에 에워싸인 뒤뜰에 떨어져 있는 것이 여기서 보이는군. 빨랫줄에서 떨어진 세탁물처럼 말이야. 소리는 아무도 못 들은 모양이지. 이쪽 창문들은 모두 어두운 채로일세."

그는 이상하게도 이 일에 대하여 아무런 조치도 취하지 않고 즉시

보고하는 일조차 하지 않았다.

그 말고도 방 안에서 움직이고 있는 것이 꼭 하나 있었다. 론버드는 아니다. 그것은 담배에서 피어오르는 연기였다. 그의 눈길을 붙들어맨 것은 아마도 그 연기임에 틀림없다. 바제스는 그리로 걸어가서 담배를 집었다. 아직 1인치쯤 꼬나물 여유가 남아 있었다. 그는 입속으로 뭐라고 낮게 중얼거렸는데 그것은 대강 이렇게 들렸다.

"우리가 도착한 것과 동시에 일어난 일이로군."

다음에 그는 자기 담배를 꺼내어 그 두 개를 가지런히 놓았다. 그리고 연필을 꺼내 타다 만 담배 꽁초와 같은 높이로 자기 담배에 금을 그었다.

그리고 나중 것을 입에 물고 불을 붙인 다음 그 불이 꺼지지 않도록 가볍게 한 모금 빨았다. 이어서 그것을 꽁초가 놓여 있던 재떨이 가장자리에 신중하게 올려놓고 손목시계를 들여다보았다.

"뭣하러 그런 짓을 합니까?"

론버드가 모든 것에 흥미를 잃은 사람 같은 목소리로 물었다.

"별스럽지 않은 방법이지만, 그녀가 떨어진 것이 얼마쯤 전인지 알수 있을까 해서야. 하긴 이런 방법이 과연 도움이 되는지 모르겠네. 두 개비의 담배가 같은 속도로 타는지 어쩐지 그건 전문가에게 물어 봐야 하겠지만 말일세."

그는 재떨이 쪽으로 가서 자세히 살펴보고 다시 그 자리에서 물러섰다. 그리고 두 번째로 갔을 때는 담배를 집어 가지고 돌아와 체온계를 보듯이 그것을 공중에 쳐들고 유심히 보고 있었으나, 손목시계에 눈을 옮기더니 담뱃재를 떨고 꽁초를 내버렸다. 이제 목적을 이룬 것이다.

"그녀는 우리가 이 방에 들어서기 꼭 3분 전에 떨어졌네. 내가 창문에 몸을 싣고 아래를 내려다보고 재떨이에 가서 시험하기까지 꼭

1분은 걸렸지만 그것은 뺐지. 그렇다고 치면 그녀는 내가 한 것처럼 가볍게 한 모금 빨 겨를밖에 없었다는 말이 되네. 두 모금 세 모금 빨았으면 담배는 더 짧아지니까. ”

“킹 사이즈 담배였는지도 모르지요. ” 훨씬 떨어진 자리에서 론버드가 말하였다.

“럭키 스트라이크야. 꽁초에 아슬아슬하게 상표가 남아 있어. 미리 확인도 않고 이런 시간 낭비를 할 줄 아는가 ? ”

론버드는 대답을 하지 않았다.

“어쩌면 그녀를 죽인 건 우리가 아래에서 건 전화 벨일지도 모르지” 하고 바제스는 말을 이었다. “전화벨 소리에 흠칫 놀란 순간 창문 앞에서 발이 미끄러지든가 해서 뒹굴어 떨어졌을 거야. 눈앞에 있는 정경이 모든 것을 웅변으로 말해 주고 있네. 그녀는 창가에 몸을 의지하고 밤 경치를 바라보고 있었네. 밤 공기를 가슴 가득히 들이마시며 쾌적한 기분으로 이것저것 장래의 계획을 꿈꾸고 있었겠지. 그 때 전화벨이 울렸을 걸세. 거기서 그녀는 실수를 했어. 급히 돌아서려고 하다가 몸의 균형을 잃었든가 해서 말이야. 어쩌면 구두 탓일지도 몰라. 이 구두는 좀 삐뚤어졌군. 오래 신어서 불안정해. 아무튼 왁스로 윤을 낸 마룻바닥 위를 깔개가 미끄러졌네. 그녀의 한쪽 발은 어쩌면 두 발 다 깔개에 남아 있었는지도 몰라. 그 발이 미끄러진 거지. 한쪽 구두가 쏙 빠져 공중에 떴네. 몸은 뒤로 자빠지고. 열어젖힌 창문 곁에 있지 않았더라면 아무 일도 없었을지도 몰라. 털썩 꼴사납게 궁둥방아를 찧고 말았을 것을. 이 경우에는 뒤로 자빠지면서 바깥으로 나가떨어졌다는 게 될까. ” 바제스는 계속하여 말하였다.

“그런데 이해가 되지 않는 건 그 여자가 당신에게 가르쳐 준 주소일세. 그건 한낱 농담에 지나지 않았던 걸까. 당신하고 같이 있을 때 그녀는 어땠나, 태도가 ? ”

"장난이라고는 생각되지 않았어요" 하고 론버드는 말하였다. "진정으로 돈을 바라는 것 같았어요. 그렇게 얼굴에 씌어 있었지요."

"당신에게 가짜 주소를 가르쳐 주고 그것을 찾아헤매는 동안에 수표를 현금으로 바꾸어 어디론가 도망치려고 했다면 이야기가 되지. 그런데 이렇게 여기서 2,3 마장밖에 떨어져 있지 않은 주소를 가르쳐 주어서야 5분이나 10분이면 당신이 되돌아올 게 뻔하지 않은가. 그 점은 어떤가?"

"아니, 그녀는 문제의 여자에게 슬쩍 귀띔하여 경고함으로써 내가 제공한 것보다 훨씬 많은 돈을 얻어 낼 수 있다고 생각하지 않았을까요? 그러니까 그 여자와 흥정하는 동안만 나를 멀리 떼어놓으려 했던 것이 아닐까요?"

바제스는 그 해석만으로는 만족스럽지 못한 모양으로 고개를 내서으며 "알 수 없는 일이야" 하고 되풀이하고 있었다.

론버드는 그와 같은 바제스의 말을 귀담아듣지 않고 방향을 돌려 술 취한 사람처럼 다리를 끌면서 건들건들 한구석으로 걸어갔다. 바제스는 의아스러운 눈으로 그를 지켜보았다. 론버드는 자기 주위에서 일어나고 있는 일에 완전히 흥미를 잃은 듯 비틀비틀 몸도 가누지 못하였다. 그는 겨우 벽에 이르자 기진맥진한 듯이 그 앞에 서 있었다. 낙담에 이어지는 낙담으로 완전히 싸울 뜻을 상실하고 마침내 단념하려는 듯한 모습이었다.

바제스가 어리둥절해 있으려니까 론버드는 한쪽 팔을 뻗쳤다가 훌쩍 끌어들이더니 불구대천 원수라도 맞닥뜨린 것처럼 눈앞의 벽을 마음껏 갈겼다.

"정신차려!" 바제스는 정신없이 고함을 지르고 있었다. "어쩌자는 게야, 팔 부러지네. 벽이 뭐라나?"

론버드는 병마개를 따는 것 같은 자세로 웅크리고서 몸을 뒤틀고 있었다. 얼굴이 일그러져 있는 것은 손의 아픔보다 절망적인 울분 때문인 듯하였다. 그는 떨어져나갈 것처럼 아픈 손을 명치 끝에 대고 문지르면서 흐느끼는 목소리로 말하였다.

"그들은 알고 있어 ! 이제 알고 있는 건 그들뿐이야. 그런데 난 그것을 알아 낼 수가 없어."

사형집행 전 3일

형무소가 있는 역에서 기차를 내려 그는 마지막 한 잔을 들이켰으나 아무런 보탬도 되지 않았다. 한 잔 술이 무슨 소용이란 말인가. 아니, 몇 잔을 거듭 마신다고 하여 어떻게 되는 것도 아니다. 사실을 변경시킬 수 없는 것이다. 비보를 낭보로 바꾸는 일도, 죽음의 운명에 구원의 손을 뻗치는 일도 해낼 수는 없는 것이다. 앞쪽에 보이는 음산한 건물의 밀림으로 통하는 가파른 고갯길을 터벅터벅 걸으면서 그는 가슴을 쥐어뜯었다. 한 사나이를 앞에 놓고 너는 죽어야 한다고 어떻게 말할 수 있단 말인가. 희망의 닻줄이 끊어졌다는 것을, 마지막 광명도 끝내 꺼져 버렸다는 것을 어떻게 알리라는 것인가? 그는 알지 못했다. 이제부터 그것을 직접 체험하러 가는 길이었다. 차라리 만나지 않고 돌아가는 편이 옳지 않을까 생각되기도 했다. 홀로 조용히 길 떠나게 하는 것이 좋지 않을까.

그지없이 애달픈 순간을 맞이하지 않으면 안 될 것 같았다. 그는 그것을 알고 있었다. 건물 안에 들어서니 벌써 온몸에 오싹 소름이 끼쳤다. 그러나 그는 가지 않으면 안 되었다. 달아날 수는 없었다.

차마 이제부터의 고녀의 3일 동안을 헨더슨을 허공에 매달린 상태로 내버려 둘 수는 없었다. 이제는 도저히 가망이 없는 사형 집행 정지를 금요일 밤의 마지막 순간까지 이제나저제나 기대하면서 형장으로 가게 하고 싶지는 않았다.

간수의 뒤를 따라 2층 독방으로 시름없이 걸어가면서 그는 천천히 손등으로 입을 문질렀다.

'오늘 밤, 여기서 돌아가면 실컷 더 마셔야지!' 론버드는 쓰라린 가슴을 쓸어내렸다. '그리고 사형 집행이 끝날 때까지는 술에 곯아떨어져서 병원 침대에 자빠져 있는 거야!'

간수가 옆으로 비켰다. 드디어 그는 장송곡과 면대하러 감방 안으로 들어갔다. 진짜 처형에 앞서기 사흘, 피를 흘리지 않는 사형이었다. 온갖 희망이 없어진 때였다.

간수의 구두 소리가 공허하게 울리며 멀어져 갔다. 그 뒤에 무서운 침묵이 찾아왔다. 두 사람 다 그렇게 오래 견뎌 내지는 못하였다.

"그래, 역시" 하고 겨우 헨더슨이 조용히 입을 열었다. 그는 모든 것을 깨닫고 있었다. 적어도 그것으로 사후 경직(死後硬直)은 모면하였다. 론버드는 창가에서 떨어져 돌아와 친구의 어깨를 가볍게 두드리며 말을 걸었다.

"여보게……."

"괜찮아" 하고 헨더슨은 대답하였다. "알고 있어. 자네 얼굴에 다 씌어 있네. 이제 그 이야기는 그만두세."

"또 그 여자를 놓치고 말았네. 낼름 도망쳤어. 이제 영원히 못 잡을 걸세."

"그런 이야긴 그만두자고 했잖나" 하고 헨더슨은 의젓하게 달랬다. "자네의 심정이 어떤지 나는 잘 알아. 제발 이제 그만두세."

오히려 헨더슨이 론버드를 위로하는 것이었다.

론버드는 허물어져 내리듯이 침대 끝에 주저앉았다. 이 방의 '주인'인 헨더슨은 손님에게 자리를 양보하고 자기는 일어나 맞은편 벽에 기대섰다.

그리고 한참 동안 독방 안에서 들리는 것이라고는 헨더슨이 쉬지 않고 접었다 폈다 하는 바스락거리는 소리뿐이었다. 그는 빈 담뱃갑의 셀로판지를 착착 접어서 딴딴하게 만든 다음 그것을 정성스레 도로 펴고 있었다. 몇 번이나 몇 번이나 끝없이 그것을 되풀이하였다. 무언가 하지 않으면 심심하여 견딜 수 없다는 느낌이었다.

그런 분위기를 견디어 낼 이는 어디를 찾아도 없을 것이다. 마침내 론버드가 입을 열었다.

"그만두게. 그 소릴 듣고 있으려니 미칠 것만 같아."

헨더슨은 놀라서 자기 손을 보았다. 그 손이 무엇을 하고 있었는지 전혀 모르는 모양이었다. 그리고 열적은 듯이 말하였다.

"이건 옛날부터의 버릇이야. 그만둬야지 하면서도 결국 안 되더군. 자네도 왜 알잖나? 기차를 타면 시간표가 이런 꼴을 당하지. 병원이나 그런 데서 기다릴 때는 잡지 페이지를 꺾지 않나. 극장에 가면 대개 프로그램을……."

그는 잠시 말을 끊고서 꿈꾸는 듯한 눈초리로 론버드의 머리께에 있는 벽을 쳐다보았다.

"그날 밤, 그 여자와 같이 쇼를 보았을 때도 난 이 짓을 했었지. 이상하기도 하지. 지금 와서 이런 하찮은 일을 생각해 내다니. 좀 더 중요한 일을 생각해 냈으면 어떻게 됐을지도 모르는데——아니, 왜 그래? 왜 그런 얼굴로 날 보는 거야? 종이접기는 그만뒀네."

그는 구겨진 셀로판지를 던져 버렸다.

"하지만 자넨 물론 그걸 버렸겠지? 그 여자와 같이 있었던 밤에

말이야. 모두들 그렇게 하듯이 극장 의자나 마룻바닥에 버리고 왔
겠지?"

"아니, 그 여자가 두 장 다 갖고 갔어. 그건 기억하고 있어. 이상
하군, 그런 걸 기억하고 있다니. 여자는 내것도 달라고 그랬어. 오
늘 저녁의 기념으로 한다든가 하면서. 잘 생각은 안 나. 하지만 그
녀가 두 장 다 가진 것만은 틀림없어. 핸드백에 넣는 것을 이 눈으
로 똑똑히 보았으니까."

론버드는 이미 일어서고 있었다.

"써먹을 만한 단서야. 다만 어떤 방법으로 쳐들어가야 할지 그게
문제지만……."

"무슨 말인가?"

"한 가지만은 확실해. 즉 여자가 그걸 갖고 있다는 거야."

"하지만 갖고 있을는지 어쩐지 모르지."

"처음에 버리지 않고 가져갔다면 지금도 갖고 있으리라고 생각해도
돼. 극장 프로그램 같은 건 갖고 있든가 버리든가 둘 중 하나야.
그 자리에서 버리든가 아니면 몇 년씩이나 보존하는 법이지. 잘만
하면 그것을 미끼로 무얼 낚을 수 있겠어. 즉 그것만이 자네와 그
녀를 맺는 유일한 공통분모란 말이야. 그 프로그램은 표지에서 뒷
장까지 하나도 빼놓지 않고 나타나게 할 수만 있다면……."

"광고라도 내려는 건가?"

"그런 방법도 있겠지. 세상에는 별의별 것을 다 수집하는 사람들이
있어. 우표, 조개껍질, 벌레 먹은 목제 가구 조각. 그런 사람들은
수집하는 종목에 대해서 엄청난 돈을 아낌없이 내는 일도 있네. 다
른 사람의 눈에는 쓰레기로밖에 보이지 않는 물건이라도 그들에게
는 다시 없는 보물이니까. 일단 수집욕에 집착하게 되면 사물의 경
중을 모르게 되는 거라네."

"그래서?"

"가령 내가 극장 프로그램 수집가라고 치세. 돈 같은 건 질질 흘리고 다니는 변태적인 백만장자라고 하세. 이미 취미의 영역을 넘어 하나의 집념이 돼 버렸지. 나는 이 거리에 있는 모든 극장의 모든 프로그램을 모조리 갖추지 않고서는 밤잠도 못 자네. 게다가 지금뿐만이 아니라 훨씬 옛날로 거슬러 올라가 각 시즌의 것을 말일세. 나는 어디선가 불쑥 나타나 몰골 사납지 않은 교환소를 차리고 광고를 내네. 소문이 쫙 퍼지지. 나는 미치광이니까 걸레 조각 같은 거라도 두말 없이 사네. 교환소가 문을 열고 있는 한 어떤 사람이든 출입은 자유이지. 사진을 곁들여 신문에 크게 보도할 거야. 간간이 세상을 떠들썩하게 하는 미친 짓의 하나로 말일세."

"그 교환소인가 뭔가는 쓰레기로 꽉 차겠군. 하지만 아무리 비싼 값을 치른다고 해도 과연 그것으로 여자의 주의를 끌 수 있을까? 돈이 많은 여자인지도 모르잖나."

"아니, 지금은 궁색할지도 몰라."

"그래도 그녀가 그것을 꼭 알아차린다고는 보장 못하지."

"그 프로그램은 우리에게는 침 넘어가는 보물이지만, 그녀에게 있어서는 아무것도 아닐세. 대관절 무슨 뜻이 있겠나? 프로그램 귀퉁이의 접은 자국을 알아차리지도 못했을지 모르네. 혹시 알았다 하더라도 그것이 우리가 알고자 하는 것을 말해 준다고는 꿈에도 생각지 못하겠지. 자네 자신도 조금 전까지 생각해 내지 못했잖나. 그녀도 마찬가지일세. 그녀는 천리안이 아니야. 현재 나와 자네가 이렇게 이 방에서 이야기하고 있는 것을 알 까닭이 없지."

"물론 한심한 이야기로군."

"물론 한심한 이야기지." 론버드는 고개를 끄덕였다. "가망성은 천의 하나일세. 하지만 무슨 짓을 해서라도 해야 해. 거지가 쓴 것

단 것 가리게 됐나. 헨디, 난 할 거야. 나는 묘한 예감이 드네. 다른 시도는 모두 실패했지만 이것만은 성공할 것이라는……. ”

그는 등을 돌려 문 쪽으로 다가갔다.

“그럼, 잘 가게……. ” 하고 헨더슨은 저도 모르게 이별을 고하려고 하였다.

“다시 오겠네.” 론버드는 등 너머로 대답하였다.

간수에 이어 그의 발자국 소리가 멀어져 가는 것을 들으면서 헨더슨은 생각했다.

‘녀석, 확신이 없어. 물론 나 역시……. ’

〈신문광고, 모든 조간 및 석간 게재〉

낡은 극장 프로그램을 사들임.

지금 이 시(市)에 머물고 있는 부유한 수집가가 그 콜렉션을 완성시키기 위하여 미수집품을 특별히 비싼 값으로 사들입니다. 이 수집가는 이것이 온 생애의 취미인 바입니다. 새것, 낡은 것을 가리지 않습니다.

특히 희망하는 것은, 이 몇 시즌의 뮤직 홀과 리뷰 목록. 즉 ‘아르함브라·벨베디어·카지노·코리슘’ 각 극장의 프로그램입니다.

이상은 해외 여행으로 인하여 수집할 기회를 잃은 것들입니다. 단 대량 취급의 염매품(廉賣品) 및 전문업자의 취급품은 사절합니다.

접수기간은 금요일 오후 10시까지. 그 뒤는 이곳을 떠날 예정임.

프랭클린 스퀘어 15번지.

J.L

사형집행 그날

오후 9시 30분, 그날 처음으로 사람의 행렬이 끊어져 두어 명의 변덕스러운 손님을 돌려보내고 난 다음 겨우 숨을 돌릴 틈이 생겼다. 가게 안에는 론버드와 조수로 있는 젊은이 둘만이 남았다.

론버드는 의자에 폭 파묻혀 앉았다. 아랫입술을 내밀고 지친 숨을 뱉어 냈다. 그 숨결은 위로 올라가 이마에 내려덮인 머리칼을 뒤흔들었다. 윗저고리를 벗은 조끼 차림으로 셔츠와 깃을 터 놓고 있었다.

그는 바지 뒤 주머니에서 손수건을 꺼내더니, 그것으로 얼굴을 문질렀다. 손수건은 금방 잿빛이 되었다. 손님들은 먼지를 터는 수고마저 아껴 물건을 털썩 갖다 놓는 것이었다. 먼지가 많이 쌓이면 쌓일수록 비싸게 팔린다고 생각하는 모양이었다. 론버드는 손을 닦고 더러워진 손수건을 내던졌다.

그는 고개를 돌려 비스듬히 높이 쌓인 프로그램 더미 뒤에 있는 사람에게 소리를 질렀다.

"그만 돌아가도 돼, 젤리. 시간도 거의 다 됐어. 30분만 지나면 가게를 닫을 거니까. 러시아워도 끝났어."

19살쯤 되 호리호리한 젊은이가 프로그램 더미 속에서 벌떡 일어나 윗도리를 입었다.

론버드는 돈을 내밀었다.

"자, 여기 15달러 있네. 사흘치 급료일세."

젊은이는 낙심천만한 얼굴로 "내일은 안 와도 되나요?" 하고 물었다.

"음, 나도 내일은 안 나오네" 하고 론버드는 우울한 표정을 지었다. "자네, 필요하면 이걸 도로 팔아도 돼. 몇 푼 되겠지."

젊은이는 눈이 휘둥그래졌다.

"네에? 사흘이나 내리 사 모은 걸 휴지 장수에게 팔아치워요?"

"난 좀 변덕이 심해서" 하고 론버드는 고개를 끄덕였다. "그렇지만 잠자코 있게, 아직은."

젊은이는 조심조심 뒤돌아보면서 바깥으로 나갔다. '나를 미치광이로 여기는 모양이군' 하고 론버드는 생각하였다. 무리도 아니다. 스스로 생각하기에도 미친 짓을 한 것 같다. 이런 일이 성공할 턱이 있나. 광고에 홀려 그녀가 나타나리라고 생각한 것이 처음부터 잘못이다. 계획부터가 너무 경솔하였다.

젊은이가 나갔을 때 젊은 여자 하나가 앞의 보도를 지나갔다. 론버드가 그것을 깨달은 것은 돌아가는 조수를 내다보던 그의 눈길이 여자의 출현으로 가리워졌다는 그것만의 이유에 지나지 않았다. 이렇다 할 것도 없는 그냥 젊은 여자, 그냥 지나가는 사람이었다. 가게문 앞을 지나갈 때 그녀는 잠시 안을 들여다보았다. 그리고 호기심이 났는지 아주 짧은 순간 발을 멈추었으나, 다시 걷기 시작하여 텅 빈 쇼윈도 저쪽으로 사라져 갔다. 순간 그는 여자가 가게에 들어올 것처럼 느껴졌었는데.

잠깐의 진행 정지는 끝났다. 그리고 깃을 비버의 털가죽으로 장식한 코트를 입고 검은 안경을 쓰고 무섭게 높은 칼라를 단 고통스러운 노인이 지팡이를 옆에 끼고 들어왔다. 그 뒤도 택시 운전수가 낡은 소형 트렁크를 안고 들어오는 데는 론버드도 아연실색한 기분이었다. 손님은 론버드가 사무용 탁자로 쓰고 있는 벌거숭이 테이블 앞에 막 아섰다.

너무나도 어마어마한 출현이었으므로 론버드도 당장은 그것이 연극이 아니라 진지한 의도를 가진 행동이라고는 도저히 믿을 수 없었다. 론버드는 저도 모르게 천장을 올려다보았다. 지난 사흘 동안, 이런 부류도 퍽이나 많이 만나 보았다. 그러나 한꺼번에 트렁크 하나 가득히 끌고 온 것은 이것이 처음이었다.

"안녕하시오?"

풋라이트가 가스등이었던 시대의 유물의 낭랑한 목소리가 울려퍼졌다. 만약 여기다가 유연한 태도만 곁들였다면 한자리하는 인물로 보일 뻔하였다.

"당신은 정말로 운좋은 양반이야. 당신이 낸 광고가 이 내 눈에 띄었으니까 말이오. 나는 당신의 콜렉션에 측량할 수 없는 가치를 제공할 수 있는 입장에 있는 사람이오. 내 손에는 이 거리에서 아무도 갖고 있지 못한 일품이 있소. 당신이 홀딱 반할 절품이 이 트렁크 안에 들어 있다오. 첫째, 저 그리운 제퍼슨 극장의 프로그램으로서 오래된 것으로는……."

론버드는 허둥지둥 손을 내저었다.

"제퍼슨 극장의 것은 흥미 없습니다. 한 벌 갖고 있으니까요."

"그러면 올림파아 극장은 어떻소? 그리고……."

"아니, 아니, 그만 됐습니다. 달리 어떤 것을 갖고 계신지 모르지만 그런 정도의 것은 다 샀습니다. 지금 막 불을 끄고 가게를 닫으려던 참이지요. 꼭 하나 바랄 수 있다면 카지노 극장의 전번 시즌

것을 얻었으면 합니다. 손님이 혹시 그걸 가지셨는지?"

"뭐요? 카지노 극장!"

씹어뱉듯이 말한다는 것이 약간 도가 지나쳐 노인의 침이 론버드의 얼굴에 튀었다.

"나더러 카지노 극장의 프로그램을 내놓으라고? 그 따위 싸구려 모던 레뷰가 다 뭐야. 이래봬도 나는 옛날에 아메리카 무대에서도 가장 위대한 비극 배우라고 일컬어진 사나이였다오!"

"잘 압니다" 하고 론버드는 싸늘하게 대답하였다. "하지만 아깝게도 거래는 성립되지 못할 모양입니다."

트렁크와 운전수는 나갔다. 그런데 트렁크의 소유자는 잠시 문간에 서서 발을 멈추고 "카지노 극장이라, 쳇!" 하고 으름장을 놓는 것이었다.

다시 한참이 지났다. 이어서 잡역부인 듯한 한 노파가 들어왔다. 그녀는 외출용의 커다란 너덜너덜한 모자로 머리를 꾸미고 있었다. 모자 꼭대기에 꽃잎이 많은 장미를 올려놓고 있었는데, 이것은 쓰레기통에서 주웠는지 아니면 광장 구석에 몇십 년이나 뒹굴어져 있던 것을 주워 얹은 듯한 느낌이었다. 양쪽 뺨은 열이라도 나는지 빨간 빛이 동그랗게 자리잡고 있었는데, 이것도 오랜 동안 잊어버리고 있던 것을 위태위태한 솜씨로 열심히 칠한 모양이었다.

그가 얼굴을 들고 마지못해 동정 어린 눈길을 노파 쪽으로 돌렸을 때, 그 둥그스름한 어깨 너머로 뜻하지 않게도 아까 그 젊은 여자의 모습이 보였다. 이번에는 반대쪽에서 오고 있었다. 이번에도 여자는 가게 안을 흘끗 들여다보았다. 그런데 아까와는 조금 동작이 달랐다. 잠시 동안이긴 하나마 완전히 멈춰 섰던 것이다. 그럴 뿐 내디뎠던 한 발자국을 일부러 끌어들여 열어젖힌 출입구와 자기의 몸뚱이가 일직선으로 놓이도록 조정하였다. 그리고 슬쩍 가게 안을 훑어보고 다시 걸어갔다. 안에서 뭘하고 있는지, 흥미와 관심을 가졌던 것일까. 본디 이번 계획에 있어서는 통행인의 주의를 끌기 위하여 광고나 선전에 여러 가지로 힘썼기 때문에 여자가 두 번까지 들여다볼 마음을 일으켰다고 하여도 이상할 것은 없었다. 문을 연 첫날은 숱한 카메라맨이 사진을 찍기 위해 덤벼들었을 정도였다. 그리고 그녀는 아까 간 목적지에서의 귀로에 다시 한 번 지나가게 된 것일지도 모른다. 흔히 어딘가에 갔을 경우, 같은 길을 되돌아오는 것은 당연한 일이니 아무 이상할 것도 없다.

잡역부로 보이는 노파는 론버드 앞에 와서 겁먹은 소리로 말하였다.

"네, 나리. 낡은 프로그램을 사주신다는 게 정말입니까요?"

그는 노파 쪽으로 눈길을 되돌렸다.

"물건에 따라서는."

노파는 팔에 건 손으로 떠서 만든 장바구니를 부시럭 뒤졌다.

"두어 장밖에 안 됩니다만, 갖고 왔어요. 내가 코러스를 하던 때의 것입니다요. 다 있지요──내게는 소중한 거랍니다. 〈더 미드나이트 램블〉이며 1911년의 〈더 플로릭스〉 같은 것."

그것들을 꺼내면서도 노파는 걱정스러워 부들부들 떨고 있었다. 그리고 자기의 말이 거짓이 아니라는 걸 다짐하듯이 그 가운데 누렇게 된 한 장을 뒤집으며 말했다.

"자요, 여기 내 이름이 나와 있지요. 도리 골든── 그 무렵의 내 예명이에요. 이 마지막 장면에서는 내가 '스피릿 어브 유스'의 역할을 했었는데……."

'시간'이라는 것은 어떤 남자나 어떤 여자보다도 더 큰 살인자이다. 론버드는 그렇게 생각하였다. '시간'이야말로 결코 벌받을 길이 없는 살인자인 것이다.

론버드는 프로그램 따위는 거들떠보지도 않고 거친 세월에 쌓인 노고로 마디가 불그러진 그녀의 손을 바라보았다.

"한 부에 1달러."

그는 내던지듯이 말하고 지갑을 더듬었다

그녀는 너무나 좋아서 어쩔 줄 몰랐다.

"아이구, 감사합니다. 나리! 곧 보여 드리겠습니다!"

뿌리칠 겨를도 없이 그녀는 론버드의 손을 잡아 입술에 대었다. 볼연지가 녹아 분홍빛 눈물과 범벅이 되었다.

"그게 그렇게 값이 나가다니, 꿈엔들 생각했겠습니까요!"

그런 가치는 아예 있지도 않았다. 5센트 동전 한 닢의 가치조차 없었다.

"그럼 아주머니, 이걸" 하고 그는 가엾은 듯이 말하였다.

"아아, 이제 밥을 먹게 됐어요, 맛있는 요리를!"

뜻밖의 행운에 취한 것처럼 그녀는 비틀비틀 나갔다. 노파가 가 버리자 그 대신 조용히 기다리고 있는 젊은 여자의 모습이 눈에 들어왔다. 그녀가 들어오는 것을 보지 못한 것은 노파의 뒤로 들어왔기 때문일 것이다. 가게 앞을 이미 두 번 왔다갔다한 그 젊은 여자였다. 아까 보았을 때는 눈의 핀트가 잘 맞지 않았지만 분명코 그 여자임에 틀림없었다.

이렇게 가까운 거리에서 똑바로 쳐다보기보다 아까 문 밖의 중거리에 서 있었을 때가 훨씬 더 젊어 보였다. 그것은 젊은 여성으로서의 요소가 거의 그녀에게서 사라져 버린 뒤에도 그 늘씬한 맵시만은 남겨져 있었기 때문이다. 그녀에게는 황폐한 듯한 느낌이 있었다. 의미는 다르지만 한발 먼저 돌아간 잡역부로 보이는 노파와 같을 정도로 늙어 있었다.

짜릿짜릿한 것 같은 감촉이 그의 목덜미의 솜털 위를 기었다. 그는 쓱 한 번 훑어본 뒤에 너무 노골적으로 상대방을 보지 않으려고 눈을 내리깔았다. 자기 얼굴에 나타난 표정을 눈치채이고 싶지 않았던 것이다.

그가 받은 인상은 복잡하였다. 바로 최근까지는 예쁜 여자였을 것이 틀림없다. 그 아름다움이 지금도 급속하게 그녀에게서 사라져 가고 있는 중이다. 교양이라고 할까, 지성이라고 할까, 세련된 품위 비슷한 것이 피부 한 겹 아래에서 아직도 머뭇거리고 있었다. 그러나 겉은 단단하고 거친 껍질이 점점 덮이기 시작하여, 마침내 그것이 본디의 기품 속에 갇혀서 영원히 소멸되어 가려 하는 것이었다. 그 진행에서 그녀를 구원해 내는 일은 이미 뒤늦은 것같이 생각되었다. 그가 본 바, 그 속도는 빠르게 진행되고 있었다.

아침부터 저녁까지 자포자기하여 술만 마셨기 때문인지, 이제까지 미처 경험하지 못한 극단의 궁핍에 시달리기 때문인지, 또는 자신의 처지가 기울어짐을 술로 얼버무리려고 한 결과인지? 특히 이 셋째 징후는 여기저기서 볼 수 있었다. 그리고 아마도 이것이 앞의 두 징후에 앞서 그 원인이 되었는지도 모른다. 그러나 이미 그것은 결정적인 요소는 아니게 되어 앞의 두 인자에게 주역의 자리를 넘겨주고 만 모양이었다.

견디기 힘든 고뇌, 마음 속의 번민, 그 어떤 뉘우침과 뒤섞인 불안, 이런 것들이 몇 해나 그녀의 가슴을 들볶고 있었던 것이다. 그러나 그것은 흔적은 남기고 있지만 지금은 이미 사라져 가고 있었다. 육체의 소모, 그것만이 지금 나타나 있는 징후였다.

지금의 그녀는 아주 명랑하였다. 밑바닥 사회에 사는 이의 발랄한 탄력성과 강인성을 갖추고 있었다. 이미 떨어질 데까지 떨어진 인간의 달관(達觀)이라고나 할까. 막다른 골목에 이르면 어딘가의 하숙집 방에서 가스꼭지를 비틀 뿐이라는 계층의 인간이 완전히 되어 버리는 법이다.

보기에 세 끼니의 식사도 불규칙한 모양이었다. 두 눈은 움푹 패어 그늘지고, 얇은 살갗을 통하여 얼굴의 골격이 드러나 있었다. 옷은 위에서부터 아래까지 검정 일색인데, 그 검정 옷은 미망인의 상복 같은 것도 아니고 물론 유행하는 패션으로 차려입은 것도 아니었다. 더러움을 타지 않기 때문에 그것 하나로 버틴다는 뻔뻔스럽기 그지없는 썩은 검정이었다. 스타킹도 검정이었으나 구두 뒤축 위가 허옇게 반달 모양으로 찢어져 있었다.

그녀는 입을 열었다. 그 목소리는, 싸구려 위스키를 밤낮없이 들이켜고 있는 탓인지 갈기갈기 찢겨져 있었다. 그런데 거기에는 아직도 지성의 망령이 그림자를 남기고 있었다. 천박한 말을 쓰는데 그녀가 어울리고 있는 축들과의 접촉에서 온 것으로서 좀더 고상한 말을 모르기 때문은 아니었다.

"프로그램을 사 줄 만한 돈이 아직 있나요? 글쎄, 너무 늦었는지도 모르겠군요."

"어떤 건지 우선 봅시다." 그는 신중하게 말했다.

굉장히 큰 핸드백이 열리고 두 장의 프로그램이 꺼내졌다. 같은 밤 2인 1조로 만들어진 프로그램이었다. 전전 시즌, 리자이나 극장에서 공연된 뮤지컬 쇼의 프로그램이다. 도대체 그녀는 어떤 남자와 함께 갔을까. 그는 그런 것을 생각하였다. 그 무렵엔 아직 생활의 불만이 없고 차림도 미끈하여 지금과 같은 환경에 빠져들리라고는 꿈에도 생각지 못했을 것이 틀림없다.

그는 목록을 참조하여 미수집품의 빈 난을 살펴보는 체하고 나서 "그건 없는 모양인데. 7달러 50센트" 하고 말하였다.

여자의 눈이 번쩍 빛났다. '이제 이것으로 그녀의 마음을 교묘하게 잡기만 하면……' 하고 론버드는 생각하였다.

"그것뿐인가요?" 하고 그는 교묘하게 유도하였다. "이것이 마지막 기회입니다. 가게는 오늘 저녁을 마지막으로 문을 닫으니까요."

그녀는 머뭇거렸다. 그 눈길이 백 쪽으로 향하는 것을 그는 보았다.

"하지만 한 장씩은 사지 않지요?"

"괜찮소."

"그럼, 여기 갖고 온 것만이라도……."

그녀는 다시 한 번 백을 열고 한 장의 프로그램을 꺼냈다. 백을 그녀 쪽으로 기울이고 있어서 그는 안을 들여다볼 수가 없었다. 그녀는 무엇보다도 먼저 서둘러 백을 닫았다. 그는 그것을 똑똑히 보았다. 이어서 그녀는 허리를 접은 프로그램을 펴보였다. 그는 자기 쪽으로 돌리게 하였다.

카지노 극장

이 사흘 동안에 처음으로 모습을 나타냈다. 그것이 최초의 한 장이었다. 그는 짐짓 무심한 태도로 그것을 넘겨 갔다. 먼저 첫 면에서 제목 자체의 소개가 시작되는 쪽으로 눈길을 옮겼다. 날짜는 어느 극장 프로그램이나 다 그렇듯이 주 단위로 표시되어 있었다.

5월 17일부터 1주일

그는 숨이 막힐 듯하였다. 그 주일이, 그 주일이 틀림없었다. 그것은 5월 20일 밤의 것이었다. 그는 눈빛의 변화를 보이지 않으려고 얼굴을 숙이고 있었다. 단 각 페이지의 오른쪽 윗 귀퉁이에는 손을 댄 흔적이 없었다. 일단 접은 것을 편 것이 아니었다. 만약 그렇다면 비스듬한 선이 또렷하게 남아 있을 것이다. 본디 접은 것이 아니었던 것이다.

아무렇지도 않은 투로 말하기란 여간 어려운 일이 아니었다.

"이것이 또 한 장 있을 것 아니오? 대개는 두 장이 한 쌍이니까. 그거라면 좀더 비싼 값에 살 수 있겠는데."

그녀는 더듬는 듯한 눈을 론버드에게로 돌렸다. 얼른 그녀의 손이 핸드백 꼭지로 뻗치는가 싶었다. 그 조그만 동작을 그는 놓치지 않았다. 그녀는 그 손을 억지로 내렸다.

"여보세요, 내가 프로그램을 인쇄하기라도 하는 줄 아세요?"

"나는 되도록 두 장 붙은 걸 사고 싶소. 이 쇼에 한해서 당신은 혼자서 갔다는 거요? 또 한 장의 프로그램은 어쨌지요?"

그 질문에는 무언가 그녀의 마음에 들지 않는 요소가 포함되어 있었던 모양이다. 마치 함정에 걸리지나 않았는가 싶은 눈초리로 가게 안을 미심쩍게 둘러보았다. 그리고 조심스럽게 테이블에서 두어 발자국 물러섰다.

"내가 갖고 있는 건 한 장뿐이에요. 자, 살 거예요, 안 살 거예요?"

"두 장인 한 쌍에 치를 만큼의 액수는 못 주겠는데요……."

그녀는 한시바삐 밖으로 나가고 싶은 모양이었다.

"좋아요, 얼마이든……."

그녀는 서 있는 위치에서 등을 굽히고 팔을 뻗쳐 돈을 받아들었다. 론버드는 두 번 다시 그녀를 테이블 앞으로 끌어오지 못하였다.

여자가 출구에 다다랐을 때 그는 말을 걸었다. 그러나 상대방이 경계심을 일으키지 않도록 느긋한 목소리를 내었다.

"잠깐 이리 좀 와요. 중요한 일을 잊고 있었군."

그녀는 아주 짧은 순간 발을 멈추고 의심스러운 눈초리로 돌아다보았다. 그것은 불리워져서 자동적으로 돌아다볼 때의 동작과는 같지 않았다. 경계의 빛이 보였다.

그가 일어나 손가락을 꼬부려 오라는 시늉을 하자, 그녀는 목을 조르기라도 하는 것 같은 비명을 지르며 쏜살같이 달리기 시작했다. 그리고 가게문을 돌아 재빨리 사라져 버렸다.

그는 훼방꾼인 테이블을 한옆으로 밀치고 급하게 그 뒤를 쫓았다. 등 뒤에서는 무서운 기세로 그가 튀어나간 그 진동으로 젊은이가 애써 쌓아올린 몇 개인가의 프로그램 더미가 흔들리어 허물어져 내려서 온 가게 바닥을 덮었다.

그가 길가로 뛰쳐나왔을 때 여자는 두 발을 다음 모퉁이 쪽으로 내딛고 있었는데 하이힐 때문에 마음껏 뛰지는 못했다. 뒤돌아본 그녀의 눈에 질풍처럼 달려오는 론버드의 모습이 비쳤다. 그녀는 먼지보다 더욱 처절한 비명을 지르며 동시에 새로이 속도를 더하였다. 그 결과, 아직 거리가 절반도 줄어들기 전에 그녀는 모퉁이를 돌아 옆골목으로 들어갔다.

그러나 그는 그 길에서 여자를 붙잡을 수가 있었다. 2,3야드 앞쪽에는 그의 차가 바로 이와 같은 사태가 있을지 모른다는 염려에서 하루 종일 멎어 있었다. 그는 여자를 쫓아가 퇴로를 막고 상대방의 두 어깨를 붙잡아 건물 정면의 벽에 핀으로 꽂아 누르듯이 두 손으로 눌러붙였다.

"자, 이제 됐어. 가만히 있어요, 버둥거려도 소용없으니까."

그는 씨근씨근 숨을 몰아쉬고 있었다.

그녀 쪽은 말을 할 계제도 못되었다. 술에 곯아 호흡이 몹시 약해지고 있었다. 한순간 기절하지나 않을까 하고 생각되었을 정도였다.

"놔——놔요. 내——내가——뭘——어쨌——다는——거예요."

"그럼, 왜 달아났지요?"

"이상했기 때문이에요." 여자는 그의 팔 위로 머리를 내밀고 간신히 목소리를 짜내었다. "당신의 행동이……,"

"핸드백을 이리 내놔 봐요, 백을 보잔 말이오! 자아, 열어요, 안 그러면 내가 맘대로 열 테니까!"

"이 손, 놓아요! 날 내버려 둬요!"

그는 더 이상 옥신각신하지 않았다. 우격다짐으로 잡아당겼기 때문에 닳아빠진 핸드백 끈이 완전히 떨어져나갔다. 그는 여자를 등으로 짓눌러 도망치지 못하게 해 놓고 백을 열고 손을 집어넣었다. 여자가 아까 가게에서 판 것과 같은 프로그램이 또 한 장 나왔다. 그는 백을 떨어뜨려 두 손을 자유롭게 하여 그 페이지를 넘기려고 하였다. 그러나 페이지는 꽉 달라붙어 떨어지지 않았다. 살살 껍질을 벗기듯이 하지 않으면 안 되었다. 표지에서부터 뒷장까지의 각 페이지는 오른쪽 윗귀퉁이가 곱게 접혀져 있었다. 어슴푸레한 가로등 불빛에 비춰 보니 날짜가 다른 한 장과 같았다.

스콧 헨더슨의 프로그램. 가엾은 스콧 헨더슨의 프로그램이 돌아온 것이다. 어쩔 수 없는 마지막 판에 능청맞은 얼굴로…….

사형집행 시간

오후 10시 55분, 어떤 일의 종말. 아아, 무슨 일이든지 하나의 일
이 끝난다는 것은 실로 애처롭다. 날씨는 따뜻하였으나 그는 온몸에
오한을 느끼고 있었다. 몸에는 땀이 내뱄는데, 그는 덜덜덜 떨고 있
었다. 그리고 마음 속으로 같은 말을 몇 번이나 되풀이하고 있었다.
'나는 그까짓 거 무섭지 않다'라고.

교회사(敎誨師)의 말 같은 건 귀에 들어오지도 않았다. 그렇다고
듣고 있지 않는 것은 아니었다. 듣고 있지 않는 것은 아니라는 것을
스스로도 알고 있었다. 그러나 누가 그를 비난할 수 있겠는가. 자연
은 그의 가슴에 산다는 본능을 안겨 주고 있었던 것이다.

그는 침대 위에 길게 엎드려 누워 있었다. 꼭대기를 네모반듯하게
깎은 머리가 그 끝에서 바닥으로 드리워지고 있었다. 교회사는 그의
곁에 앉아 그의 공포를 덜어 주기 위하여 한 손으로 그의 어깨를 누
르고 있었다. 어깨가 떨릴 때마다 거기 놓인 손도 공감하듯이 떨렸
다. 교회사 쪽은 아직 몇십 년이나 더 살 텐데도.

그의 어깨는 일정한 간격을 두고 줄곧 떨렸다. 자기가 죽을 때를

안다는 것은 무서운 일이다.

교회사는 잦은 목소리로 찬송가 2백 번을 읊조리고 있었다.

"푸르른 목장에 우리를 눕게 하시니……."

그것은 위안이 되기는커녕 그의 기분을 우울하게 만들 뿐이었다.

그는 내세 따위는 바라고 있지 않았다. 그가 바라는 것은 현세였다.

몇 시간 전에 먹은 프라이드 치킨과 와플과 복숭아 숏케이크가 어딘가 가슴 안쪽에 찰싹 달라붙어 도무지 윗속으로 내려가지 않는 것 같이 생각되었다. 그런데 그것이 어떻다는 것이냐. 어차피 소화될 까닭이 없다. 그만한 시간이 없는 것이다.

'담배 한 대 더 피울 틈이 있을까?'

그는 생각하였다. 그들은 저녁 식사와 더불어 담배를 두 갑 주었다. 그로부터 아직 두어 시간밖에 지나지 않았다. 그런데도 한 갑은 벌써 텅 비어 마구 구겨 버리고 두 갑째도 반은 없어져 있었다. 그런 것을 생각하는 것이 어리석은 짓이라는 것은 그도 알고 있었다. 한 대 다 피우건 한 모금 빨고 내버리게 되건, 지금에 와서 어떻게 다르다는 것이냐. 그러나 그는 그와 같은 점에서 절약을 모토로 해 온 사나이였다. 일상 습관이라는 것은 그리 간단하게 없어지는 것이 아니다.

그는 교회사가 낮게 읊조리는 소리를 가로막고 그것을 물어 보았다. 그러자 교회사는 직접 대답하지는 않고 "아무튼 한 대 불을 붙이시오"라고 말하며 성냥을 그어 그에게로 내밀었다. 그것은 드디어 시간이 다가왔다는 것을 뜻하고 있었다.

그는 다시 풀썩 머리를 떨어뜨렸다. 잿빛 창구멍 같은 입술에서 흐늘흐늘 연기가 피어올랐다. 교회사는 손이 다시 공포를 가라앉히고 정복하려는 듯이 그의 어깨를 눌렀다. 바깥 통로를 조용히, 두려울 정도로 천천히 걸어오는 발자국 소리가 들리고 그 찰나, 죽 늘어선 사형수 감방의 줄이 고요해졌다.

스콧 헨더슨의 머리는 쳐들어지기는커녕 더욱더 깊이 드리워졌다. 담배가 떨어져서 뒹굴었다. 교회사의 손은 그를 침대에 못박기라도 하듯이 한결 더 세게 눌렀다.

발소리가 멈추어졌다. 헨더슨은 그들이 감방 밖에 서서 이쪽을 들여다보는 것을 느낄 수 있었다. 그는 그쪽을 보지 않으려고 했으나 도저히 견딜 수가 없었다. 그의 뜻과는 반대로 머리가 쳐들리고 천천히 입구 쪽을 향하였다.

"됐습니까?"라고 그는 말하였다.

"그래, 다 됐소, 스콧." 감방문이 홈통 위를 스르르 움직이고 형무소장이 말했다.

스콧 헨더슨의 프로그램. 가엾은 스콧 헨더슨의 프로그램이 전혀 일의 중대성도 모르고 돌아온 것이다. 그는 물끄러미 그것을 바라보았다. 여자의 손에서 움켜쥐었던 핸드백은 그냥 발 아래 뒹굴고 있었다.

젊은 여자는 그동안 끄떡도 없이 어깨를 누르고 있는 그의 손을 뿌리치려고 몸을 뒤틀고 있었다. 그는 무엇보다도 먼저 그것을 신중하게 안 주머니에 잘 간수하였다. 다음에 여자를 두 손으로 잡아끌고 그의 차가 서 있는 곳까지 갔다.

"자, 타시오, 이 인간의 가죽을 뒤집어쓴 냉혈 동물 같으니라구! 나하고 같이 갑시다. 알고 있겠지만 지금 당신은 돌이킬 수 없는 일을 저지를 뻔했소."

여자는 한동안 소동을 부렸으나 결국 그가 차문을 열고 여자를 밀어넣었다. 그녀는 무릎부터 먼저 들여놓고 돌아서서 좌석으로 기어올랐다.

"내려 줘요!"

그녀의 울음 소리가 한길까지 울려퍼졌다.

"이런 짓은 용서할 수 없어요! 사람 살려! 이 거리에는 당신 같은 악한을 잡는 순경도 없나요?"

"순경? 순경이라면 얼마든지 있지! 이제부터 실컷 만나게 해주지! 이젠 순경을 보기만 해도 가슴이 울렁거릴 테니까!"

여자가 반대쪽 문으로 달아나기 전에 그는 급히 올라타서, 그녀를 옆자리로 세게 잡아당기더니 자기 쪽 문을 쾅 닫았다.

그는 여자를 윽박지르기 위하여 두 번 뺨을 때렸다. 처음 것은 으름장이었으나 두 번째는 정말로 가만히 있게 하기 위해서였다. 그런 다음 운전대를 잡았다.

"나는 이제까지 여자에게 이런 짓을 한 일이 없소." 그는 이를 갈면서 말하였다. "하지만 당신은 여자가 아니오. 여자의 탈을 뒤집어 쓴 도깨비지. 인간 쓰레기야."

자동차는 보도를 떠나 방향을 잡고서 똑바로 달리기 시작하였다.

"당신은 이제부터 싫어도 드라이브를 좀 해야겠소. 되도록 조용하게 하는 편이 좋아. 내가 운전하는 중에 큰소리를 지르거나 이상한 짓을 하거나 하면 그때마다 아까같이 뺨을 때릴 테요. 당신 태도에 달렸어."

그녀는 무모한 시도를 단념하고 공기가 빠진 것처럼 쭈그리고 앉아 눈만 희번득이고 있었다. 차는 몇 번이나 커브를 돌아 같은 방향으로 달리는 차를 차례차례로 앞질렀다. 한 번, 빨간 불에 걸려 차가 멈춰 섰을 때 그녀는 이제 도망치려는 기력도 잃고 축 늘어진 채 물었다.

"당신은 나를 어디로 끌고 가려는 거지요?"

"왜, 몰라서 물어?" 그의 말투는 매섭고 날카로웠다. "도무지 짐작도 안 간다는 거요?"

"그분이 있는 곳에?"

완전히 체념한 말투였다.

"그래, 거기야! 당신은 이상한 여자로군!"

그가 다시 힘껏 액셀러레이터를 밟자 두 사람의 머리가 동시에 뒤로 젖혀졌다.

"당신 같은 여자는 실컷 당해야 해. 아무 죄도 없는 한 사나이를 무참하게도 죽게 했으니까! 당신이 나타나서 안다는 말을 한 마디만 했으면 그는 그렇게까지 되지는 않아도 좋았지!"

"그건 짐작하고 있었어요."

그녀는 무기력하게 말하고 눈길을 양쪽 손등으로 떨어뜨렸다. 한참 있다가 다시 입을 열었다.

"그런데 그게 언제지요, 오늘 밤?"

"아아! 오늘 밤이야!"

계기반(計器盤)의 라이트로 여자의 눈이 크게 뜨여지는 것을 알았다. 그 정도로 절박한 상황이라고는 미처 생각하지 못한 모양이었다.

"몰랐어요, 그렇게 급박한 줄은."

그녀는 꼴깍 침을 삼켰다.

"하지만 이젠 문제 없어!" 하고 그는 목쉰 소리로 말하였다. "끝내 당신을 내 손으로 붙잡았으니까!"

다시 붉은 신호에 걸렸다. 그는 화를 내면서 커다란 손수건으로 얼굴을 닦고 있었다. 그리고 또 두 사람의 머리가 동시에 뒤로 젖혀졌다.

그녀는 우두커니 앞을 응시하고 있었다. 앞쪽에 있는 무엇인가를 보고 있는 것도 아니었다. 백미러에 비친 그녀의 얼굴이 론버드 쪽에서도 보였다. 그녀는 마음 속의 무엇인가를 응시하고 있는 것이었다.

아마도 그녀의 과거이리라. 스스로의 지난날들을 요약하여 생각하는 것이다. 그것에서 도피시켜 줄 위스키도 지니고 있지 않았다. 차가 달리는 동안, 그녀는 가만히 앉아서 그것과 맞닥뜨리고 있지 않으면 안 되는 것이다.

그는 말했다.

"당신은 틀림없이 톱밥으로 만든 인형일 거야. 속이 텅 빈!"

그녀는 뜻밖에도 그 말에 대꾸를 하였다.

"그것 때문에 내가 어떤 봉변을 당했는지 알아요? 그런 것은 생각해 보지도 않았겠지요. 이제까지 죽 고통을 받아 왔는데 그래도 모자란다는 거예요? 왜 내가 고민해야 하지요? 그 사나이가 내게 있어 뭐란 말이에요. 완전한 남이라구요. 그 사나이는 오늘 밤 처형된다지요? 하지만 나는 그 일 덕분에 벌써 죽었어요! 알겠어요? 나는 죽은 사람이란 말이에요! 당신 곁에 앉아 있는 건 죽은 시체라구요."

그녀의 목소리는 슬픔에 시달리는 이의 낮은 신음 소리였다. 히스테리컬한 여자의 애원조의 울음소리는 아니었다. 남자 목소리도 여자 목소리도 아닌 고민에 찬 신음 소리였다.

"나는 가끔 어떤 여자의 꿈을 꾸는 일이 있어요. 그녀에게는 아름다운 가정이 있어요. 그녀를 사랑하는 남편, 돈, 예쁜 가구들, 친구들의 경의를 받고 안정된 생활을 하고 있어요. 그래요, 무엇보다도 먼저 불안 없는 확실한 생활이 있고, 그것은 그녀가 죽는 날 까지 계속되게 약속되어 있었어요. 영원히 계속될 거예요. 나는 그 여자가 나라고는 믿지 않아요. 내가 아니라는 것은 분명히 알고 있어요. 하지만 위스키를 마시면 그것이 나라고 생각케 하는 일이 있거든요. 꿈이란……."

그는 말없이 앞에서 흘러드는 어둠에 눈길을 모으고 있었다. 그것은 헤드라이트의 은빛 광망(光芒)에 부딪치면 한가운데가 둘로 쪼개졌다가 그들의 등 뒤에서 다시 합류하는 불가사의한 바닷물결과도 같았다. 그것을 바라보는 그의 눈은 잿빛 조약돌을 두 개 늘어놓은 것처럼 조금도 움직이지 않았다. 귀를 두드려도 아무것도 듣고 있지 않은 듯했으며, 그녀의 고뇌 따위는 상관도 없다는 얼굴이었다.

"느닷없이 길가로 내쫓겼을 때, 어떤 마음이 드는지 아세요, 당신? 그래요, 글자 그대로 한밤중 2시에 나는 쫓겨났어요. 가진 것도 없이 현관에는 자물쇠가 잠기고 내가 부리던 하인들도 나를 안에 들여놓으면 즉각 해고라고 엄중한 명령을 받았어요! 맨 첫날 밤, 나는 공원 벤치에서 밤을 새웠지요. 그리고 이튿날, 전에 같이 있던 하녀에게 5달러를 빌려서 겨우 방을 얻어 밤이슬만은 모면하게 됐어요."

"그렇다면 왜 그때 밝히고 나서지 않았지? 모든 걸 잃어버린 인간이 그 이상 무엇을 잃어버릴 걱정이 있었다는 거요?"

"그이의 압력은 그런 정도의 것이 아니었어요. 만약 내가 입을 열어 그이의 명성이나 지위를 더럽히는 행동을 하면 나를 알코올 중독자 수용소에 집어넣겠다고 으르댔어요. 그 사람에게는 권력도 돈도 있으니까 그런 일쯤은 간단하게 할 수 있겠지요. 그렇게 되면 나는 다시 햇빛을 보지 못해요. 미치광이의 조끼를 입고 냉수요법의 고통을 당하며……."

"그런 건 구실이 안 돼. 우리가 당신을 찾아헤매고 있다는 것은 당신도 알고 있었을 거야. 모른 체하려고 해도 무리였겠지. 내 친구가 사형에 처해진다는 것도 다 알고 있었을 거야. 당신은 비겁했어. 그것이 당신의 정체요. 당신이 이제까지의 인생에서 훌륭한 행동을 한 번도 한 적이 없고, 또 앞으로도 죽을 때까지 한 번도 훌륭한 일을 할 듯싶지 않다고 한 대도, 지금이라면 그 기회가 있소.

이제부터 스콧 헨더슨을 위해 증언하고 그를 구원해 주어야 하오."

그녀는 오래 침묵하고 있었다. 이어서 서서히 머리가 수그러졌다.

"좋아요." 그녀는 생각에 잠긴 듯이 말하였다. "그렇게 하지요. 지금에 와서는 자진해서 그렇게 하고 싶어졌어요. 이 몇 달 동안, 나는 눈을 감고 살았나 봐요. 있는 그대로 사물을 보지 못했어요. 무슨 까닭에서인지 이제까지는 그 사람의 일을 별로 깊이 생각하지 않았어요. 그것 때문에 얼마나 혹독한 꼴을 당했는가 하고 자신의 처지만 내세웠지요."

여자는 다시 얼굴을 들어 그를 보았다.

"그러니까 한 번이나마 좋은 일을 해보고 싶어졌어요――그냥 기분 전환으로라도."

"이제부터 그걸 해줘야겠소" 하고 그는 엄하게 말하였다. "그날 밤 당신이 바에서 그와 만난 건 몇 시였지?"

"6시 10분, 앞의 벽시계를 봤어요."

"당신은 그걸 말해 주겠지요? 자진해서 증언하겠지요?"

"네" 하고 그녀는 지친 목소리를 냈다. "그걸 말할 거예요. 기꺼이 증언하겠어요."

그러자 그는 그 말에 대해 대답했다.

"신이시여, 이 여자가 그에게 지은 죄를 용서해 주소서!"

이어서 변화가 찾아왔다. 그녀의 내부에서 얼어붙었던 것이 녹아내리기 시작한 모양이라고밖에 할 수 없으리라. 아니면 그도 진작부터 알아차리고 있었던 것――그녀의 표면에 쫙 덮여 점차 그녀를 질식시켜 죽음으로 몰아넣으려 하던 그 단단한 껍질이 벗겨지기 시작하였는지도 모른다. 두 손이 번쩍 위로 올라가 아까부터 수그리고 있던 얼굴을 덮고 그대로 꿈쩍도 하지 않았다. 거의 소리도 내지 않았다.

이윽고 떨기 시작하였다. 그는 그렇게 격렬하게 떠는 사람을 본 일이 없었다. 몸 안이 산산조각으로 깨어져 버리는 듯한 느낌이었다. 그대로 전율이 멎지 않는 것이 아닌가 여겨질 정도였다.

그는 여자에게 말을 걸지 않았다. 백미러에 비쳐진 것은 보였으나 직접 그녀 쪽을 향하지는 않았다.

이윽고 발작이 가라앉았다는 것을 그도 알았다. 그녀는 두 손을 다시 아래로 내렸다. 그리고 그에게라기보다 자신에게 말하는 듯한 목소리가 들렸다.

"후련해——두려워하고 있던 일을 막상 한다고 생각하니까."

차는 계속 조용히 달려갔다. 계기반의 라이트로 두 사람의 모습이 엷게 드러나고 있을 뿐이었다. 거리를 달리는 자동차의 수가 점점 줄어들었다. 이제까지와 마찬가지로 이쪽을 향하여 오는 자동차뿐, 그들과 같은 방향으로 달려가는 것은 한 대도 없었다.

두 사람을 태운 자동차는 거리의 경계를 지나 평탄하게 일직선으로 뻗은 길을 북쪽 교외를 향하여 줄달음질쳤다. 스쳐 지나가는 차는 모두 유리창에 흐르는 듯한 라이트의 선을 비추고서는 뒤쪽으로 사라졌다. 그들의 차는 그 정도의 속도로 달리고 있었던 것이다.

"왜 이렇게 멀리 가지요?" 이윽고 그녀는 마음에 걸리는 듯이 물었다. "지금 가는 곳은 형사재판소 빌딩인가요?"

"당신을 곧바로 주 형무소로 데리고 갈 셈이오" 하고 그는 긴장된 목소리로 대답하였다. "결국 그것이 가장 가까운 길이오, 행정관청식의 번거로운 수속 같은 건 빼고……."

"확실히 오늘 저녁이라고 말했지요?"

"앞으로 한 시간 반 정도 남았겠지. 어김없이 시간에 댈 수 있을 거요."

이윽고 나무가 울창한 곳에 이르렀다. 허리께를 허옇게 칠한 나무들이 밤의 어둠 속에서 길의 경계를 가리켜 주었다. 집에서 새어 나오는 불빛은 아무 데도 보이지 않았다. 다만 때때로 거리 쪽을 향하여 달려가는 자동차가 백열광 속에 어슴푸레 나타나 스치고 지나는 순간, 약간 모자를 기울이듯이 불빛을 어둡게 만들어 길가의 인사를 마치고 달려갔다.

"하지만 무슨 사고라도 나서 혹시 늦으면 어쩌지요? 전화를 걸어 두는 편이 안 좋겠어요?"

"내가 다 알아서 하겠소. 뭐요, 갑자기 걱정도 하기 시작하는군."

"나는 이제까지 장님이었어요. 어느 것이 꿈이고 어느 것이 현실인지……."

"일대 혁명이로군" 하고 그는 원망스러운 듯이 말하였다. "다섯 달 동안이나 당신은 그를 구원하기 위해 손가락 하나 까딱하지 않았소. 그런데 지금은 어떻소? 15분도 안 돼서 마치 정열의 화신처럼 변해 버렸으니."

"그래요." 그녀는 다소곳이 인정하였다. "잠깐 동안에 모든 게 시들해졌어요. 남편의 일도, 정신병원에 집어넣는다는 협박도 모두 시들해요. 당신 덕분에 모든 걸 새로운 눈으로 보게 됐어요."

그녀는 초조한 듯이 눈가에 손등을 댔다. 그리고 씹어뱉듯이 말하였다.

"한 번이라도 좋으니까 용기 있는 일을 하고 싶어요. 이대로 한 평생 비겁자로 살았다니 안 될 말이에요."

한참 동안 말없이 달려갔다.

이윽고 다시 걱정스럽게 그녀가 말하였다.

"내 증언만으로 그분을 구할 수 있나요?"

"연기할 수 있소. 오늘 밤에 할 예정인 일을. 연기만 되면 변호사에게 맡겨서 엄정한 조치를 취하게 할 수 있지요."

문득 그녀는 갈림길에서 차가 왼쪽으로 꺾인 것을 깨달았다. 그리고 황량하고 변변히 포장도 안 된 뒷길 비슷한 곳으로 들어갔다. 그녀가 이것을 깨달은 것은 이미 얼마쯤 시간이 지난 뒤였다. 차가 덜 컹덜컹 흔들리기 시작하였다. 스치고 지나가는 차는 한 대도 없었다. 길가에는 살아 있는 것의 그림자라고는 전혀 없었다.

"왜 이런 길로 들어왔지요? 주 형무소로 가는 길은 아까 그 남북 가도라고 생각했는데. 혹시 그분은 거기 있지 않은가요"

"이게 지름길이오." 그는 불량한 말투로 지껄였다. "시간에 대려면 이 길로 가야 해."

바람소리가 조금 높아져 불안에 찬 신음 소리처럼 들려 왔다. 그 속을 차는 오로지 앞으로 달려갔다.

그가 다시 입을 열었다. 턱을 핸들에다 탁 붙이고 그 눈은 깜박이지도 않았다. 눈에는 아무런 감정도 깃들어 있지 않았다.

"이제부터는 천천히 시간을 들여 데려다 주지."

자동차에 타고 있는 것은 이미 그들 두 사람뿐만이 아니었다. 아까부터 계속되고 있는 침묵 속에 어느 사이엔가 제3자가 나타나 지금 두 사람 사이에 자리잡고 있었다. 그것은 얼음처럼 찬 수의를 입은 '공포'였다. 그 보이지 않는 팔이 그녀를 차갑게 포옹하고, 그 언 손가락 끝이 그녀의 목을 더듬고 있었다.

지금까지의 10분 동안 두 사람이 탄 차의 라이트 말고는 아무런 등불도 눈에 보이지 않았다. 두 사람 사이에는 한 마디의 말도 오가지 않았다. 양쪽 나무숲이 거무스름한 기복을 보였다. 바람은 경고를 싣고 울부짖어 댔는데, 그 경고를 깨달았을 때에는 이미 돌이킬 수 없게 되어 있었다. 차 앞유리에 나란히 비친 두 사람의 얼굴은 유령을 연상시켰다.

그는 속도를 떨어뜨리고 또다시 옆길로 차를 몰아넣었다. 이번 길은 포장이 전혀 안 된 진흙 바닥으로 나무 사이의 오솔길보다 조금 나을까말까한 정도의 길이었다.

차는 울퉁불퉁한 바닥에서 몹시 요동쳤다. 배기관에서 뿜어나오는 가스로 마른 잎사귀가 흩어지고 등 뒤에서 버스럭버스럭 소리를 내며 춤추었다. 타이어는 나무 그루터기를 깔아뭉개며 넘고 흙받이로는 나무 줄기를 스치면서 나아갔다. 헤드라이트는 동굴처럼 깊숙한 숲 속을 훌쩍훌쩍 비췄다. 가까이 있는 나무는 석순처럼 눈부신 빛을 냈으나 안쪽의 것은 주검처럼 검은 그림자를 떨어뜨리고 있었다. 마치 동화에 나오는 무시무시한 마술에 걸린 숲 속의 빈터 같았다. 무슨 불길한 일이 일어날 것 같은 기이한 숲이었다.

그녀는 고통스러운 목소리로 말하였다.

"아니, 대체 뭘 하려는 거예요, 당신?"

공포는 더욱 세게 그녀를 포옹하고 언 숨결을 등줄기에 끼얹었다.

"당신이 하고 있는 일이 어쩐지 이상해요, 무엇 때문에 이런 짓을 하지요?"

별안간 차가 멎었다. 드디어 끝장이다. 차가 멈춘 뒤에야 비로소 그녀는 브레이크 소리를 몸에 느꼈다. 그가 엔진을 끈자 주위는 적막에 휩싸였다. 차 안도 바깥도 조용해졌다. 그들은 꼼짝도 하지 않았다. 자동차도, 그도, 그녀도, 그리고 그녀의 '공포'도.

엄밀하게는 그렇지 않았다. 움직이고 있는 것이 꼭 하나 있었다. 아직 핸들에 걸려 있는 그의 손가락이 세 개 아련히 움직이고 있었던 것이다. 피아노 건반을 두드리고 있는 것처럼 차례차례로 올라갔다 내려갔다 하였다.

그녀는 고개를 돌리더니 막연한 불안감에서 주먹으로 그의 가슴을 치기 시작하였다.

"뭐예요? 뭐라고 말하세요! 무엇이라고든 설명해요! 그렇게 가

만히 앉아 있지만 말고! 왜 이런 데다가 차를 세웠지요? 당신은
뭘 생각하고 있는 거예요? 왜 그런 얼굴을 하고 있지요?"

"내려." 그는 턱을 쳐들어 명령하였다.

"싫어요. 뭘 하려는 거예요, 당신? 싫어요, 나는."

그녀는 공포에 떨면서 그를 보았다. 그는 손을 뻗쳐 그녀 쪽의 문
을 열었다.

"내리라고 했어."

"싫어요! 뭘 하려고 그러지요? 얼굴에 씌어 있어, 그렇게……."

그는 팔에 힘을 주어 그녀를 와락 끌어 잡아당겼다. 잠시 뒤, 두
사람은 황갈색으로 썩은 낙엽에 구두코를 묻고 자동차 곁에 서 있었
다. 그가 손을 뒤로 하여 차문을 닫았다. 땅은 축축하고 주위는 먹을
푼 듯이 깜깜했다. 다만 헤드라이트가 비치고 있는 방향만이 으슥
한 터널처럼 희끄무레하였다.

"이리로 와."

그는 차분한 어조로 말하더니 그녀의 팔을 붙잡고 그 희끄무레한
빛의 터널을 걷기 시작하였다. 이 세상 것으로는 여겨지지 않는 정적
속에서 사그락사그락 낙엽이 밟혔다. 차를 뒤로 하고 두 사람은 거침
없이 앞으로 걸어갔다. 그녀는 부자연스럽게 몸을 틀어 그의 말없는
얼굴을 쳐다보았다. 나무숲의 천장 밑에서 메아리지는 자신의 숨결이
들렸다. 그의 호흡은 더욱 조용했다. 이렇게 두 사람은 묵묵히 걸어
갔다.

이 무언극은 비치는 헤드라이트 빛이 엷어져 당장에라도 꺼지려는
듯한 지점까지 계속되었다. 이 빛과 그림자의 경계선까지 오자 그는
발을 멈추고 그녀에게서 손을 떼었다. 그녀는 비틀비틀 몇 발자국 비
틀거렸다. 그는 여자를 붙잡아 똑바로 세우고 다시 손을 떼었다.

그는 담배 한 개비를 꺼내어 그녀에게 권하였다.

그녀가 거절하려고 하자 "괜찮으니 어서 피워!" 하고 거칠게 말하며 그녀의 입에 밀어넣었다. 그리고 성냥을 그어 두 손으로 가리며 내밀었다.

이 행동에는 이상하게도 의식 절차 비슷한 느낌이 있어 그녀를 안심시키기는커녕 공포를 더욱 크게 했다. 한 모금 빨았을 뿐 담배는 그녀의 뜻대로 되지 않아 입술에서 힘없이 떨어졌다. 자기의 의사로 물고 있을 수가 없었던 것이다. 그는 낙엽에 불이 당겨 붙지 않도록 구두로 그것을 비벼 껐다.

"좋아. 그럼, 차로 돌아가지. 이 빛을 따라 걸어가서 차에 올라타고 날 기다려. 말해 두지만 절대로 뒤돌아보아서는 안 돼. 똑바로 걸어가."

그녀는 무슨 뜻인지 잘 납득이 가지 않는 모양이었다. 그것이 아니면 공포 때문에 신경이 마비되어 자기의 의사로 움직일 수 없는 것일까. 그는 가볍게 쥐어박아 그녀를 걷게 하지 않으면 안 되었다. 그녀는 두어 발자국 위태위태한 걸음걸이로 낙엽 위를 걷기 시작하였다.

"지금 말한 대로 라이트를 따라 똑바로 차로 돌아가"라고 그의 목소리가 뒤쫓아왔다. "뒤돌아보면 안 돼."

그녀는 여자였다. 더욱이 공포에 허덕이고 있는 여자였다. 그러므로 그의 경고는 오히려 역효과를 가져오게 되었다. 도저히 견디어 내지 못하고 그녀는 뒤돌아보았다.

그의 손에 권총이 있었다. 아직 겨누고 있지는 않았으나 이미 중간쯤까지 들어올려져 있었다. 그녀가 등을 돌리고 걷기 시작하였을 때 몰래 꺼냈을 것이다.

그녀의 절규는 죽어 가는 작은 새의 그것과도 같았다. 숲 사이를 빙글빙글 돌면서 날아올라가 마지막으로 한 번 홰를 치고 떨어져 숨지는 새의 모습이었다. 그녀는 다시금 그에게로 다가오려고 하였다.

곁에 있는 편이 안전이 보장되고 떨어져 있는 편이 오히려 위험하다는 듯이.

"거기 있어!" 하고 그는 냉혹하게 말하였다. "되도록이면 편안하게 해주려고 그랬지. 돌아보지 말라고 했잖나."

"그만둬 줘요! 왜 그런 짓을?" 하고 그녀는 울음 섞인 소리로 말하였다. "나는 뭐든지 증언한다고 했잖아요! 똑똑히 그렇게 말했어요! 나는 꼭……."

"아니야" 하고 그는 무서울 정도로 침착하게 거절하였다. "넌 증언하지 않아. 이제부터 내가 절대로 증언하지 못하게 해줄 테다. 그 대신 지금부터 한 시간 반 뒤에 저 세상에서 그가 널 쫓아오거든 그때 증언해 주면 되는 거야."

헤드라이트의 희미한 빛을 등지고 그녀의 완벽한 실루엣이 떠올라 있었다. 덫에 걸린 꼴이니 어떻게도 되지 않는다. 두 줄의 헤드라이트 밖의 어둠 속으로 내빼려고 해도 빛의 폭이 넓기 때문에 거기까지 갈 여유가 도저히 없었다. 그 자리에서 허둥대고 있는 동안에 어느 사이엔 몸이 완전히 한 바퀴 돌아 다시 먼저처럼 그와 마주서 있었다.

그때 숲에서 총소리가 울려퍼졌다. 그것에 호응하여 그녀가 비명을 질렀다.

두 사람 사이의 거리는 꽤 가까웠으나 그는 실수한 모양이었다. 이상하게도 그의 손 가까이에선 연기가 솟아오르지 않았다. 하긴 지금의 그녀로서는 그 이유를 캐고 있을 겨를이 없었다. 그녀는 아무것도 느끼지 않았다. 달아나지도 못하고 멍하니 서서 선풍기에 매달린 리본처럼 흐느적거리고 있을 뿐이었다. 비틀거린 것은 사나이 쪽으로, 가까운 나무 줄기에 힘없이 몸을 기대고 지금 한 일을 후회하는 것처럼 나무에 얼굴을 비볐다. 이어서 그가 한 손으로 어깨를 누르는 것이 보였다. 권총은 그가 떨어뜨린 낙엽 속에서 무심하게 빛나고 있었다. 헤드라이트를 뒤집어쓴 그는 석회 덩어리 같았다.

그녀의 등 뒤에서 그림자 하나가 나타나 미끄러지는 듯한 속도로 라이트의 광망을 따라 사나이 쪽으로 다가갔다. 다가간 그림자도 권총을 들고 있어 어설프게 나무에 기대서 있는 인물에게 정확하게 조준을 맞추고 있었다.

그림자의 사나이가 얼른 몸을 구부리자 낙엽 속의 깜박임이 사라졌다. 사나이는 더욱 다가가 두 사람의 손목 언저리에서 무언가 번쩍 빛을 발하고 나뭇가지 부러지는 소리가 났다. 론버드의 힘없는 몸뚱이가 나무에서 떨어져 다른 한 사나이에게 기대듯이 하면서 간신히 몸을 가누었다.

납덩이 같은 정적 속에서 두 번째 사나이의 목소리가 분명하게 그녀의 귀에 들렸다.

"마셀라 헨더슨 살해 혐의로 너를 체포한다!"

그가 무엇인가 입에 대자 처량한 호루라기 소리가 길게 꼬리를 끌며 울려퍼졌다. 그리고 다시 침묵의 장막이 세 사람을 둘러쌌다.

바제스는 걱정스러운 듯이 등을 구부르고 낙엽 속에 무릎을 꿇고 있는 그녀를 부축하여 일으켰다. 그녀는 두 손을 얼굴에 대고 흐느껴 울고 있었다.

"알고 있소" 하고 그는 위로하였다. "아주 무서웠지요? 이제 끝났소. 결말이 났어. 아가씨가 해낸 거요. 아가씨가 그를 구했어. 내게 기대서요. 그래, 실컷 울어요. 자, 울고 싶은 대로 실컷 울어요."

그러자 그녀는 여성답게 뚝 울음을 그쳤다.

"이젠 안 울어요. 괜찮아요. 그냥 나는 때를 맞춰서 누가 와주지 않을까봐……."

"당신들 두 사람을 미행한 이들이 아무래도 무리를 했겠지. 어쨌든 워낙 운전 솜씨가 좋으니까."

그보다 조금 전에 어딘가 오솔길 훨씬 저쪽에서 브레이크가 찌직 미끄러지는 소리가 들려 왔다. 그러나 그 차에 타고 있던 사람들은 아직도 현장에 도착하고 있지 않았다.

"우리들은 위태로운 다리를 건너지 않을 수 없었소. 나는 처음부터 죽 당신들 차를 타고 왔는데, 눈치채지 못했을 테지요? 뒤 트렁크에 들어가 있었소. 거기서 모든 얘기를 들었소. 난 아가씨가 그 가게에 들어갈 때부터 트렁크에 숨어 들어가 있었소."

그는 큰소리로 뒤 쪽을 향하여 외쳤다. 그들은 차에서 내린 모양으로 얼찐얼찐 깜박이는 손전등의 불빛이 나무 사이로 보이다말다하였다.

"글레고리의 일행인가? 돌아들 가게. 여기까지 올 필요는 없어. 시간 낭비야. 곧장 큰길로 나가 전화로 지방검사 사무실에 급보를 넣어주게나. 앞으로 2,3분밖에 안 남았어. 나도 이쪽 차로 뒤따라 가겠네. 검사에게는 이렇게 말해 주게. 잭 론버드라는 사나이를 붙잡았다, 그는 헨더슨 부인 살해를 자백하였다고 그러니 형무소장에게 연락하여……."

"개자식, 아무 증거도 못 잡았으면서!"

론버드는 얼굴을 일그러뜨리며 짖어 대었다.

"그래? 이제 방금 네가 보여 준 일이야말로 충분한 증거가 아닐까. 너는 고작 한 시간 반 전에 만났을 뿐인 여자를 무참하게도 죽이려고 했어. 그리고 그 현장을 내게 보여 주지 않았나! 더구나 자네가 그녀를 죽여야 할 이유가 어디 있었겠나? 그녀의 증언이 헨더슨을 구할 수 있는 유일한 것이라는 이유 말고는 아무것도 없었지 않은가. 그렇다면 자네는 왜 그녀를 증언하지 못하게 하려고 결심했지? 그것은 그녀의 증언에 의해 사건 전체가 다시 심리되기 때문이야. 즉 자네 자신이 위태롭게 되기 때문이지. 내가 자네를 진범으로 단정하려는 증거는 바로 그거야!"

주 경찰이 구두 소리를 내며 다가왔다.

"뭐, 도와 드릴 일은 없습니까?"

"이 여자분을 차까지 모시게. 아주 심한 봉변을 당한 뒤니까 조심스레 모시도록. 사나이 쪽은 내가 맡을 테니까."

체구가 듬직하게 생긴 경관은 두 팔로 그녀를 안아올리며 "누구십니까, 이분은?" 하고 헤드라이트에 비쳐진 융단을 밟고 차 쪽으로 가면서 어깨너머로 물었다.

"아주 소중한 귀여운 아가씨야." 범인을 끌고 가면서 바제스는 등 뒤에서 대답하였다.

"그러니까 곱게 다뤄요, 걷는 것도 천천히. 자네가 안고 있는 건 그 헨더슨의 '젊은 여자' 캐럴 리치먼이야. 우리들 중에서는 자네가 가장 운이 좋았네그려."

사형집행 다음 1일

그들은 쩩슨 하이츠에 있는 바세스의 아파트 서실에 모여 있었다. 석방 이후 처음으로 만나는 것이다.

바세스가 두 사람을 위해 편의를 제공해 준 것이었다. 헨더슨이 기차를 타고 오는 동안, 캐릴에게 여기서 그를 기다리게 하였다.

바세스는 이렇게 말했던 것이다.

"형무소 문 앞에서 만나는 것은 그만두는 게 좋아요. 당신들 둘은 거기가 지긋지긋하지도 않나? 우리 집에서 기다려요. 가구 따위는 어차피 월부지만 형무소 것보다는 그래도 나을 거야."

두 사람은 부드러운 스탠드의 불빛에 싸여 소파에 앉아 있었다. 깊은——아직도 꿈결 같은——아늑함이었다. 헨더슨은 그녀를 끌어인고, 그녀는 그의 어깨에 머리를 기대고 있었다.

바세스는 방에 들어와 그러한 두 사람의 모습을 보자 가슴에 치밀어오르는 무엇인가를 느꼈다.

"그래 어떻소, 두 분 손님?" 그는 감정을 겉으로 드러내지 않으려고 일부러 야단스럽게 말하였다.

"정말 모두가 아름다운 것뿐이로군요" 하고 헨더슨은 놀라움을 표시하였다. "세상이 이렇게 아름다운 것 투성이라는 사실을 나는 거의 잊을 뻔했습니다. 바닥에 깐 융단, 부드러운 스탠드의 불빛, 소파의 쿠션. 그리고 여기 보십시오, 이 세상에서 무엇보다 가장 아름다운 것을."

그는 턱으로 그녀의 머리를 어루만졌다.

"모두 다 내 것이야. 다시 내게로 돌아왔어. 앞으로 40년은 죽 내 것이지."

바제스와 그녀는 서로 공감을 느끼며 말없이 눈짓하였다.

"나는 방금 지방검사실에서 돌아왔네." 바제스는 말했다. "녀석이 거기서 완전히 털어놓았더군. 죄상 인정, 서명, 그리고 그는 형무소 행이지."

"난 아직도 잘 모르겠습니다." 헨더슨은 머리를 흔들면서 말했다. "도무지 믿어지지가 않아요. 그 배후에는 대체 무엇이 있었던가요? 그가 마셀라와 정을 통하고 있었다고요? 내가 아는 한 마셀라는 생전에 그 사나이와 두 번정도 만났을까말까했을 뿐인데."

"당신이 아는 한에서는 그렇겠지." 바제스가 냉담하게 말했다.

"그럼, 나 몰래 서로 만나기라도……."

"부인의 외출이 잦다는 걸 몰랐었나?"

"알고는 있었습니다. 하지만 별다르게 생각하지는 않았지요. 나와 아내 사이에는 애정 같은 건 벌써 옛날에 없어졌으니까요."

"그래, 문제는 바로 그걸세." 바제스는 방 안을 빙빙 돌면서 말했다. "헨더슨, 당신에게 꼭 한 가지 말해 두고 싶은 게 있는데…… 새삼스럽기는 하지만 꼭 말해 둘 만한 가치가 있다고 생각하네. 그것은 엄밀하게 말해서 일방적인 연애 사건이었다네. 그러니까 당신 부인은 론버드를 사랑하지는 않았어. 만일 사랑하고 있었다면 아마도 죽지 않았을 걸세. 아직 이 세상에 살아 있을 거야. 그렇다고 해서 그녀가 다른 누구를 사랑한 것도 아니었네. 자기 자신만을 사랑하는 타입이었겠지. 부인은 남에게서 칭찬을 듣고 아첨의 말을 듣기 좋아했지. 가벼운 장난기로 바람도 좀 피우고, 남자를 놀려 주는 일을 즐기는 편이었던 걸세. 그런 유의 게임은 아홉 명까지는 아무도 모르게 무사하게 끝날 수 있지. 하지만 열 번째에는 쉽사리 잘 되지 않는 수가 있거든.

그녀에게 있어 론버드는 한낱 불장난의 대상일 뿐이었어. 마음 속으로 그녀는 그것을 자네에 대한 가벼운 복수 방법이라고 생각하고 있었던 걸세. 즉 그녀로서는 그렇게 해서 자네 따위는 자기에게 필요 없는 남자라는 것을 자기 자신에게 납득시키고 싶었던 거야. 그런데 불행하게도 론버드는 그 열 번째 사나이였네. 일시적인 정사에는 어울리지 않는 타입의 사내였어.

론버드라는 자는 이제까지 인생의 대부분을 문화와는 동떨어진 유전 지대에서 지내 왔지. 그러니까 당연히 여자와의 경험도 거의 없었어. 멋있는 교제 같은 것을 할 만한 위인이 아냐. 그런 사나이가 그녀의 말을 진실로 받아들인 걸세. 그녀로서는 그러는 편이 물론 재미있었겠지. 장난이 모험성을 띠게 되니까 말이야.

그녀의 처사가 잔인했다는 것은 의심할 여지가 없네. 일이 어떻게 끝나리라는 것을 빤히 내다보면서도 마지막 순간까지 그를 잡고 있었던 거야. 그리고 그로 하여금 장래의 설계를 히도록 했지. 그와 함께 살 생각은 처음부터 눈꼽만큼도 없었으면서 말일세. 그래서 그는 남미의 석유 회사와 5년 동안 계약을 맺었지. 그뿐만이 아니라 그녀와 같이 살기 위한 방갈로를 물색하고 여러 가지 설비와 가구를 갖추게 하였네. 두 사람은 거기에 도착하는 대로 당신과 이혼하고 결혼할 약속이 돼 있었거든. 어쨌든 남자도 그 나이가 되면 어린애는 아니니까

순정을 짓밟혔을 때의 타격은 클 수밖에.

그녀는 서서히 그에게서 떨어져나가 그로 하여금 단념하지 않을 수 없게 만들지 않고 도저히 생각할 수 없을 정도로 잔인한 방법을 택했네. 그는 애써 손에 넣은 과자를 최후의 한순간까지 놓치고 싶지 않았거든. 그의 전화를 받고 나가 함께 점심 식사를 즐기는 것, 그리고 만찬과 데이트, 택시 안에서의 키스──이것들은 모두 그녀의 생각으로서는 없어서는 안될 필수품 같은 거라고 할까. 그러한 생활이 너무나 몸 속 깊이 스며들었었기 때문에 그러한 것들을 잃어버린다는게 서글프기 그지 없었던 걸세. 그래서 두 사람의 관계를 끌 대까지 끌고 갔지. 그리고 마침내 그들이 배로 남미를 향해 출발할 그 날이 와 버렸네. 자네가 아파트에서 나가는 즉시 론버드는 그녀를 데리고 나가려고 아파트로 갔었네.

그녀가 목숨을 잃은 데 대해서 나는 전혀 놀라지 않네. 아니, 살해되지 않았다면 그게 오히려 이상한 일이지. 그의 말에 따르면 당신이 정신 없이 뛰쳐나올 때 그는 당신 아파트 층에서 위로 올라가는 계단에 몸을 숨기고 계속 기다리고 있었다는군. 다행히 그날 밤은 아파트 경비가 자리를 비워 그가 들어오는 것도, 나가는 것도 본 사람은 아무도 없었네.

그건 그렇고, 그녀는 론버드를 방에 들여놓고서 다시 경대에 마주 앉아 출발 준비가 다 되었느냐는 그의 물음에 커다란 목소리로 웃기 시작한 걸세. 그 날이 마치 그녀의 폭소의 염가 판매일이기나 한 것처럼 웃어 댔겠지. 이어서 그녀는 '내가 남미로 가서 그런 시골 구석에 뼈를 묻을 거라고 정말로 믿고 있었어요?' 하고 그에게 되묻는 투로 대들었네. 지금의 생활을 내던지고 당신이 바라는 대로 결혼하려고 진심으로 생각하는 그런 여자로 생각했느냐고 대들었지. 당신을 곱게 놓아 줄 테니 달리 좋은 사람을 찾아보라는 한 마디가 무엇보다도 가슴에 와닿았다고 그는 말했네. 이것이 그녀의 수법이었던 걸세. 되느냐 안 되느냐의 모험을 앞에 놓고 확실한 것을 내버리는 짓을 할 여자는 아니었어.

그런데 무엇보다도 그의 마음을 때린 것은 그녀의 웃음, 폭소였다네. 그의 술회에 의하면, 비록 그렇게 되었어도 그녀의 태도가 눈물겹다든가 적어도 진지한 것이었다면 잠자코 물러섰을 것이라더군. 그대로 뛰쳐나와 엉망진창이 되도록 술을 퍼마시는 일은 혹시 있었을지 모르지만 그녀의 생명을 빼앗는 데까지는 가지 않았을 것이라고 말일세. 나도 그 말에는 동감이야."

"그래서 죽였다는 말이군요?"

헨더슨이 조용히 말했다.

"그렇지. 그래서 죽였지. 당신이 끄른 넥타이는 내동댕이쳐신 대로 그녀의 뒤에 떨어져 있었거든. 그는 어느새 그것을 손에 주워 들고 있었던 모양이야. 그러다가 그만 해치운 것이지."

바제스는 손짓으로 그 시늉을 해보였다.

"그분을 나무랄 수만도 없을 것 같군요."

캐럴은 한숨을 내쉬며 방바닥으로 눈길을 떨구었다.

"정말 그렇소." 바제스도 인정하였다. "하지만 그렇다고 해서 그가 그 다음에 한 짓을 용서할 수는 없어요. 그는 용의주도하게 머리를 써서 둘도 없는 친구에게 그 죄를 씌우고, 친구를 함정에 빠뜨리려고 했으니까요."

"내가 그에게 무슨 짓을 했다고 그런 엄청난 짓을 저질렀을까?" 하고 헨더슨은 조금도 증오의 빛을 섞지 않고 말했다.

"그것은 바로 이렇다네. 그는 그녀가 왜 갑자기 그런 태도로 나왔는지, 그 순간은 물론 훨씬 뒤인 오늘날까지도 도무지 납득이 되지 않는다고 말하고 있네. 그토록 인정사정없이 당한 일이 말일세. 그러한 수법이 그녀의 성격에서 온 것이라는 점을 간파하지 못했던 거지. 그녀가 본디 그런 성격의 여자라는 사실을 말일세. 따라서 이것은 틀림없이 남편에 대한 그녀의 애정이 되살아났기 때문이라고 오해하고 당신을 원망하게 되었다네. 그녀를 잃은 것은 당신 때문이라고 생각했던 거야. 그렇게 생각하자 당신이 미워서 견딜 수 없었겠지. 당신에게 복수할 마음이 불길처럼 일어났네. 일종의 일그러진 질투심이 사련(邪戀)의 상대가 죽은 일로 하여 더욱 광포해져 갔다는 것이, 우리가 상상할 수 있는 동기로서는 가장 가깝지 않을까 생각되는군."

"어처구니없군." 헨더슨이 낮은 목소리로 중얼거렸다.

"그는 사람들의 눈을 피해 당신의 아파트를 나와 신중하게 당신 뒤를 쫓아 행적을 잡으려고 했네. 위층계에서 엿들은 당신들 부부의 말다툼을 그냥 넘겨 버릴 까닭이 없지. 그가 저지른 범죄를 덮어씌우기에는 다시없이 좋은 기회였으니 말이네. 그런데 맨 처음 생각으로는 지나가다 우연히 당신과 만난 것처럼 하여, 당신을 줄곧 따라다니며 당신 자신의 입으로 죄를 인정하게 할 속셈이었던 모양이야. 적어도 당신이 범행과 중대한 관계가 있는 것 같은 말을 하도록 말이야. 그가 먼저 이렇게 유도했겠지—— "아니, 부인과 왜 동행하지 않았나?" 그러면 당신은 "아내와는 나오면서 크게 싸웠다네"라고 말하겠지. 그 부부 싸움 이야기가 그에게는 절대 필요했거든. 그 자신이 계단에 숨어 엿들었다면 의심을 받겠지만, 당신 입으로 말하게 하면 그것이 이롭게 되니까. 이 점은 절대로 당신의 그에게 직접 말한 것이 아니면 안 되었던 거야, 알겠나?

또 그와 당신이 어울려 다니는 동안에, 당신이 취하고 싶다고 하면 곤드레가 될 정도로 퍼먹였겠지. 그리고 당신을 아파트까지 바래다 주었겠지. 당신이 그 처참한 현장을 발견한 때도 그는 거기에 같이 있으려 했지. 당신이 아내와 크게 싸우고 밖으로 뛰쳐나갔다는 경위를 당신 입으로 경찰관 앞에서 마지못한 듯이 이야기하려는 계책이었지. 즉 당신은 그의 충격을 약화시키는 완충기 역할을 하게 된다는 말이네. 사실 자기가 여자를 죽여 놓고 그 현장으로 남편을 데리고 돌아오다니, 정말 굉장한 아이디어가 아닌가. 그는 자동적으로 타인의 범행에 개입한 억울한 방관자라는 지위에 서게 되지. 그렇게 되면 당연히 혐의의 테두리 밖에 설 수 있게 되니까.

이것은 그의 입에서 거침없이 나온 말이네. 더욱이 그의 말은 고백의 형식을 취하고 있지만, 그에게서는 참회의 빛을 전혀 찾아볼 수 없었다는 것을 말해 두고 싶네."

"굉장한 사람이군요." 캐럴이 우울하게 말했다.

"그는 당신이 혼자 다닐 줄 알았네. 당신이 갈 곳을 두 군데 다 알고 있었지. 그날 오후 그와 만났을 때, 당신이 오늘 저녁에는 아내와 함께 메종 블랑슈에서 저녁을 먹은 뒤 카지노 극장에 갈 예정이라고 말했기 때문일세. 맨 처음에 간 그 바는 전혀 모르고 있더군. 거기는 당신이 그냥 불쑥 들어갔으니까.

그는 메종 블랑슈로 곧장 가서 들키지 않게 현관에 들어가 한옆에서 가만히 그 안을 살펴보았지. 그리고 당신을 찾아 냈네. 당신이 막 도착했을 때쯤일 거야. 그런데 당신 옆에 또 한 사람의 동행이 있다는 것을 알았네. 이로써 계획은 완전히 틀어져 버렸지. 이렇게 되면 그는 당신 자리에 끼어들어 당신 입으로 싸움의 전말을 말하게 할 수가 없게 되지 않았겠나. 그뿐 아니라, 자네가 아파트에서 나와 얼마나 빨리 그녀를 만났는가에도 달리긴 했지만 이 낯선 제3자가 어느 정도 알리바이를 증명해 줄지도 모른다는 가능성이 생겼기 때문일세. 바꿔 말하면 그는 그때 재빨리 그 여자가 자기 입장에 대해서도, 당신 입장에 대해서도 중요한 인물이 되리라는 것을 알아차렸던 것일세. 그리하여 거기에 따라 행동을 바꾸게 되었다네.

그는 일단 밖으로 나와 길거리에서 서성이며 자기의 모습이 발각되지 않을 정도의 거리를 두고 음식점 입구를 감시했네. 자네의 다음 예정이 카지노 극장이리라는 것은 알고 있었지만, 물론 확신은 없었거든. 틀림없이 그렇게 되리라고 단언할 수 없었기 때문일세.

당신들 둘은 가게를 나와 택시를 잡았지. 그도 택시를 잡아타고 당신의 뒤를 쫓았지. 그리고 카지노 극장 안에까지 들어갔던 거야. 여기가 중요한 대목이니까 잘 듣게. 흔히 한 막밖에 볼 틈이 없는 이들이 그러듯이 그는 입석표를 샀네. 그리고 어느 기둥 뒤에 숨어서 쇼가 끝날 때까지 당신들 두 사람의 뒷모습을 죽 지켜보고 있었네.

그가 나가려고 했을 때 당신들 두 사람도 자리에서 일어나는 게 보였어. 극장을 막 나와서 혼잡한 인파 속에서 하마터면 두 사람의 모습을 놓쳐 버릴 뻔했으나 행운은 그의 편을 들어 주었다네. 너무 접근하고 싶지 않았기 때문에 장님과 있었던 일은 전혀 몰랐지. 그러나 두 사람이 탄 택시가 혼잡한 도로를 빠져나가기까지 너무 시간이 걸렸기 때문에 그도 택시를 잡아타고 미행을 계속할 수가 있었다네.

두 사람은 다시 마지막으로——그를 거느리고——'안셀모'에 들어갔네. 그는 물론 거기가 이번 사건에서 가장 중요한 장소가 되리라고는 아직 몰랐지. 다시 그는 바깥에서 서성거렸다네. 좁은 바여서 가게 안에 들어가면 틀림없이 당신 눈에 띄지 않을 수 없기 때문이지. 이윽고 그는 당신이 여자를 거기에 남겨 두고 혼자 나오는 것을 보았네. 그리고 그때에야 비로소 당신이 아파트의 문을 박차고 나오면서 크게 소리지른 말 '누구라도 좋아. 이제부터 거리로 나가 맨 처음에 만난 여자를 당신 대신 데리고 가겠어!' 라는 말을 당신이 실행한 것임을 알아차렸지.

그는 망설였다네. 여자를 놓칠 것을 무릅쓰고 당신을 계속 미행할 것인가 아니면 관심을 여자 쪽으로 돌려서 그녀의 존재가 당신에게 있어 얼마쯤 유리하게 될지 또는 불리하게 될지를 알아보아야 할 것인가 하고 말이야.

그러나 언제까지나 주저하고 있지만은 않았어. 여기서도 또 행운은 그의 편을 들어주었거든. 거의 육감으로 행동했는데, 그의 선택은 옳게 들어맞았던 걸세. 그는 이 이상 당신에게 붙어 있으면 신통치 못하게 되며, 당신을 죄의 구렁텅이에 몰아넣기는커녕 자칫하면 자기가 죄를 뒤집어쓸 위험성이 적지 않다고 생각한 거야. 그가 달 배는 슬슬 부두를 떠나려고 할 시각이었네. 그리고 그는 그 배에 타고 있어야 할 형편이 되었지.

거기서 그는 당신을 내버려 두고 여자를 미행하는 쪽을 택했네. 그때까지도 자기의 육감이 보기 좋게 적중했다고는 꿈에도 생각지 못했지만. 이리하여 그는 몰래 여자를 감시하면서 바깥에서 기다렸네. 여자가 밤새도록 바에 있을 리가 없으니, 이윽고 어디론가 돌아갈 것이 틀림없다고 생각했기 때문이었어.

드디어 그녀가 모습을 나타냈네. 그는 알아차릴세라 조금 떨어져 여자에게 자유로운 행동을 취할 만한 여유를 주었지. 영리한 그는 당장에 말을 거는 것 같은 짓은 하지 않았네. 자기 정체를 드러내 보일 뿐이었기 때문일세. 그런 짓을 해서 만일 그녀가 당신의 알리바이를 입증하게라도 된다면 그가 필연적으로 범인 대상으로 떠오르는 결과가 되거든. 자네와의 일을 그녀에게 묻고 그것에 관심을 보였다는 사실이 나중에 밝혀지는 것만으로도 말일세. 그러므로 그는 현명하게도 다음과 같은 조치만 취하기로 했네. 즉 지금 당장은 여자의 신원과 행선지를 확인하는 것으로 그치자, 그렇게 하면 뒤에 필요가 생겼을 때 언제라도 여자를 찾아 낼 수 있을 것이라고 생각했지. 거기까지 해놓고 잠시 그녀를 자유롭게 내버려 두었던 걸세.

다음에는 될 수만 있다면 그녀가 어느 정도 당신에게 이득을 줄 수 있는지를 탐지해 내는 거지. 이것은 그날 밤의 당신의 종적을 더듬어 당신과 여자가 맨 처음 만난 장소를 찾아 내기만 하면 되겠지. 또 무엇보다도 가장 알아 두고 싶은 것은, 두 사람이 알게 된 것은 자네가 아파트를 뛰쳐나와서 얼마나 지난 뒤인가 하는 점이었네. 그리고 또 만일 이 사건에서 그녀의 역할이 지극히 중요한 것이라면 어떻게든 그녀를 표면에 나타나지 못하게 손을 쓰지 않으면 안 되었지. 우선 먼저 미행해 간 장소로 가서 여자를 찾아 내어 아무 말도 하지 말아 달라고 설득하여 거기에 응할지 어떨지 확인할 필요가 있었네. 만일 응하지 않을 경우에는 이미 가슴 속으로 여자를 없애기 위한 잔학한 방법을 생각했었다고 그는 자백하더군. 제1의 범죄에서 빠져나가기 위해서 제2의 범죄를 저지르는 것이지.

이렇게 해서 그는 여자의 미행에 착수했네. 이미 밤도 깊었는데 그녀는 무슨 까닭인지 걷기만 하고 있었네. 덕분에 놓칠 걱정이 없어 미행은 퍽 쉽게 할 수 있었지. 처음에 그는 여자의 집이 바에서 아주 가까운 곳에 있기 때문이 아닌가 짐작했었다네. 그러나 차츰 그 생각이 틀렸다는 것을 알았어. 그러다가 여자가 누군가가 자기를 미행하고 있다는 것을 알고 그것을 따돌리기 위해 일부러 그러는가 하는 생각해 보았지. 그런데 그것도 아니라고 결론내리지 않을 수 없었네.

그녀는 무엇인가 알아차리고 경계하는 것 같은 기색은 전혀 보이지 않고 방향없이 이리저리 산책을 즐기는 듯한 발걸음으로 걸어갔거든. 어쩌다가 지나는 길에 불이 꺼진 쇼윈도가 있으면 서서 그 안의 물건을 들여다보기도 하고 집 잃은 고양이가 있으면 등을 어루만져 주기도 하는 등 길 따라 물 따라 한가롭게 걸어가는 거야. 특별히 서두르고 있는 것 같은 기색은 전혀 보이지 않았네. 만일 정말로 그의 미행이 번거롭다면 택시를 불러 뛰어올라가도 되고, 경찰관에게 한 마디 귀띔만 해도 될 텐데 말일세. 경찰관이라면 대여섯 명이나 도중에 만났으나 여자는 별로 다른 행동을 취하지 않았거든. 결국 그녀는 갈 데가 없어 이렇게 막연히 돌아다니고 있는 것이라고밖에 해석할 수 없었지. 그러나 집 없는 여자라고 하기에는 차림새가 지나치게 의젓해서 그로서는 도무지 판단이 서지 않아 난감할 뿐이었네.

여자는 렉싱턴 거리를 57구역까지 가서 서쪽으로 꺾이어 5번 거리로 나섰네. 그리고 북쪽을 향해 두 구역쯤 걸어가더니 셔먼 장군의 동상이 있는 광장 벤치에 잠시 걸터앉았지. 마치 오후 3시에 거리를 산책하는 것 같은 모습이었다네. 그러나 공원을 드나드는 차 세 대 가운데 한 대쯤은 '타지 않겠습니까' 하고 유인하듯이 그녀 앞에 이르면 속력을 떨어뜨렸으므로 마침내 쑥스러운지 다시 걷기 시작했네. 그리고 59구역의 한 길을 다시 동쪽으로 향하여 슬슬 걷는 거였네. 한길 옆의 미술품 가게 앞에 이르자 안에 장식해 놓은 물건을 외기라도 하는 듯 유난히도 열심히 들여다보더라는군. 느릿느릿 미행해 가는 론버드는 그만 머리가 돌 것만 같았지.

마침내 이대로 가다가는 퀸즈보로 다리를 건너서 롱 아일랜드까지 행진할 셈인 것처럼 생각되기 시작했을 무렵, 여자는 별안간 59번 거리 끄트머리에 있는 조그맣고 더러운 호텔로 들어가 버렸네. 살그머니 뒤에서 들여다보니 여자는 숙박부에 서명하는 참이었어. 이것 역시 이제까지의 무의미한 행동의 계속으로 장난삼아 하는 것 같아 보였다네.

　여자의 모습이 사라지자 그도 얼른 안으로 들어가 방을 하나 얻었네. 여자가 어떤 이름으로 서명하고 어느 방에 들었는지를 알려면 그것이 가장 손쉬운 방법이었던 걸세. 서명하면서 바로 앞의 이름을 보니 '프랜시스 밀러'로 되어 있고, 방은 214호였지. 그는 엉뚱하게 억지를 부려 여자의 옆방인 216호를 확보할 수 있었다네. 보여 주는 방마다 두어 가지씩 흠을 찾아 내어 트집을 잡았던 거지. 그 호텔은 붕괴되기 직전으로 너무나 낡아서 간이 숙박소와 그다지 다를 바 없었으므로 이런저런 탓을 해도 의심받을 걱정은 없었다네.

　그는 잠깐 동안만 2층에 있었다네. 그의 주요 목적은 자기 방 밖의 복도에서 여자가 있는 방의 동정을 살펴 오늘 밤은 여기서 묵을 것인지 어쩐지, 또 그가 나갔다 돌아올 때까지 여기에 죽 틀어박혀 있을 것인지 어쩐지를 확인하는 것이었다네. 그래서 그는 더 이상 바랄 수 없을 정도의 확증을 손에 넣을 수 있었지. 문 위의 먼지 낀 창살 사이로 그녀 방의 불빛이 보였는데, 워낙 건물이 낡아 빠져 여자의 움직임 소리까지 하나하나 거침없이 들려 지금 그녀가 무엇을 하고 있는지 대강 짐작할 수 있었다네. 드레스를 집어넣는 다지 살풍경한 옷장에 매달린 쇠줄 옷걸이가 뎅그렁뎅그렁 소리를 내는 것이라든지 뭐 그런 소리지. 물론 그녀에게는 짐이라고는 없었어.

　방 안을 왔다갔다하면서 그녀가 나지막이 콧노래를 부르는 소리가 들렸네. 가끔 콧노래가 끊어질 때도 있었지. 당신이 초저녁에 그녀를 데리고 갔던 쇼에서 들은 그 노래였다더군. 분주하게 잠자리 준비를 할 때의 수도물 떨어지는 소리. 이윽고 창살 사이의 불빛이 꺼졌네. 그리고 고물 침대에 그녀가 몸을 눕히는 스프링의 삐그덕거리는 소리마저 들려 왔다네. 마지막 조서를 받을 때 그는 이 명랑하지도 않은 이야기를 장황하게 늘어놓더군.

그는 자기 방에 들어가 불을 켜지도 않은 채 창가에 가서 문턱에 몸을 기댔네. 창은 궁상스러워 보이는 막다른 골목을 향해 뚫려 있었지. 그는 거기서 여자의 방을 어느 정도 들여다볼 수 있는가를 면밀히 조사했네. 차양은 1피트 정도의 간격을 남기고 내려져 있었다네. 그러나 그의 방 문턱을 타고 몸을 쑥 내밀면 그녀의 침대를 볼 수 있었지. 침대 가장자리에 팔을 드리우고 있었는지, 그녀가 피우고 있는 담뱃불이 어둠 속에 희미하게 빛났어. 두 방 창 밑에 홈통이 달려 있어, 둥그런 고리쇠로 그것을 바깥벽에 고정시킨 문이 알맞은 디딤판이 되었지. 그는 그것을 가슴에 새겨 두었네. 돌아와서 혹시 필요하게 되면 거기를 통해서 침입할 수도 있으니까.

여자 쪽이 문제없게 되자 그는 다시 거기서 나왔네. 오전 2시 조금 전이었지. 그는 택시를 잡아타고 곧장 '안셀모'로 갔어. 시간이 시간이니만큼 가게는 한산하여, 이 정도라면 바텐더와 천천히 이야기할 수도 있고 무언가 알아 낼 기회도 있을 성싶었네. 알맞은 기회를 보아 그는 슬그머니 그녀의 이야기를 꺼냈네. '아까 저 끝에 혼자 앉아 있던 여자는 뭣하는 여자요?'라는 식으로 말일세. 말하자면 첫번째 쐐기를 박은 거지.

그런 사람들이야 태어나면서부터 몸에 익힌 수다가 아니겠나. 슬쩍 말을 걸기만 해도 뒷이야기는 자기 혼자 모조리 지껄여 버릴 능력만 있으면 우선 바텐더 자격증이 충분하다고 할 수 있을 정도이니까. 그래서 그녀는 먼저 한 번 저녁 6시쯤에 와서 어떤 남자와 같이 가게를 나갔다가 다시 그 남자와 함께 돌아와서 여자가 뒤쳐져 있었던 거라고 말해 주었네.

다시 이렇게저렇게 꾀에서 물어본 결과, 그가 가장 큰 관심을 갖고 있던 일을 알아 낼 수 있었지. 즉 당신은 가게에 들어서자마자 여자에게 말을 걸었다는 것, 그것이 6시에서 2, 3분 지났을 때라는 것을 알아냈던 거야. 다시 말해 그가 가장 두려워하고 있던 상태라는 사실을 알았던 거지. 그녀는 당신의 보호신일 가능성을 간직하고 있는 정도가 아니라 절대적인 구원의 신이었어. 어떻게든 손을 쓰지 않으면 안 된다, 한시바삐⋯⋯. "

바제스는 잠시 말을 멈추고 헨더슨에게 물었다.

"이야기가 길어서 지루한가? "

"아니오, 내 목숨이 달렸던 이야기인데요. " 헨더슨은 담담하게 말하였다.

"그는 어물거리고 있지 않았네. 아직 손님이 드문드문 남아 있는 그 가게 안에서 최초의 흥정을 했지. 뻔한 일이지만 그 바텐더는 약이 잘 듣는 타입이었네. 흔히들 말하지──말랑하게 익어서 건드리기만 하면 떨어질 준비가 되어 있었다는 말일세. 신중한 두서너 마디, 카운터 너머의 악수, 그것으로 이야기는 끝났다네. "

"자넨 얼마면 그 남자와 여자가 여기서 만나는 것을 본 일을 잊어버릴 수 있겠나? 남자가 여기 있었다는 걸 잊어 버릴 필요는 없어. 여자 쪽만 잊어버리면 돼. "

바텐더는 그다지 많지 않은 금액을 요구했네.

"경찰이 끼어들어도 그럴 수 있나? "

이 말을 듣자 바텐더는 동요했지. 론버드는 바텐더가 생각한 금액의 50배로 결심하게 했네. 현금으로 천 달러를 안겨 주었던 것일세. 그는 당신 부인과 둘이서 남미로 도피할 예정이었기 때문에 상당액의 현금을 갖고 있었지. 바텐더는 물론 승낙했네. 론버드는 말투는 곱지만 무서운 협박조의 문구를 써서 그 약속을 재삼 굳혔네. 그는 협박에 있어서도 여간한 솜씨가 아닌 모양이야. 공갈조의 문구가 이만저

만한 것이 아니었기 때문에 상대방도 된통 걸렸다고 생각했던 모양이었어.

바텐더는 그 뒤로 영 입을 다물어 버렸네. 사건에 대해서 완전히 안 뒤에도 우리는 그에게서 한 마디도 얻어 내지 못했을 정도라네. 그러나 그건 결코 천 달러라는 돈 때문만은 아니었어. 간이 오그라붙어 버린 거야. 다른 이들에 대해서도 같은 말을 할 수 있지. 클럽 밀반의 몸에 마지막으로 어떤 일이 일어났는지를 보면 그것을 알 수 있겠지. 론버드라는 사나이는 어딘가 무시무시한 데가 있는 모양이야. 유머 센스가 전혀 결여돼 있어. 너무나 오랫동안 오지에서 자연을 상대해 생활해 왔기 때문일까.

바텐더를 잡아 놓고 그는 그곳을 나와 당신이 조금 전에 더듬은 순서를 다시 너듬어 나갔네. 새삼스레 낭신에게 일일이 알릴 필요도 없겠지만, 이미 그 시간에는 레스토랑도 극장도 다 닫혔지만 그는 별의별 수단을 다 써서 점찍은 인간의 소재를 알아내어 찾아내기 시작했던 걸세. 어떤 때는 포레스트 힐까지 쫓아가서 잠든 사람은 두들겨 깨워 다시 되돌아오는 재주도 부렸다네. 오전 4시까지는 그 일도 일단락지어졌지. 이렇게 해서 그는 결탁하는 일이 절대로 필요하다고 생각되는 중요 인물 셋과 연락을 취했지. 택시 운전수인 앨프, 메종 블랑슈의 지배인, 그리고 카지노 극장의 매표원일세. 그는 그들에게 저마다 적당한 액수의 돈을 쥐어 주었지. 택시 운전수는 그냥 여자를 못 봤다고만 하면 되었지. 지배인은 이른바 그의 부하인 데이블 담당 보이에게 조금 집어 주고 그가 탈선하지 못하도록 감시해야 했네. 매표원에게는 상당한 액수를 안겼으므로 이자는 사실상 그의 공모자가 돼 버렸지. 악사 하나가 근사한 물건——그 녀석의 눈에는 보인 모양이지만——에게 점찍혀 톡톡히 재미를 보았노라고 코가 우뚝해서 떠벌린다는 말을 들은 것도 이 매표원 사나이를 통해서였네. 사나이는 덧붙여 그 악사도 어떻게 해야 하지 않겠느냐고 조언까지 해주었지. 그러나 론버드가 악사를 매수할 수 있었던 것은 그 이튿날 밤이었네. 그런데 다행하게도 이쪽은 악사의 존재 같은 건 전혀 몰랐으니까 하루쯤 늦어도 괜찮았던 셈이지.

자, 이제 앞으로 한 시간이면 날이 새게 되는 그 무렵에 그의 공작은 거의 끝났네. 그는 있는 힘을 다하여 여자를 시야에서 지워 버렸네. 아니, 그렇게 손을 썼지. 남은 건 여자, 그 자체뿐이었어. 그는 그 처리를 하기 위해 호텔로 돌아왔네. 그때는 이미 마음을 결정짓고 있었다고 그는 자백하고 있어. 돈으로 입을 막기보다 좀더 영구적인 방법, 즉 죽음에 의해 확실하게 침묵시킬 작정이었어. 그렇게 함으로써 그의 다른 공작이 탈없이 무사해지니까. 누군가가 배신하여 입을 연다 해도 아무 증거가 남아 있지 않게 되는 거지.

그는 얻어 놓은 방으로 돌아오자 어둠 속에 앉아 생각에 잠겼네. 같은 살인이라도 당신 부인의 경우와는 달라서 이번 것은 범인으로 지목될 위험이 훨씬 컸지. 단 호텔 숙박부에는 잭 론버드가 아니라 거짓 이름을 써넣었으니까 지목받은 것은 다른 사람으로서이지. 그는 배를 탈 작정이었네. 앞으로 이 근방 일대에서 눈에 띨 일은 없지. 그러므로 뒤에 그의 신원은 탄로날 걱정 따위는 없었네. 여자를 죽인 범인으로 '그'가 의심받게 되겠지. 그러나 '그'가 어떤 자인지는 모르게 된다는 그런 식이었어. 내 말 알아듣겠나?

그는 복도로 나가 여자 방의 문에 귀를 갖다댔네. 방 안은 조용했어. 벌써 잠들어 버렸던 것일세. 문의 손잡이를 돌려 보았으나 짐작한 대로 잠겨 있었지. 남은 것은 창문 바깥의 홈통 고리쇠였어. 사실이 생각은 그의 뇌리에 죽 머물러 있었지.

창에서 목을 내밀어 보니 차양은 아까와 마찬가지로 문지방에서 1피트께까지 내려 쳐 있었네. 그는 소리를 내지 않고 재빠른 동작으로 창 밖으로 나가 홈통 고리쇠를 한 발로 디뎠네. 그리고 대단한 수고 없이 여자 방의 문지방에 발을 올려놓고 등을 구부려 차양 틈새로 침입할 수 있었지. 그는 아무것도 갖고 들어오지 않았네. 두 손과 침대 시트를 쓸 작정이었던 걸세.

어둠 속에서 그는 침대로 다가갔네. 그리고 두 팔을 쳐들어 불룩한 침대 시트를 꽉 눌렀지. 그런데 그것은 풀썩 꺼져들어갔네. 여자가 없었던 거야. 사라져 버리고 없었지. 여기 들어온 것이 애당초 예정된 행동이 아니었던 것과 마찬가지로 잠시 침대에 드러누웠다가 앞으로 한 시간이면 날이 샐 시각에 다시 나가 버리고 만 것이었어. 담배 꽁초가 두 개, 화장대 위에 흘린 가루분 조금, 그리고 마구 구겨진 침대 시트, 뒤에 남아 있는 것은 그것뿐이었네.

멍하니 서 있던 그는 차츰 충격이 가라앉아 프런트에 내려가서 쐐노골적으로 그녀에 대해 물었네. 그 대답에 의하면, 여자는 그가 돌아오기 조금 전에 2층에서 내려와 열쇠를 돌려 주고 조용히 밖으로 나갔다는 것이었네. 어느 방향으로 갔는지, 어디로 갔는지, 왜 나갔는지 전혀 짐작도 할 수 없었지. 표연히 왔다가 표연히 사라져 버렸을 뿐이었어.

그가 걸어 놓은 덫이 그에게로 퉁기어 되돌아온 것일세. 밤새도록 뛰어다니며 엄청난 돈을 써서 헨더슨 당신에게 있어 환상으로 꾸며 놓은 여자가 이젠 그에게 있어서도 붙잡을 길 없는 환영이 되어 버린 거야. 이렇게 되어서는 안 되는데, 사태는 그 때문에 막연한 위험을 잉태하게 되었네. 언제 또 여자가 표면에 튀어나올지 모르지 않는가.

그는 곰곰 지옥의 고통을 짓씹었네. 그 몇 시간은 아직도 그가 비행기로 출항 시간에 닿아 갈 마음이라면——남겨진 최후의 시간이었지. 그는 희망을 가질 수 없다는 것을 알고 있었네. 나나 자네나 마찬가지로, 뉴욕이라는 도시가 그리 쉽사리 사람을 찾아 낼 만한 곳이 아니라는 것을 알고 있었던 걸세.

　그는 미친 듯 눈을 뒤집고 이잡듯이 뒤졌네. 그러나 두 번 다시 그녀를 찾아 낼 수 없었어. 그 날도 저물어 이틀째 밤도 지났네. 이젠 시간이 없었지. 그 이상 늦출 수는 없었거든. 그는 그것을 미결 상자에 넣어 둔 채 내버려 둘 수밖에 없었네. 그 뒤로 그는 머리 위에 도끼가 매달려 그것이 언제 어느 때 떨어져 내릴지 모르는 기분이었지.

　그는 살인을 한 다음다음날 비행기로 뉴욕을 출발하여 그날 안으로 마이애미에서 하바나까지 바다 위를 날아, 사흘째 되는 날 예정인 배가 하바나에 입항했을 때 무사히 배에 오를 수가 있었네. 승무원에게는 출항하는 날 밤 그만 술을 지나치게 마셔서 배를 놓쳤다고 변명하였지.

　그러니까 내가 당신 이름으로 구원을 청하는 전보를 친 것은 그로서는 하늘의 도움이었어. 그것을 구실로 그는 일 따원 팽개치고 곧 돌아왔네. 꺼림칙하던 참에 최후의 한 칼을 휘두를 기회가 주어진 것이지. 흔히 살인범은 현장 부근에서 떠나지 못하고 맴돈다고들 말하지 않나. 그도 자석에 이끌리듯이 돌아왔던 걸세. 응원을 청하는 당신의 전보가 그에게는 둘도 없는 구실을 주었지. 이렇게 되자 그는 활개치며 돌아와서 당신을 위해 그녀를 '찾아' 내게 되었어. 한 번은 체념하지 않으면 안 되었던 죽음의 수색을 이번에는 철저하게 할 수 있었어. 만약 그녀가 당국의 손에 의해 발견될 때가 오더라도 그때는 시체가 된 그녀를……"

　"그럼, 당신은 감방에 와서 내 이름으로 전보를 친 그날부터 이미 그를 의심하고 있었나요? 맨 처음에 그를 의심하기 시작한 건 언제쯤이지요?"

　"분명하게 어느 날 몇 시부터라고는 할 수 없네. 당신이 무죄가 아닌가 하는 마음이 들기 시작하면서부터 지극히 서서히 그 생각이 움텄다고 할 수밖에는 없구먼. 그런데 줄곧 그를 범인이라고 단정할 결정적인 증거가 나오지 않았어. 그래서 그렇게 번거로운 방법을 취하지 않으면 안 되었던 걸세. 물론 아파트에는 그의 지문이 남아 있지 않았어. 아마도 손댄 자리를 깨끗이 닦은 모양이야. 그러고 보니 문의 손잡이에는 몇 개 있었는데 아무런 지문도 찾아 내지 못했던 것이 지금 생각나는군.

애초에 그의 존재는 당신이 심문받는 동안에 흘린 한 개의 이름에 지나지 않았네. 옛 친구인데 그 송별 파티 초대를 당신은 그녀 때문에 애석하나마 거절하지 않을 수 없었다는 그 정도의 존재밖에 안 되었지. 우리는 당신의 배후 관계를 알아 내기 위한 한 자료로써 형식적으로 그의 신변을 조사했을 뿐 그 이상은 아무런 생각도 하지 않았네. 그는 당신이 말한 대로 배로 떠났다는 것을 알았지. 그런데 전혀 우연한 일로, 기선 회사 쪽에서 그가 출항시에 배를 놓쳐서 사흘 뒤에 하바나까지 와 거기서 승선했다는 말을 들었다네. 그리고 또 하나, 그는 처음에 두 사람의 표를 예약했었네. 그 자신과 부인의 것을 말이지. 그런데 쫓아와서 배에 오른 것은 그 혼자뿐, 아내라는 사람은 끝까지 타지 않았네. 그리고 좀더 깊이 조사시켰더니, 그가 결혼했다든가 여기서 아내를 맞았다는 기록이 전혀 없었어.

그러기는 하나 그가 범인임에 틀림없다고 단언할 수는 없었지. 알겠나? 늦어서 예정한 배를 타지 못한다는 일은 흔히 있는 일이거든. 더욱이 성대한 송별 파티가 출범 직전까지도 계속됐다는 경우 같은 일이 많으니까…… 또 마지막 판에 와서 신부의 마음이 변했다든가, 서로 의논한 결과 잠시 결혼을 연기한다는 일도 흔히 있는 일이지.

그런 까닭으로 나는 그 이상 깊이 생각하지 않기로 했지. 그러면서도 한편으로는 생각하고 있었네. 그가 출항 시간을 놓치고 나중에 혼자 뒤쫓아가서 승선했다는 이 조그만 사실이 그 뒤에도 줄곧 내 머리에 달라붙어 떠나지 않았던 걸세. 그것이 내 주의를 끌었다는 건 그로서는 좀 운이 나빴어. 경찰에 그런 인상을 주고서 이득을 보는 일이란 거의 없네. 그리고 서서히 당신이 유죄라는 확신이 증발해 버리자 뒤에는 진공상태가 남았네. 진공이라는 것은 무엇으로든 메우지 않으면 안 되고, 또 자연히 메워지는 법일세. 거기에 그에 대한 여러 가지 사실이 하나씩 똑똑 떨어져 모르는 사이에 그 공간이 메워지기 시작하고 있었네."

"그것을 내게는 비밀로 했었군요" 하고 헨더슨은 말참견하였다.

"하는 수 없었네. 최후의 최후까지도 결정적인 것은 하나도 없었으니까. 바로 말해서 그날 밤, 그가 리치먼 양을 차에 태워 가지고 숲으로 끌고 들어갔을 때까지도 말일세. 당신에게 알리는 것은 커다란 위험이 따르는 도박이지. 알렸더라면 아마도 당신은 나와 반대되는 감정을 품었을 거야. 그리고 틀림없이 그릇된 우정의 발로에서 그에게 경고했으리라고 생각하네. 또한 당신이 내가 조사한 사실을 알고서 내 신념에 동조하고 협력할 마음이 생겼다 하더라도 당신의 서투른 연극이 당신을 배반하게 했을 거야. 아마도 당신 태도에서 그는 무언가 알아차렸을 것이 틀림없네. 그렇게 되면 이쪽의 속 마음은 절로 드러나게 되지. 어쨌든 당신은 무섭도록 긴장하고 있었으니까. 내가 생각해 낸 가장 안전한 방법은 당신을 통해서 작용을 미치게 하는 일, 당신에게조차 알리지 않은 채 자네를 일종의 무의식한 매체로 이용하는 일이었네. 이건 입으로 말하는 것만큼 쉽지는 않았지. 가령 극장 프로그램을 쓴 수법도 그렇다네."

"나는 당신이 돈 줄만 알았어요. 아니면 정상이라고 생각하는 내 쪽이 돌았나 하고요. 왜냐하면 당신은 한다는 말이 연습, 연습, 또 연습뿐이었으니까요, 동작의 하나하나, 말꼬리 하나하나에 이르기까지 모두. 그런데 그것을 내가 어떻게 받아들이고 있는지 당신은 빤히 꿰뚫어보고 있었군요! 고뇌를 얼버무리기 위한 한 가지 놀이, 시시각각으로 다가오는 생명의 사선(死線)에서 마음을 돌리기 위한 것이라고 받아들이고 있었어요, 그러므로 나는 열중해서 당신이 시키는 대로 했지요, 하긴 반쯤 장난이었지만."

"자네는 반쯤 장난이었다지만, 나는 심장이 목구멍까지 기어올라와 있었다네." 바제스는 쓴웃음을 지었다.

"그런데 범인을 잡기까지 늘 마치 당신을 미행하기라도 하는 것처럼 묘한 사건이 꼬리를 물고 일어났는데, 그것에도 그가 뭔가 관계하고 있었나요?"

"모두 관계하고 있었지. 꼭 하나 이상한 것은 타살로밖에 보이지 않았던 클립 밀반 사건이 조사해 보니 역력한 자살 사건으로 판명되었다네. 그리고 바텐더의 경우도 물론 사고사였어. 그런데 과실로밖에 생각되지 않는 두 사건이 실은 타살이라는 것을 알았네. 그가 손댄 살인이었던 걸세. 내가 말하고 있는 건 장님 사건과 피엘레트 더글러스 살인 사건이야. 둘 다 흔히 말하는 흉기 없는 살인이었지. 특히 장님 거지 살인에 이르러서는 몸서리쳐질 정도의 잔학한 수법이라고 할 수 있어.

그는 밖에 나가 나를 전화로 불러온다는 구실로 장님을 잠시 혼자 방에 두었네. ㄱ 장님은 구걸 사기의 천재라고도 할 만한 사나이로서, 그런 작자들이 순경을 지독히 싫어한다는 것을 그는 잘 알고 있었지. 그래서 무엇보다도 먼저 거기서 달아나려고 할 것이 틀림없다고 짚었네. 반드시 그렇게 할 것이라고 그는 그것을 바라고 행동했네. 그는 방을 나서자 양복점에서 쓰는 아주 질긴 검은 실을 내려오는 층계 꼭대기의 대강 발목이 걸릴 만한 높이에 일직선으로 가로쳐 놓았지. 한끝은 난간 다리에, 반대쪽은 널빤지에서 내밀어진 못에 매에 놓았던 것일세. 그리고 전등을 껐지. 그 장님은 눈이 보인다는 것을 알고 있었기 때문이었어. 다음에 자네도 다 알고 있는 그 수법으로, 발소리를 탕탕 내면서 내려갔지. 그리고 아래 층계의 층계참에서 보이지 않는 곳에 가만히 몸을 숨기고 기다렸네.

장님은 론버드가 경찰관 친구를 데리고 오기 전에 멀리 달아나려고 조심성없이 허둥지둥 뛰어나왔네. 그리고 보기 좋게 론버드의 덫에 걸려 버렸지. 장님은 실에 발목이 걸려서 층계 아래로 뒹굴어 떨어지면서 너비 없는 층계참 벽에 머리를 짓찧었네. 물론 실은 끊겼지만 그의 추락을 막아 주지는 못했지. 이 추락으로 그는 죽은 게 아니었어. 쿠당탕 소리와 더불어 두개골에 금이 갔을 뿐 정신을 잃고 그 자리에 쓰러져 있었지. 론버드는 급히 층계참으로 가서 기절한 장님을 타고넘어 층계 꼭대기에 쳐 놓은 증거물인 실을 풀어냈던 걸세.

그런 다음 의식을 잃은 장님 곁으로 돌아와 손으로 더듬어 보고 아직 숨이 끊어지지 않았다는 것을 알았네. 벽을 들이받은 머리는 부자연스러운 각도로 젖혀지고 목줄기가 묘하게 뒤틀려 있었지. 양쪽 어깨는 찰싹 바닥에 닿고 머리는 벽에 걸려 비스듬히 서 있어서 꼭 구름다리 비슷한 모습이었지. 론버드는 목의 위치를 확인한 다음 벌떡 일어나 다리를 들어 무거운 구두가 목 위에 오도록 자세를 취하여……."

캐럴이 얼굴을 홱 돌렸다.

"실례했나보군." 바제스는 중얼대는 듯한 목소리로 사과하였다.

그녀는 도로 얼굴을 앞쪽으로 돌리고 말했다.

"그것도 이야기의 순서인걸요, 듣겠어요……."

"그리고 그는 밖에 나가서 내게 전화를 걸었네. 그에게서 전화를 받은 일은 그때가 처음이자 마지막이었지만. 그는 건물로 돌아가 큰길 쪽으로 난 입구에 줄곧 서 있었어. 그리고 일부러 순찰중인 순경을 붙잡고서 내가 닿을 때까지 이야기를 시키고 있었어. 만약 알리바이를 대게 될 경우, 사람 눈에 띄는 곳에 서 있으면 의심을 받지 않게 되니까. 거기까지 내다본 계산에서였지."

"당신은 곧 그걸 꿰뚫어 알았나요?" 하고 헨더슨이 물었다.

"그날 밤 늦게 그를 돌려보내고서 나는 시체 안치장에서 시체를 조사해 보았네. 그런데 장님의 정강이에 가늘게 붉은 줄이 나 있지 않겠나. 바로 그 실자국이었지. 또 그의 목줄기에 흙먼지가 묻어 있는 것도 발견했어. 그때 비로소 어떤 일이 일어났는지 짐작이 갔었다네. 그러자 그것은 두 가지 사실에서 하나의 추리를 짜맞춘 데 지나지 않아. 그의 짓이라고 하기에는 상당한 곤란이 뒤따랐지. 그 래서 나는 차라리 시기를 기다려 좀더 중대한 사건의 범인으로 그를 체포하고 싶었네. 장님 살인 사건을 단서로 그를 진짜 사건의 범인이라고 단정하는 것은 약간 무리가 아니었겠나. 그걸 알고 있었던 거지. 섣불리 미리 잡았다가 쏙 빠져 달아나면 분통터질 노릇이거든. 일단 잡은 이상은 그를 결코 놓치고 싶지 않았네. 그래서 나는 아무 말 않고 로프를 마구 풀어 놓아 실컷 헤엄치게 내버려 두었던 걸세."

"마리화나 담배를 피우는 사나이의 사건과는 그가 무관한 것처럼 말씀하셨지요?"

"면도날에 납득이 안 가는 점이 있긴 했지만 그것은 결국 그것뿐인 일이었지. 클립 밀반은 약의 영향에서 오는 우울증과 공포감 때문에 발작적으로 자기 목을 잘랐던 거야. 벽장에 깐 종이 밑에서 찾아 낸 안전면도기 날은 먼저 살던 사람의 것이였든가 아니면 밀반의 친구가 욕실을 빌려 수염을 깎았을 때 버리고 간 것임에 틀림없었어. 행동주의 심리학자가 이것을 보면 아마 굉장한 흥미를 가질 걸. 그런 선생님들은 자살할 때조차도 그 도구를 본디의 용도 외엔 쓸 까닭이 없다, 본능적으로 그것을 피하는 법이라고 생각하려고 들지. 이것은 우리가 가진 공통적인 습관이라고 해도 좋을 게야. 아무 생각 없이 아내가 면도칼로 연필을 깎거나 하면 남편이 핏대를 올리며 야단을 치는 그런 경우라고나 할까."

캐럴이 가만히 중얼거렸다.

"그 뒤로 나는 면도기 옆에도 못 가겠어요."

"그렇지만 피엘레트 더글러스의 죽음은 그의 짓이었지요?" 하고 헨더슨이 관심을 보이며 물었다.

"이것은 먼젓것보다도 더 교묘했어. 그녀의 방에는 반들반들 윤이 나게 닦은 바닥에 좁고 긴 깔개가 입구보다 한 단 낮은 데서부터 프랑스 창 바로 아래까지 죽 깔려 있었어. 처음에 그가 이 트릭을 생각해 낸 것은 조금 전에 그 자신이 이 위태로운 방바닥에 미끄러져서 그녀의 웃음을 자아낸 일이 계기였지. 나머지는 그녀와 이야기하면서 대강 눈짐작으로 해치웠네. 물론 일직선으로 깔개가 깔렸다는 것이 커다란 유인이 됐지. 그는 그녀가 어느 위치에 서면 몸의 균형을 잃었을 경우 몸뚱이가 거의 프랑스 창 밖으로 밀려나가게 되는지 눈짐작으로 재어 그 지점에 눈에 보이지 않게 ×표를 해 놓았지. 그리고 죽 그 정확한 위치를 뇌리에 새겨 두었네. 입으로 말하면 간단한 일 같지만, 자기 자신도 움직이면서 더욱이 상대방과 이야기하면서 아주 조금밖에 그쪽으로 주의력을 돌릴 수 없으니까 그리 쉬운 일은 아니야.

이건 내가 멋대로 조립한 가설이 아닐세. 그의 진술서에서 직접 안 일이지. 이 순간부터 두 사람은 말하자면 죽음의 춤을 추기 시작하여, 그는 그렇게 하면서 그녀를 교묘하게 조종하여 목적하는 위치까지 이끌어 갔네. 그리고, 그는 수표를 다 쓰고 그것을 손에 들고 일어나 신선한 공기로 잉크를 빨리 말리려고 하는 체하면서 다시 창가로 갔네. 그 다음에는 아까부터 그녀를 세우려고 표를 해 놓은 자리 바로 옆으로 자기의 위치를 옮겼지. 깔개가 없는 곳이야. 그리고 수표를 내미는 시늉을 하며 그녀를 정한 위치로 유인했네. 자기가 걸어오지 않고 그냥 수표를 내밀어 그녀 쪽이 다가가지 않을 수 없었지. 즉 투우와 같은 이치일세. 소는 투우사의 케이프를 따라 움직이지. 그녀도 그것과 마찬가지로 그가 내민 수표를 따라 움직였어. 그리고 그가 작정해 놓은 바로 그 위치에 그녀가 오자 그는 손가락을 느슨하게 하며 수표를 건네 주었네.

그녀는 수표를 확인하는 데에 주의력을 빼앗겨 한순간 그 자리에 머물렀네. 그는 재빨리 그녀 곁을 떠나 그대로 가 버리려고 하는 것처럼 성큼성큼 문 쪽으로 걸어갔지. 그리고 방 끝까지 오자 깔개가 없는 곳 위에 서서 그녀 쪽을 돌아다보며 '그럼, 안녕!' 하고 말을 걸었어. 그 목소리를 듣고 그녀는 수표에서 얼굴을 들고 그와 마주서는 결과가 되었지. 그리고 그와 동시에 그녀의 등은 똑바로 프랑스 식 창문 쪽으로 돌려졌던 걸세. 즉 그녀는 지금 그가 예정한 대로의 자세를 완벽하게 취했다는 말이네. 왜냐하면 그것은, 만약 그녀가 정면으로나 아니면 옆으로 균형을 허물어뜨렸을 경우 아마도 순간적으로 프랑스 식 창 문틀에 달라붙어 몸의 위치를 바로 잡을 수가 있었을지도 몰랐기 때문일세. 그러나 등진 자세로는 어쩔 수 없지 않겠는가. 사람의 팔의 관절은 그렇게는 빨리 움직여 주지 않으니까 말야.

그는 얼른 등을 구부려 깔개 끝을 잡고 일어나 그 팔을 똑바로 머리 위로 쳐들었다가 다시 내렸네. 그가 한 일은 그것뿐이었어. 그녀는 한 줄기 바람처럼 프랑스 식 창문을 빠져나갔지. 비명 한 번 지를 틈도 없었다고 그는 말하고 있네. 마침 숨을 내쉴 때였던 모양이야. 발에서 벗겨진 은빛 구두가 바닥에 달그락 떨어졌을 때는 이미 그녀의 모습이 보이지 않았어."

캐럴은 눈꼬리에 주름을 잡으며 말했다.

"그런 건 칼이나 피스톨을 쓰는 것보다 더 비겁하다고 생각해요, 속임수거든요."

"바로 그렇지만, 배심원들을 납득시키기란 여간 어려운 일이 아니야. 그는 그녀에게 손가락 하나 대지 않았거든. 20피트 내지 22피트 떨어진 데서 죽인 거니까. 물론 깔개 자체에 단서는 남아 있었지. 방 안에 들어서자 나는 금방 그것을 알아차렸어. 그쪽 끝에 주름이 잡혀 있었거든. 그녀가 서 있던 쪽은 주름이 잡히지 않고 바닥을 따라 깔개가 조금 밀려 있을 뿐이었어. 만약 정말로 발이 걸렸던가 미끄러졌던가 했으면 그 반대여야 하지 않겠나. 깔개의 구김살은 그녀가 걷어찬 창 쪽에 있었어야 하는 걸세.

그 현장에는 그녀가 피운 것으로 보이는 담배가 흐늘흐늘 연기를 내고 있었네. 그가 내게 전화한 것은 5분쯤 전이었으니까 담배가 타는 상황으로 보아 그녀의 추락은 우리가 가 닿기 바로 전의 일인 듯이 여겨졌어. 그리고 전화 건은 제쳐놓더라도 나와 소방서 앞에서 만난 시각으로 보아 그는 8분이나 10분 정도 나와 함께 있었지.

나는 한순간도 속지 않았네. 그러나 그가 꾸민 함정을 완전히 알아 내는 데는 사흘이나 꼬박 걸렸지. 그 재떨이는 중앙에 뻥뚫린 구멍이 나 있어 담뱃재는 속이 빈 긴 관을 통해 밑바닥의 용기에 떨어지게 되어 있었네. 재떨이 접시 부분에는 열렸다 닫히는 식의 뚜껑이 달렸는데, 그는 그것이 열린 채 그냥 있도록 미리 손질했네. 그리고 그는 여느 사이즈의 담배 세 개를 이었지. 두 개의 속을 조금씩 덜어 내고 차례차례 끼워서 보통것의 세 배나 되는 긴 담배를 만들었던 거야. 그리고 조사할 정도의 꽁초가 남았을 때에 대비해서 최후의 한 개는 상표가 있는 쪽 끝이 앞으로 오도록 배려했네. 그리고 그것에 불을 붙여 재떨이에 올려놓았는데, 불이 붙은 쪽은 구멍쪽으로 기대놓고 손으로 잡는 쪽은 재떨이 가장자리로 올라가도록 조절했다네. 그렇게 비스듬한 각도로 끝이 아무데도 닿지 않게 해 두면 담배란 입으로 쉴새없이 빨지 않아도 좀처럼 꺼지지 않지. 담배는 천천히 차츰 앞쪽으로 타들어갔네. 최후의 두 개는 다 타서 재떨이 속을 통해 밑으로 떨어져 버리고 뒤에 아무 흔적도 남기지 않았지. 세 개째의 것은 약간 비스듬한 재떨이의 접시 부분 가장자리에 올려놓아 우리가 닿을 무렵에는 그의 계획대로 한 개비의 담배 꽁초가 되어 최후의 연기를 흐늘흐늘 피워올리고 있었다네.

그런데 이 알리바이는 다른 방향에서 그를 불리하게 만드는 결과가 되었네. 이런 잔재주는 집어치우는 편이 좋았을걸 그랬던 말야. 그는 그녀의 말에 따라 헛걸음을 하게 되어 있었는데, 이 담배 연극 덕분에 갈 수 있는 거리가 한정되고 말았던 거야. 담배에 의한 알리바이가 성립할 만한 시간 안에 다시 한 번 돌아오지 않으면 안 되는 것이었네. 우리 둘이 알려 준 번지를 찾아헤매지 않아도 되게끔, 바로 이웃에 그리고 한눈에 속아넘어갔다고 깨달을 만한 장소를 선택하지 않으면 안 될 필요가 생겼단 말일세. 그것이 소방서라는 어처구니없는 물건이 되어 나타났던 걸세. 그러면 한 번 쳐다보기만 하고서 그냥 그녀의 방으로 되돌아간다는 순서가 되지.

바꾸어 말하면 그는 담배 알리바이로 자기를 지나치게 속박했기 때문에 다른 면에서 그의 말에 의혹을 품게 하는 결과가 되었네. 그녀는 왜 엎어지면 코 닿을 만한, 금방 거짓말이라고 알 만한 장소를 가르쳐 주었을까. 그녀의 입장으로서는 진짜 주소를 가르쳐 주든가 아니면 처음부터 아무것도 가르쳐 주지 않든가 했을 텐데, 단 그녀의 목적이 그동안에 수표를 현금화시켜 달아나려고 하는 것이었다면, 그날 밤은 물론이거니와 이튿날도 하루 종일 걸려야 찾아갈 만한 새빨간 거짓말 주소와 이름을 가르쳐 주었을 걸세. 그렇게 하면 그녀도 도망칠 여유가 넉넉했을 게 아닌가. 아무튼 그는 그녀의 행위의 신빙성을 희생시키고서라도 되도록이면 살인 혐의를 면하려고 했던 거겠지. 결국 이미 장님 사건의 예가 있기도 하고 같은 혐의가 두 번이나 거듭된다는 일이 두려웠던 게 아닌가 하고 나는 생각해.

이 치명적인 하나의 실책을 별도로 치면 그의 수법은 거의 완벽하다고 해도 좋았지. 아무도 없는 방에다 대고 말하는 것처럼 보이기 위해 뒷손질로 문을 닫는 타이밍을 늦춘다든가, 정말 여간 공을 들인 게 아니야. 이 사건만으로도 그에게 쇠고랑을 채우려고 했으면 못할 것도 없었지."

그리고 이야기의 끝마무리를 짓듯이 그는 이렇게 말하였다.

"그렇지만 그것만으로는 당신 부인을 죽인 범인이라고 단정할 수 없었네. 그래서 나는 이번에도 천치 시늉을 하기로 했지. 즉 그로 하여금 한 번 더 같은 짓을 되풀이하게 하는 것이 내가 노리는 바 목적이었어. 그리고 그 상대는 이쪽에서 선택하여 그에게 내밀기로 하였지. 그 자신이 선택한 우리가 전혀 모르는 상대로서는 곤란하니까."

"캐럴에게 그렇게 하도록 시킨 건 당신의 착상이었군요" 하고 헨더슨이 물었다. "내가 미리 몰랐으니 망정이지, 만약 알았더라면 그런 짓은 결코……."

"그것은 그녀의 착안일세. 내가 생각해 낸 것이 아니야. 나는 어느 젊은 여자를 사서 미끼로 쓸 작정이었어. 그런데 캐럴이 직접 하겠다고 나서지를 않겠나. 그 마지막 날 밤, 사형 집행이 눈앞에 박두했을 때였지. 우리가 프로그램 가게 안에 있는 그를 감시하고 있는데, 그녀가 무서운 기세로 찾아와서 자기가 적진에 뛰어들어 맞닥뜨리는 역을 하겠다고 한사코 나서는 것이었어! 내가 허락하건 말건 단연코 돌입하고야 말겠다고 말일세. 그렇게 되면 내 힘으로 막을 수가 없지. 그렇다고 해서 차례로 두 여자를 들여보낼 수도 없었어. 그래서 그녀의 의사에 맡길 수밖에 없었네. 거기서 어떤 극장의 화장 전문가를 불러 교묘하게 변장시킨 뒤 그녀를 적지로 들여보냈지. "

"글쎄, 생각해 보세요" 하고 캐럴은 반항적인 어조로 말했다. "2달러에 고용한 얼치기 배우가 지나친 연기로 모조리 망쳐 버리는 꼴을 내가 가만히 앉아서 볼 수 있으리라고 생각하세요? 시간이 없었어요. 마지막 시간이 임박한 때였단 말이에요. "

"그 여자는 끝내 나타나지 않았군요! " 헨더슨은 감회 깊게 말했다. "내가 말하는 건 진짜 그 여자 말입니다. 정말 이상해. 어디의 누구인지 끝까지 숨바꼭질을 하는군요. "

"그 여자는 숨으려고 한 것이 아니었어. 숨바꼭질을 즐기는 것도 아니었지" 하고 바제스는 대답하였다.

"그 점이 더 이상하잖습니까. "

헨더슨과 캐럴은 적이 동요하는 빛을 보이며 바싹 몸을 앞으로 내밀었다.

"당신은 어떻게 그걸 알고 있습니까? 그녀를 찾았군요? 어떤 사람인지 아셨군요? "

"아아, 알아 내기는 했지. " 바제스는 짧게 말했다. "벌써 오래 전의 이야기일세. 몇 주일, 몇 달 전부터 알고 있었다네. 그녀의 정체가 무엇이었는지는……. "

"……이었다니요?" 헨더슨은 숨을 죽였다. "그렇다면 그 여자는 죽었나요?"

"그런 뜻은 아닐세. 그러나 어느 모로 보나 죽은 거나 마찬가지지. 그녀의 육체는 아직 살아 있지만, 구할 길이 없는 미치광이가 되어 정신병원에 있다네."

그는 슬그머니 주머니에 손을 넣어 봉투와 서류를 꺼냈다. 두 사람은 얼어붙은 듯이 꼼짝도 않고 물끄러미 그것을 바라보고 있었다.

"나는 병원에 갔었어. 그것도 한 번이 아니라 몇 번이나 갔지. 그리고 그녀와 이야기했어, 겉보기는 도저히 미쳤다고 할 수는 없었어. 멍하니 꿈을 꾸는 것 같은 태도로 어제의 일조차 기억하지 못했다네. 과거 전체가 몽롱하니 안개에 싸인 것 같은 모양이야. 그런 상태니까 우리 일에 전혀 도움을 주지 못하지. 증언 같은 건 시킬 수가 없었어. 때문에 나는 그것을 가슴에 접어넣고 그런 방법을 취했던 걸세. 누군가를 그녀로 가장시켜서 내세워 그 자신의 입으로 자백시키는 것이 우리의 마지막 비방이었던 거야."

"그것은 언제쯤부터……."

"자네와 함께 지낸 밤으로부터 3주일도 채 되지 않아 그녀는 병원에 들여보내어졌네. 그때까지도 더러 머리가 이상해지는 일이 있긴 했지만, 그때를 고비로 영원히 막이 내려지게 된 것이었어."

"당신은 그걸 어떻게?"

"이제 새삼스럽게 이런 이야기를 해서 무엇하겠나만, 퍽이나 빙빙 돌았지. 그 모자가 저절로 나타났다네, 어떤 고물상에서 말이지. 필요 없는 물건을 팔아서 몇 센트인가 받는 그런 가게였어. 내 부하 하나가 그것을 찾아냈지. 우리는 거기서부터 하나하나 거슬러 올라갔다네. 론버드도 나중에 우리와 마찬가지로 더듬어 갔으나, 그의 경우는 반대 방향으로 더듬어 갔던 모양이야. 그 모자는 어떤 할머니가 쓰레기통에서 주워 고물상에 판 것이었어. 우리는 노파에게서 들은 쓰레기통의 위치를 단서로 근처 일대의 집을 철저하게 조사했어. 몇 주일이나 걸려 마침내 모자를 버린 하녀를 찾아 냈네. 그녀의 주인은 얼마 전에 정신병원에 입원했다는 거였어. 거기서 나는 여자의 남편이며 그밖의 가족들을 심문하였지. 그런데 자네와의 일을 정확하게 아는 이는 아무도 없었어. 알고 있는 것은 그 여자뿐이었지. 그러나 그들의 말로 미루어, 그 여자가 틀림없다는 확증이 갔네. 얼마 전부터 그녀는 그런 식으로 이상한 행동을 하고 있었던 것 같았네. 혼자 외출한 채 돌아오지 않기도 하고, 혼자 호텔에서 자기도 하면서 말일세. 어떤 날은 날이 샐 무렵에 혼자 공원 벤치에 앉아 있는 것을 찾아 낸 일도 있었다더군. 아, 그리고 이걸 한 장 얻어 왔는데……."

바제스는 한 장의 스냅 사진을 헨더슨에게 건네 주었다. 한 여자의 사진이었다.

헨더슨은 그것을 한참 동안 뚫어지게 들여다보고 있었다. 그리고 마침내 고개를 끄덕였다. 그것은 두 사람을 향해서라기보다 자기 자신을 납득시키기 위한 것 같았다.

"그래" 하고 그는 나지막하게 말했다. "그래 바로 이 여자였어."

캐럴이 불쑥 손을 내밀어 그에게서 사진을 빼았았다.

"그런 여자의 얼굴은 이제 그만 보아요. 이 여자 덕택에 당신은 평생토록 잊을 수 없는 지긋지긋한 꼴을 당했어요. 이 여자 일은 오늘을 마지막으로 이제 생각하지 말아요. 자, 이 사진을 돌려 드리겠어요."

"물론, 이것 덕택이지." 바제스가 사진을 집어넣으면서 말했다. "그날 밤 캐럴을 대신 내세운 것은 도움이 됐었지. 이 사건 덕분에 화장 전문가는 캐럴을 이 여자와 똑같이 변장시킬 수 있었던 거야.

아무튼 녀석의 눈을 속일 수 있을 정도로는 말이지. 그날 밤 그는 어두컴컴한 불빛 아래에서, 그것도 멀리서 이 여자를 보았으니까. "

"그 여자의 이름은요 ? " 하고 헨더슨이 물었다.

캐럴이 재빨리 그것을 가로막고 나섰다.

"안 돼요, 이분에게 가르쳐 주지 마세요. 그런 여자는 이제 필요 없어요. 우린 새로 출발하는 걸요. 환상 같은 건 질색이에요. "

"맞았어. " 바제스는 말했다. "이미 지난 일이야. 어딘가에 파묻고 잊어 버리게. "

그렇게 말은 하였으나 세 사람은 잠시 묵묵히 앉아 있었다. 모두가 가슴 속으로 그 여자의 일을 생각하고 있는 것이 틀림없었다. 목숨이 있는 동안은 아마도 그녀의 존재가 가끔 머리에 떠오르겠지. 이런 일은 언제까지나 잊지 못하는 법이다.

헨더슨은 캐럴과 팔을 끼고 돌아가려다가 문가에서 흘끗 바제스를 돌아다보고 이마에 불만스러운 듯한 주름을 모으면서 말했다.

"그런데 이번 사건 전체에서 뭐랄까, 교훈이라고나 할까, 사물의 도리라는 것쯤은 배웠어도 좋지 않을까요 ? 나와 캐럴은 온갖 경험을 다했지만 결국 아무것도 얻은 건 없었다고 당신은 말하고 싶은 거지요 ? 하지만 어딘가에 교훈적인 것이 있을 겁니다. "

바제스는 어서 가라고 쫓는 듯이 그의 등을 한 번 탁 쳤다.

"그렇게 교훈을 바란다면 내가 하나 드릴까. 다음부터는 전혀 모르는 사람을 극장에 데리고 갈 때에는 먼저 상대방의 얼굴을 잘 기억해 두게나. "

서스펜스의 명장 윌리엄 아이리시

1930년대 끝무렵부터 40년대로 넘어오면서, 그때까지 트릭 창의에 중점을 둔 나머지 스토리가 형태화되기 쉬웠던 경향이 점점 바뀌어서 하나의 문학 작품으로 평가받을 수 있을 만한 추리소설이 차례로 나타나 미스터리의 폭이 차츰 넓어졌다. 《환상의 여자》를 그런 시기의 으뜸가는 작품으로 꼽는 데 불만을 느끼는 사람은 거의 없으리라.

《환상의 여자》의 무대는 뉴욕이다. 여기에는 메이시 백화점도, 타임스 스퀘어도, 흑인 빈민가도 그려져 있지 않지만 우리는 이 작품을 읽으며 뉴욕 거리의 냄새를 아주 가깝게 물씬 맡을 수가 있다. '밤은 젊고 그도 젊었다'로 시작되는 첫머리의 문장에 이어지는 거리 풍경, 생동하는 젊은이들의 무습, 데이트 코스, 남미 출신의 댄서가 묘하게 생긴 모자를 쓰고 춤추는 극장 무대 등등 활기로 넘치는 뉴욕 거리가 바로 서울의 거리일 수도 있기 때문일 것이다.

이 활기 속에서 바에 들렀다 우연히 만난 오렌지 빛 모자를 쓴 여인! 아내와 다투고 집을 뛰쳐나온 스콧 헨더슨은 그녀와 아주 자연스럽게 어울려 하루 저녁의 데이트를 즐기고 헤어지지만, 그때로부터 그녀의 모습은 아련한 안개 뒤로 숨어 버린다. 그리고 아내 살해의 누명을 벗으려고 알리바이의 증명을 위해 몸부림치는 헨더슨의 절박한 마음을 비웃듯이 뉴욕 시의 온 거리 전체가 그를 외면한다. 헨더슨과 그녀의 데이트는 한여름 밤의 꿈처럼 오직 그 한 사람만이 알고 있는 이야기가 되어 버린 것이다.

 ……그리하여 감방 안을 초조하게 서성거리며 사형집행 날만 기다리는 그를 구하기 위해 나선 헨더슨의 연인 캐럴 리치먼——교묘한 트릭과 아울러 끝무렵에 이르면 넘치는 서스펜스가 읽는이의 마음을 숨가쁘게 압박해 온다.

 지은이의 이름은 코넬 존 호플리 울리치. 필명은 윌리엄 아이리시이다. 그는 1903년 12월에 뉴욕에서 태어나, 코넬 울리치 및 윌리엄 아이리시라는 이름으로 수많은 장편소설을 썼으며, 조지 해블리라는 이름으로 발표한 장편소설도 두 권이나 있다.

 그는 소년 시절을 멕시코와 쿠바 등의 외지에서 보내고 뉴욕으로 돌아와 교육을 받았다.

 그리하여 컬럼비아 대학을 졸업한 이듬해에 첫 장편소설 《카버 처치(1926)》를 썼으나, 이것은 그가 뒷날 자랑으로 여기던 서스펜스 미스터리에는 속하지 않는다. 이어서 그는 《리츠의 아들》을 써서 1927년에 책으로 펴냈는데, 이것이 〈칼리지 유머〉지에서 주는 상을 받아 상금 1만 달러가 손에 들어왔으므로 파리로 날아가 모조리 써 버렸다.

 이때가 그의 나이 23살 때였다.

 그는 한평생 독신으로 지냈다는 말이 있지만, 그러나 결혼 체험이 있었다. 1929년 26세 때 《카버 처지》가 영화로 만들어졌는데, 이 영화 연출자의 딸과 결혼했던 것이다. 그러나 울리치의 성격이 평범하지 못한 탓인지 한 달 만에 두 사람은 이혼하고 말았다. 그 뒤로 그는 과보호형인 어머니와 둘이 뉴욕에서 호텔 생활을 계속하며 끝내 결혼하지 않았다.

그는 이혼한 해로부터 1년에 한 작품씩 장편소설을 써내는 작업을 6년 동안 계속했다. 그리고 그 이후로는 〈블랙 마스크〉지 등의 잡지에 중편 및 단편 미스터리소설을 쓰기 시작했다. 특색 있는 문체와 교묘한 분위기와 발상의 특이함으로 울리치는 곧 미스터리소설계의 새로운 별로 등장했다.

그리고 1940년에는 또다시 장편소설로 돌아가 《검은 옷의 신부》를 출판하고, 1942년엔 《환상의 여자》를 윌리엄 아이리시라는 이름으로 출판하는 등 정열적인 작가 활동을 펼쳤다. 《환상의 여자》는 이색적인 구성과 농후한 서스펜스가 있는 미스터리소설로서 날개 돋친 듯이 팔려 나갔다. 그의 대표작으로는 앞의 두 작품 말고도 《검은 옷의 천사(1943)》 《새벽의 사선(1944)》 《공포의 황천길(1944)》 《상복의 랑데부(1948)》 등이 있다.

울리치는 1968년 9월 25일에 64살의 나이로 뉴욕의 병원에서 숨을 거두었다.

남겨진 작품으로는 장편 17권과 단편집 15권 및 책으로 나오지 않은 수많은 단편들이 있으며, 쓰다 만 자전적 장편소설 원고와 미완성 장편소설 두 편이 그가 죽은 뒤 발견되어 화제를 불러일으켰다. 한마디로 말하면 그는 다른 사람과 사귀기를 아주 싫어하여 친구들의 파티는 물론 출판사 주최의 파티에두 좀처럼 얼굴을 내밀지 않았으며, 세상과 완전히 동떨어진 신경질적인 이상성격자라 할 수 있었다. 1957년에 어머니가 세상을 떠난 뒤로는 그 성격이 더욱 도드라져 고독하게 살다 간 신비에 싸인 작가였다.